开国征尘系列

华夏古典小说分类阅读大系

开辟演义（外三种）

[明]周　游　等编撰

华夏出版社
HUAXIA PUBLISHING HOUSE

出版者的话

我国的古典小说,题材的丰富性、多样性尤为突出。经过与古典小说专家学者的座谈沟通,我们把中国古典小说(白话小说)依照题材内容的不同,大致划分出如下几个板块——

有讲述古代名臣断案的作品,拟称"名公断案系列";

有反映历朝历代开国进程的作品,拟称"开国征尘系列";

有以家族宗亲为核心的英雄传奇作品,拟称"家将英雄系列";

有笔墨集中反映市井生活的作品,拟称"市井风情系列";

有传统武侠类作品,拟称"侠义雄杰系列";

有名著大作的续书,拟称"名著续作系列";

有表现人间欢愁冷暖的作品,拟称"世情万象系列";

有揭露批判社会异变的作品,拟称"狭邪烟粉系列";

有记述神人奇事的作品,拟称"奇人异事系列"等等;

当然,更有"四大名著"、"三言二拍"等影响深远、成就辉煌的经典,拟称"金声玉振系列"。

将已然满目的所谓"系列化"出版进一步推向细化、规整化,是"华夏古典小说分类阅读大系"最根本的特色。强调"类型化",既是对不同读者口味的关照,也是对我国古代小说一次有机的整合;"分类大系"的各个系列,分,则旗号鲜明,聚,则大大皇皇。

"分类大系"充分考虑到广大读者阅读的便捷,选择了目前国内最权威、最流行的版本作底本,通过对疑难词的释义与注音,达成对阅读障碍的"清剿",版式方面,采用了以降低读者视觉疲劳为目的的"稀疏化"设计。同时,这套精装书以比平装书还低的价位,更表现了它"接地气"的通俗化、平民化的特质。

希望"分类阅读大系"受到广大读者、收藏者的欢迎。

本书由《开辟演义》、《武王伐纣平话》、《秦并六国平话》组成。

《开辟演义》，原著全称《开辟衍绎通俗志传》，全书共六卷八十回。为明代周游所著。周游，字仰止，号五岳山人。出生地、生平均不详，大约明末崇祯前后在世。他一生善作通俗小说。《开辟演义》自盘古开天辟地、三皇五帝、夏商到周武王吊民伐罪，将远古中国的优秀神话传说集于一册，演绎华夏数千年历史传奇和王朝更替。叙事严谨，渲染帝王事迹，笔类《三国志演义》。

　　《武王伐纣平话》，全名《全相武王伐纣平话》，又名《新刊全相平话武王伐纣书》。作者姓名已佚。平话中写纣王的太子殷交，先是为母亲姜皇后报仇要杀妲己，反遭杀头之祸，幸被胡嵩劫法场救了，于是逃出朝歌，招集人马，后来助武王伐纣的故事。本书就是宋代说话人的旧蓝本，经元代说话人补充修订，在至治年间（1321—1323）由建安虞氏刊刻。这部小说的语言通俗流畅，叙事清晰简洁，人物性格分明，情节跌宕起伏。对后世的小说，特别是明清时代平话小说的创作提供了可资借鉴的蓝本。

　　《秦并六国平话》（别题《秦始皇传》），是元代无名氏所编著的一部叙述秦始皇兼并六国统一天下后实行苛政，导致秦朝灭亡的历史平话小说。这部小说创作于元代至治年间，以《全相平话五种》之名，与另外四部平话小说合集刊行。此书文字还比较简单，可能是话本刚刚脱离附属于口头文学的阶段而走上独立的书面文学阶段的产物，正如鲁迅先生在《中国小说史略》中所说："观其间率之处，颇足疑为说话人所用之话本，由此推演，大加波澜，即可以愉悦听者，然页必有图，则仍亦供人阅览之书也。"

　　此次出版，对原书中的一些错漏、笔误以及疑难字词，分别进行了校勘、更正和释义，对原书缺字的地方用□表示了出来，以方便读者阅读。但其中仍难免有些遗误之处，希望专家读者予以指正。

2017年9月

目 录

开辟演义　　　　　　　/1
武王伐纣平话　　　　　/155
秦并六国平话　　　　　/207

开辟演义

孔雀东南飞

目 录

第 一 回　盘古氏开天辟地／7
第 二 回　天皇定干支甲子／10
第 三 回　地皇分日月星辰／12
第 四 回　人皇分山川九区／16
第 五 回　天地人三皇历歌／18
第 六 回　五龙列氏治天下／19
第 七 回　有巢氏教民架屋／21
第 八 回　燧人氏结绳治政／22
第 九 回　伏羲画卦定天下／23
第 十 回　龙马负河图洛书／25
第十一回　女娲兴兵诛共工／27
第十二回　祝融氏大战康回／29
第十三回　女娲氏炼石补天／32
第十四回　女皇大封列国侯／34
第十五回　神农教民艺五谷／37
第十六回　亲尝百草疗民疾／39
第十七回　精卫公主访神仙／41
第十八回　百姓争杀夙沙氏／44
第十九回　七帝继传承天下／45

第 二 十 回　轩辕救驾灭蚩尤 / 47
第二十一回　轩辕氏即黄帝位 / 49
第二十二回　帝用六相治天下 / 50
第二十三回　黄帝制冕旒宫室 / 52
第二十四回　元妃教民养蚕丝 / 54
第二十五回　帝道成龙迎升天 / 55
第二十六回　少昊即位都曲阜 / 56
第二十七回　九侯奉旨征九黎 / 57
第二十八回　勾龙攻城暗退兵 / 59
第二十九回　颛顼帝高阳氏即位 / 60
第 三 十 回　九太子征伐九黎 / 62
第三十一回　九太子大战九黎 / 64
第三十二回　勾龙退围灭九黎 / 66
第三十三回　颛顼灭黎伏四夷 / 69
第三十四回　帝喾高辛氏即位 / 70
第三十五回　尧率八元谏帝挚 / 71
第三十六回　众诸侯废挚立尧 / 73
第三十七回　尧帝即位都平阳 / 76
第三十八回　尧帝命羿射九日 / 77
第三十九回　羿缴大风除兽害 / 79
第 四 十 回　平羿夫妻入月宫 / 82
第四十一回　四岳举鲧治洪水 / 83
第四十二回　尧帝康衢听童谣 / 86
第四十三回　大舜躬耕于历山 / 88
第四十四回　尧帝访贤让天下 / 90
第四十五回　尧让舜天下而崩 / 92
第四十六回　舜帝即位召八恺 / 94
第四十七回　舜帝歌南风之诗 / 95
第四十八回　舜帝命禹征三苗 / 96
第四十九回　舜命禹治水救民 / 97
第 五 十 回　舜南狩禅位于禹 / 100

第五十一回	禹王承位会诸侯 /	101
第五十二回	禹恶旨酒贬仪狄 /	103
第五十三回	诸侯立启即帝位 /	106
第五十四回	羿宣禹训废太康 /	108
第五十五回	仲康即位斩羲和 /	110
第五十六回	后羿篡夏弑帝相 /	110
第五十七回	寒浞诱民杀后羿 /	112
第五十八回	少康中兴灭寒浞 /	114
第五十九回	七帝仁明享太平 /	115
第 六 十 回	刘累醢龙贡孔甲 /	117
第六十一回	桀宠妹喜杀龙逄 /	118
第六十二回	桀王囚汤于夏台 /	120
第六十三回	桀王举鼎会诸侯 /	122
第六十四回	汤聘伊尹于莘野 /	124
第六十五回	汤伊尹放桀灭夏 /	125
第六十六回	桀王丧国走南巢 /	127
第六十七回	汤即位除网三面 /	128
第六十八回	六事自责雨桑林 /	130
第六十九回	伊尹奏后废太甲 /	131
第 七 十 回	沃丁承位哭伊尹 /	133
第七十一回	仲丁会巫咸征夷 /	135
第七十二回	祖乙迁都修河决 /	137
第七十三回	盘庚作书复兴商 /	139
第七十四回	武丁版筑得傅说 /	140
第七十五回	傅说奉旨伐鬼方 /	142
第七十六回	武乙无道被雷震 /	143
第七十七回	太丁命季历征夷 /	144
第七十八回	季历受封西伯侯 /	145
第七十九回	纣宠妲己丧亡商 /	147
第 八 十 回	周武王吊民伐罪 /	151

第 一 回
盘古氏开天辟地

邵康节①曰:天始开于子②,复卦③也;子历一万八百年为一会,丑④历一会,地始成,曰地辟于丑,临卦⑤也;寅⑥历一会,人始生,曰开物于寅,泰卦⑦也;周十二宫,一十二万九千六百年为一元终,坤卦⑧也。又是一个大阖辟⑨,谓元始至终,更以上,亦复如是。余仰止⑩曰:若云天开于子,地辟于丑,则盘古氏乃天开地辟之时也,该计二万一千六百年,以当子丑之会。若云天开天皇,地辟地皇,人生人皇,天开地辟之时,阴阳⑪未分,安有人生?天地定位,方可言生。

愚按:天皇生在寅,地皇生在卯⑫,人皇生在辰⑬,伏羲在巳⑭,神农、黄帝、尧、舜在午⑮,不然,今言未何也?若历考之,尚未至卯,何言至未?今正在午字者是也,不必疑焉。

---

① 邵康节——北宋理学家。字尧夫,谥康节。
② 子——十二时辰之一。夜半十一时至一时。
③ 复卦——《易经》六十四卦之一。震下坤上。
④ 丑——十二时辰之一。一时至三时。
⑤ 临卦—六十四卦之一。兑下坤上。
⑥ 寅——十二时辰之一。三时至五时。
⑦ 泰卦——六十四卦之一。乾下坤上。
⑧ 坤卦——六十四卦之一。坤下坤上。
⑨ 阖(hé)辟——开台。阖为闭,辟为开。
⑩ 仰止——敬仰。
⑪ 阴阳——构成宇宙天地的两种基本气体。
⑫ 卯——十二时辰之一。五时至七时。
⑬ 辰——十二时辰之一。七时至九时。
⑭ 巳——十二时辰之一。九时至十一时。
⑮ 午——十二时辰之一。日中为午。

胡五峰曰：混沌①之世，天地始分，有盘古氏者，生于大荒，莫知其始，明天地之道，达阴阳之变，为三才②首君。于是，混茫开矣。

却说尔时③西方世尊释迦牟尼佛放大光明，照见天下万国，四大部洲洪蒙久闭而不得升降，天昏地暗，神惨鬼愁，犹人居诸水火之中，奔溺④之状，深为可怜。世尊发大慈悲，即于灵鹫山上，从肉髻中涌出千叶宝莲，大放十道百宝光明，一一光明皆遍示，现十恒⑤河沙，擎山持杵，普周⑥虚空世界。大众仰观，畏爱兼抱，哀告求佛怜悯开示。佛曰："善哉，善哉！"乃呼阿难问曰："汝见天下四大部洲否？"阿难启佛曰："弟子愚昧，不知四大部洲何物。"佛复问诸弟子曰："汝等曾有见识否？"诸弟子皆言未识。佛曰："天下四大部洲者：吾此方是西牛贺洲，东是东胜神洲，北是北俱卢洲，唯有南赡部洲天地洪荒。"观音大士出班合掌顶礼，上白佛言曰："世尊，今南赡部洲历劫⑦已满，世尊救度普济，莫非立教复开天地者乎？"佛曰："善哉！正是此说。今欲一人开天辟地，为万世之始主。此非细事，恐不得其人。"见班旁一位菩萨合掌微笑，世尊看是昆多崩娑那，命近前问之，擎拳长跪，稽首佛前，上白世尊，曰："南赡部洲若得天地开辟，只恐弟子身遭恶业，何以解脱？"佛曰："止命汝一身去开天辟地，成万世不朽之功，有何恶业？不必挂碍，速往前行！天地既分，万物始成，自有天一生水，地二生火，天三生木，地四生金，天五生土。二气一分，吾即救汝复至此方。"

昆多崩娑那受佛命毕，只得顶礼⑧辞别世尊并诸大菩萨，驾一朵祥云，离了西方佛境，直来至南赡部洲大洪荒处，大吼一声，投下地中，化成一物，团圆如一蟠桃样，内有核如孩形，于天地中滚来滚去；约有七七四十

---

① 混沌——天地未分前的元气状态。
② 三才——古人以天、地、人为三才。
③ 尔时——那时。
④ 奔溺——沉溺。
⑤ 十恒——极言数量之多，不可胜数。
⑥ 普周——遍及。
⑦ 劫——佛家认为天地从形成到毁灭为一劫。
⑧ 顶礼——跪地用头触尊者的脚，为佛家最高礼节。

九转,渐渐长成一人,身长三丈六尺,头角狰狞,神眉怒目,獠牙巨口,遍体皆毛;将身一伸,天即渐高,地便坠下,而天地更有相连者,左手执凿,右手持斧,或用斧劈,或以凿开,自是神力。久而天地乃分,二气升降,清者上为天,浊者下为地。自此而混茫开矣,即有太极①生两仪②,两仪生四象③,四象变化,而庶类④繁矣,相传首出御世。从此,昆多崩娑那立一石碑,长三丈,阔九尺,自镌二十字于其上曰:

吾乃盘古氏,开天辟地基。

亥子重交媾,依旧似今时。

话分两头,不说昆多崩娑那分天地立碑,且说世尊慧眼遥观,见昆多崩娑那功成行满,在世已久,吩咐观音大士曰:"汝可变一天神,执净瓶前去倾出甘露,令昆多崩娑那浴身,恐沾污秽,难以离世;说出西方形骸,救度他转来。"大士领佛法旨,即辞世尊,驾祥云至大荒,摇身变一天神,高四丈,手执净瓶,立于碑前。盘古氏问曰:"汝是何人?执此净瓶何故?"大士曰:"吾净瓶有甘露,为汝身触厌污,如来使吾代汝洗身。"盘古氏本西方大圣,一闻大士之言,心便开悟,即顶礼皈依⑤,叩求救度。大士见其心转,随将净瓶中甘露于盘古头顶上倾下,即说偈曰:

只因合掌一笑,今来二万余年。

功完行满西归,免堕轮迴苦境。

盘古氏听偈毕,大吼一声,滚于地中,霎时依旧化成一蟠桃。大士一见,即向前用净瓶装入内,径回西天,见世尊,叩首参拜,白佛曰:"弟子救得昆多崩娑那至此,望如来慈悲!"遂将蟠桃献上,世尊一见,便说偈曰:

去此形骸,来此形骸。

功今完满,现像受戒。

世尊说偈毕,昆多崩娑那即现出原形,于佛前叩首顶礼,世尊大喜。大士又启佛曰:"虽蒙慈悲,天地已分,弟子不识天开辟地后又当何如。"

---

① 太极——指原始混沌之气。
② 两仪——指阴阳两气,亦指日月。
③ 四象——指四时。
④ 庶类——世间各种生物。
⑤ 皈(guī)依——拜于门下。

世尊曰:"天地既分之后,轻清者阳气上升,重浊者阴气下降,二气化而生人,阴阳交媾,自能生育万物。至于禽兽蠢动含灵①,莫不本此。但后降生者,必上、中、下三白②起,人间必以为三皇焉。其后历劫:禀清气者,为臣则忠,为子则孝,闻善则喜,心慈不杀,仗义轻财;至有罪变兽,则为马牛、犬羊、狮象、麟象等类,变禽则为凤鸾、鹤雀、鸳雁等类,变虫则为鱼虾、蛾蚕等类。禀浊气者,为臣不忠,为子不孝,作恶执性,不乐善事,贪财好杀;至有罪变兽,则为豺狼、虎豹、鼠狐等类,变禽则为鹰鹞、鸦鹊等类,变虫则为蜂蝎、蛇虿③等类。禀不清不浊之气者,为臣贪位,为子或顺或逆,好财吝舍,知善不为,不戒杀心;变兽则为驴骡、豕鹿、兔獐等类,变禽则为鹃鸽、鹭鸡、鸭鹅等类,变虫则为蚊虱、蝶蚁之类。日后,四大部洲历劫已久,蠢动含灵,为众生善善恶恶,或至人为禽、兽、虫,或禽、兽、虫至为人,更易不常。故有天堂、地狱,皆自心造,不能悉举,汝等往后便知。"大众诸佛菩萨皆合掌欢喜,稽首④而退。但不知后来如何,且听下回分解。

第 二 回

天皇定干支甲子

却说天皇氏者,自盘古氏返西之后,阴阳正气交媾⑤,木德王岁起于摄提⑥,冲动四象,结成一大石球,滚化出十二小球,乃一日降世,球内皆生出一人,共十三人,惟天皇氏全身皆白色,长三丈五尺,面如傅粉⑦,唇若涂朱。其兄弟十二人尊之为主,继盘古氏以治理天下,原未取有姓名,各星散而居。自此,天下四大部洲,或天降,或地生,或三,或五,皆成

---

① 含灵——有灵气之物,如人类。
② 三白——指三种气体,即清气、浊气、不清不浊者。
③ 虿(chài)——蝎子一类的有毒的虫。
④ 稽首——叩头。
⑤ 交媾(gòu)——交合,交配。
⑥ 摄提——星名,属亢宿,共六星。
⑦ 傅粉——涂粉。

人形。

　　天皇氏天灵淡泊①,无为而治平②,不言而俗化③。乃召兄弟十二人于前曰:"盘古氏明天地之道,达阴阳之理,为三才首君而开混沌。吾蒙诸弟推立,欲置天地行运之道、父母相生之理,以天干地支相配,辑定④时候,吾亦不知其可否,故召弟等商之。"十二弟齐声对曰:"闻混沌初分之时,天干藏于上,地支埋于下。但不知我兄今如何而取用也?"天皇曰:"天干者,乃十父也:甲,名曰阏逢⑤;乙,名曰旃蒙⑥;丙,名曰柔兆;丁,名曰彊圉⑦;戊,名曰著雍;己,名曰屠维;庚,名曰上章;辛,名曰重光;壬,名曰玄黓⑧;癸,名曰昭阳。地支者,乃十二母也:子,名曰困敦,为混沌万物之初萌,藏黄泉之下;丑,名曰赤奋若——气运奋迅而起,万物无不若其性⑨;寅,名曰摄提格——万物承阳而起;卯,名曰单阏——阳气推万物而起;辰,名曰执徐——伏蛰之物⑩,而敷舒出;巳,名曰六荒落——万物炽盛而出,霍然落之;午,名曰敦牂⑪——万物壮盛也;未,名曰协洽——阴阳和合,万物化生;申,名曰涒滩⑫——万物吐秀,倾垂也;酉,名曰作噩——万物皆芒枝起;戌,名曰阉茂——万物皆蔽冒也;亥,名曰大渊献——万物于天,深盖藏也。"十二弟又启曰:"然则天干十,地支十二,何以用之乎?"天皇教之曰:"天干降合,地支生长,每与相配,如甲配子,乙配丑,轮流相合,周而复始,而为六十甲子,万物滋生于中。盖因盘古氏既开天,而未治十干之名,既辟地,而未定十二支之义,吾今立十干以定岁

---

① 淡泊——宁静无欲貌。
② 无为而治平——无所作为却使天下大治。
③ 俗化——即化民成俗,使风俗改变。
④ 辑定——修定。
⑤ 阏(yān)逢——天干中甲的别称。用以记年。
⑥ 旃(zhān)蒙——天干中乙的别称。
⑦ 彊圉(yǔ)——天干中丁的别称。
⑧ 玄黓(yì)——天干中壬的别称。
⑨ 若其性——顺其自然之性。
⑩ 伏蛰之物——潜伏冬眠之物。
⑪ 敦牂(zāng)——地支中午的别称。
⑫ 涒(dūn)滩——地支中申的别称。

次,立十二支以定四时。岁时既定,则民始知天道之所向矣。"

十二弟闻说,各大欢喜,唯唯而退。自此,天地位焉,万物育焉,颇通君臣之义。但人间诸事,皆未设置。《通鉴》载:天皇兄弟十三人共治天下一万八千岁,继之地皇氏生焉。不知后事若何,且听下回分解。

第 三 回
地皇分日月星辰

却说天皇氏虽立六十甲子,昼夜不分,永冥冥①焉。正值火德王兴于熊耳、龙门等山,忽然山中地出金光数丈,光中现五色祥云,云中降下一物,如莲花样,乃六白降世。莲花内有十一孔,于半空中飘荡,遂至变化,坠于地下,乃十一只,如莲子样。有一大者,忽伸出一头,全身继之而出于地中,踊跃数次,自成一人,形成三丈四尺,膊大数围,面如黑漆,身似烟煤,目如火光。继之莲子亦摇摆数次,如前而出一般②十人,形容体态大抵肖似③。一出便知尊兄为主,各相言曰:"天皇去后,今兄降世,可继为地皇。"地皇诺之曰:"弟等既立我以继天皇,当作用创立,以垂宪④万世。"众弟曰:"我兄天生圣君,必有睿裁⑤,弟等领命。"地皇曰:"天皇立天干以定岁,地支以定时,而岁时虽定,昼夜不分,日月不明,纵有生民,万世冥冥如长夜矣,则人民万物将何以为上宰乎?必得定其日月之升降,以分其昼夜之时刻期限、朔望盈虚⑥,庶民方有所赖矣。"诸弟闻说,皆大欢喜,稽首曰:"愿我兄速为处分!"地皇曰:"吾今先代汝诸弟取其姓名,各处而居,再商昼夜之计。"诸弟请曰:"吾兄取何名姓?"地皇曰:"姓则共,

---

① 冥冥——昏暗不明貌。
② 一般——一样。
③ 肖似——像似。
④ 垂宪——为后世留下法则。
⑤ 睿(ruì)裁——英明的决定。
⑥ 朔望盈虚——初一为朔,十五月圆为望。月满为盈,月缺为虚。

而名分,取十字创制诸辰法,永垂宪万世,以此十字为汝等安名。其一曰地创,二曰地制,三曰地诸,四曰地辰,五曰地法,六曰地永,七曰地垂,八曰地宪,九曰地万,十曰地世。"诸弟受名谢恩。地皇吩咐曰:"汝等暂且散居各方,俟有召命,各宜向前立功。"诸弟领命,皆分别而去。

地皇氏自思曰:"必须先得日月分明、星辰有位,然后方可以分昼夜。如是日月不照,星辰不耀,安成昼夜!可召四弟地辰议之。"即遣使命,令召地辰。使命承召,直至地辰地方,入见地辰,具言地皇相召之意。地辰即同使命来见地皇,参拜毕,地皇曰:"今闻日月二人居于咸池①,不升明照,乐于爱溺②,沉于精魄,恐召不来。汝可试往召之,看彼何如。"地辰领命,辞兄而行,取路径至咸池。

却说太阳日君,姓孙,名开,字子真,乃男身;太阴月君姓唐,名未,字天贤,乃女身。二人自天地消闭之后,阴阳相混,隐避于咸池,幽居不高。忽报地皇氏差有使命至,日月出接,延入池边坐定。日君问曰:"地皇差君至此,有何见谕?"地辰宣言:"地皇主上说,汝二君不出升照,不分昼夜,使某白二君前去照临,以救万民。"日月曰:"某二人久居在此,难以分离,况升照必有分别,分而难合,烦为转达,实难领命。"地辰曰:"二君不行,则天下万民无有赖矣;若无二君,不成天象,幸其勿辞!"日月曰:"以我分离,从彼所欲,不敢从命!"二人遂走入咸池不出。地辰只得回见地皇,将前事一一奏上。地皇笑曰:"吾亦知他二人情久不舍,难以善处;但不思天地间岂有久合不分离者乎!汝且退,吾自有取他之法。"

却说地皇氏乃西方地帝鸡降世,随即沐浴闭气③,飘然而行。至西方,正值世尊升座莲台说法,诸菩萨侍立,忽座下见地皇氏俯伏言曰:"望佛发大慈悲,行大方便!"佛曰:"地帝鸡,汝已为地皇,今有何事至此?"地皇叩首曰:"弟子欲分昼夜,以定日月星辰,遣使宣召孙开、唐未,二人不尊召命,不肯分离,只得来投世尊,望乞垂怜!"佛曰:"我前命昆多崩娑那降世为盘古氏,亦知其未伏日月三辰,是无昼夜。欲升日月,必得昆多崩娑那再行,方可以制之。"昆多崩娑那闻得佛言,忙向上叩首曰:"蒙佛吩

---

① 咸池——传说中东方的大泽,太阳洗浴处。
② 爱溺——沉溺于爱欲。
③ 闭气——屏住呼吸。

咐,乃各执一事,弟子已开辟天地,日月之事,该地帝鸡制伏,彼今不伏日月,不定三辰,干弟子何事,却要弟子代行?"佛曰:"汝当初分天地时便该升起日月,岂有既开天地而不升日月之理?致阴阳交姤①已久,不肯分离。慎勿辞劳!汝速一行,可成其功。"昆多崩娑那不敢违佛法旨,只得启告曰:"弟子此去,何以制之?"世尊命昆多崩娑那上前,令伸左手,书一"日"字,右手书一"月"字,念真言曰:"唵嘚啵哆呾咀啰吽。"嘱之曰:"汝若去到咸池,将此真言念动,先分其阴阳,次伸出左手招日,又伸出右手招月,诵心经七遍,送上天宫,则阴阳自分而成昼夜矣。"昆多崩娑那又告曰:"日月既承开示,但不知星辰之事当何如?"世尊曰:"星由月转,因天地消闭,皆于混沌中已成石矣,今聚在西北角。"昆多崩娑那告佛曰:"用何法升提,令其分位?"世尊曰:"诸星散乱,俱有其方位。汝可先升七辰于北方,此系众星象之主,诸星必然拱向;次升五帝大星;三升天乙、太乙、三师、后妃等星;四升文昌、玄武、三台、八座等星;五升七姑星,列于天河、鹊桥之后;六升角、亢、氐、房、心、尾、箕、斗、牛、女、虚、危、室、壁、奎、娄、胃、昴、毕、觜②、参、井、鬼、柳、星、张、翼、轸,一此为二十八宿,布列四方;七升金、木、水、火、土五星,此为五行;八升建、除、满、平、定、执、破、危、成、收、开、闭,此为十二曜,分十二位;九升太子、庶子、御女、左右少微等星;十升罗睺③、计都。一一升提,各居其方位,自然不致紊乱,而灿明矣。"昆多崩娑那曰:"何法升之?"世尊曰:"念动心经:其星即升。"昆多崩娑那曰:"何只念心经,便能升提?"世尊曰:"天有天心,地有地心,人有人心。天、地、人三心一正,百邪隐避;三心不正,百邪作祟。心经中有无量无边功德不可思议,但依而行,自然成功矣。"

昆多崩娑那听佛此说,满心欢喜,叩首拜辞如来,即同地帝鸡而来。至咸池,依佛指示,将前真言念动,只见日、月二君飘飘荡荡,放大毫光,显出赤白二气冲天而起,便觉天地光明,比前混沌景象大不相同。昆多崩娑那,地帝鸡大喜,即向前喝曰:"汝二人久消违佛法旨,吾不汝较④,可速分

---

① 交姤——同交媾,交合。
② 觜(zī)——二十八星宿之一。
③ 罗睺(hóu)——占星家用语。
④ 较——计较。

赤、白二气前来受戒！"少顷间，赤、白二气渐渐分开，赤左白右，各聚成一团。昆多崩娑那伸左手呼曰："孙开速上吾掌！"只见一团赤气飞入掌中。再伸右手呼曰："唐未速上吾掌！"一团白气飞入掌中。用两手高擎，念心经七遍，又念动真言，喝曰："赤左白右，昼日夜月，不得相淆！如违法旨，按令施行！"只见赤、白二团一齐离掌，直升上天，白月没于云内，赤日光明普照四方矣。二人大悦。地帝鸡曰："今，昼则定矣，夜何以分？"昆多崩娑那曰："吾与汝且候之。——孙开欲心未断，必恋慕唐未，待其行至身斜，可召云以掩其光，而推唐未出焉，则成夜矣。"地帝鸡闻说大喜。不多时，果然孙开身斜，欲寻唐未，被云蔽光，不得相会。昆多崩娑那即念动真言催月渐升，遍照四方，而为夜矣。

二人见日月分明，已有昼夜，又依世尊之旨，向西北方念动真言，先升北斗，只见七星相连，光芒闪灼，列于北方。将心经持诵，而诸星象辰宿皆灿烂光明朗朗，各升本位，拱向北斗。二人甚悦。昆多崩娑那曰："三辰①位定矣，日月昼夜分矣，只是孙开、唐未居咸池交久，欲爱未断，久后必有月爱日、日爱月相护之咎②。"地帝鸡问曰："若有此咎，何以处分？"昆多崩娑那曰："某料③不妨。若日贪月，则名月蚀；若月贪日，则名日食。民间见其晦暗，必大惊小怪，恐其不光，自用金鼓震动。孙、唐二人心慌，必定惊散而复光明。但不免岁有一次。然太阳之气充满，无有亏虚；太阴之气微弱，必有盈虚。"

说罢，二人作别。昆多崩娑那转西方回佛法旨，地帝鸡回世得昼夜分、日月定、三辰判，满心欢喜，乃召十弟聚会，相庆称贺。地皇氏曰："今昼夜、日月、星辰已定，吾欲以盈虚消长、朔望相继三百六十五日为一岁，俾后之民庶知日月之道、星辰之理、昼夜之长短、四时之不息所以然也。"众弟曰："此吾兄没世之功也！"各辞归本地不提。

地皇氏自定日月星辰之后，万民安泰，与十弟共分治天下一万八千年而崩，继之人皇氏出焉。不知后事如何，且听下回分解。

---

① 三辰——指日、月、星。
② 咎——错误。
③ 料——预料。

第 四 回
人皇分山川九区

却说人皇氏乃八白降世,正该土德王①时,忽地气冲天,天上东北角有九人乘云车、驾六羽而下,出于山谷之口,有祥云拥护,毫光万道。人皇生得面带青色,目若朗星②,身长三丈三尺,弟八人,亦各向前拜尊人皇氏为兄。人皇自呼曰:"吾乃民主③,汝等人民何不前来礼拜?"人民见此神通,拜倒数万余人。人皇氏曰:"自盘古氏开天后,天皇氏为民劳心殚力④,制天干地支与汝等定岁时,地皇氏为汝等升日月、定星辰、分昼夜,此永世不没之德。只山川地上万物及君臣、父子、夫妇、兄弟、饮食未置。吾今生斯世,为生民之主,欲专制⑤是事。"彼时,众民只知唯唯听命,亦不识其事体如何。人皇氏曰:"汝等今且暂散,吾自有布置。"万民咸⑥拜谢耐而去,唯弟八人侍侧。人皇氏吩咐八弟曰:"汝等可前去,相厥山川,分汝八人于八处,各居一方镇守。今代汝等各取一名,方可召呼:长弟名曰居孝,次弟名曰居弟,三弟名曰居忠,四弟名曰居信,五弟名曰居礼,六弟名曰居义,七弟名曰居廉,八弟名曰居耻。吾立汝八人去八处镇守,取此八字,人若勉之,则为忠臣孝子;人若违之,则为野禽恶兽。今地气正旺之时,山中必多禽兽,各宜勉之,无负吾望!"八弟叩谢,各去各地方镇守。

彼时风气渐开,时序颇著,万物群生,遍处皆山林,鸟兽、人民同居,往往为害。一日,人皇氏乃召八弟前至,八弟随召来见,俯伏奏曰:"不知兄主有何吩咐,召弟前来?"人皇氏曰:"吾今见人民、禽兽杂居,故召汝八

---

① 土德王——秦汉方士以金、木、水、火、土五行相生相克的道理附会王朝的命运,称五德。土德王,指由五行之一的土决定王朝的归属。
② 朗星——明亮的星。
③ 民主——民众的主宰。
④ 殚(dān)力——尽力。
⑤ 专制——专门设制。
⑥ 咸——都。

人,各回本方,开创人居之处,去其草木,庶①人民、禽兽各得其所,不至混杂;更教民饮食,一日只卯、午、酉三时可食,每时食一饱,不可过食;夜则寝,昼则起,庶民不失其时矣;今虽有男女生育,未明婚配,叫民各自择配,不许苟合淫欲,庶男女不至淆乱矣。"八弟闻言大喜,叩首谢曰:"此必得兄主教之。"人皇氏曰:"此事非小可。今天下人民众多,欲制此事,须召众方伯②至,而后方可定制。"八弟曰:"欲召何人?"人皇氏曰:"今有五龙氏兄弟五人,原出地皇之世,令其居于五方,司五行,布山川,今传有五十九姓于摄提。此一路,烦居孝弟召为首者至,吾自有吩咐。"居孝领旨辞别而去。人皇氏又曰:"更有合雒氏三姓,名旺中、旺正、旺丁者,原亦系摄提氏之派,教民开土穴而居;又有连通氏六姓,系合雒氏之派,名僚、侈、佳、住、仁、信者六人;又有叙命氏四姓,乃系连通氏之派,名曰连一、连二、连三、连四。烦居弟、居忠、居信三弟,亦召其为首者至,吾自有吩咐。"三弟各领旨而去。人皇氏又曰:"今数处召命已发行矣,更有循蜚氏之派,有二十二氏,居于汾睢阳;又有巨灵氏,迹躔③于蜀,巨灵氏掌握化权,指挥五丁之氏,反山川,祛阴阳,今居于无恒之处;又有泰壹氏,为地皇氏调大鸿之气,正神明之位;又有神民氏,使人民异业精气流行。此几处,烦居礼、居义二弟亦召其为首者至,吾自有吩咐。"二弟亦领旨而去。人皇氏又曰:"更有因提氏、辰放氏教人卉服④蔽体,以木茹⑤皮,以御风露,绞髻⑥阄首⑦,以遮雨雪。今传四世。烦居廉、居耻二弟召至,吾亦有吩咐。"二人亦领旨而去。

不半岁光阴,各处人等皆承召命齐集通谷,伺候朝见。一日,人皇氏出朝,众弟皆至,参拜回旨。奏道:"各路人臣随召俱至,见在朝见兄主。"人皇闻奏大悦,命宣众臣来见。众臣入见,朝参拜舞,礼毕,齐声奏曰:"蒙承吾君召命,不敢少违,星夜至此,不知吾君有何旨意吩咐?"人皇曰:

---

① 庶——庶几,大概。
② 方伯——地方长官。
③ 躔(chán)——原指足迹,此指居住。
④ 卉服——这里指用树叶做的衣服。
⑤ 茹——此指覆盖。
⑥ 髻(bìn)——同"鬓",鬓发指靠近耳边的头发。
⑦ 阄(jiū)首——头部留发。

"劳诸卿光降,今天下人民颇众,日用稍均,禽兽归山,鱼虾归水。然人乃万物之灵,岂可男女由其自欲,而不定其婚配可乎?"众臣对曰:"臣等亦知此事,但未得制度之法,祈求吾皇指示!"人皇曰:"未能正己,焉能正人!各当自立得人,其教方行。寡人原得地皇氏孙女二人,吾即立为后妃;弟等八人各择一女配之;卿等回镇,亦各自择贤室①。务宜正己,方可正人。此叫民定其婚配,为万代之第一义矣。"八弟、诸臣皆大欢喜,奏曰:"此吾皇万世之德教也。"各人谢恩而退,自回本镇,依人皇之法教民,民皆乐从,而各镇诸臣亦得安壤而治,普天悉沾其化。

自此,人皇氏之治天下,君乃明君,而主不虚王②;臣乃良臣,而臣不虚贵。制治渐敷③,而政教所由兴;礼义渐备,而君尊臣卑自此起。饥飡④渴饮,而民之食用渐著;男女交媾,而民之婚姻始定。然此时民伪犹未滋也,人欲犹未侈也,人虽群生,而僭夺⑤之患不兴;物虽总众,而凌逼之念不举。人无短夭之寿,真盛世之初基也。兄弟九人,共四万一千六百岁,分天下为九区而治。不知后事如何,且听下回分解。

第 五 回
天地人三皇历歌

外史先从盘古氏,更有三皇天地人。
天皇一万八千岁,地皇一万八千春。
唯有人皇别长久,四万一千六百辰。
总算三皇历年数,八万一千六百巡。

---

① 贤室——以贤淑女子作为妻室。
② 不虚王——不辜负王的称号使命。
③ 敷——繁荣。
④ 飡(cān)——吃饭。
⑤ 僭(zǎn)夺——篡夺。

却说人皇氏治世虽正婚姻,而人民唯知有母,不知有父,未通媒妁①,禽兽尚自成群。鹑居鷇饮②,而亦不求不誉。昼则旅行③,夜则类处④,而未有居止矣。继之五龙氏治焉。

第 六 回
五龙列氏治天下

却说人皇氏之后,有五龙氏兄弟五人焉。一曰皇伯,二曰皇仲,三曰皇叔,四曰皇季,五曰皇少。五姓同期治五方⑤,司五类⑥,布山岳世及巢穴,日月贞明,驾龙以治。天下法五龙之迹,行无为之化,故夸五龙氏。世传长曰角龙木仙,次曰征龙火仙,三曰商龙金仙,四羽龙水仙,五曰宫龙土仙。五龙氏乘云登仙,而上郡肤施有五龙山,盖出治之所也。

话分两头,有循蜚纪二十二氏,继五龙氏而治,今列于左:

钜灵氏	句疆氏	谯明氏	涿光氏
钩陈氏	黄神氏	狙神氏	黎卢氏
天骇氏	鬼隗氏	弇兹氏	泰运氏
冉相氏	盖盈氏	大敦氏	灵阳氏
巫常氏	泰壹氏	空桑氏	神民氏
猗帝氏	次民氏		

钜灵氏以治天下,一曰尸气皇,出于汾睢,与元气齐生,握大象持化,而与物相蔽;铩⑦挥五丁之士,祛阴阳,返山川,神化大凝;居无恒处,而迹躔于

---

① 媒妁(shuò)——媒人。
② 鹑(chún)居鷇(kòu)饮——形容像鹑鸟迁徙不定,无固定居处;像幼鸟般需待哺而食。鷇,指待哺食的幼鸟。
③ 旅行——众人一起出行。
④ 类处——成群聚合一起居处。
⑤ 五方——东、西、南、北、中。
⑥ 五类——泛指各种生物。
⑦ 铩(shā)——武器名,长矛。

蜀。继治有句疆氏、谯明氏、涿光氏、钩陈氏、黄神氏、狙神氏、黎卢氏、天骃氏、鬼隗氏、弇兹氏、泰运氏，没而为河神，司水，出入有光；冉相氏、盖盈氏、大敦氏、灵阳氏，是为阳帝，出于长沙之茶陵，厥①化混混②，厥生蒙蒙③；巫常氏、泰壹氏，是为皇人，开图挺纪，执大同④之制，调大鸿之气，正神明之位，盖范无形，尝无味，要会久视操法揽而长存者。厥后，神农氏开医于泰壹小子，而黄帝、老子受要法⑤于泰壹元君，有兵法、阴阴元气、黄治杂子及泰壹之书。其书言黄帝游灵台，谒峨嵋，见天真皇人于玉堂，咨以三一⑥之道，论水火绦霄宫大渊之事。后有空桑氏，一曰广桑，在兖州；神民氏，作都于神民之丘，盖使民神异业，精气通行，一曰神皇氏，驾六蜚鹿，而治天下三百岁；猗帝氏，次民氏继之而治。又因提纪有十三氏，继次民氏后而治世，亦列于左：

  辰放氏 蜀山氏 虺隗氏 混沌氏
  东尸氏 皇覃氏 启统氏 吉夷氏
  几蘧氏 豨韦氏 有巢氏 燧人氏
  庸成氏

辰放氏是为元皇，都于帝勃，驾六飞麟而从日月，上下天地与神合谋。古初之人，卉服蔽体，乃教民搴⑦木茹皮，以御风霜，绞发陋首，以去露雨，号曰衣皮之民。治天下二百五十年，传四世，有蜀山氏、虺隗氏、混沌氏，生而不杀，予而不夺，天下之人服其服而怀其德。当世时，阴阳相和，万世一息，蜚鸟之巢可俯而探也，走兽可系而从也。盖执中涵和，除日无岁，无内而无外者也。混沌氏之治也，传七世有东尸氏、皇覃氏、启统氏、吉夷氏、几蘧氏、豨韦氏，继之有巢氏、燧人氏、庸成氏以治天下，教人民架屋、火食。不知后来如何，且听下回分解。

---

 ① 厥——其；他的。
 ② 混混——浑然不分貌。
 ③ 蒙蒙——细雨迷蒙貌。
 ④ 大同——天下皆归太平盛世。
 ⑤ 要法——关键的法度。
 ⑥ 三一——三指天、地、人三才；一指太极，世界本原。
 ⑦ 搴（qiān）——拔取。

第 七 回
有巢氏教民架屋

却说有巢氏为诸侯,发政施仁①,无日不以天下为念,而天下人民咸归之。见人民出入相友,况禽兽尚与人同宿共食者,有巢氏恐禽兽之性不常②,民受其害,教民架木为巢,掘地为营③。架木营室,暑夏则居之,以避炎热;掘地穴居,寒冬则住之,以避冽冷④,又备避禽兽之不测。人民大悦。自是,安居乐业。其时尚未知稼穑⑤,而人民只食草木之实,又未有火化,饮禽兽之血而茹其毛,取其皮以蔽前后,而民自尔以安恬⑥也。后有恶兽伤人,民皆相告,而避架木之所,得远其害,不致所伤。自此,颇知回避,民皆颂其德。

是时,民和物阜⑦,远近沾其教化,人民稍知礼义。草木繁茂,教民芟除⑧,架屋以蔽风雨。治天下五百九十年,传二世而崩。崩之日,天下之民多至,朝而哭,哀声震地,拥立燧人氏。不知后事如何,且听下回分解。

---

① 施仁——施行仁政。
② 不常——变化无常。
③ 营——居所。
④ 冽(liè)冷——寒冷。
⑤ 稼穑(sè)——指农业劳动。
⑥ 安恬——安适恬淡。
⑦ 物阜——物产丰饶。
⑧ 芟(shān)除——割除。

第 八 回
燧人氏结绳治政

却说燧人氏乃有巢氏之子,继父之国而治世。有四贤臣为佐:一曰明由,二曰必充,三曰成博,四曰陨丘。此四臣皆贤能,辅燧人氏以治其国,人民咸奔朝贺,燧人氏大喜。燧人氏一日设朝①,群臣朝毕,分班侍立。燧人氏曰:"先君教民架木巢居,此万世不易之长法。吾但思今之民不得熟食,以此朝夕忧闷,何以处之?卿等有何良法?"群臣曰:"臣等愚昧,此必吾主教识之。"

燧人氏散朝,群臣皆退。燧人氏至夜仰观列宿②,俯察五行,见星象猛醒曰:"噫!空中有火,丽木③则明。虚空之火丽于木,而地上金、木、水、火、土俱载其中,岂可人间无得火乎!以金④克木,必有火出。今吾教民用金钻木,是有火矣。有火,有水,而民不至腥臊生食也。"心中大悦。次日升朝,燧人氏召众臣而谕之曰:"寡人昨日朝退,一夜无寐,至仰观俯察列象五行,虚空有火明丽于木,汝等不明取火之法,故不得其火,而腥膻生食其物。寡人今以教民寻金钻木,必有火出,将火炙物⑤,民得熟物以食,而不至食生物矣。"群臣顿首谢曰:"吾主聪明天纵⑥,非臣等愚昧所知也。"于是,令布之天下,以传教万民。民皆大悦,依法钻之,果有火出。用金作锅,盛水以煮,下以火烧,食物煮熟,无腥膻之气,有香美之味。尝之甘甜,较之往日,大不相同。人民得此资生,一日三餐,自行自止,皆鼓舞大悦。

---

① 设朝——开朝,朝见大臣。
② 列宿——众多星宿。
③ 丽木——依附于木星。
④ 金——金属。此指铁。
⑤ 炙(zhì)物——烤制食物。
⑥ 天纵——天赋。

自此,天下而有火食,此燧人氏教民熟食之功也。但世事尚未有纪纲师表,法燧人氏教民作结绳①之政,立传教之台②。又教民日中为市③与交易之道。人情以遂④,民遂呼之为遂皇,传八世,治天下五百三十年。继起有庸成氏,一遵燧人氏之化,再继伏羲氏出焉。不知后事如何,且听下回分解。

第 九 回
伏羲画卦定天下

却说太昊伏羲氏,其母乃燧人氏之女也,名诸英,住于华胥⑤。一日闲嬉游入山中,见有一巨人足迹,羲母以脚履⑥之,自觉意有所动。忽然虹光罩身,遂因而有娠⑦。怀十六个月,生帝于成纪。长成三十有六岁,首若蛇形,身长三丈六尺,能仰观星象于天,俯察山川于地。人民感戴⑧,推之为君。木居五行之首,以木德继天而王;风为姓,衣服、旌旄⑨、旗节皆尚青色。建都于宛邱。帝居位,上合天心,下合人望⑩,以共工氏为上相,柏皇氏为下相,朱襄氏、昊英氏常居左右;栗陆氏居北,赫胥氏居南,昆吾氏居西,葛天氏居东,阴康氏居下。已上文武诸臣,各秉贤良,伏羲帝命分理宇内庶务⑪,而政大治。

---

① 结绳——相传上古无文字时,人民遇大事则在绳上打结为纪。
② 传教之台——为师长传授所设之台。
③ 市——市场。
④ 遂——满足。
⑤ 华胥——地名,相传在陕西蓝田县。
⑥ 履——脚踩。
⑦ 有娠(shēn)——怀孕。
⑧ 感戴——感恩戴德。
⑨ 旌(jīng)旄(máo)——用旄牛尾装饰的旗。
⑩ 人望——人心所向。
⑪ 庶务——事务,国家的各种政务。

帝教民作网罟①,捕鱼虾以赡②民用;又教民养六畜以充庖厨,备③为牺牲④,享神祇⑤,万民欢悦。又称帝曰庖牺氏。

帝一日升殿,群臣拜舞已毕,两班侍立。帝曰:"人皇氏定男女匹配,不至淆乱,诚乃万世不易之法也,但要明其嫁娶,行其俪⑥皮之礼,通媒妁,方可以重人伦大典。"群臣奏请曰:"何以为通媒的嫁娶之义?"帝曰:"通媒的者,凡欲娶人女,必先用一人为媒,去女家说合,为之通媒的也。以女从夫曰嫁,取女为妻曰娶。欲定其亲,当先行俪皮之礼,以合配偶,方重人伦大典。卿等谓其何如?"群臣咸对曰:"圣哉,斯言也!"帝见奏大悦,即命晓谕天下人民。俱依此礼而行。群臣皆退不题。

却说中皇氏仓颉生四目,有睿德⑦,能书,及长,登阳墟之山,涉元扈、洛水之汭⑧。一日,有一霛龟⑨负一丹书前来,仓颉一见,拜而受之,袖入家中,朝夕读诵,遂能通天地之变化。仰观奎星⑩圆曲之势,俯察山川鸟迹龟文,指掌而创文字。文字成,天雨粟,神鬼夜号。一日,太昊帝升殿,群臣侍立,帝问曰:"昨者上无雨粟,鬼神夜哭,此主何事?"仓颉出班奏曰:"臣至元扈、洛水之汭,忽见一龟从河而起,负有丹书。臣取回家开读,遂而悟得,创成文字,天为雨粟,鬼为夜泣,不想惊动圣上,臣该万死!"帝闻奏大喜,问曰:"产此丹书何在?"仓颉奏曰:"臣带在此,正欲奏知我主,不意皇上下问。"言罢即于袖中取出丹书进上。帝于御案上展开,从头至尾一观玩,问曰:"卿得此丹书,悉解其中之意味否?"仓颉奏曰:"臣颇识之。"帝曰:"内中何誯⑪?"颉曰:"内皆教人以书制六体文字

---

① 网罟(gǔ)——渔网。
② 赡——满足。
③ 备(bèi)——备有,准备。
④ 牺牲——古代祭祀用牲口,多为牛、羊、猪等。
⑤ 神祇(qí)——"神"指天神,"祇"指地神。
⑥ 俪(lì)皮——成对的鹿皮,古代用作订婚礼物。
⑦ 睿德——美德。
⑧ 汭(ruì)——两河汇合处。
⑨ 霛(líng)龟——通灵之龟,有神性的神龟。
⑩ 奎星——即奎宿,二十八宿之一,星体屈曲相钩,似文字之形。
⑪ 誯(chàng)——唱的异体字。

之式。"帝问曰:"何谓六体?"颉奏曰:"一曰象形。夫象形者,谓日月之类,以像日月形体而为之也。二曰假假,谓令长之类,一字两用也。三曰指事,谓上下之类。人在一上为上,人在一下为下。人各有其处,事得其宜,故以指事也。四曰会意,谓武信之类。人言为信,止戈为武,会合人意也。五曰转注,谓考老之类,建类一首,文意相受,左右相注。六曰谐声,谓形声者。如江河,皆以水为形,以工、可为声也。他日,天下义礼必归于文字,文字必归于六书矣。"帝闻仓颉之奏,满心大喜曰:"卿可将此六书更加详解,朕着臣下抄写,传之教台,命布教天下,民得文字,如眼重明①,此卿万世之功也。"仓颉并群臣皆顿首拜谢而散。仓颉即日增补六书,以代结绳之政。帝即敕命教台,抄录布于天下。人民得以识字,皆大欢喜,而天下文字自此始也。不知后来如何,且听下回分解。

第 十 回
龙马负河图洛书

却说太昊得仓颉丹书,发下教台抄传示天下,代去燧人氏结绳之政。帝一日召群臣曰:"寡人赖卿等相辅,天下今稍清平。今削木为琴,面圆以法天,底平以象地;龙池②八寸,通八风③;凤池④四寸,象四时;五弦象满五行;长七尺二寸,按七十二候⑤;用丝绳为弦,弦二十有七条,命之曰离徽,上以通神明之覜⑥,下以合天人之和;絚⑦为三十六弦之瑟,与

---

① 重明——又见光明。
② 龙池——琴底部接近上方的孔眼。
③ 八风——八方之风。
④ 凤池——又称凤沼,琴底部下方的孔眼。
⑤ 七十二候——古代计算节气的七十二物候,五日一候,一月六候,三候为一节气,一年二十四节气,共七十二候。
⑥ 覜(yào)——两人相对而视。
⑦ 絚(gēng)——绷紧。

民修身理性,反其天真①。卿等以为可否?"群臣皆叩首曰:"臣等愚昧,愿我主教之!"帝即发式②,命木匠用桐木削析,依式而造,颁赐天下。众臣皆退。天下士民领式咸法制度,各相传授,无不欢悦。天下琴瑟自此始。

帝一日升殿,群臣朝毕,忽午门③外流传警报至,帝命宣入。俯伏山呼毕,帝问曰:"汝报何事?"报人曰:"臣居近孟津④河边,河中忽然大涨,波浪滔天。水中有一巨兽,似龙非龙,似马非马,浪里飞腾,人民惊惧,一方弗宁,民故特来奏知。"帝闻奏,言曰:"此乃何物如此?"女娲氏奏曰:"似龙似马,皆吉兽也,又出于河中,必主有佳兆。我主宜排驾备香案前去同群臣观之,便见端的⑤。"帝准奏,即命排驾,同众臣至河边。只见河中洪涛巨浪,波中一兽踏水如登平地,大体似马而身有鳞,高八九尺,有两翼,形类骆驼,背上负一朱箱,面上有四字,乃"河图洛书"。帝一见,命抬香案至前,亲自同群臣礼拜。帝祝曰:"朕治天下数百季矣,若朕有过,罪在朕躬⑥,望龙神息其波浪,无害于民!"帝方祝罢,只见风恬浪静,龙马遂负箱直至河边。帝见之大喜曰:"蒙神顿息波浪之势,可负箱至岸。如内有益民之物,乞神点头三下,朕即取之;若是不然,端立勿动,朕不取也。"那龙马听帝言语,即连忙点头三下,帝心甚悦,即命女娲氏向前取之。女娲氏去河边取起负箱,那龙马复驰入河中,没而不见。霎时波浪平息,帝随于河边拜谢,命夫扛箱同众臣回朝。帝坐于殿上言:"朕蒙河神赐此丹箱,不知内有何物,今宜焚香叩首礼拜,同众臣开箱看是何物。"众臣曰:"我主之言是也。"即命安排香案。帝焚香叩首毕,众臣亦各礼拜,命女娲氏于当殿上拿开箱盖,帝同众臣取出视之,乃《河图》《洛书》⑦,画成八卦,变为八八六十有四卦,以通神明之德,以类万物之情。内又教人作

---

① 天真——天然性情。
② 发式——给予样式。
③ 午门——帝王宫城的正门。
④ 孟津——津名,在今河南孟津县南。
⑤ 端的——原委。
⑥ 朕(zhèn)躬——自己。朕,皇帝自称专语。躬,身体。
⑦ 《河图》《洛书》——《河图》与《洛书》是中国古代流传下来的两幅神秘图案,历来被认为是河洛文化的滥觞。《易·系辞》上有"河出图,洛出书,圣人则之"之语。

甲历①。甲历者,始于甲子,终于癸亥,干支相配为十二宫辰,六甲周而天道之事备矣。岁以是纪,而月不能乱;日以是纪,而时不易;昼夜以是纪,而人知度数;四季以是纪,东、西、南、北而不惑。一年分十二月,一月分三十日。按日分十二时,一时分八刻,依《河》《洛》推算,则年、月、日、时定矣。

帝同群臣览毕,君臣皆大欢喜。群臣叩首奏曰:"前代三皇虽开世道,有恩于民,但世尚洪荒,而文明犹未开,颛蒙②犹未启,我主今得先天卦爻而兴教,实万世文明之主也。"帝曰:"卿等之言虽是,朕今不惜勤劳,将八卦变六十四卦,定东、南、西、北,幽赞于神明而生蓍③,参天两地而倚数,观变于阴阳而立卦,教民决嫌疑④,定犹豫⑤,便民不迷于吉凶悔吝之途。开物成务之学,天地秘造之机,朕为之泄尽可乎!"众臣闻帝言,各皆大喜,稽首奏曰:"今得我主不惜勤劳,有费圣心,一至于此。自三皇以来,未有盛于我主之治而成万代之规模矣。"帝大悦,各赐筵宴而散。帝作成先天卦爻变法,颁行天下。后在位一千一百一十五年,寿一千一百五十岁而崩。伏羲氏之后有十五氏,女娲氏即位,十四氏为诸侯。

第十一回
女娲兴兵诛共工

却说女娲氏,系女身,乃伏羲氏之妹,同母所生,生而神灵,面如傅粉,齿白唇红,身长二丈五尺,幼极聪慧,长佐兄正婚姻媒的嫁娶之礼,以重万民,是为神媒,帝爱而敬之。伏羲氏崩,群臣推女娲氏即位,号为女皇,建都于中皇之山。群臣朝贺毕,女皇赐筵宴而散。

---

① 甲历——天干地支相配为六十甲子的计时法。
② 颛(zhuān)蒙——未开化之民。
③ 蓍(shī)——以蓍草占卜。
④ 嫌疑——疑惑难明的事理。
⑤ 犹豫——迟疑难决之事。

却说共工氏名康回者,原为伏羲上相,后封为诸侯,镇守孟河。康回生得面如黑铁,发似朱砂,身长二丈六尺,遍身皆毛,目若朗星,深明天文,任智自神,得观《河》《洛》之数,自谓水德真君。乃以水纪官师,欲壅①百川,隳高湮卑②,洪水遍地,巨浪滔天,大兴兵马作乱,不来中皇朝帝,以害天下。都邑震惊,人皆鼠窜。女娲氏设朝,孟河邻境守臣告急,近侍奏知,女皇曰:"今康回造反,何人可以征之?"群臣奏曰:"共工氏得先君传授,深明卦爻,又兼神通广大,若往征之,必我主圣驾按临,方可殄灭③。"女皇依群臣之奏,即命柏皇氏为左先锋,央皇氏为右先锋,大发精兵十万,御驾亲征,杀奔孟河而来。

孟河守卒飞报康回,康回听罢,连忙升帐,唤集左右牙将,点起人马,出城排下阵势。两阵对完,康回出马,头顶烂银盔,身披龙鳞甲,置上皂罗袍,腰束狮蛮带,手持大杆刀,坐下乌龙马。只见阵门开处,柏皇、央皇二马齐出。柏皇生得面如火枣,目似铜铃,身长二丈九尺,膊阔四围,手拈长枪,身骑赤马。央皇生得白面长髯,身高二丈八尺,手执开山大斧,金甲白马。指定康回齐声大骂曰:"矫诬上天,娱于湛乐④,淫泆其身,不思先君之德,肉齿未冷,即行不义,残害生灵,是何道理?今日御驾亲征,天兵到此,汝逃何处?早早下马受缚,解见天子,免得目下⑤倾生⑥,勿得后悔不及!"康回大怒,答曰:"先君非我,安得有天下?汝等有眼无珠,不尊我为君,立一女子,岂不被天下人笑骂乎?"二将闻言,心中大怒,各持兵器杀来。康回忙以刀相迎。三将交锋,兵刃并举,一来一往,一上一下,那三匹马左右盘旋,那三员将团团厮杀,只见各各精神倍健。大战有五十余回合,康回诈败而走,二将不舍,一直追来。康回大喜,正中其计。立时念动真言咒语,一望孟津之水,四边滔天而来,势如奔马。女皇之兵不能站立,皆抛戈弃甲,大败逃走。柏皇、央皇忙来保驾望朝中而走。损去兵马大

---

① 壅——阻塞。
② 隳(huī)高湮卑——摧塌高山,埋没低洼处。
③ 殄(tiǎn)灭——消灭。
④ 湛乐——享乐。
⑤ 目下——形容转眼间,一刹那。
⑥ 倾生——丧生。

半，溺死者甚多。康回亦不追赶，女皇于是得脱，漏夜①还朝。

第十二回
祝融氏大战康回

却说女皇因亲征康回，人马大败回朝，次日升殿与群臣曰："先君去世未久，康回不守乃职，反乱天下，孤②昨兴兵征之，又致不胜，如今之计，何以处之？"央皇出班奏曰："此非臣等兵力不敌也，康回深明卦爻之变，神通广大，能涌水为助，臣等故有是败。"女皇曰："似此奈何？"央皇曰："我主放心！臣闻人皇之世有祝融氏者，人皇封为诸侯，歌谐神明以和人声，以火施化，号为赤帝，大有神通，身长三丈，面如琢玉，赤发朱须，自有兵马数万。我主可降敕旨一道，命往征之，得彼肯来，无不克胜。"女皇曰："今居何处？"央皇曰："现在南方，地名汾睢。"女皇听奏，遂命以央皇为使，赍旨③星夜前往。

央皇领旨出朝，直至汾睢，令传报入府。祝融忙排香案，迎接敕旨入堂。宣读已毕，即与央皇相见。叙罢宾主之礼，设席款待，央皇曰："因康回作乱，皇上伐之不胜，久仰足下威灵，皇上亲差下官特来相请。万乞足下以人民为念，幸早赐兴虎狼之兵④以安主望，功莫大焉。"祝融曰："某曾见康回铁面毛身，狂智自神，淫泆其身，久必为害。当彼之时，即欲奏帝除之，奈因太昊帝用之为上相，故未敢造次⑤。今既作乱，某当与民除害。"央皇闻言，喜不自胜，告谢回朝。

祝融回府即令左右亲随手将传下号令，于教军场中拣选三万精壮人马，滔滔荡荡而来。传令于十字路口扎下，祝融入朝见帝，山呼毕，奏曰：

---

① 漏夜——连夜。古代以漏壶计时，故名。
② 孤——帝王自称。
③ 赍（jī）旨——携带皇帝旨意。
④ 虎狼之兵——勇猛善战之兵。
⑤ 造次——鲁莽行事。

"臣今奉圣旨领本部兵三万前征乱臣,托主上洪福,一鼓灭之,臣之愿也。"女皇大悦,设宴命群臣陪侍。女皇席间言曰:"康回无状①逆迹②,贤卿料尽知之。央皇保荐,量胜必矣!"祝融对曰:"康回窃取《易》数,自谓天下无敌。臣虽不才,此去定要成功!"君臣畅饮,席散而退。次日,祝融入朝谢宴,女皇慰劳之曰:"卿当用心征剿,孤决不负!他日铭之旍常③,金石不磨④也。"命赐战马一匹。祝融谢恩出朝,即时催动人马杀奔孟河而来。

却说康回自杀败女皇兵后,任选民间美女,朝夕淫洪不休,一日正与邹氏宴乐,忽闻城外喊杀连天,金鼓大振。小军报曰:"今有祝融兵至,在城外扎营,高声请战。乞主帅军令定夺!"康回听罢,大笑不止。邹氏问曰:"夫主闻报,何故发笑?"康回曰:"我笑祝融一匹夫不知世务,领兵而来,自送其死于我手乎?"夫人曰:"何以知之?"回曰:"我乃水德,今在北方,自得其势利,彼乃火星⑤。离南至北,失其势利,可知自丧身哉?"夫人曰:"想祝融难逃君之洞察矣!"即点人马三万出城迎敌。

且说祝融领兵前来亦自思曰:"我乃南方火体,彼乃北方水体,彼料我离南来北,失其方位,彼必用水淹我。岂知我生于土,备下有土中芦木,烧成土灰。彼若涌水,我掩芦灰,何愁不胜!"即暗吩咐后军:"各带芦灰土一袋,候康回败走,必涌水至,汝等放灰于地,以掩其水,然后杀进。"众军得令,各去备灰伺候。却说康回排开阵势,出马大呼曰:"祝融何不答话?"祝融出马,欠身施礼曰:"康共工!汝为先君元臣,今封请侯,理该尊君爱民才是,何任智自神,淫洪其身,隳高湮卑,以害人民?幸皇君宽洪容汝,尚不思改过前非,仍敢抗拒天讨⑥。皇君召某来伐问罪,若速投降,某奏皇君赦免前罪,若执迷不悟,身首异处,悔之晚矣!"康回亦施礼大笑曰:"汝乃先朝老臣,年亦迈矣,何不知分、识时势也?"祝融曰:"汝怀不

---

① 无状——行为邪僻。
② 逆迹——叛逆的行为。
③ 旍常——旗名,是太常、旍的合称。古代君王用太常、诸侯用旍作为记功授勋的仪制。
④ 金石不磨——指在金石上刻字记功,永不忘却。
⑤ 火星——星相为火。因古人以祝融为火神,故称。
⑥ 天讨——天子的讨伐。

仁,皇君召我擒汝,尚敢出兵对敌,汝不知分①,不识时势,反言说我何也?"康回曰:"汝于马上静听吾言:汝在南方,至今不死者,乃得其位也。今领兵人我北境,欲取我胜,此万万不能之事!所以汝不知分,不识时势耳。女皇起倾国兵来,被我一阵杀他大败而归;量汝小国之师,欲为他人出力,恐不自保,不若请回本国,汝我免伤和气。不然,兵刃无情,那时决无生还之理!"祝融曰:"吾再三劝汝,人非贤圣,不能无过,足下改过,尊主命令,某为转奏,免动刀兵可否?"康回曰:"战得我过,即便投降。"祝融大喝曰:"小畜生,违天不仁,有何大能敢于阵前特顽,出此大言!"手拈长枪飞来直取,康回举刀交还,三军呐喊助威。二人大战四十回合,康回诈败,兜马而走,见祝融催兵赶到,心中大喜。口中念动真言,洪水滔天冲来。祝融见水一至,笑曰:"贼子不出老夫所料。"即令众军放土灰于地,水一见土,即结成堆块,不能作浪,顿息消平,催兵杀进。

康回见其法解,大怒,回马复战,被祝融卖个破绽,而康回一刀砍了个空,祝融趁势一枪刺中肩上。康回负痛丢刀,落荒而逃。祝融飞马追来。康回料不能免,又带重伤,大吼一声,头触不周山②崩,天柱折,地维③缺,天不满西北,地不足东南,遂死此处。祝融下马,枭了首级,捉其家属回朝。正是:

　　鞭敲金镫④响,齐唱凯歌声。

祝融入朝奏知前事,女皇大悦,设宴款待,大赏三军,封为诸侯,次日谢恩回国。不知后来如何,下回便见。

---

① 不知分——不识时务。
② 不周山——传说中山名。
③ 地维——传说中系地的绳子。
④ 金镫(dēng)——即金铙,乐器名,出兵作战时击打奏乐用。

第十三回

女娲氏炼石补天

女皇自灭共工氏之后,天下太平。一日升殿,召臣娥陵作笙簧以通殊风,制箎筦,以一天下之音,用五十弦以抑其情;而乐乃和洽。娥陵承命。

使臣奏曰:"有不周山百姓前来进奏,皇上可容见否?"女皇传旨宣入。百姓至殿阶俯伏山呼毕,女皇问曰:"汝等不周山百姓有何说话?"百姓奏曰:"自祝将军征康回之后,彼处昼夜不分,只是黑暗,阴风凛冽,不似人世。百姓等取火寻路至此,望乞我皇上与百姓速作主张!"女皇曰:"朕即命排驾。"群臣扈①从,令百姓引路,前往不周山审视,只见天昏地暗,冷风逼人,举火照之,西北方一派②,天缺有七八痕。女皇召祝融问其缘由,对曰:"前者,康回被臣战败,大怒,头触不周山,此山乃天中柱,被他触倒,天遂缺陷。日月亦恶此天路崎岖,又兼冷风吹其光焰,所以不从此地经过,但循中央与南而行,故黑暗也。"女皇闻奏,命百姓且退,即命柏皇、央皇二臣于五方去寻青、黄、赤、白、黑五色石,杂七宝于中,入八卦炉内,用火炼七七四十九昼夜,火候已到。女娲氏原是天生神灵,识天文,达地理,明阴阳,念动真言,祷于上下神祇,将炼石怀袖,霎时间,云生足下,升在空中,遂将天缺随处补之,七昼夜补完全,复断大鳌足四个,立东、西、南、北四天柱,然后下来。群臣众民俯伏迎接。

女皇登座,群臣山呼毕,众百姓集阶下拜谢,复奏曰:"百姓等蒙我皇上神圣,今天已补完,得免凄风冷雨之苦。但此处僻居北方,常黝然昏黑,何以分昼夜,便耕种也?"女皇见奏,即宣巽二③、丰隆④二人至,命去召日月。巽二奏曰:"日月家在咸池,此去数万里,又兼东海大洋浩茫,难以往

---

① 扈(hù)从——随从。
② 泒(gū)——古水名。此指大水。
③ 巽(xùn)二——风神。
④ 丰隆——云神。

回。"女皇曰:"朕往年盖造有飞车,虚空奔腾,瞬息千里,赐汝前去。"丰隆奏曰:"巽二有车,臣亦当有车。彼以车,臣以足,恐难追及。迟误圣旨,臣之罪也。"女皇曰:"朕亦曾造有炮车,可与飞车并驰,今以赐卿。"二人谢恩领旨。早有车夫扶车在午门外等候,二人乘车而去。

一日到了咸池,见了日月,日月请二人入宫,分宾主坐定。命吴刚①捧茶,饮毕,二人将祝融战共工来历及女皇召他之意一一说明,日月再三推辞。巽二曰:"圣上有旨,非某敢违,兄若不允,须到圣上面前分剖②,与某推托无用。今一召不往,二召又来,兄安能得高枕而卧乎?"日月见其说得有理,只得各装火轮同来。巽二私谓丰隆曰:"彼二人被我等逼迫而行,心实不喜,况他火轮迅速,你我的车儿定是赶他不上,半路他二人逃走,那时何处去寻他们?我们怎么回朝缴旨?面圣论劾,才力不及;罚罪,小则弃官,大则罢职。何以区处?"丰隆曰:"不如弃了此车,你帮日轮,我帮月轮。他二人纵有通天入地的本事,也没处用。"巽二掩口笑曰:"此计大妙!"即弃飞车于奇肱国③,丰隆亦弃炮车于东海滨。二人遂帮日月火轮。寅时起身,酉时即到行在。适值女皇朝退,传事官奏知,女皇传旨宣入后殿相见。近臣引四人拜舞山呼毕,女皇谓日月曰:"卿夫妻二人这几时为何不行西北方?致令彼处百姓不开云雾,莫睹青天,不分昼夜,昏暗何也?"日奏曰:"周天三百六十五度,世尊只限臣六时行尽,以照天下。臣尚突不黔④,席不煖,何暇以往?况且天路崎岖,不异羊肠踞齿⑤,日暮途穷,跋涉艰难。臣若绕道赴之,是自取罪过矣!"女皇曰:"朕今炼石已补完矣,一望坦平,可极便行走,卿其勉焉!"日复奏曰:"以皇上之神圣,有补天之大功,不劳人力搅扰,然终不知造化浑无迹象,若臣勉强而力行之,臣妇以顺为正,必由此途,三寸金莲,臣恐行百里者,半多九十。世尊断然不恕。是臣以小惠小忠开二罪也。"女皇初意决要他巡绕北行,见说个"三寸金莲"跋涉艰难,未免有些爱惜其类之意。正是俗云军助兵,盗

---

① 吴刚——仙人名,相传其于月宫中种桂花树。
② 分剖——申诉。
③ 奇肱(gōng)国——传说中国名。
④ 突不黔(qián)——烟囱尚未变黑,形容时间短暂。
⑤ 踞齿——即锯齿,形容路途崎岖貌。

助贼,蚉蚉①助木虱。即曰:"朕生平不强人所不堪者,卿既量力而行,朕亦自有主意。"遂发日月回家执事,毋得迟悞。日月大喜,谢恩而出。正是回马不用鞭。不一二时,早到了咸池。

却说群臣奏曰:"皇上既不着日月经照此处,将何以处置?"女皇曰:"朕闻钟山有神名曰烛龙,常现火光以照幽隐,可令其居此,以安此方之民。即命祝融去宣来见朕。"祝融领旨直至钟山,见其神龙头蛇身,戟髯②火眼。祝融自思:"好没来由,日月放他归去,却要此妖精鬼怪作何用处?"正在暗自思忖,忽见他摇身屈尾,火光弥天。祝融叹曰:"凡人不识神圣,真愚蒙也!圣上召汝来见,现在不周山被康回触倒,西北方一派幽暗之极,自是欲烛龙口衔火以照之,使下民作息有定。超十万劫③,然后放汝归山,自符胡元正果。"烛龙承命而往,西北一派于是始分昼夜。

群臣复奏曰:"地维缺尚未补,皇上何以处分?"女皇曰:"东南地势略低,不妨留此缺为江为河,为淮为汉疏通水道,以入大海。西北一缺,须用力补之。"既至西北,见其黄浊水滚起,运抱土石塞之不止。女皇见势不能遏,教民凿河以流黄水,无至积聚,赈济百姓。于是西北之民得以安生。颂女娲之功德与天地共垂不朽矣!命排驾回朝。不知后事如何,且听下回分解。

第 十 四 回
女皇大封列国侯

却说女皇自炼石补天之后,天下无事,思柏皇氏、央皇氏二臣多赞襄④之功,皆封为诸侯。二臣上表辞谢不允,只得辞朝回国。

柏皇氏为诸侯,治世为而不有,应而不求,居于皇人之山,央皇氏为诸

---

① 蚉(wén)蚉——蚊子、跳蚤。
② 戟髯(rán)——横陈如戟状的胡须。
③ 劫——劫难。
④ 赞襄——辅佐。

侯,中国大治。四方采访使奏闻,女皇大悦,赏赉①加封。

又封大庭氏为诸侯,治其国,天上星辰增耀,山中风出异色,凡五只和鸣于上。都曲阜,故鲁有大庭氏之库存焉。奏闻女皇,女皇命使加封。又封栗陆氏为诸侯,治其国,刚愎自用,朝夕与嫔妃宴乐,有荒国政。其臣东里子谏曰:"主上自治国政以来,不以国民为念,朝夕宴乐,今一国百姓嗷嗷②,主上速宜改过自新,以免灾害!"栗陆氏曰:"孤乃一国之主,有何罪过?汝为臣子,敢辱其君!"怒令武士推出斩之。自此无有敢谏,任其自欲。天下诸侯闻栗陆氏杀谏臣东里子,各相起兵杀入曲阜。士民见主不仁,无一向前迎敌者。众诸侯之兵径杀至内殿,栗陆氏被柏皇侯杀死。众侯奏知女皇以灭其国。

又封骊连氏为诸侯,治政严明整肃;又封混沌氏为诸侯,其国太平,万民乐业。近臣奏闻,女皇屡加封赏。

又封赫胥侯为诸侯,爱民而重事。方是之时,人俱不知使用为作事业,行不知止,坐不知卧,皆鼓舞③为游,含哺④为嬉。三五成群,昼则出而共乐,夜则息而同眠,饥则期而食,渴则邀而饮。莫知作善作恶,无有烦恼之人。其国不劳而治。奏闻女皇,加封晋爵。赫胥侯没之日,民咸号啕大哭。

又封尊卢氏为诸侯,治政居于羌台⑤之阳,仰观天地,俯察万物,精明治法,革天下之故而新之,世用⑥始平。其国中大治。奏闻女皇,赏赉甚厚。

又封吴英氏为诸侯治政,人民尚少,草木鸟兽繁多,人民多遭其害。吴英氏教民用兵器随身以杀鸟兽,民颇得安。女皇闻知,赏赐加封。

又封朱襄氏为诸侯治政。天下世用初定。忽一日,天降恒风⑦,吹刮飘荡,草木生果皆落不实。朱襄氏不悦,问于群下,有臣土达奏曰:"今地

---

① 赏赉(lài)——赏赐。
② 嗷嗷——哀号声;嗷嗷待哺,形容饥饿状。
③ 鼓舞——和乐起舞。
④ 含哺——口含食物。
⑤ 羌(qiāng)台——山名,即青海西倾山。
⑥ 世用——世事。
⑦ 恒风——连续不断的大风。

中草木不实,诸果不生者,为恒风吹裂,地气不聚故也。"朱襄氏曰:"似此何以制之?"土达曰:"主公可效太昊帝作五弦之琴,应节引阴气而来,必定阴气降,草木自然无事矣。"朱襄氏闻奏,即令作五弦之琴,成,颁国中,人民习而弹之,果阴气降,群臣定。朱襄侯大喜,重赏土达。女皇闻之,遣使封赏。

又封葛天氏为诸侯治政,不言而信,不化而行,臣贤民良。一日设朝,有三老者操牛尾投足以歌《八阕》于朝外。葛天侯命宣人,问之曰:"汝等此歌为何事而设?"三老叩首曰:"民等幸逢盛世,一国安康,故作《八阕》以庆太平。"侯曰:"何谓《八阕》?"老人奏曰:"一曰《载民》,二曰《元鸟》,三曰《草木遂》,四曰《奋木实》,五曰《谨天常》,六曰《建帝功》,七曰《依地德》,八曰《总万物之极》,是谓广乐。此愚老等少颂此《八阕》,以酬我主盛治之德也。"葛天侯闻奏大悦,重赏三老而退,将《八阕》表奏女皇,女皇命使加封。

又封阴康氏为诸侯。其时,天上多雨,莘野之处,水渎不疏,阴凝阳闭,人郁于内,脉理滞下而多腿肿。阴康侯亲出教民通沟渠,以木排于地下,以和关节,以去湿气。于是,民赖得安。女皇闻知,封赏有加。

又封无怀氏为诸侯治政,以道存生,以德安形,民甘食而乐居,怀土而重生,形有动作,心无好恶,鸡犬之音相闻,民至老死不相往来。传之曰无怀氏之民,而其国大治。女皇闻知,命使臣赍敕加封不题。

却说女娲氏自接伏羲氏为帝起,治天下八百年,寿九百岁而崩。其臣一十四氏,皆封各处地方以为诸侯,相辅王室,各皆传之子孙,共治天下一万零八百年。继之,炎帝神农氏出焉。今以十四氏次序列于后,以备参考:

共工氏	柏皇氏	央皇氏	大庭氏	栗陆氏	骊连氏
混沌氏	赫胥氏	尊卢氏	昊英氏	朱襄氏	葛天氏
阴康氏	无怀氏				

第十五回
神农教民艺五谷

却说炎帝神农氏,乃少典君之子。少典娶于有蟜氏之女名安登,生二子:长曰有年,次即炎帝。母感神龙而生帝于姜水,因以为姓。神农幼而灵异,长而齐圣渊懿①,身长一丈九尺,牛首龙形,民闻其贤,咸来归附。以火德王,故曰炎帝。代伏羲氏之后,益修厥德,建都陈城,迁都曲阜。坐于朝,文武百官朝贺拜舞毕,炎帝曰:"朕蒙卿等推戴为君以摄②天下,朕才德不足以王,凡有可为,不惜勤劳,自当勉而为之。"众臣皆曰:"圣上继天立极,人民自安,无劳圣虑!"帝曰:"人无远虑,必有近忧。朕每自思:自三皇以来,继之伏羲之世,俱思及民,朕何敢尸位③受禄!今观人民,虽得匹配、居室,而饮食皆禽兽草木之实。此等之物,只可暂饱,岂能久食?若久食此数物,只恐木实不尽,禽兽有尽。食之一尽,则良无食不免饥饿而死矣。朕甚忧之。必得一久食止饥之物,卿等有何长策,明以教朕!"众臣奏曰:"圣主洞明阴阳,幽察鬼神,必知此事,臣等愚昧,不能通达,须得圣主教之。"帝曰:"诸臣且退,待朕再思而行之。"诸臣退出不题。

却说炎帝原纳莽氏名听谚为妻,其天性大贤。神农为帝,遂立听谚为后。帝退朝,入后宫,闷闷不悦。后问曰:"臣民推尊君主天下,此乃至极地位,今见夫君眉头不展,面带忧容,是为何也?"帝曰:"贤卿有所不知:凡为君者,要忧民之忧者,民亦忧其忧,乐民之乐者,民亦乐其乐,方为君职。今民有忧色,朕为万乘之君,岂可独乐哉!"后曰:"忧民何事?教妾知之。"帝曰:"民有大忧,民今不知,朕知其忧,为之虑也。"后曰:"君既先知,代其先备,则民无忧矣。"帝曰:"然今天下之民饥食禽兽木实,朕虑日后食尽而民不免饥饿死矣。思欲救之,未得良法,故此不悦。"后曰:"今

---

① 渊懿——修养深厚。
② 摄——登帝位治理天下。
③ 尸位——徒有职位而不做事。

天下草木之实,民既采而食之,我主可亲临其地,有食而难化者,即收而种之。若一年出一次或二次,命即收种而藏之,以为一年之计,岂不长久哉!"帝闻此言,踊跃大喜曰:"贤卿之言,金石之论。"

帝寝不安寐,次日黎明早朝升殿,文武两班齐列,朝贺毕,帝曰:"昨者,朕思如何得民有长久之法,寻思一时无计,入见朕后,其见甚明。草木之实,朕欲亲至民间采食之处看其如何,然后收藏之。"群臣叩首而出,各列两旁扈从,帝命排驾,文武百官随驾而行。离城有五里之遥时悠游原野,见小民于草中采食,帝召之而问曰:"汝等所采草实,来年可更有否?"民奏曰:"此几种草实,今年采食一次,来年生者,乃是此草实失落于地,来年复出成草,草上又结实。如此一年一次,止此六七种,俱可充饥。今小民等一日食三餐而腹自饱。"帝命取来观看,其实皆黄壳,内白粒或赤粒者,又有软壳者,又有极细尖角者。帝一一观毕,问众民曰:"汝等取去,何以食之?"众民奏曰:"舂去其壳,煮而食之,可以止饥。"帝又问曰:"树木上有结实者,汝等亦采去,此作何用?"众民又奏曰:"树木之实不能止饥,只可与小儿作点心而已。"帝闻民奏大喜曰:"此数种既可食而养人,朕为之取名曰五谷。夫五谷者,黍、稷、麻、麦、豆也。朕今教汝等,今天收此种,待明年季春之时种于地中,待其出苗,移栽于淫湿之地,用粪以滋之,比往年不移不滋者,定然多结实矣。汝等依朕之言,自今行之,趁时而作,勿致一年失望。"众民皆叩首拜谢去种。命排驾回朝,分遣使臣领旨颁行各处诸侯,令民皆依此法而种。使命领旨告知四方。

天下人民得旨,各各遵依。至次年季春下种,移栽淫湿地,用粪滋浇。其种出秧,移栽湿地滋浇粪者;一草百粒;不移不滋者,一草一粒,见分彼此。民得足食,万姓欢悦。年年依此法,路傍皆是五谷。争贡神农帝,帝俱厚行赏赐不题。

一日,帝出畋猎①,见民栽插辛苦,汗流如雨滴,发叹曰:"盘中之餐,粒粒皆从辛苦得来!"即召民向前教之曰:"尔等可断木为耜②,揉木为耒③,则尔等不致受此辛苦矣。"农民叩谢,即时回家造之。次后使用,果

---

① 畋(tián)猎——打猎。
② 耜(sì)——古代农具名,形状如今日的锹。
③ 耒(lěi)——古代的一种农具,形状像木叉。

行其便。帝亦颁示天下,皆依式造用,民大欢悦。此神农帝传万世第一功也。后贤聂夷中读史至此,有诗曰:

  锄禾日当午,汗流禾下土。

  谁知盘中餐,粒粒皆辛苦。

第 十 六 回
亲尝百草疗民疾

  却说神农氏既教百姓耕种,益利于民,民心大悦。一日,帝同百官出猎,见百姓面皆黄肿,有风湿之病。帝心不安,甚怜之,回朝升殿,群臣侍立,帝曰:"朕出巡四郊,见民脸有黄色,身似浮肿,必有疾病,或虚者、实者、寒者、热者,或寒热相半者,朕想非药不治。须遍采天下异草,朕亲尝之,若性寒者,汇治热病;性热者,汇治寒病;其体虚者用补药,实者用清药。如此,民不至于夭死①也。"群臣听罢,皆再拜而奏曰:"我主天恩施及人民,无有疾病之苦,虽三皇至今未有如是者,圣上莫大之功,万世感戴矣!"帝大悦,传旨晓谕天下:凡地中所出各色草木,俱要连根收取解至京都。群臣皆散朝而出。

  使臣领旨往各镇诸侯处,众诸侯接旨,传与守土官员,着乡民取采草木叶根前来交纳。不一载,众诸侯各将天下草木叶根枝皮俱取齐解入京都。炎帝设朝,群臣山呼礼毕,传事官奏曰:"启上我主!今有各处诸侯解到药草,见在朝门外候旨。"帝命宣入。各解官呈上草木等药,或有百样者,或有五七十样者,或内有相同者,帝于龙书案②上一一观看,大悦。命内使扛入后宫,厚赏解官而回。朝散,百官退出,帝入后宫。莽氏接驾礼毕,后曰:"主上退朝何晏?"帝曰:"朕前出巡荒郊,因见民人黄肿有病,非热即寒,非虚即实,故此生疾。朕思地中草木根叶必有冷热温凉之性,朕遣使命天下诸侯,凡有草木枝实,俱解入朝。昨各处皆进至矣,今令扛

---

① 夭死——早死。
② 龙书案——皇帝专用御桌。

入后宫。朕必亲自尝之,贤卿无离朕旁。倘遇有毒之药,以便制解。"后领诺。帝命排香花灯烛,拜告天地。祈祷已毕,坐于蟠龙御座之上,即命左右近侍将各处进来之药一一拣视。同者,去之;不同者,皆亲尝之。但见其先试尝甘草,味甘平无毒,善能解诸药毒,药中最良者,故首载之《本草》。次嚼乌梅,遽齿酸而津液生。才及皂角,入鼻嚏以气通,啮花椒而气开;咳辣芥则涕泪,滋阴胶知疽发所在,硝末救脑痛欲亡,龟尿解毒,鼠骨生牙,血投藕而不凝,漆得蟹而自散,龙髓可熬桂作水,蟾膏乃软疮如泥。若此之类,不可枚举。一日遇毒药十二味,神而化之。命后将此补泻温凉寒热等药各放一处,帝辨其君臣佐使之义。遂作方书①以疗民疾,而医道立矣。

帝百药尝完,一日升殿。群臣朝毕。帝曰:"朕今将诸草本果叶根皮,俱亲尝过,皆识某药治某病,补泻、温凉、寒热、冷燥,无有不别分为君臣佐使之用,以疗民疾。作有方书可法,颁布天下,使万民永不受其病苦矣。又令民用山水为饮,水不可饮者,朕亦为之辨别。凡泉水非自出者,深渊之处、久滞不干、污浊毒聚之水,切不可饮。人若饮之,不死即病。唯开地深丈余,自然水出,名曰泉水,清而且甜,方可饮之,则疾病不生矣。"群臣奏曰:"自三皇继立,民物虽夥②,代有制作,如茹草木之实,食禽兽之肉,自若也;自我主初得天下,即兴救民之心,忧民之食,闵民之病,断木为耜,揉木为耒,教民树艺五谷,躬亲畎亩③,耕种收藏,农事有赖矣。又见天时寒燠④,民常患之,我主亲尝药味,察寒温平热之四等,辨君臣相佐之二区。一日之间遇十二毒,幸天化之,不受残害。乃作《方书》,以兴医道,民有疾病,皆蒙圣惠。复穿地为泉,不致毒水之染,恩垂万世,赖无穷功德矣!"帝闻奏大悦,重赏群臣而散。

自炎帝治世以来,其俗朴重端悫⑤。不忿争而财足,无制令而民从;威厉而不杀,法省而不烦。利天下之民,聚天下之货,日中为市,交易而

---

① 方书——记载药性药理的医书。
② 夥(huǒ)——多貌。
③ 畎(quǎn)亩——田地,田间。
④ 寒燠(yù)——寒热。
⑤ 端悫(què)——端正诚实。

退,各得其所。天时人事,可称圣世。不知后来如何,且听下回分解。

第 十 七 回
精卫公主访神仙

却说神农帝所生一女,名曰精卫公主,以其喜服黄精①也。年一十五岁,生得面如傅粉,眉似远山,椒眼朱唇,螓首②蜂腰。真个有沉鱼落雁之容,闭月羞花之貌。尚未曾招驸马。

一日暮春之时,心无聊赖,唤侍女同往御花园游玩,见蜂蝶眷恋花心。忽所采花心被风吹落一瓣,蜂蝶即弃,复采他花心,公主发叹谓侍女曰:"人生在世上,岂能颜不改?你看那花盛开时,蜂蝶前来恣采③,稍损一叶,遂去此而恋彼耳。正是:相思时作浣花女,重到谁为载酒人?哪得长生不老之术遨游世外耶!"徘徊久之,不觉红轮④西坠,玉兔⑤东升。只见芳气袭人,隐隐有车声从空中来,渐渐近前,乃一女子,年可二十许,形容体态,不减公主。旁有丫环二人,身着青衣,手执异草数茎,随与公主施礼分坐毕,谓公主曰:"吾乃西王母是也,适从东海来,欲归西昆去,闻公主有出尘⑥之想,故特至此,为汝洗濯凡心。"公主曰:"闺中少女,敢劳仙母遥临?但不知仙在于何处,仙景与中国何如,乞一明示!"王母曰:"中国名赤县神州。中州之外,如赤县神州者有九,环居四方;仙人常在东西二方,南北无之;东方多在海中,西方多在山顶。"公主曰:"请问东方之景!"王母曰:"东海中有五山:一名岱舆,二名员峤,三名方壶,四名方丈,五名瀛洲,皆仙人所居。但岱舆、员峤、方壶、方丈奇景少,奇景多在蓬莱、瀛洲

---

① 黄精——草名,又名黄芝,野生姜。道家认为其得坤土之精粹,久服可以延年益生。
② 螓(qín)首——小巧俊秀的额头。螓,古书中一种像蝉的昆虫。
③ 恣采——随意采蜜。
④ 红轮——代指太阳。
⑤ 玉兔——代指月亮。
⑥ 出尘——出世,超脱世俗。

二处,去中国数十万里,所居皆金宫、玉殿、紫阁、瑶台,花木常如二三月;人但长生不死。"公主曰:"请问蓬莱景致!"王母曰:"蓬莱有久视山,山有金池,水、石、泥沙皆有金色,复生金茎花如蝶,人皆带之。故彼处人云:'不带金茎花,不得到仙家。'"公主曰:"请问瀛洲景致!"王母曰:"瀛洲有聚窟山,山生十样草,皆名还魂草。人既死后,取而服之即苏①。一名震檀,十种中之最上者。又有玉膏山,出泉如酒,饮之返老还童。"公主曰:"请问西方之景!"王母曰:"西昆之山有六,皆在昆仑之顶:一曰玄圃,二曰积石瑶房,三曰阆风台,四曰华盖,五曰大柱,六曰承渊,皆琼楼玉宇。我所居处,即承渊山也。"公主曰:"二女手中所执何草?"王母曰:"早从瀛洲归,小婢折来为嬉。一种即震檀,一种影木也——日中视之,一叶百影。汝欲之,即以惠汝。"公主曰:"今往东海,如何可到?"王母曰:"须造凌风舸,自东莱下海,不旬日②可达。必要坚意③向道,始可到彼岸也。稍一不坚,怪涛溺水,随处横生。"言讫,王母辞去。公主大喜,心勃勃就寝。

次早起来,禀知父母,欲往东海访仙游览胜景,或一二月即便回来。帝曰:"我日前亲尝百草,见茯苓大有补益,用水洗去黑皮,捣末浸酒,封固百日,日服七寸,久服不断,一年易髓,二年换骨,三年肠化为箸,额有夜光,玉女来侍,亦可成仙。何必往蓬莱、瀛洲而后快耶!况仙凡异路,且隔海数万里,以一女子轻弱之身蹈不测之险,倘有长短,叫父母泪洒何地?"公主固执要行,后曰:"汝父亦有仙气,医尽了半死半活的人,所言岂不合理?汝勿执拗!"公主见父母俱不允其去,啼哭滚倒在地,父母再三劝解,并不回心,只坚要去。帝虽神圣,不离人情,未免有些姑息幼女之念,扶起谓之曰:"吾今令人造船送汝去,须一二月,作速回来,毋牵父母倚闾④望也!"公主闻言,回悲作喜,收泪谢曰:"父皇成儿此去,果若成仙,即来超度父母。"帝发帑银⑤二千两,差官往东莱拣选木料,兴工造船。遂拔壮兵二千,护送公主上船下海。

---

① 苏——复活。
② 旬日——十日。
③ 坚意——坚定的信念。
④ 闾——里门。
⑤ 帑(tǎng)银——库银。

第十七回　精卫公主访神仙

公主辞别帝后而行。一路上,左右侍从宫娥各执彩仗导引,逢府支粮,过县添夫,不则一日,早到东莱。

却说公主自幼不离襁褓,未尝眼见一美男子,一旦出宫闱,到处百姓都来观看。公主见一少年,仪容绝世,丰采俊雅,不觉动了尘念。正是:仙树有花忙问种,异香闻气不知名。令侍女召他前来,询其年庚、姓名、籍贯,以玉钗二股赐之,曰:"待我成仙回来,禀白父王,招汝作驸马。"此时虽不野合①,超出桑中②万万,而道心稍移,终久半途而废。不想东王公往西昆探西王母,正好回来,云头听见此语,急归蓬莱,遣使速召东海龙王,吩咐曰:"今有精卫公主特来求仙,何意凡心不净,道遇美男,遂炽③求婚之想。初尚如此,倘到蓬莱、瀛洲,此间玉色仙童不可指数,彼且将为鹑奔④之所矣。再得不老不死之方,仙规帝敕徒供一女玩弄,是尤物也。饶彼船到发鸠,你可大兴波涛,覆溺其舟。"龙王领命而去。正是:莫道阴阳无报应,举头三尺有神明。

时公主同数十侍女坐船舱之内,各船皆护卫官军。舟发东莱,舟人方谓:"此处多危矶暗石,舟又巨大,或恐难行!"不觉一二日,过了劳山、成山、黑水洋、蓬头雪浪等处,喜危矶暗石一无所得。正是"福兮祸所伏"。使出港之时到处险阻,彼且何由得到大洋,以致覆溺之祸?事该如此。公主见舟出大洋,心里自思:此去到蓬莱、瀛洲,先取玉酒、震檀等件,然后拜访仙童,逍遥二处,一年半载回家,多带长生不老之药,分赐所见少年;夫妇俱仙,玉颜不减,岂非大快事哉!五六日,舟近发鸠山,陡然飓风大作,波浪如山,须臾舟覆,溺于万丈深潭。那龙王见一个娇貌女子,即连忙救护:拉入龙宫水晶殿,求其配偶。公主感他救护,思欲报德,见其面蓝如鬼,白光如炬,髯若棘刺,肉若粗沙,回想东莱少年,忽忽如有所失,欲死不舍,欲回不能,怨气感充,遂化成小鸟,衔南山木石填塞东海,至今尚然,人因呼曰精卫。

却说帝后见女去久不归,差官往东莱寻讨,哪有音信?后传公主被溺

---

① 野合——不合礼仪的婚姻,指男女自由结合。
② 桑中——《诗经》中的一篇,描写男女约会。
③ 炽(chì)——燃起,生出。
④ 鹑奔——《诗经·鄘风》有《鹑之奔奔》篇,此指私奔。

发鸠山,差官回奏,帝后涕泗懊恨而已。后人读史至此,嗟其女子定力不渝,有诗为证:

> 趋避凋华自古然,玉颜独肯问神仙。
> 孤身万里凌沧海,丝发双亲付碧天。
> 旷野有盟操不褰,深涛尤许力为填。
> 世间多少奇男子,争向枝头说杜鹃。

但不知后事若何,且听下回分解。

第 十 八 回
百姓争杀夙沙氏

却说炎帝一日升殿,两班文武朝贺,山呼礼毕,群臣奏曰:"今有北方诸侯夙沙氏叛乱,贪财好色,远忠近佞①;重敛②百姓,擅动杀伐,有臣箕文谏而杀之,行此不仁。奏请我主,兴兵征之。"帝曰:"非夙沙氏不仁,皆朕不修厥德,故有夙沙氏叛乱,朕当益修厥德,则夙沙氏反邪皈正矣。"不肯动兵。众臣退出不题。

话分两头。却说夙沙氏之民自相言曰:"今圣君又不忍兴兵,而夙沙氏叛乱猖獗益甚,则我等父母妻子皆不可保。为今之计,倒不如众人会议妥当,约至八月十五日,同至朝中,除此残暴,我等免得反遭涂炭③。"众民大喜,各各回家预备器械,至期举事。夙沙氏不知,仍旧虐民。百姓鼓操杀入,放火烧宫。夙沙氏自出迎敌,众民齐心,乱枪戳来,登时杀死,将首级入都见帝奏曰:"自圣君治天下,无不施恩于民,民受其赐,颂德沾化。不想民等命乖,遭逢国君不仁,不听臣谏,反杀谏臣箕文,臣等恐动圣上之兵,百姓同心,以杀夙沙侯,来归其地。今入朝请罪。"帝曰:"主既不仁,民何不安?既杀谏臣,汝等岂有不遭其害者?此非汝等之罪,乃一国民之功也。"言罢,厚赏众民,遣归本国。随颁赦书,大赦天下,民皆大悦。

---

① 佞(nìng)——惯于用花言巧言谄媚人。
② 重敛——沉重的赋税。
③ 涂炭——灾难深重。

自此，炎帝以德服民，南至交趾①，北至幽都②，东至旸谷③，西至三危④，莫不从其化。于是，宇内奠安，天下太平。帝南巡狩，崩于长沙之茶乡。在位一百四十年，寿一百八十一岁，历八世，至榆罔帝而亡。神农既崩，天下百姓号啕恸哭。今人受五谷食者，帝之力也。

第 十 九 回
七帝继传承天下

　　却说炎帝既崩，群臣奉太子名临魁即位。临魁系皇后莽氏所生，享太平天下，在位八十年而崩；传子名曰承为帝，在位六十年而崩；传子名曰明为帝，在位四十九年而崩；传子名曰宜为帝，在位四十五年而崩；传子名曰来为帝，在位四十八年而崩，传子名曰里为帝，在位四十三年而崩。帝里生子名节茎，茎生子名克及戏，节父子三人皆不在帝位。克生子名榆罔，乃帝里之曾孙也，即帝位，迁于空桑⑤，为政专求急务⑥，乘人而斗其捷⑦，法多酷民，群臣怨望，诸侯携贰⑧，多有不归。

　　却说蚩尤，乃炎帝之裔，自小喜兵书，好争战，及长，作刀、戟、弓、弩，荒纵无度，日肆其恶，兴兵作乱，登九淖，出洋水，杀至空桑。榆罔帝一日设朝，两班文武山呼毕，使臣奏曰："今有涿鹿姜蚩尤作反以乱天下，兼并诸侯，无人敢与争锋，今已杀至空桑，声言欲夺我主天下。人民惊惶，望我主早作良图⑨，发兵迎之，以解朝野之忧！"帝闻奏大惊，忙问群臣曰："蚩

---

① 交趾——古地区名，泛指五岭以南。
② 幽都——指北方极远之地。
③ 旸（yáng）谷——传说中太阳升起之处。
④ 三危——古代西部边疆山名，其地理位置众说不一，大致在甘肃一带。
⑤ 空桑——上古地区名，主要指今鲁西豫东地区。
⑥ 急务——严苛的统治方式。
⑦ 乘人而斗其捷——指趁属下诸侯互相争伐时出兵侵陵以取胜。
⑧ 携贰——怀有二心。
⑨ 良图——好办法。

尤不遵王化①,妄自猖狂,今兵至此,卿等谁去迎敌?"连问三声,无人可应。忽右班部中闪出一人跪下,帝视之,乃少颢也,见居左卫将军之职,奏曰:"文武诸臣皆知我主为政专求急务,乘人而斗其捷,今皆不肯用命出力。"帝曰:"为今之计,然则若何?"少颢曰:"臣愿舍微躯,领兵出敌,以报陛下!"帝大喜:"即发兵三万,命少颢出城迎敌。蚩尤退兵之后,大加封赏,赠酒三杯。"少颢谢恩,文武朝散。次日黎明,少颢领兵出城扎营,排开阵势。怎见得:

> 头戴一顶凤翅紫金盔,身穿一领花锦绛红袍,身长一丈八尺,眉清目秀,齿白唇红,手提一口大刀,骑坐一匹青鬃千里追风马。

跨出阵前,大骂:"背逆之贼何在?"蚩尤即出马,怎生打扮:

> 头戴束发金冠,身穿百花战袍,手持方天戟,身长二丈,浓眉浊眼,巨口刚须,坐下乌龙马。

立于阵前应曰:"姜某在此,来者何人?"少颢曰:"吾乃帝前左卫大将军少颢便是。"蚩尤曰:"彼为君,汝亦臣;我为君,汝亦臣。今榆罔不德,人民怨恨,故某举兵以伐无道,汝何助恶阻吾?"少颢曰:"君君臣臣,父父子子,自有定位,汝何不守乃职?妄自尊大,杀害生灵,起兵造反,是何道理?"蚩尤笑曰:"正为你朝堂君不君、臣不臣,民心不安,某故兴兵与民除害。何言我不臣耶?汝若知命,及早退去,自守其职,唤榆罔来!我杀性起,玉石不分矣!"少颢大怒曰:"狂贼,焉敢阵前摇唇鼓舌!"舞动大杆刀,分头劈来。蚩尤亦怒,举方天戟赴面交还。两家这一场厮杀,两匹马,八只蹄,荡起一缕征尘,天昏地暗,日月无光,刀来戟架,戟去刀迎,约战六十回合,不分胜负。蚩尤暗自施法,大雾迷漫,涌出洋水,少颢兵哪分东西南北?四散奔走。少颢迁入城中,坚闭不出。蚩尤督兵围得水泄不通。

少颢入见帝,言战败事:"今围城攻打甚急!"帝大惊失色,谓之曰:"似此怎生奈何?"少颢奏曰:"蚩尤勇冠三军,况其有妖术,难以制之。臣料蚩尤来此,涿鹿②空虚,不如今夜杀出城去,奔涿鹿以避之,再作区处。"帝依奏暗传号令,三更时分,少颢保驾,撤下宫眷,从西门杀出,亡奔涿鹿

---

① 王化——天子的教化。
② 涿鹿——地名,在今河北涿鹿一带。

逃走。蚩尤量追之不及,杀入朝堂,走马登殿,大赏三军,整兵复来涿鹿不题。

第二十回
轩辕救驾灭蚩尤

却说榆罔帝同定少颢,哪顾得昼夜辛苦,尽力闯入涿鹿,立足未稳,蚩尤赶到。是时,榆罔不德而世道衰,诸侯自相征伐,榆罔又自侵陵诸侯,诸侯益叛之,天下大乱,榆罔不能制。蚩尤坐位起兵追至涿鹿,受困日久。时有轩辕闻知,统兵三万,自来涿鹿救驾,正遇蚩尤与榆罔、少颢兵大战,榆罔兵大败,走避空桑之野。轩辕当先杀出,手拈长枪,大喝蚩尤,曰:"匹夫不得无理,帝虽不德,汝为臣子,安可纵欲乱天下耶?"蚩尤不答,持戟便刺,轩辕用枪隔开。这一场大战,一来一往,一上一下,两匹马滴溜儿旋绕,各各抖擞神威,哪肯一点放开!二人战有两个时辰,三军看得目瞪痴呆,怎见得?有诗为证:

　　马打交头过,将军展臂开。
　　圆睁怪目眼,各自看兵来。

轩辕那条神枪,端的神出鬼没,蚩尤拼死力敌有一百回合,骨软筋麻,大败落荒而走。轩辕不舍,随后追来。蚩尤即于马上作法,云雾漫天,轩辕之兵对面不能见人。蚩尤翻身催兵杀回,追兵被雾遮迷,心慌手乱,各自逃生。轩辕鸣金收军,折此一阵,安下营寨。自思曰:"蚩尤战我不过,擒之甚易,谁料此贼能作大雾,以迷我兵?想蚩尤猖狂,只靠此术,今且勿与战,待我作一指南车,以定东、西、南、北,我兵不被迷,此贼可擒矣。"吩咐众将士紧守寨门,不可出战,颁式教军中造指南车八乘。军士依式造完。轩辕传下号令:军士皆穿黄衣,打黄旛①,遇雾一起,即将指南车在前望南杀去,无有不胜。众军得令,准备交战。

---

① 黄旛(fān)——黄色旗子。旛,一种窄长的旗子,垂直悬挂。

却说蚩尤自恃兴雾之术，披挂索战①，于阵前大叫曰："败兵之将，不思退去，敢来再战么？"轩辕出马笑曰："昨日若无大雾，汝已为刀下鬼矣，今日与汝决一死战，休得罢兵！"蚩尤曰："我不罢兵，汝莫要走。"言罢，二马相交，兵刀并举，战三十回合，蚩尤败走。轩辕即令将指南车推向前，随后奋力追赶。蚩尤马上作法，大雾四起，后人有诗一首，单道浅术不能济大事云：

百万军前剑戟寒，如何薄技保全安。

山河未得收为一，将帅宁须巧设端。

咫尺风霾②贪不辨，纵横天地失迷宽。

千秋掩史纡筹策，唯有纯臣德最难。

却说轩辕见雾一起，催动人马将指南车望南杀进。蚩尤回身杀转，见追兵不退，心下惊慌，所恃者雾，今已破解，只得大战。轩辕手起宝枪，刺入胸堂③，负疼弃兵而逃，遂死于中翼涿鹿。轩辕紧取蚩尤首级，号令天下。

却说榆罔为帝不改前非，仍是不仁，轩辕闻知叹曰："此民之不幸也！"上表正其不仁，榆罔不听。轩辕兴兵至空桑，榆罔自督兵出迎，少颢遥谓轩辕曰："汝杀蚩尤有功于朝廷，不待封赏，今妄自兴兵至此力何？"轩辕曰："主君有德，兆民④赖之；主君不仁，万民涂炭。今汝为臣，不能致君布德，反助恶害政，尚敢阵前饶舌？快请君上见吾，以正其过！"少颢曰："汝乃臣下，敢诬主上！"举刀望轩辕劈来，轩辕持枪忙迎。战二十回合，少颢败走，轩辕赶来。少颢同榆罔奔阪泉之野，少颢被轩辕一枪刺死，榆罔亦自刎而亡。轩辕具棺，遂葬于阪泉⑤。榆罔在位五十五年，自炎帝八世，共五百二十年。

是时，众诸侯咸知轩辕斩蚩尤，正榆罔，天下无主，皆推立代神农氏为万民之主，是为轩辕黄帝。不知后事如何，且听下回分解。

---

① 索战——求战。

② 风霾(mái)——风沙刮得天昏地暗貌。

③ 胸堂——即胸膛。

④ 兆民——指万民，极言人民人数之多。

⑤ 阪泉——地名，其地理位置众说不一，或说在河北涿鹿县东南。

第二十一回
轩辕氏即黄帝位

却说黄帝,姓公孙,名轩辕,有熊国君之子也。母名曰附宝,乃炎帝之裔,帝里女孙也。一日,出祁野,见大电绕北斗枢星,感而有孕,怀二十有四月,生帝于轩辕之丘。因名帝曰轩辕。帝生而神灵,弱①而能言,幼而徇齐②,长而敦敏③,成④而聪明,习用干戈,以土德王,色尚黄,诸侯咸推为天子,故曰黄帝。都涿鹿,有云瑞,即以云纪官。又见土德之祥,而出黄龙上螾⑤,帝大喜,修德治兵,艺五谷,抚万民,度四方,始立制度,天下有不顺者,从而征之。内行刀锯⑥,外用甲兵,制旌麾,立阵法,披山林草木而行,以通道路。然未尝宁居其土。天下诸侯闻知,各皆畏服。东至海滨,西至崆峒⑦,南至江渎,北至熏鬻⑧,会诸侯于釜山。帝虽都涿鹿,迁徙无常。以兵环绕为营卫,法井田之制,开方有九,外八八六十四,分八方相守,小者为营,大者为卫,隅角相联,曲折相对。帝居于中,名曰握奇⑨之阵。

一夜,睡至三更,梦见大风将天下尘垢皆吹去。又梦一人手执千钧之弩,驱羊万群。帝醒寤叹曰:"风为号令执政者也,垢去后在也。——天下岂有姓风名后者哉?夫千钧之弩,异力者也,驱羊数万群,能牧民为善

---

① 弱——年幼弱小。
② 徇(xùn)齐——敏慧。
③ 敦敏——敦厚、敏捷。
④ 成——成人。
⑤ 上螾(yǐn)——指蟒蛇之类爬行动物。
⑥ 刀锯——代指刑法。
⑦ 崆(kōng)峒(tóng)——山名,在今甘肃一带。
⑧ 熏鬻(yù)——匈奴的别名,因其居于北方,故代指北方边远之地。
⑨ 握奇——即《握奇经》,兵书名,又名《握机经》。旧传轩辕臣风后撰,似系后人伪托。握,通幄,军营帐幕,大将所居,因系军机要地,故称"幄机"。

者也。——天下岂有姓力名牧者哉?"次日升殿,以梦白群臣,群臣皆不识其意。帝曰:"卿等且退,此梦决然不妄。明日朕同卿等出猎以访贤能,看其果否,何如?"不知后事如何,且听下回分解。

第二十二回
帝用六相治天下

却说风后者,山西解州人也,生于海隅之地,务农自耕,精于《易》数,明于天道,甘贫,隐逸为乐。一日,至田中耕锄,见天日晴和,乃唱歌曰:

上天圆圆,下地方方。

生逢斯世,得遇明王。

歌罢又耕。帝车驾人马至近,风后不顾,只躬身锄地。帝观之良久,自思曰:"其人虽一耕夫,堂堂仪表,必有可取。"即命近臣去问何处人氏。近臣领命问之,风后对曰:"君臣别途,各安其事,何劳问焉!"近臣以风后之言回奏,帝叹曰:"此乃贤者,非农夫也!"遂下辇①步行至田畔。风后见帝步行前来,忙弃其锄,俯伏于田中,口称万岁。帝扶起问曰:"贤士何隐于此,不出代天行道?请问贤士高姓大名?"风后奏曰:"臣姓风名后,才疏学浅,不堪世用,唯躬耕而已。"帝闻奏大悦,命随驾入朝,以扶社稷。风后不辞,领旨同行。正行之间,只见大泽旁一樵夫,在山林中四顾而行,帝视良久,见其人威风凛凛,志气昂昂。帝命住辇,即步入林中,上前问曰:"贤士,何人在此闲游,不出辅国安民?"力牧俯伏奏曰:"臣驾钝之材,不足用世,故避于此。"帝曰:"愿闻贤士姓名!"力牧奏曰:"臣姓力,名牧。"帝闻奏大悦,顾谓群臣曰:"卿等今日方信梦不虚矣。"遂扶起,命随驾回朝。

次日升殿,文武朝贺毕,帝命宣风后、力牧入朝。二人山呼拜舞于阶下。帝曰:"朕今得二卿,乃上天梦应所赐,如左右手矣。"即封风后为上

---

① 辇(niǎn)——帝王所乘车轿。

相,封力牧为上将,以为左右辅弼之臣。原有太常察乎地利,封为禀官①;苍龙辨乎东方,封为士师;祝融辨乎南方,封为司徒②;太鸿辨乎西方,封为司马③;后土辨乎北方,封为李师④。力牧乃为武职,不在内,风后在内,为六相。

　　帝自得六相以来,国家大治,天下太平。一日,大宴群臣而散,退宿宫中,夜至三更,忽得一梦,梦见二龙于江中蟠蜒⑤,挺⑥白图以授帝。帝觉,自思曰:"前梦既应,后梦不虚。龙,水中之物,必有奇异。"遂斋戒沐浴,早朝升殿,将梦龙事与群臣言之。天姥出班奏曰:"陛下试往河边视之,天其授帝图乎?"帝允奏,即命排驾往河边。至翠妫川,只见一大鱼溯流而来。帝谓天姥曰:"子见河中物乎?"天姥曰:"正应梦也。"帝命排香案,亲拜告祝曰:"朕幸得六相,今辅佐分理天下,人民稍安。昨夜蒙神复赐朕梦,谨具香花灯烛祈祷吉凶。如凶,朕自当之;如吉,普施天下黎民!"祝罢,那大鱼溯流而上,背负白图箱兰叶龟文,近岸踊跃授帝。帝知祥瑞,拜而授之,其鱼翻游而去。帝又望河拜谢。舒展视之,名曰《图箓》。命侍臣捧定其箱,排驾回朝。

　　至次日升殿,群臣朝毕,帝语群臣曰:"昔闻伏羲帝始受《河图》,得其五要,设灵台⑦,立五官,以叙五事。今朕得者亦名《河图》,内与前《河图》不同,皆日月星辰之象,教朕立星官⑧之书,以传后世,朕何敢不从耶!"即命羲和占日月之出没,常仪占月之盈虚,车区占风之定息。又命大挠探五行之情、占斗纲所建、定干支甲子。命容成作盖天⑨,以像用天上形。帝问鬼臾苃曰:"上下周纪,其可数乎?"对曰:"天以六节,地以六制。周天气者,六期为备;终地纪者,五岁为周。五六合者,岁三千七百二

---

① 禀官——"禀"通"廪",掌管农事的官职。
② 司徒——掌管教化的官职。
③ 司马——掌管军事的官职。
④ 李师——掌管征伐刑戮的法官。
⑤ 蟠蜒——扭动躯体。
⑥ 挺——举。
⑦ 灵台——古时帝王观察天文星象、妖祥灾异的建筑。
⑧ 星官——即星相。古代星相学以人间百官名称称星辰,故名。
⑨ 盖天——即浑天仪一类仪器。

十气为一纪,六十岁一千四百四十气为一周,太过不及期可见矣。乃因五量治五气之消息,察法以作朝历,岁纪甲寅,日纪甲子,而时节定。是岁己酉,朔旦日南至而获神数,日月朔望而可推也。"帝闻奏大悦。又问之曰:"卿言此是得天之纪终而复始矣?"对曰:"然。"又奏曰:"天之纪虽终而复始,更要造十六神推余分置闰月,以定四时。"帝曰:"何以为闰?"苉曰:"察天时三岁一闰,多一月三十日也。五岁再闰,共多六十日。十有九年七闰,造历皆起甲子,于是时顺而辰从之。"帝曰:"善。"命隶首定数,以率其羨①,要其会。而律度量衡,命伶伦自大夏之西、阮隃之阴,取竹于嶰溪之谷,以生空窍厚钧者,断两节间,长三寸九分,而吹之,以为黄钟之宫②。制十二筒以听凤凰之鸣,而别十二律——雄鸣为六,雌鸣亦六,以比黄钟之宫,生六律、六吕③,候气之应,以立宫、商、角、徵、羽五音之声,治阴阳之气,节四时之变,推律历之数,起消息,正余闰也。又命劳缓铸黄钟太簇④十二钟,以为十二律。每月气至,则葭管⑤飞灰⑥应之,以和五音,立天时,正人位焉。又命大容、容成、车区,占星象。各领旨而行。

第二十三回
黄帝制冕旒⑦宫室

却说黄帝得此数臣,以明历数,分朔望,建余闰⑧,天下大治,岁稔人

---

① 羨——盈余。
② 黄钟之宫——黄钟为古代十二音律中第一律,代指音律。
③ 六律、六吕——古代十二乐律分阳律、阴律,阳律称律,阴律称吕。
④ 太簇——十二音律之一。
⑤ 葭(jiā)管——芦苇管。
⑥ 飞灰——古人烧芦苇成灰,置于十二律管内,放密室中,以占气候。某一节气至,某律管中的葭灰即飞出,表示该节气已到。
⑦ 冕旒(liú)——冕指古代天子、诸侯、卿、大夫所戴的礼帽,后专指帝王的礼帽。旒指古代帝王礼帽前后下垂的玉串。
⑧ 建余闰——历法中设定闰年闰月法。

和。帝一日升殿,群臣拜舞毕,帝曰:"朕作冕垂旒充纩①,用玄衣②黄裳,以象天地之正色。"乃染五彩为文章,以表贵贱。于是衮冕衣之制自此兴焉。又教作宫室以避寒暑。宫室之制,自此而始也。

帝见前梦不虚,自作《梦经》十一卷,颁行天下,命宁封为陶正③,赤将为木正④,以楎⑤作弓,夷⑥作矢,以威天下。伯崚作鼓吹、铙角、鞞钲⑦,以扬德建武、共鼓化弧,刳木为楫,以济不通。命邑侯法斗之周旋,魁方构直,以携龙解,作大辂⑧,以行四方。由是舟车制备,服牛驾马,引重致远,而天下利矣。设九棘⑨之利为轻重之法,以制国用,而货币行矣。祀上帝,接万灵,布政教焉。群臣皆朝散不题。

再说帝一日设朝,怎见得,有唐人王维《早朝》诗一首为证:

绛帻鸡人报晓筹,尚衣方进翠云裘。

九天阊阖⑩开宫殿,万国衣冠拜冕旒⑪。

日色才临仙掌⑫动,香烟欲傍衮龙⑬浮。

朝罢须裁五色诏,佩声归向凤池⑭头。

聚集两班文武,山呼拜舞毕,东西阶下侍立,左有风后,右有力牧。帝谓群臣曰:"朕有天下,其制度今已颇备,但有金银食货等物,朕分别贵贱轻重,必以金为上,银次之。此为至宝,与民变用,不得枯竭,能碎能熔,所以

---

① 充纩(kuàng)——纩为丝绵。充纩是冠冕两旁的丝绵饰物,用来塞耳,以示帝王不听谗言。
② 玄衣——黑色上衣。
③ 陶正——掌管陶器制作的官。
④ 木正——掌管建筑的官。
⑤ 楎(huī)——曲木。
⑥ 夷——指铁器。
⑦ 鞞(bǐng)钲(zhēng)——鼓与锣。
⑧ 大辂——天子所乘车名。
⑨ 九棘——指官位高低不同。
⑩ 阊(chāng)阖(hé)——原指天宫之门,此指皇宫门。
⑪ 冕旒——这里代指皇帝。
⑫ 仙掌——皇宫中的承露盘,作铜仙人伸掌状。
⑬ 衮(gǔn)龙——指帝王衣服上的龙形图案。
⑭ 凤池——指唐时中书省。

可为后世之宝。铜、锡、铅、铁为下,以便民打造器物,亦可为后世之用。卿等以为何如?"群臣皆奏曰:"我主圣明。今置此万世不易之宝,国家、百姓共蒙恩泽也!"帝大悦。又曰:"前神农君亲尝百草,制药性以救人。朕每思之药性虽有冷、热、温、平之品,但人生负阴而抱阳,食味而被色,喜怒攻之于内,寒暑荡之于外,天昏①而亡者多矣。深怜悯之。朕自受天之命,经历寒、凉、燥、温、湿五者之气,常有疾病。朕颇知内经症治,遂命岐伯作《内经》,雷公察明堂②,究脉息,巫彭、桐君处方饵,而人得以尽年③。"群臣闻帝之言,皆呼万寿,奏曰:"圣慈言能及此,万古一人,而世世人民受无休之福也。"帝大悦,命排御宴款待众臣,暮夜赐烛而散。

第二十四回
元妃教民养蚕丝

却说黄帝元妃者,西陵氏之女也,名嫘祖,有姿色,最贤德,性和慧。帝纳为元妃。帝退朝入后宫,元妃出接,礼毕,命之同坐。帝曰:"朕制天下之物,民用颇便。天地之纪,幽明之占,朕今知之,但画野分州,天下万方依其分野④,派诸侯居焉,命将营国,置左右太监,监于万国,万国以和。遂经设井,以塞争端;立步制亩,以防不足。使八家为井,井开四道,而分八宅井一为邻,邻三为朋,朋四为里,里五为邑,邑十为都,都十为师,师十为州。分之于井而计于州,则地各有常居。广布五谷草木,使民无饥寒。行此数事得完,朕方无忧矣。"元妃曰:"此实我主所置万古不磨之善规画也。"帝大喜。元妃奏曰:"臣妾日前因闲游苑囿⑤,见数虫似蛾非蛾,倚树而栖,未数日,此虫将身藏于内,外结一物赘若枣样,臣妾取而观之,内皆

---

① 昏(hūn)——"昏"的古字。昏暗不明貌。
② 明堂——古代帝王宣明政教的地方。
③ 尽年——享受天年。
④ 分野——此指划分行政区域。
⑤ 苑囿(yòu)——帝王田猎的园林。

丝线,牵之牢而不断,有黄、白二色。各树上遍寻之,汇齐游丝,织而成绢,比苎麻之布软而娇嫩,披之亦可蔽寒暑,又可染各样颜色。陛下可命收丝织之,以作龙袍。"帝闻之大悦,即传出旨意,命各处诸侯,但山林中有虫似枣样者,即取送入朝中。帝赐名其虫曰蚕,名其枣曰茧。元妃谢恩。

却说使命赍茧样往各处诸侯处去取选,进至京师,帝受入,即付元妃。元妃着宫娥人等昼夜将茧游丝织成绢帛缎匹,拣出黄色裁袍进帝,帝穿于身,见色娇而嫩,细而又软,十分欢喜,嘉元妃之功,即发旨意赐天下人民,取茧织造。而天下绸缎自此始也。后世把元妃为先蚕后焉。

第二十五回
帝道成龙迎升天

却说帝自承天下以来,勤劳焦思心力耳目,应用水火财物,无不悉备。由是,官不怀私,民不习伪,城郭不闭,市不预价,见利不争,风雨时若,百谷倍生,人无夭折,物无疵疠①,鸷鸟不乱搏,虎豹不妄噬②。鸟兽虫鱼皆沾其化,夷狄之人罔不来贡。有草生于庭,佞人入,则直指之,名曰屈轶。凤凰巢于阿阁,麒麟游于苑囿,是谓德配天道之至也。帝直心行道,西至崆峒山,问道于广成子,广成子曰:"来!吾语子:至道之精,窈窈冥冥;至道之极,昏昏默默。无视无听,抱神以静,形将自正,必静必清,无劳汝形,无摇汝精,存神定气,乃可长生。我修身一千二百岁矣,而吾形未尝衰。"帝回来,皈依广成子之言,遂得成道。命使取首山之铜,铸鼎于荆山之阳。鼎成,忽然空中红光显现,有一黄龙垂髯而下,似来迎帝之状,元妃在傍大惊。帝曰:"爱卿不必惊惧,此天帝使来迎朕。"即离席骑于龙背。元妃扯住帝衣,亦随而上。后传宫中大臣从者七十余人;小臣不得上者,悉持龙髯拔堕弓仰攀莫及,抱弓而号。后因名其弓曰乌号,名其地曰鼎湖。帝在位一百年,寿一百二十岁,传子玄器,立为少昊金天氏。不知后事如何,且

---

① 疵疠——灾害疫病。
② 噬(shì)——吞食。

听下回分解。

第二十六回
少昊即位都曲阜

却说少昊金天氏,乃黄帝之长子,名玄嚣,母曰嫘祖,居华渚,见星大如虹,下临之祥,即有妊①,十有一月而生少昊。黄帝之世,降居江水,邑于穷桑,故又号穷桑氏。父黄帝崩,群臣推少昊即位,以金德王天下,都曲阜,能修太昊之政,故曰少昊。自即位以来,凤凰适至,众臣朝贺,帝即以鸟纪官,历正官曰凤鸟司,分官曰玄鸟司,启官曰青鸟司,闭官曰丹鸟司。又立祝鸠氏,司徒也;雎鸠氏,司马也;鸤鸠氏,司空也;爽鸠氏,司寇也;鹘鸠氏,司事也。以五鸠立官品者,鸠民者也。又五雉谓九工正,利器用,正度量,夷民者也。又九扈为九农正,扈民无淫者也。自帝御世,诸福之物毕至,爰书鸾凤,立建鼓,制浮磬,以通山川之风,作大渊之乐以谐人神,和其上下,是曰九渊治太平。天下八十一诸侯,少昊氏稍衰。

一日设朝,众臣山呼毕,各诸侯表奏有九黎作乱,妄动刀兵,百姓逃散,天下不安。帝闻奏问众臣曰:"九黎何处人也?"有臣勾龙出班奏曰:"臣知九黎乃人皇氏朝蜀山氏之后,居蜀中,封为侯。今生兄弟九人:长曰黎贪,面白,身长一丈;次曰黎巨,面黑,身长一丈二尺;三曰黎禄,面青,身长一丈一尺;四曰黎文,面绿,身长一丈五寸;五曰黎廉,面黄,身长一丈;六曰黎武,面白,身长一丈;七曰黎破,面赤,身长九尺四寸;八曰黎辅,面白,身长九尺三寸;九曰黎弼,面紫,身长一丈,兄弟九人皆好兵书,善武艺,有万夫不当之勇。今乱天下,任其横为。"帝曰:"天下诸侯,何任其自横?"勾龙又奏曰:"诸侯恐非其敌手,故不敢出收服也。"帝又曰:"纵九黎有勇,以诸侯之众,众寡相敌,安得不胜?"勾龙又奏曰:"非众诸侯不能敌,天下之人久乐太平,未经征战,一闻兵火,先各惊惧,以神相惑,以怪相疑,家为巫史,民渎于祝,无有整兵出敌者,故至此大乱耳。"帝曰:"今他

---

① 有妊——怀孕。

作乱,必须收服,何以制之,庶民得安？"勾龙奏曰："欲除九黎之乱,恐一二路诸侯难以征灭。我主可颁旨意九道,召九路诸侯,每一路敌一黎,方可剿除。"帝曰："哪九路？"勾龙曰："可召——

第一路诸侯,乃炎帝朝帝里之后,姓姜名烈,统兵三万征进；
第二路诸侯,亦乃炎帝朝帝承之后,姓姜名鳌,统兵三万征进；
第三路诸侯,亦乃炎帝朝帝宜之后,姓王名政,统兵三万征进；
第四路诸侯,乃太昊朝女娲氏之后,姓邵名金,统兵三万征进；
第五路诸侯,亦乃太昊朝柏皇氏之后,姓平名治,统兵三万征进；
第六路诸侯,亦乃女娲朝无怀氏之后,姓关名道,统兵三万征进；
第七路诸侯,乃人皇朝有巢氏之后,姓风名略,统兵三万征进；
第八路诸侯,乃人皇朝大敦氏之后,姓熊名球,统兵三万征进；
第九路诸侯,亦乃人皇朝次民氏之后,姓熊名唐,统兵三万征进。

若得此九路诸侯之兵——共计二十七万征进,臣亦统兵三万为总督,相机而动,使九黎兄弟不能首尾相顾,臣料一鼓可擒,何愁天下不定哉！"

帝闻奏大悦,即颁旨命勾龙为使召九路诸侯。勾龙领旨,辞帝出朝,前往九国,未知如何。

第二十七回
九侯奉旨征九黎

却说九黎兄弟大乱天下,自谓无敌,正在后宫饮宴,探马飞报曰："今有少昊帝命勾龙为使召九路诸侯兵来不远,乞主公等作速迎敌！"九黎兄弟见报,连忙商议。黎贪曰："天下诸侯八十余国,不知召哪九路？"黎禄曰："天下诸侯任他召来,皆非我兄弟敌手。"黎贪曰："贤弟之言虽是,今他九路诸侯并至,敌我兄弟九人,务要小心,不可大意！"黎禄曰："九侯若齐来,我兄弟先安下营寨,盘曲相联,排下七星阵,令黎辅、黎弼为左右翼,添成九宫八卦阵,若九侯一至,我兄弟只叫军呐喊,切勿杀进。彼见我呐喊不进,他必杀来,一入吾阵,我兄弟分作九方,皆从九侯中腰杀出,彼兵必乱,定大败矣。"黎贪曰："贤弟高见,来日依计而行。"兄弟各散去,整顿人马,准备出战不题。

却说九路诸侯,一日齐到蜀国,离城六十里扎营。九侯于寨中与勾龙议曰:"我等来日出阵,不知九黎可肯降否?"勾龙曰:"彼兄弟九人恃天下无敌,未战,安肯就降?须大胜他一阵,他方肯伏。"九侯曰:"来日出阵,足下何策破之?"勾龙曰:"某料九黎来日出阵必不轻进。"九侯曰:"既战而不进者,何也?"勾龙曰:"我众彼寡,他兄弟所靠者,连环之势,他但扎下阵角,候我兵杀进,以实待虚。明日我兵只对阵扎下,且不可轻动!待彼一动,然后进攻,无有不胜。"九侯曰:"足下高见大妙,来日依计而行,分敌九黎。"

次日平明,三通鼓罢,九侯齐出阵前,勾龙居后,九黎亦依黎禄之言领兵而出,排下九宫阵。勾龙一见黎氏阵势,出与九侯曰:"不出某所料,今果排九宫阵,为连环势,我兵切勿轻进!若一杀入,必遭其擒。只紧守阵头,彼既求战不得,定有一队移动,我兵即分两路杀进,冲乱彼兵,决胜无疑矣!"九侯领计。黎贪在马上大言曰:"汝等不守本国,无故兴兵到此,侵我境界,摇我人民,是何道理?"九侯曰:"为汝兄弟贪婪无厌,悖逆不道,吞并邻国,杀害生灵,特命我等前来问罪。尚敢佯作不知,于阵前遮头掩尾耶!"九黎笑曰:"原来为此,我兄弟今便如是,汝等安奈我何!"九侯闻言大怒,正欲招兵杀进,勾龙急止之曰:"此乃九黎之计,见我不动,故出此言,以激列位,切不可动!"九侯依允。九黎见激不动,自相言曰:"我等以言激之,彼毫不动,不知何人主兵?"黎辅、黎弼曰:"彼敢来我国,我不先下手,只待彼杀我,岂不被天下人耻笑乎?兄等中间七人勿动,我二人从左右杀进,胜则七队勿动,败则杀进救护,可不美哉!"七黎曰:"也说的是。"二黎即放起号炮,分两路杀进。勾龙看见,引分八侯于两路迎敌,自同一侯从中杀去。九黎之兵,见两路之兵漫山塞野而来,不战自乱。中间勾龙冲来,势不可当,九黎兄弟如何抵敌,大败而逃,奔入城中,坚闭不出。九侯离城十里下寨,安营九处,以防出敌。

九黎兄弟败走入城,心中懊恨。黎贪曰:"胜败兵家之常,何必烦恼!今兵临城下,将至濠边,须思计策退之,安可坐守,以受其困?"黎辅曰:"此一阵是我等欺敌太过,自取战败。今亦不可太急,我等且自忍耐。我家粮草足可支三年,彼军远来利在速战,莫若迁延多则半年,少则三月,我等只闭城坚守,彼求战不得,必然思归。使人打探彼粮尽欲逃之时,我等整兵四出追之，可获全胜，以消前恨。"九黎皆大喜曰："好计！好计！"即传兵卒紧守城池，还是如何？

第二十八回
勾龙攻城暗退兵

却说九侯一日升帐，问勾龙曰："九黎自败入城，今经月余，并不出战。足下高明，此是何意？"勾龙笑曰："九黎自乱天下，掳掠人民，闻他城中积有四五年粮草，前被我兵杀败，不出敌者，为退守计也。彼料我兵远来，粮草不接，求战不得，必然思归。若一退兵，彼兵从掩杀来，无不胜理。"九侯闻言大惊曰："我等深入其地，中彼计矣！"勾龙曰："诸君放心，某料九黎有勇无谋，但只倚九宫阵为势，前以大败，今不敢远出。为今之计，诸君可传号令，来日具用火枪、火箭、火铳①、火炮攻城。若城一破，九黎可擒矣；若城不破，一面攻城，一面退兵，埋伏两军于山林之中，放炮为号，以防追兵。日则攻城，夜则退兵，此保全之计。若得粮尽退兵，九黎知道，后兵追袭，我等退之不及，反遭其害矣。"九侯大悦，即密传令，来日依计而行，三军准备攻城之物。

次日平明，九路诸侯各领兵齐至城下。城上九黎分守四门，城上城下大喊，滚木、檑石、火炮、火铳、火枪、火箭，上下攻打，直至黄昏，九侯收兵回营。即传令留下更鼓手，传点各寨俱带干粮，漏夜退兵。次日，埋伏兵见无追兵，亦各退回大路相会。九路诸侯各领本部人马辞别，各归本国，勾龙亦领兵回朝。

却说九黎吩咐城中严加防守，恐众诸侯又来攻城。一日不见诸侯兵出，心中甚疑，兄弟自相议曰："昨日攻城何急，今日不见兵出，此是何意？"黎文曰："莫非别生计策，今夜偷入我城？"黎武曰："非也。但各严守，且看明日如何。"兄弟各去防守。次日又不见兵出，正在疑惑之际，探马来报曰："昨夜城外，诸侯寨中，并不闻更鼓之声，不知何意？"黎巨曰：

---

① 火铳（chòng）——火器之名，以火药置于铁器中，点燃发射以杀敌。

"必是粮尽,彻兵暗自退去。"黎廉曰:"不可造次。闻勾龙诡计甚多,见我兵不战,此引敌之计。"黎武曰:"追之不可,待小弟哨探,看其虚实。"黎贪曰:"贤弟务宜仔细!"黎武带了三千人马,使小卒至各寨边密探,并不见有一人。小卒回报曰:"俱是空寨,但不知四路可有伏兵?"黎武曰:"无矣,皆粮尽暗逃矣。"即催兵杀进,果然俱是空寨。黎武回城见八黎曰:"诸侯皆逃矣,只留空寨,乱堆烟火以惑我军。及早追赶,诸侯可擒。"黎贪曰:"不可。已去三日矣,追之无益。彼既已去,我等只是紧守各处关隘。"八黎曰:"长兄所见大妙。"九黎兄弟作一大筵,尽醉而散。

话分两头。却说九路诸侯各回本国,勾龙回朝,那日少昊升殿,群臣拜舞已毕,勾龙入奏前事。帝闻奏大悦,重加勾龙升赏而退。自此天下稍平,八方无事。帝在位八十四年,寿一百岁,葬于云阳,故后世又曰云阳氏。帝无嗣,众臣立帝兄昌意之子高阳氏,是为颛顼帝。不知后来如何,且听下回分解。

第二十九回
颛顼帝高阳氏即位

却说颛顼高阳氏,姓姬,祖曰黄帝,父曰昌意,娶蜀山氏之女名曰昌仆,是为女枢。一日有月出,感瑶光①贯月之祥,因怀孕,十有二月生帝于若水。年十岁,幼而神灵聪明敦敏,年十二佐少昊,二十岁即帝位,以水德绍②金天氏为天子。初国于高阳,故号高阳氏。复都于帝丘。以少昊四子为佐:长曰天重,次曰地该,三曰人脩,四曰和熙,为金、木、水、火四官。又以炎帝之子勾龙为土官,共为五官,以正五行。以少昊之子黎高阳孙名重封为正官。司天治历明时之类,属神明祭祀,以耻属之也,司地度地居民政教,以连属之也。帝治天下,绝地通天,无相侵渎③,神人不杂,万物

---

① 瑶光——北斗七星的第七星名。
② 绍——继承。
③ 侵渎(dù)——侵陵。

有序，民安其生焉。

　　话分两头，却说九黎兄弟自九路诸侯退兵之后，亦不敢出乱天下。闻少昊崩，颛顼即位，兄弟自相议曰："我兄弟前者本欲灭诸侯王天下，不想中勾龙之计，败于九路诸侯。今新天子即位十七年矣，朝中众臣无能，我等兵精粮足，正好此时兴兵杀入高阳，杀了天子，我等兄弟分作九国以治天下，有何不可！"黎巨曰："兄言最当。但我等此行定以必胜为主，决不可如前我等兄弟相离，但逢敌兵，务要首尾相应。排下九宫阵，彼不能攻，方为全胜之计。"黎贪曰："贤弟之言极是。"即传下将令，统兵三十万，择定八月一日，以黎辅、黎弼为左右大先锋，逢山开路，遇水搭桥，凡经过处，一片火飞，人民不胜其苦。州县官军望风而逃。

　　却说颛顼帝一日升殿，众臣朝毕，传表官奏曰："今蜀中九黎复反，统兵三十万，不久杀至高阳，望主上速降圣旨，召兵以救百姓倒悬之急！"帝闻奏顾谓勾龙曰："先帝在日，九黎作乱，得卿召九路诸侯征之，久不敢出乱。朕今即位，彼兄弟原心不改，又复作乱。卿今以何策灭之？"勾龙奏曰："九黎作乱，臣前奏先帝统九路诸侯以征之，一战遂困九黎。因粮草不足，权且退兵。久欲备粮整兵，再会诸侯伐之，又遇先帝宾天。今我主即位，臣亦密察九黎未敢妄动，故未奏闻。不想九黎狼子野心，又复反乱，幸逢圣上邹屠皇后生有太子九人，俱聪明智慧，勇冠三军。乞陛下宣召太子来，臣为参谋，发兵十万，可灭九黎矣。"帝曰："太子虽勇，未经临阵，恐非其敌。"勾龙曰："我主放心！臣虽不才，今为参谋，赖主上洪福、太子勇力，九黎乃无谋之辈，臣料一阵可灭矣。"帝闻奏大悦。即传旨宣太子九人至殿。太子等奏曰："父王宣儿等有何旨意？"帝曰："蜀中九黎作乱，妄动刀兵，勾龙保举汝等九人贤能，领兵前去征伐，未卜汝兄弟肯去否？"九太子齐声应曰："儿等不肖，既勾龙保举，乃国家大事，安危所系，焉敢有辞！"帝大喜曰："朕观汝九人，足可敌九黎。但行军非细事，宜听勾龙约束，务以决胜为主，毋负朕望！"太子等拜谢。帝封大太子铬明为总督统兵大元帅之职，勾龙为征黎都参谋。封八、六子皆为将军之职，各赐金花二朵，御酒三杯，一个个耀武扬威，辞帝出朝。众臣齐送于教场①中，整点人马。不知出征如何，下回便见。

---

①　教场——练武场。

第三十回
九太子征伐九黎

却说勾龙生得身长一丈,面如冠玉,峨冠①束发,先至演武厅以候九太子,且看九太子怎生打扮出兵。真个是朝中天子二宣,阃外②将军一令。只见十万大兵燕翅排开,帜祴③鲜明,队伍不杂。军中奏乐三番,画鼓三通,单等太子到来:

长太子名辂明,年二十四岁,生得身长一丈三尺,白面长髯,朱唇皓齿,头戴紫金冠,身穿百花锦战袍,手提丈八枪,坐下千里白龙马。

二太子名苍舒,年二十三岁,生得身长一丈四尺,白面乌须,头戴凤翅紫金盔,身穿大红锦战袍,手提三尖两刃刀,坐下追风青骢马。

三太子名陨恺,年二十二岁,生得身长一丈二尺,面黄须赤,头戴束发冠,身穿绿锦袍,左弓右箭,手持方天画杆戟,坐下一匹黄骠马。

四太子名梼戭④,年二十一岁,生得身长一丈三尺,乌髯赤面,头戴虬龙金盔,身穿青锦战袍,手提两口青锋斩妖剑,坐下一匹紫骅骝。

五太子名大临,年二十岁,生得白面乌须,身高一丈二尺,头戴紫金盔,身穿锁子黄金甲,红袍白马,手提偃月铜刀,左弓右箭。

六太子名虎降,年十九岁,生得青面赤发,身高一丈二尺,头

---

① 峨冠——头戴高冠。
② 阃(kǔn)外——指皇宫之外。阃,门槛。
③ 祴(gāi)——古乐名。此指军乐。
④ 梼(chóu)戭(yǎn)——人名,古代传说中八个有才德的人之一。

第三十回　九太子征伐九黎

戴烂银盔,身穿绿锦战袍,手持月样宣花斧,坐下一匹逐电乌龙马。

七太子名庭坚,年十八岁,生得面赤口方,身高一丈一尺,头戴蟠龙盔,身穿百花锦征袍,手提两柄流金锤,坐下一匹枣骝驹。

八太子名仲容,年十六岁,生得身长一丈一尺,面黄无须,头戴四凤盔,身穿绛红袍、黄金甲,手持丈八蛇矛,坐下一匹千里粉青马。

九太子名叔达,年十五岁,身长一丈,白面朱唇,发刚齐眉,未冠,头戴束发冠,身穿紫锦袍,腰系八宝玉带,手持虎尾鞭,坐下银褐马。

勾龙见九位太子齐至教场而来,忙下座,出辕门外迎接入到演武厅上,一一相见毕,次序坐下。茶罢,太子辂明言曰:"我等承保举奏父王统领兵征黎,明等兄弟无能,恐负先生所荐。凡有不识皆愿先生教之!"勾龙曰:"九黎所倚仗者,乃得一九宫阵法,首尾相连为势。凡他出兵,必是此阵。此阵造次不可攻,若一攻之,定然遭其计。"太子曰:"似此,何法破之?"勾龙曰:"此亦不难,但要观其动静,若有一动,便分兵三路杀进,彼必败走。若走之时,吩咐军士各带行粮,晓夜追赶,则九黎可擒矣。"太子曰:"承先生之教,顿开愚茅塞,但不知九黎今到何处?"言未毕,小卒报曰:"九黎领兵一路,逢州杀州,遇县劫县,无人敢敌,望风投降,已杀至高阳,只差二三百里。望太子速去迎敌!"太子闻报,问勾龙曰:"足下高明,今日用何策胜之?"勾龙曰:"臣闻帝丘地僻广阔,甚好安营待敌,太子宜速去先占住,以得地利,只恐九黎先占,难以复夺。"太子忙传军令:"三军今夜要到帝丘!"三军怎敢消停,人如流水急,马似疾风吹,帝丘早到。勾龙即排九个大寨为九龙阵。太子大喜,扎营已毕。

却说黎贪与八弟曰:"此处高阳不远,唯帝丘地广可以下寨,众弟催兵速行,先占地利,以便出战。勾龙有谋,倘彼占去,我兵无处存立。"八弟得令,催兵趱行①。细作报曰:"今颛顼帝命勾龙为参谋,九太子为将帅,统精兵十万已在帝丘待敌。"九黎闻报大惊曰:"吾只料颛顼必召天下诸侯,勾龙为使,一时诸侯不至,我兵急进,高阳可得,颛顼可擒。谁知不

---

①　趱行——速行。

召诸侯,乃用九子为将帅。不知九子是何名?智勇何如?"九黎有一臣姓乐名利,出奏曰:"臣知九太子名。"黎贪曰:"汝既知,速言之!"乐利曰:"此九太子皆帝后邹屠氏所生,长名辂明,次名苍舒,三名㯻恺,四名梼戭,五名大临,六名厖降,七名庭坚,八名仲容,九名叔达,俱善兵书、武艺,皆有勇略,主公不可轻敌!"九黎曰:"比前那九路诸侯何如?"乐利曰:"前九路诸侯全仗勾龙指示。今九太子皆有才能,非九侯之比。"九黎曰:"我兄弟有九宫之势,彼纵有能,我等但不相离;彼无有我九宫之势,来日出战,便见端的。"

第三十一回
九太子大战九黎

次日平明,九黎按下九宫阵法,遂披挂出马,立于阵前;这边九太子亦同勾龙领九队人马按九龙阵立马于阵前。两下队伍分开,黎贪出阵叫曰:"休放冷箭!请对阵将官出马答话!"长太子听见,即同勾龙并马而出,问曰:"来者莫非黎氏兄弟乎?"黎贪曰:"然。"勾龙曰:"汝等不遵王法,暴乱天下,先帝命某召九路诸侯,一阵而困汝兄弟,欲汝等改过前非,故撤兵回,以饶汝等残生。自先帝崩后,今逢圣主,宽洪大度到未发兵剿诛,汝等尚不思恩改过,乃敢妄起贼兵,横行犯上,有何话说!"黎贪听罢笑曰:"汝乃一书生也,前我兵败受困,误中汝计。汝等举朝臣子合尊我兄弟为帝,犹可将功赎罪,稍延狗命,正来报仇,又敢引九太子抗敌耶?"长太子闻言,咬碎银牙,手举丈八点钢枪直取黎贪。黎贪举刀交还,两下大战五十回合,不分胜负。次太子见兄胜不得黎贪,舞三尖两刃刀,拍马夹攻。黎巨出马挥又敌住。四将于阵上大战,犹四国天王大闹天宫。三太子见二兄战不下二黎,手持方天戟一马杀上助战。黎禄看见,持枪杀出,各斗一百回合。勾龙见天色已晚,恐太子有失,急令鸣金。两下俱各收兵回营。却说太子下马与勾龙曰:"某愚兄弟正欲擒拏①九黎,先生何故鸣金?"勾

---

① 擒拏——即擒拿。

第三十一回 九太子大战九黎

龙曰:"某见九黎兄弟悍勇,非力可敌,容某定一计破之。"太子曰:"全仗先生妙算!"是夜各回本寨防守去不题。

却说九黎回营,兄弟议曰:"帝子九人,今日吾兄弟三人战他三人,不能取胜,更有六人未曾出阵,不知那六人武勇何如?若似此三人,则吾等帝业光景难成。不如趁此全师,暂且退回,再作理会。"黎文等六人齐声应曰:"长兄何长他人志气,灭自己威风?明日我六人出阵,如战不胜,回亦未迟。"三兄依允。次日,六黎各持兵刃,齐出讨战,小卒报入太子营中,太子即请勾龙计议。勾龙曰:"昨日战者,乃大黎贪,次黎巨,三黎禄,皆不能取胜而回。今日出阵,必文、廉、武、破、辅、弼六人也。见昨日三兄不能胜,心中大忿,故出斗战。"太子曰:"既然如此,却用何策以破之?"勾龙曰:"今彼大忿而来,锐气正炽,不可出战。容某略施一小计擒之。"太子兄弟六人曰:"我三兄昨日战他三黎;他兄弟六人今日敢来出战,我亦有兄弟六人。岂可坐视而让彼耀武扬威乎?今日不劳三兄出阵,待某六人战彼六黎。如不胜,甘当军令!"勾龙曰:"既太子昆玉六位要行,某亦欲观其动静,但战不胜,听某鸣金收兵,不可有悮!某自用计破之。"六太子闻言欢喜领令,辞三兄上马。勾龙曰:"请三位太子亦于阵前观战!"三太子依允。勾龙亦上马随行,齐至阵前。

催战鼓三通,两军相对,阵势排开。这边六太子立马阵东,那边六黎立马阵西。两边各通罢姓名,各寻对手厮杀。十二员将战于帝丘阵上。这一场大战怎见得:

> 刀来枪架,斧去锤迎。刀来枪架,眼慢些儿丧三魂;斧去锤迎,手急些儿崩七魄。只杀得天昏地暗,日月无光,神愁鬼哭,雾惨云凄。

此阵名九太子帝丘大战九黎。有诗为证:

> 鼙鼓①驱狸勉搏羊,城边白骨泣灰霜。
> 封侯②亦足延孙子,何事贪心起不祥!

六太子与六黎正是敌手,各尽其能,一对对的迎敌,生死不舍,于阵上厮杀。一刀一枪,来来往往,如走马灯儿一般。两边三军俱看得痴呆了。

---

① 鼙(pí)鼓——战鼓。

② 封侯——因战功而得侯。

自卯杀起,直至西不分胜败。勾龙于阵后看见,恐太子有失,急令鸣金收军。两家罢战,各自回营。未知胜负如何,且看下回便见。

第三十二回
勾龙退围灭九黎

却说九太子回营,大太子与勾龙曰:"今日某于阵后观战,见九黎兄弟刀法纯熟,勇猛过人,若以力敌,终有一损。先生有何妙策,须计胜之方美。"勾龙曰:"太子放心!某亦观其动静矣,力敌决不能胜。某用一退围计必然胜之。"太子曰:"何为退围计?"勾龙曰:"太子昆玉二次大战,皆是比对而敌,所以未得获胜。明日,彼必料我亦只用力敌,彼又齐出混战。明日请五位太子出敌,却教四个副将假装四位太子立于阵后,使彼不疑。彼见太子九人齐出也,必九黎兄弟皆来迎敌。我军擂鼓呐喊,先杀过去,彼定愤怒杀来。太子昆玉可略战数合,佯败而走。见我败走,彼必力追。四位太子分左右埋伏于林木茂深之处,候九黎赶过,即放起号炮,四太子于林中左右杀出,断其归路;五太子又番身杀回,将彼围于垓心,则九黎可擒矣。"九太子听勾龙言退围计,各踊跃大喜,皆去准备。

次日平明,四个假太子立于阵后,五太子立于阵前,三军擂鼓呐喊索战。九黎兄弟披挂出马,大太子曰:"我祖父有何亏汝兄弟,却不守本土,混并诸侯,苦害生灵。今日擒住,汝莫后悔!"长黎曰:"自盘古三皇以来,为君为臣非是一姓,都轮流换做。今汝父祖无德,应该让我兄弟。却不早早将天下双手贡献上,致我兄弟愤怒,起兵来取。汝若晓事,免得交锋!"太子曰:"汝兄弟若要为天子,今日一战,便分君臣。"两家各排开阵势,各展手中兵刃,一十八人交马混战。那四个假太子如何敌得四黎,败阵先逃。五太子看见,亦隔开五黎兵刃,佯败而走。三军大乱,弃甲抛戈,丢下粮草车仗,塞满道路。九黎怎知是计,招动人马,愤怒赶来。五太子见九黎中计,且战且走。过了埋伏之处,心中暗喜。九黎传令三军,速迁过林,若捉得一太子者,赏黄金千两。三军得令,只顾赶来。言犹未了,忽听得一声炮响,林左二太子杀出,林右二太子杀出,前面五太子整兵杀回,将黎

第三十二回　勾龙退围灭九黎

兵冲作两三截。九黎大惊，兄弟合聚一处，杀回原路而逃。林中四太子用绊马索早绊倒黎氏兄弟五人，乃是四文、五廉、六武、七破、八辅，走去长贪、次巨、三禄、九弼。此一阵杀得九黎之兵十丧八九，尸横遍野，血流成渠。走脱一似丧家之狗，得命如同漏网之鱼。

且说五黎被勾龙捉住，左右抑见太子，数其罪而新之，传首号令天下。勾龙曰："今九黎已诛其五人，其四人心胆俱裂。必须星夜兼程赶至蜀中，以绝其根。不然，但恐萌芽复发。"九太子猛醒曰："先生不言，吾几忘之。"忙传号令起兵，连夜追赶。

却说四黎不顾三军，只顾逃回。相随者止二三百人。忽小卒来报说："五黎被绊马索绊倒，今皆斩首号令天下。"四黎闻报，下马相抱大哭。哭声未绝，小卒又报说："有九太子之兵追至矣。"长黎大惊曰："兄弟等已死五人，况连日奔走，人马困乏，如何抵敌？不如自缚投降，以免一死。"九黎弼曰："兄长是何言也？吾兄弟九人，同心竭力，以图大事。事既不成，有死无生，岂可屈膝降人哉！彼兵追至，小弟断后，一边杀，一边走。若有危急，兄速回国起兵，代我报仇。"黎贪曰："弟宜谨慎，倘逢敌兵，不可恋战，只可脱身为上！"四人大哭而别。黎弼单人独马，怒目横刀立于路口。

却说太子领兵正追之际，前军飞报太子，言黎弼独马阻路。勾龙曰："彼兵败将亡，纵有一人之勇，又何足惧？"即传令弓弩手四面射之。黎弼见四面矢来如雨纷纷，以刀拨之，身带重伤，尚且怒目扬眉，手下放刀，至死而身不倒。其马被弼两腿夹住，不能走脱，亦被箭射死。后人看到此处，叹其骁勇，作诗吊之云：

横刀立马殿①狼犇②，蝟矢孤身野战昏。
明月似怜堆恨处，宵风宿草隐英魂。

却说长黎贪、次黎巨、三黎禄得九黎弼单人独马阻住后军，才得走回本国，将城门紧闭，吩咐兵卒用心把守。有小军后走回者，报说九大王被乱箭射死，三黎闻报，放声大哭曰："吾兄弟九人横行天下五十余年，不想今日遭勾龙诈谋，损去我弟六人。此冤不共戴天！"言未讫，哭未止，小卒忙来报曰："禀上大王！今有勾龙同九太子领十万大兵杀至蜀境，只差百

---

① 殿——压阵。
② 犇（bēn）——奔逃。

里之遥,望大王速作定守!"三黎闻报大惊曰:"今日之危何以解之?"黎禄曰:"事到如此,彼我乃生死之仇,决无降理。我欲降之,彼亦不容。今城中尚有可支一年之粮,三万之兵,二兄领二万兵守城,我领一万兵出战,胜则二兄杀出相助,败则坚闭勿出。久则有变,思计破之,何必自相惊疑乎!"黎贪曰:"贤弟之言虽是,但我等势穷力尽,军心离散,纵有兵三万,不肯舍死出阵,不如投降,免死亦未可知。"黎禄曰:"二兄为六弟遭害,倘不准降,悔之何及?不如战死沙场,还得留名千古,待弟战之不胜,再降未迟。"二兄见阻黎禄不住,只得点人马一万与之出战。黎禄披挂绰枪①上马,大开城门,别二兄杀出。高阳兵看见,报入中军。九太子拜各领兵来迎。两阵对完,黎禄出马,正是仇人相见,心头火起,面目通红,更不打话,手拈长枪望大太子辂明便刺,太子大怒,举枪交还。南边金鼓震天,三军呐喊助威。约战六十回合不分胜负。八太子见兄赢不得黎禄,各持兵刃,八面杀进。黎禄如何抵挡!左冲右撞,不能得出。城内兵少,不敢出救。平明围至黄昏,外无救兵,料不能出重围,气方已尽,大呼曰:"吾围在此,不怕死者向前。"八方卒见其勇猛,俱不敢近其身。只将矢石望中央攻之。黎禄遮隔不及,大叫一声,遂自刎而死。众兵向前斩其首级回报。勾龙令持去城下招降。黎贪、黎巨在城上看见黎禄首级,又听得城外三军叫降之声不绝,二人见光景如此,如万刃剜心,仰天大恸曰:"兄弟九人已丧其七,我二人更有何面目出降,立于天地间乎?"即先尽杀家属,二人自刎而亡。百姓大开城门,香花灯烛迎接九太子入城至公堂坐定。百姓奏说黎贪、黎巨自刎而死,太子即出榜安民,尽将黎氏仓库分赏人民,百姓大喜。

　　太子起马回朝,百姓遮道而送。正是:

　　　　喜孜孜鞭敲金镫响,笑盈盈齐唱凯歌还。

后人叹勾龙善谋,有诗为证:

　　　　屡压红尘白羽挥,阵前饮血凯歌归。

　　　　九黎妄起奸谋意,徒费泉京几处悲。

---

① 绰枪——提枪。

第三十三回

颛顼灭黎伏四夷

却说颛顼帝一日升殿，群臣山呼拜舞毕，帝曰："勾龙同朕九太子伐黎，今经一载，前表奏已僇①六黎，三黎走回本国，我兵追去，不知近日胜负若何？"言未讫，传表官奏曰："太子入蜀，三黎皆丧，今同勾龙回在朝外，未敢擅进，先具有表奏闻我主。"帝即传旨宣九太子、勾龙入朝。太子、勾龙得旨，随拜伏阶下，奏明征战之事。帝龙颜大悦，曰："前勾龙保卿兄弟九人以征九黎，朕心甚忧，不想卿兄弟今果干②奇功。"即封勾龙为天下总制使，赏黄金一千两，白银二千两，彩缎一千匹。封九太子为九团营都总兵，亦各赐黄金千两，白银二千两，彩缎千匹。勾龙、九太子一齐谢恩。帝命大排御宴庆贺太平，以待众臣。是夜忽见五星会于天历营室③，帝大喜。顾谓群臣曰："是时冰冻始泮④，蛰虫始振，鸡始三号，天曰作时，地曰作昌，人曰作乐。今观五星会于天历之瑞，朕今作历日，以孟春之月为元，则鸟兽万物莫不惠和矣。历日一成，朕即命飞龙氏会八风之音为圭水之曲，以召气而生物，浮金效珍。于是铸为钟，作五基六音之乐，以调阴阳，享上帝，朝清侯，行四时，祭鬼神，制义礼，使四时五行之气轮流不息，以洁神祭祀而教化万民。卿等以为何如？"群臣咸奏曰："我主上今创立此数者，则天下之民无不沾恩矣！"帝大悦。是夜，君臣尽欢而散。

次日早朝，帝传旨命该部行之。自此，北至幽陵，南至交趾，西至流沙，东至蟠木，四远⑤皆平，俱来朝贡。帝大喜，重赏众臣而退。

帝入后宫，有皇后邹屠氏、皇妃溃氏皆来接驾，宴帝于后宫。忽沾风露得疾不起，数日而崩。在位七十八年，寿九十一岁，葬于濮阳。不知后事若何，且听下回分解。

---

① 僇（lù）——杀戮。

② 干——获取。

③ 营室——星名，即室宿，二十八宿之一。

④ 泮（pàn）——融化。

⑤ 四远——四方边远之地。

第三十四回

帝喾高辛氏即位

却说少昊之孙帝喾①,姬姓,父曰蟜极,母名国英,怀妊十一月而生帝。生而祥灵,母见其神异,自言其名曰岌②,龆龀③有德,年十有五佐颛顼帝受封于辛,年三十以木德代高阳氏为天子。以肇基④于辛,故号高辛氏。后徙都于亳。

帝喾登位,群臣朝贺,山呼拜舞毕,帝曰:"朕今承位,自不敢私其身,欲普施⑤利物,救民之急,明鬼神而敬事之。欲作历弦望晦朔,日月若未至而迎之,过而送之。顺天之义,卿等以为何如?"有臣咸黑奏曰:"我主举动应天时,衣服如士服,其廉如此。日月所照,风雨所至,莫不顺从;更得正历,朔、弦、望、晦有定,使天时人事两相合和。仁而威,惠而信,普天之民无不戴德兴乐而歌太平矣。"帝大悦。又曰:"今天下财用不足,朕知峒山之地出银甚多,卿可领旨前去,教其打凿,取出带回,制作民用,不可怠慢!"

咸黑领旨,辞帝而行。带五千人马直至银坑峒山,四面皆石壁巉岩⑥,毫光冲天。咸黑令军士且安下营寨,次日宰杀猪羊,祭告天地已毕,吩咐军士各用铁锤、铁凿轮流打鏊。凿下者,其色青,硬如石,用火烧炼,熔出皆银。不半年之间,得银数百万斤。咸黑传令,尽数装载回朝。

却说帝喾升殿,与众臣正议取银之事,内臣备奏咸黑取银已回。帝命宣入。咸黑入见,山呼毕,帝问曰:"卿取银矿之事,有无何如?"咸黑奏

---

① 帝喾(kù)——传说中上古帝王之一。
② 岌(jí)——本义指山高峻貌。
③ 龆(tiáo)龀(chèn)——指孩童,垂髫换齿之时,古时指七八岁。
④ 肇(zhào)基——基业始于先祖。
⑤ 普施——遍施。施,施仁政。
⑥ 巉(chán)岩——高峻的山岩。

曰："仗主上洪福,得银五百万斤。"帝闻奏大悦。咸黑又奏曰："臣前至峒山,打入银坑,取出者,其色青,硬如石,用火熬之,其银流出。臣料此物,天下必更有。臣带有未熔者数百斤回朝,我主上可颁分天下,有是物之处,令士民看之,但山坑内有石似此颜色者,命民取而熔之,则其获利无穷也。"帝大喜,曰:"卿言是也。"即颁旨,命使臣发矿式与天下各镇诸侯,令发士民观看,照式取熔矿银。重赏咸黑,众臣朝散。

却说各路诸侯得颁矿式,即发守臣,令民寻取。或有打出熔成铁者,或熔成铜、锡、铅者,俱各申奏帝知。天下后世铜、锡、铅、铁自此而广矣。

帝有四妃:一乃有邰氏①之女,名曰姜嫄,与帝祷于上帝而生子曰稷②;次乃陈锋氏之女,名曰庆都,有感赤龙之祥,孕十四月而生子曰尧于丹陵;三乃有娀氏之女名曰简狄,祈嗣③于玄丘,得玄鸟④五色卵之祥,而生曰契⑤;四乃娵訾氏⑥之女,名曰常仪,生子曰挚。帝喾在位七十五年,寿一百五岁而崩,葬于屯丘,子挚嗣位。

第三十五回
尧率八元谏帝挚

却说挚帝既即天子之位,为人刚勇,生得紫面黄须,眉直目露,言语涩滞。初坐金殿,文武朝贺毕,挚帝即曰:"卿等可查各处地方,无论官民,但有精丽⑦女子,可报花名⑧奏上,取选入朝,以充宫掖⑨之用。朕先君曾

---

① 有邰(tái)氏——传说中上古氏族部落。
② 稷——即后稷,周族始祖。
③ 祈嗣——向神灵祈祷以求得儿子。
④ 玄鸟——黑色的鸟。有人认为是燕子。
⑤ 契(xiè)——传说中商族的始祖。
⑥ 娵(jū)訾氏——上古氏族名。
⑦ 精丽——纤巧秀丽。
⑧ 花名——指美女之名。
⑨ 宫掖——宫廷中。掖,掖门,宫中的旁门。

教各诸侯取矿银,民皆多得财宝货殖①。朕今颁旨,每以十分之二抽入应用,以酬先君之德。卿等以为何如?"众臣俱不敢对,目目相视,只唯唯而已。帝喾有二庶子:曰寔豹,曰阏伯,俱不才②,亦列朝臣,好荒淫。见挚帝好色贪财,众臣不对,二人出班奏曰:"兄王欲抽矿财而取美女,某二人不才,愿往各镇查访,取入朝中,以便御用。"帝闻奏大悦曰:"御弟若肯效劳,朕其赖之。"即当殿加封二人为天下正副都总讨,颁旨着其速行。二人辞帝出朝,各点一千人马,分两路而行。

群臣朝散,有臣大业、仲容二人同众臣于朝馆议曰:"今君行不仁之政,差二不才往天下采取民物,倘民心一变,何以处之?我等可入尧府奏知此事。"众臣皆曰:"二公之言极是有理!"遂俱同至尧府。

却说尧王在府,亦知挚帝差使民间取讨财物、女子,正为此事差人去请八元商议上谏。且说八人是谁?乃帝喾庶出子,皆贤明正大,名曰伯奋、仲堪、叔献、季仲、伯虎、仲熊、叔豹、季狸,八兄弟忠肃恭懿,宜慈惠和③,天下人谓之八元。八人早到,见尧礼毕,茶罢,正议入朝,欲上谏章,忽门官报:"有朝臣大业、仲容同百官至府谒见主公,未敢擅进,先行通报。"尧令召入。百官进见礼毕,尧曰:"列卿至此,有何见论?"百官奏曰:"主上今差寔豹、阏伯往天下采访民间财物、女子,此无道事④也。况此二人又非忠直者,害中加害,民何以安?臣等特为此事求见大王,可速入朝谏止其事。倘或不然,一旦不测,天下不易保也。"尧曰:"某正为此一事,今请八弟在此会议,明日必入朝奏止是事。"即命八元与众臣相见。众臣见尧先已有意上谏,各各大喜,辞尧而回。

却说挚帝自即位之后,不理国政,或半月一设朝,或一月一登殿,朝夕与后妃饮宴,荒淫无度。尧率八弟伺候五日,不得面君,次日乃同八弟直入后宫,见帝、后饮宴,向前俯伏山呼,帝惊问曰:"御弟至此有何表章?"尧曰:"臣闻三皇以至于今,为君者未有不利于民。今我主不理国政,荒淫无度,贪财好色,又差寔豹、阏伯出削民财,取民美女。倘诸侯心变,何

---

① 货殖——此指货物、商品。
② 不才——无才无德的小人。
③ 惠和——慈善平和。
④ 无道事——不合正义之事。

以处之?"帝曰:"朕闻士民尚有一妻三五妾者,丰衣足食,金玉满籯①,朕承祖父之业为天下之主,抽诸侯之财税,取民女充宫闱②,有何荒淫,而诸侯敢有异心?欲朕不如一富家翁耶,卿其可乎?"尧伏不起,八元齐声谏曰:"主上若不听尧谏,执迷不悟,只恐祸至无日矣!"帝不答,谈笑自若,顾与后妃饮酒,喝左右逐退出宫。又差娥訾腹③监催各诸侯财宝。天下诸侯亦有遵旨解贡者,亦有抗旨不贡者。各诸侯发文书会同起兵入朝,寔豹、阋伯、娥訾腹三人闻知诸侯有异心,抽兵连夜回朝,将取得美女、宝物一半交帝,一半三人入己,亦不奏知诸侯起兵之事。帝将所贡之物列于面前,以美女充满宫庭,朝夕宴乐。众臣见尧、八元谏之不听,俱缄口不言矣。未知后事若何,下回便见。

第三十六回
众诸侯废挚立尧

　　话分两头。却说人皇氏朝封有旸谷侯,乃黄神氏之后,名黄冲,发文书,会各路诸侯,兴兵入朝废帝。众诸侯得文书,各起兵,约定七月十五日至帝都取齐。不知是哪几路诸侯,听一一说来:

　　第一路旸谷侯,人皇朝黄神氏之后,姓黄名冲;
　　第二路汾睢侯,人皇朝巨靁氏之后,姓犹名生;
　　第三路大鸿侯,人皇朝泰壹氏之后,姓樊名高;
　　第四路精气侯,人皇朝神民氏之后,姓通名理;
　　第五路蔽体侯,人皇朝辰放氏之后,姓皮名傅;
　　第六路群王侯,太昊朝大庭氏之后,姓庭名立;
　　第七路居阳侯,太昊朝赫胥氏之后,姓葛名重;
　　第八路利乡侯,太昊朝栗陆氏之后,姓栗名志;

---

① 籯(yíng)——箱笼一类器具。
② 宫闱——后宫。
③ 娥訾腹——挚的舅舅。

第九路登阳侯,太昊朝柏皇氏之后,姓穆名赤;

第十路能属侯,太昊朝吴英氏之后,姓审名疑;

第十一路青文侯,太昊朝阴康氏后,姓前名缯;

第十二路武平侯,太昊朝朱襄氏后,姓朱名忽;

第十三路营窘侯,炎帝朝临魁氏后,姓闵名必;

第十四路创制侯,炎帝朝帝来氏后,姓功名物;

第十五路定火侯,炎帝朝帝承氏后,姓木名顺;

第十六路制度侯,炎帝朝帝里氏后,姓克名戏;

第十七路懋德侯,炎帝朝帝明氏后,姓熊名孙;

第十八路起达侯,炎帝朝帝宜氏后,姓王名政;

第十九路天水侯,黄帝朝后土氏后,姓垩名螨;

第二十路定数侯,黄帝朝命荣氏后,姓钟名协。

共天下诸侯二十路,各统人马,或五千,或三千,带文武官僚俱赶七月十五日于屯丘取齐。是日,众诸侯陆续都到,各相推让坐定,大排筵宴。旸谷侯举杯与众侯曰:"今为挚帝荒淫,重敛民财,不听尧谏,故某发文书告知,会列位同正其罪,幸诸君皆至。先立盟坛,各歃血①为誓,来日入朝,务以废立②为事,毋得心怀私意,不负黄帝之盛德也。"众侯皆曰:"唯命是从!"旸谷侯令排香案,各歃血誓毕,犒赏三军,复坐畅饮而散。

却说挚帝朝夕于后宫饮宴,醒而复醉,将取来美女百般作乐。左右闻众侯消息,忙传入后宫,帝被酒色迷乱,只是不出治政。次日,众诸侯蜂拥入朝,与尧、八元、文官、百官相见,传令鼓噪打入后宫。内臣急奏知,帝大惊曰:"来者是哪几路诸侯?"内臣曰:"小臣不知,但见朝堂遍地皆兵,欲打入后宫。"帝曰:"朕御林军何在?"内臣曰:"先逃矣!"帝曰:"尧王、八元今在何处?"内臣曰:"皆在朝堂候主上登殿。"帝见势迫,外又喊声大振,只得别后妃,披龙袍升殿。群臣、诸侯拜舞毕,帝曰:"朕未有召命,卿等至此,有何话说?"众侯齐奏曰:"天下非我主之天下,乃万民之天下也。今主公为君,不恤下民,使臣敛财,荒淫无度,民心皆变。诸侯共议言主不可管摄天下,欲废主上,别立新君,以安万民!"挚帝怒曰:"朕无大过,诸

---

① 歃(shà)血——古代举行盟会时,嘴唇涂上牲畜的血,表示诚意。

② 废立——废,指废掉荒淫的君王;立,指扶立新皇帝。

第三十六回　众诸侯废挚立尧

卿何此无礼！废朕,则谁可为万民之主？"众侯奏曰："为善为恶,无不自知,陛下何必多问！臣等闻先帝皇太后陈锋氏名庆都有赤龙之祥孕,十四月而生尧于丹陵,今有功浩大无所不至,存心天下,加意穷民①,以汁为羹,无盐调和,虽以藜藿而食,亦不嫌也,蒲草为席而无缘饰②。臣等感戴不尽,今欲立之为君以应民望。"帝曰："卿等立朕之弟为君,此亦公正。但废朕于何地？"众侯奏曰："陛下速降旨,宣尧为帝,则天下万民悦服,陛下有国封矣。"挚帝见势不可为,只得宣尧至殿前,帝曰："诸侯言朕不德,推卿代朕之位,卿可应天顺人,无负民望！"言罢即脱下龙袍,捧印交尧。尧大惊,俯伏奏曰："臣等曾谏主上以天下为务,主上不从,至有今日之事。臣德薄无为,不堪为君,请陛下别寻有德者让之！"帝曰："此非朕意,乃众诸侯公举,必不虚妄,卿其勿辞！"尧再四不从,叩头出血。众诸侯见尧推让不受,齐声喊曰："今主不德,我等亦为百姓而来,止为废立。今挚帝知时让位,我主何必太谦！"众侯遂皆向前扶起尧帝,披上衮衣,言曰："国不可一日无君,我主宜速正大位③,以安民心。"群臣扶尧帝登龙座,皆呼万岁,欢声满朝。众侯、群臣奏曰："废无道而立有道,望我主降挚帝于何处发付,即日起行。"尧帝曰："为人君而荒淫,劳民伤财,本该削职为民,朕念手足之情,封为陶唐侯,容其改过自新。再若有乱国治,二罪俱罚！"挚帝谢恩,即往陶唐而去。挚在位九年。

尧帝命将后宫财物悉分各路诸侯,回国以赈穷民;原各国取来美女,仍命各诸侯带回原籍,令其父母领去择配;将嫩訾腹斩首示众,寔豹、阋伯,姑念手足,各罢职为民。重赏群臣,大排筵宴,款待众诸侯、百官,大赦天下。次日,众侯、百官入朝谢宴。不知尧帝为君何如,下回便见。

---

①　穷民——指黎民百姓。
②　缘饰——席子周围的装饰品。
③　大位——指帝位。

第三十七回

尧帝即位都平阳

却说帝尧陶唐氏，乃帝喾之子，帝挚之弟也。母陈锋氏之女，名曰庆都，怀孕十有四月而生帝于丹陵，当高辛氏丁亥岁十一月十二日也。母既生尧帝，后移徙至耆，尧以祁为姓，故曰伊祁氏。母初生帝时在三阿之南，寄于伊长儒之家，故从母所居为姓也。挚为天子时，尧年才十二，佐挚为政，受封于陶，年十五改国于唐，故又号陶唐氏。因挚帝荒淫，诸侯废挚而推尧为天子，以火德王，都平阳。于甲辰岁即位，众诸侯及群臣朝贺，山呼拜舞毕，帝曰："朕无才德，蒙卿等冒举。朕不敢负天下民命，亦不敢负卿等推立。但欲卿等宜体朕心，爱民如子，则朕无忧矣！"众臣咸顿首称谢。帝命开内帑，取出金银宝物，分赏各路诸侯回国，并赏在朝大小文武官员金帛各二表里。诸侯、群臣谢恩出朝。

次日，尧帝升殿，两班文武山呼拜舞毕，有旸谷侯黄冲出班奏曰："臣等离国日久，恐境内有事，今辞陛下，带领人马各回本国，未得圣旨，乞赐指挥！"帝劳慰曰："朕国无事，卿等可速回国。"众侯得旨，辞帝各回本国而去不题。

却说自尧帝为君，其仁如天，无所不覆；其智如神，变化莫测。如日之照临，人皆依之可爱；如云之密布，人皆望之可喜。富而不骄，彤车白马；以茅覆屋，不取齐整；蒲草为席，而无缘饰。不视玩好之器，不好奇怪异物，唯存心于天下，加志于穷民，唯恐有一毫不到之处。见一民有饥色，曰："我饥之也！"见一民寒，曰："我寒之也！"见一民有罪，曰："我陷之也！"百姓戴之如日月，亲之如父母。仁昭而义立，德博而化广，不赏而民劝，不罚而民治，天下之民莫不欢心。自古帝王以来如尧者未之有也。故孔子称之曰："大哉，尧之为君也！唯天为大，唯尧则之。"又曰："一人有庆，兆民赖之。"此之谓也。

第三十八回

尧帝命羿射九日

却说尧帝一日设朝，文武山呼毕，两班侍立。正值炎夏，天上忽然有十日并出，照地若火，禾稼干熇，草木焦枯，百姓惊惶。众臣奏知，帝惊叹曰："天上十日并出，害民禾稼，即害朕躬，莫天厌朕为君也！"命备香花灯烛，帝自拜祷，祝之曰："臣尧本无大德，蒙众臣冒举为民之主，今天现十日并出，害民禾稼，莫非臣尧有过，罪坐于臣，无降灾殃以伤百姓。臣今叩告，望天见怜，收入多日！"尧帝祝毕，百官朝散。次日早朝，见日依然。帝见日不收，号啕大哭。有一武臣，姓平名羿，现为护驾大将军，见帝悲惨，出班奏曰："天地既分，已经数万余年，上天未现绝民之物。今我主上为君，比之三皇列帝，德过前朝，岂有上天不佑，而现十日绝民食乎？臣思此必邪火，借日之光升在半空，故有炎炙酷人、焦禾杀稼之害。臣虽不才，能开千斤之弩，待臣来日于御教场射之，看其如何，又作区处。"尧帝闻羿之言，回悲作喜，曰："卿言有理，但恐射之不到。"羿曰："容臣试之。"帝准奏。即传旨，来日排驾同百官亲诣御教场中观看。群臣朝散。

次日平明，帝同百官俱至教场演武厅前下马，帝于御帐坐定。文武参拜已毕，只见羿全身披挂，左带千斤硬弓，右插狼牙铁箭，结束威风，打扮整齐，坐一匹白骏马来至御营，下马见帝，山呼曰："臣甲胄①在身，不能全礼，乞陛下赦臣之罪！"帝曰："朕同群臣在此观卿才能，卿可用意射之。"羿叩首谢恩，飞身上马，左行三转，右走三遭，指定一箭射去，只见天上光闪闪落下一日于水中，大响一声。帝与群臣、三军百姓俱惊得呆了。羿见射下一日，精神倍增，东走西驰，连射八矢，八日皆落水中，只存一个日光。羿射得性起，将那真日亦连射三矢，端然不动。帝见射之不落，急命止射。羿遂下马见帝，帝大喜。排驾回朝，登殿宣羿封为落阳侯。羿谢恩。帝命设宴以待众臣，日暮而散，帝入后宫。

---

① 甲胄（zhòu）——出战时所穿铠甲、战帽。

却说帝后乃散宜氏之女,名女皇,大贤德,迎接帝入宫礼毕,帝命坐,后曰:"我主治天下七载矣,臣妾闻民不作忒①,鸱鸮②逃于绝域,麒麟③游于薮泽。此非我主化行仁德之政,安能至此?"帝曰:"人无全德,但朕为君,无一日不以天下为心。朕欲定天下道里远近广狭之名,一时尚未可得,心甚忧之。"后曰:"今宫中庭前忽生一丛草,臣妾数之,有十五根,十五日以前日生一叶,十五日以后日落一叶,更有落至只一叶,或厌而不落。不知此何草也?"帝听后之说,大悦曰:"朕一承位,每怪朔望不分,正欲定之,不得其法。卿言有草如此生落,朕可依之以定朔望矣。"即命名之曰蓂荚草④。

一夜无词。次日早朝,群臣山呼拜舞毕,帝曰:"昨日朕在后宫,朕后见庭前出草一丛,共十五根,十五日以前日生一叶,十五日以后日落一叶,或一叶厌而不落。朕思度之:每一月不可俱以三十日为则,亦必有大小之分。一叶厌而不落者,其月只该载二十九日为一月;落尽者,其月方可载三十日为一月也。依次而排推,则天道明而朔望定,可不至于混淆矣。朕即命名之曰蓂荚草,又欲传之于天下,与万民悉知其月有大小之分。但此草不可移种,难以颁行,卿等有何高论?"帝言未毕,有臣羲和现为司天政之职,出班奏曰:"未遇蓂荚,难定朔望;既见蓂荚,不必移种四方。臣得观之以三百六十五日,将数推算,按周天三百六十五度作历象星辰,察其气候,敬授人时,与我主颁行天下,则万民统知其要法矣。"帝闻奏大悦,问曰:"此历几时可成?"羲和奏曰:"必得三年之功,而闰法、朔望、月之大小,自可定也。"帝赐御酒三杯、金帛二表里,嘱之曰:"卿其用心!历成之时,其功不小。"羲和拜恩领旨,辞帝出朝,回家自去作历法,以十日为一旬,十五日为半月,后依蓂荚草之落叶而推之,厌则二十九日为一月,落尽则三十日为一月。明四时往来之寒暑,察一岁长短之节候,以三个月为一季,以十二个月为一年,以周天三百六十五日以定闰月,昼夜循环,以一日十二时,一时分为八刻。时光似箭,不觉三年,历法以成矣。

---

① 忒(tè)——差错。
② 鸱(chī)鸮(xiāo)——即猫头鹰,古人认为是不祥之鸟。
③ 麒麟——传说中象征祥瑞的兽。
④ 蓂(míng)荚草——古代传说中一种象征祥瑞的草。

第三十九回

羿缴大风除兽害

　　却说尧帝升殿，文武两班山呼礼毕，羲和出班奏曰："前臣奉旨定造历日，今已完成，献上我主，请龙目观之，以赐颁行！"左右近臣接上，帝即于御案上展开，见历中朔望种种得法，节节有则，帝览毕大悦曰："卿成此历日，永为人间耳目，无天地，方不用此历矣。如有天地，此历用之无穷！"即赐金花二朵、采段①四端②，加封为正历总世侯。羲和再拜谢恩。帝命每年十二月造一历颁行天下。命排御宴以待群臣。

　　正饮之间，忽大风吹来，对面不能开口共语，筵食皆吹散于地。帝看风从东方来，吹之甚急，民屋皆倒，拔木扬沙，半日不息。帝叹曰："朕闻天有风伯③能害人房。前遇日害，今又逢风害。日害已除，而风害不除，民何得安？必须制之！"即召平羿谓之曰："前日害，得卿射除，今又值风害四方吹来，最狂者东方。卿可统三万人马于青坵之泽，其地有山皆高耸，东方有缺宽阔三百里，其风从此来。故东方最急。卿去指示众军先筑土缴遮蔽之，以分其势，则风不能急也。"羿领旨出朝，即领人马三万至青坵，依帝之言，漏夜催督三军，筑起土缴遮蔽。果风一至，被其抵散，以分其势，遂不似前为害矣。

　　羿领兵还朝回奏，帝大喜，言未毕，使臣又奏曰："今洞庭有兽，名曰猰貐④，高五尺，长一丈，横行地方，食人食畜；又桑林有兽，名封豨⑤；又岭南有修蛇⑥，长三五丈者，皆为民害。百姓表奏，望我主速为制之！"帝

---

① 采段——即彩缎。
② 端——匹。
③ 风伯——风神。
④ 猰（yà）貐（yǔ）——古代传说中一种吃人的猛兽。
⑤ 封豨（xī）——即野猪。
⑥ 修蛇——即蟒蛇。

闻奏叹曰:"自朕为天子,天上日风并害,地下兽蛇杂出,负愧实多。"羿奏曰:"此非我主圣泽所致,乃山林水道不通之故。臣虽不才,我主可发一万人马,用强弓硬弩射之,自然平伏矣。"帝大喜,即命羿行,辞帝出朝,众臣皆散。

次日,羿早升帐,整点人马一万,吩咐三军各带钩镰长枪、强弓硬弩而行。不数日来至洞庭地方,百姓接见。羿问曰:"兽形如何模样?"百姓对曰:"兽多种类,俱似牛马之形,有两角者,有无角者,有食人食畜者,有不食人食畜者,有止食禾果者。我等欲捕之,彼来甚众,多遭其害。若今一至,则我等皆逃避矣。"羿又问曰:"何日而来?"百姓曰:"无有定期。或五日,或十日,或半月。但众兽至,有见人直冲进者,有见人而逃者,善恶不一。人皆避之,将军亦宜仔细!"羿即吩咐众百姓曰:"汝等且退,我自有分晓。"众百姓叩头而去。羿传令立下营寨,即唤三军听令曰:"我问百姓,已知其详者。来日,汝等三千人各用锹锄于山路平坦之处挖下一坑,约长十余丈,阔四丈,深三丈,限二日完,勿致违误!"又令三千人各带干草一束,亦限二日完,不得有误。又令三千人破木成牌四百面,高八尺,阔三尺,牌后钉铁圈八个,以便手擎,亦限二日完,不可有误。三项如有误者,各按军法。众军得令各去备造不题。

至第三日,平羿升帐,辕门外画鼓三通,各营官参见已毕,挖坑军、刈草军、执牌军,各各都来报完,羿大喜,即传令吩咐曰:"三者既完,某料这群怪兽只在此一二日必出。汝等刈草军可将此草虚铺坑上,汝等不可离远,只在坑左右伺候。兽若见人,必对面抢来,必定跌落坑中。汝等急用铙钩搭起,以绳索捆缚,解来请赏。"三千兵领命去了。又令三千执牌军吩咐曰:"汝等各人皆执牌向前,以防兽冲突,后军各放弓弩射去,矢头俱要涂毒药。汝等不可身出牌外。"三千兵亦领令去了。次日平明,羿亲自披挂袍铠,结束弓马,于坑前指挥军士。

却说诸兽一连六日未出,见此日天气晴朗,一来无食,俱出于旷野之处向日游行,听见坑边人声,相争向前。见三军对面排立,诸兽只说是人欲捉他之状,觑了一觑,不知虚实,吼声大展,对面一直抢来,一声响亮,皆跌下坑中。三军大喊一声,一齐向前,将坑中诸兽尽皆钩起。捆倒打入寨去请赏。更有未跌入坑者,三千兵执牌弩齐出,乱矢射去,被伤死者十有七八,只逃得一二归山。百姓鼓舞大悦。羿升帐,百姓叩首谢曰:"害我等者,皆此兽也。今得将军除之,万民蒙福矣。"羿曰:"汝等百姓可向前观看,诸兽皆缚倒,不能挣动。前云有食人食畜者,食禾果者,俱一一指示我军人,以便发落。"百姓领令,俱各看过,先指豺狼虎豹等曰:"此几种兽专食人食畜,猛不可当。"羿即令军士剜去一目,锉其齿牙,割去尾足,扛入山中示众。有死者,令宰而食之。百姓又指獐鹿、野猪、山羊等曰:"此几种兽只食禾果。"羿令军士:野猪杀而食之,獐鹿、山羊各鞭责三十,纵之入山,不许到民田园扰害。责得诸兽或拐足者,或皮裂者,叫吼之声,甚是惨人。得放回者,俱自低头伏耳而逃。诸兽亦有灵性,但不能言语。见被责割去尾足者,剜去目齿者,岂不兔死狐悲,各伤其类?逃入深山,再不敢出。羿令百姓将草堆放山傍,放火烧入山林,老兽逃匿,小兽多有烧死者。又教百姓制牌弩以备捉而食之。

遂起马至桑林。桑林百姓于路迎接。羿问百姓曰:"汝等地方有封豨,今在何处?"百姓对曰:"此兽大似牯牛①,一出势不可当,人不敢近,见其厉害,不知踪迹。此兽无食,自然出游。"羿曰:"汝等且去,我自有法擒之。"令三军且安营去歇息。

次日,羿令兵卒亦于平地开一深坑,上虚铺草,等候此物到来。却说此物数日未出,是日出游,军士见其来,抛食诱之,引至坑边,随即跌入。众兵遂乱枪戳死。百姓大悦。

羿除桑林地方之害,不敢停留,径领兵前至岭表。百姓拜迎,羿问曰:"汝等地方多有修蛇,可说详细,以便除灭。"百姓告曰:"地方有蛇,长大者食人,小者咬人,被其搅乱,民不安生。或有在田,或在水,或在山,人若遇之,必即遭害。"羿曰:"汝等且退!我知道了。"百姓退去。羿下寨屯住人马,唤三千兵吩咐曰:"前者,我用坑、牌以制猛兽,今用毒药以灭修蛇。汝等三千人,各身穿铁甲,脚穿铁靴,手执长刀,宰猪、犬、鸡等肉,以毒药酒浸三日,外又将毒药拌香油麻面炒熟各肉,我自有用处。"三千兵领令去了。又唤三千兵吩咐曰:"汝三千人可于有蛇去处乱掘土窟,深一丈,长、阔三丈。"三千人亦领令去了。又唤三千兵吩咐曰:"汝等三千人各备干草一束,伺候听用。"三千兵亦领令去了。第三日众兵俱来报完,羿曰:"汝等既已完备,可将毒肉散放窟内,蛇出闻香,必争趋入食之,定然毒

---

① 牯(gǔ)牛——公牛。

死。汝等将干草点火，丢下窟内烧之，然后用土填塞。此蛇害可除矣。有未离水者，可用毒肉放于上流随水而下，蛇闻香味，必然食之，亦定死矣。更有未离山者，亦将毒肉炒香，引它出食，自然平静，再无有不死者。"众军得令，各去依计而行。

次日将毒散于窟内，诸蛇闻见香气，果然成群而出，争奔入食之。三军见蛇已入窟中食肉，各将干草点火，乱丢入窟。其蛇有毒死者，未毒死者尽被烧死，腥羶之气冲天，一时以土填满。三军又将毒肉并汁弃于上流，水中之蛇有未出者，食之尽死。山凹亦放毒肉，大小蛇闻香味食之，皆被毒死。羿令穿铁甲靴三千兵各执长刀于山中搜寻，遇者斩之，所逃者百无一二。百姓看见，欢声如雷。

羿见三处俱已宁静，拔寨起马，百姓遮道跪送。羿发放回归，一路无词，领人马回朝复命，正值尧帝升殿，羿随班拜伏于地，一一奏知前事。帝龙颜大悦曰："卿前除九日、大风，今收猰貐、封豨、修蛇，与民除其大害，有没世之功。"赐金银各一百斤、彩缎一百匹，加封为总平侯。命排御宴庆贺太平。群臣、羿谢宴，朝散。不知后事如何，且听下回分解。

第四十回
平羿夫妻入月宫

却说平羿既立此数件大功于世，自以得意，喜气扬扬，又得封赏，朝散回家，见妻出迎，手内执药丸一颗，光焰闪的，香气袭人。羿问曰："卿手内所执何物？"妻对曰："此长生不死药也。"羿曰："有此佳宝，卿从何处得来？"妻曰："自君奉差去后，仙人西王母怜我孤身独宿，夜夜到此相伴。迟月明时，则呼侍女捣药。我问所捣何药，西王母答曰：'此长生不死药也。每一月捣一丸，一年捣十二丸，朔旦则服之，以调阴阳之畸毗①。'三日前捣得一丸在此，命我收起，他去蓬莱探望东王公，约至半月后到此取讨。我见今晚月明如昼，取出试一展玩耳。"羿曰："卿何不吞之？"妻曰：

---

① 畸毗(pí)——指相异。

"他来取时,我何词以对?是欲求长生,先得短命也!"羿曰:"既号灵药,是处可以潜形,何必拘此而自误乎?汝试吞之,亦自有说。"其妻依夫之言,一口吞之,习习欲飞,身轻若云,遂奔入月宫之内。羿紧揽其衣,随之而去。妻为嫦娥,羿为蟾蜍。时尧帝六十二年甲辰岁八月十五夜也。后来唐朝诗人杜工部看到此处,有诗二首为证。诗曰:

　　天上秋期近,人间月影清。
　　入河蟾不没,捣药兔长生。
　　只益丹心苦,能添白发明。
　　干戈知满地,休照国西营。
　　四更山吐月,残夜水明楼。
　　尘镜元开匣,风帘自上钩。
　　兔应疑鹤发,蟾亦恋貂裘。
　　斟酌嫦娥寡,天寒奈九秋。

又唐人李义山亦有诗一首云:

　　云母屏风烛影深,长河渐落晓星沉。
　　嫦娥应悔偷灵药,碧海青天夜夜心。

第四十一回
四岳举鲧治洪水

却说尧帝治天下,六十有二载。是岁洪水为灾,天下诸侯雪片表章①,入朝告急。帝升殿,问群臣曰:"今天下方略清平②,又有洪水之患,谁可治之,以解朕忧?"四岳③出班奏曰:"陛下若除洪水之害,可用崇伯侯鲧④前去,堪称任此职。"帝曰:"朕闻鲧之德政刚幸违众⑤,易于败事,不

---

① 雪片表章——上表奏章如雪片般频来。
② 清平——清和安宁。
③ 四岳——古时分掌四时、四方山岳的官。
④ 鲧(gǔn)——传说中大禹的父亲,被尧封于崇地,故称崇伯侯。
⑤ 刚幸(xìng)——刚直暴躁。

得民心,方逆上命,恐其不可用也。"四岳又奏曰:"我主圣见甚明。但今洪水之灾至急,臣观在廷诸臣,固是皆可用,若论其才能,则无出鲧之右也。臣料鲧此行,必能成功。陛下姑试用之,如不能,则又召回,另选有才德者代之。"帝曰:"卿言虽是,但洪水非小智者可治。既卿公举,朕试用焉。"即宣鲧至朝见帝,山呼礼毕,帝曰:"天下洪水为灾,朕欲得一人治之,第其务非小可之事,今四岳保卿领此重任,卿行当钦哉以勉之。卿可试言,该如何制度布置?"鲧曰:"蒙君天恩,正无有报效。量治洪水一小务,臣至其处,临机应变,自有方略治之。不劳圣虑。"帝曰:"卿可戒其所短,取其所长,酌其才而用之,加之以敬谨,朕何虑哉?恐卿以才自负,忽不加意,万一不然,王法无亲,卿悔弗及矣!"鲧顿首曰:"谨领圣谕,焉敢有违。"帝当殿亲赐御酒三杯,金花二朵,迎出朝门,百官远送,点人马三千为从。

　　鲧别过百官,催动人马,一路长行,来至华渚姬水二处。本镇诸侯,闻有朝廷差官到此治水,皆出城六十里迎接。鲧下马相见毕,延入公馆分宾主而坐。鲧问曰:"华诸侯自哪一朝受封为侯?"起对曰:"某祖太昊帝朝阴康氏之后,至下官姓前名增。"鲧曰:"尧帝有加封否?"增:"前同十九路诸侯废挚帝立尧帝有功,加封为青文侯。"鲧又问姬水侯曰:"足下自哪一朝封侯?"起对曰:"某祖黄帝朝命荣氏之后,至下官姓钟名协。"鲧曰:"尧帝有加封否?"协曰:"亦前同十九路诸侯废挚帝立尧帝有功,加封定数侯。"鲧曰:"二位既皆朝廷有功之臣,今遇此洪水之灾,不与国家建功出力,何袖手旁观,使民受害至差某劳苦?"二侯曰:"此朝廷知足下才能,故有此差,非于某等之累及也。"鲧曰:"不必多说,可速去各备民夫五千名,锹锄器械五千件,以便来日兴工应用。"二侯只得唯唯而退,自相言曰:"今尧圣明之君,欲与民兴利除害,所差遣之人,必贤良方正,公直忠厚,终可为事。今见崇伯侯鲧之言,似一刚贪之徒,恐非制治终事之人也。"乃曰:"我等且检讨①人夫②器用,看他来日行事何如。"二侯各回去齐备人夫器用。不题。

　　却说次日,这差官崇伯侯升帐,带来三千兵马,簇拥排开,甚是威武,

---

① 检讨——查点准备。
② 人夫——人力。

端坐帐上。二侯入见参拜,列坐茶毕。鲧恨二人无贽①见礼,心怒不平,问曰:"昨曾吩咐民夫什物,可完成否?"答曰:"一切完成,俱于台下伺候遣用。"鲧曰:"既已齐备,今日且退,明日起工。"二侯起身告曰:"今洪水为灾,百姓昼夜不得安生,今幸明公驾临,犹久旱得降甘雨。若待明日,即要虚费数百金,民心不安。乞赐动工,上报圣恩,下救万民。"鲧大怒,曰:"汝二人只知费一日之财,不知某之劳苦!"二人见其大怒,只得退出来,发放了民夫,明日俟候,百姓亦散。二侯相议曰:"看彼昨日之言,今日之语,此皆是明要我等财物。今民穷如洗,哪有财物?不若将库中所有财物,且充与之,告彼动工,以救众民。"于是二人各将府库之财,查算计只得五千之数。二人商议留下三千镇库,取出二千,来日馈送。

次日,鲧早升帐,二侯入见,礼毕,告曰:"明公②驾临敝治③,人民久遭洪水为灾,库无余积,尽数搜括,止得微末④,含愧贡上,少申鄙衷⑤,伏乞笑纳,不胜荣幸。"鲧看礼帖上,写白金各二千两,乃笑曰:"此朝廷差使,何劳二公厚惠?"二人曰:"菲薄微礼,不足以奉清光,聊表寸敬。"鲧乃小人,一见四千之金,竟不推辞而受,令左右侍从取过。二侯曰:"今明公兴工治水,某闻金木水火土,各有一神主之,水必有水神,可用猪羊祭告,然后起工。"鲧听罢,大笑曰:"水岂有神?如其有神,其心必正,肯害人民?水是无神。纵若有神,亦邪妖而已。某乃奉命钦差治水,何用祭为!"并不信二侯之言,又无治水之法,但吩咐军民人等曰:"凡有水急流之处,只挑土以壅塞⑥之。"今日壅塞,明日冲荡去。每皆如此,非止一处,劳民伤财,无法可治。二侯掩口笑之。鲧见不能阻其水流,且自离了华渚姬水,又往他处。凡经过处,不问长短,只要贿赂。唯令军民用土,以掩小流。不三五日,或半月,一遇大雨滂沱,依然推荡大流,人民反受其害。百姓只得自相计议,开沟放流,暂时栽种。但洪水一发,或一二年,或三四年,

---

① 贽——见面礼。
② 明公——恭维语,指圣明之人。
③ 敝治——谦词,意指自己治理下的简陋之地。
④ 微末——数量很少。
⑤ 鄙衷——谦词,谓自己的心意。
⑥ 壅(yōng)塞——填上,堵住。

高处犹可栽处。至其漫野水势,飘没人民牛马庐舍,不知推荡去几千里。

却说崇伯侯鲧自领旨出治水,已历九载,未见寸功。滥受官民之财,数盈百万。每年上表,但言"工程浩大,臣鞠躬尽力而后已"。自度不能成功,恐帝问罪,只得收拾领了人马回朝,一日,帝坐金殿,群臣山呼拜舞毕,传奉官奏曰:"有崇伯侯鲧治水回朝,现在午门外候旨。"帝命宣来,鲧拜舞于御阶下。帝曰:"卿别朕九载,洪水为灾,用何法以治之,今民安否何如?"鲧奏曰:"洪水滔天,势不可治,力尽法穷,暂且令民以土壅塞之。特来回奏,容臣再作区处。"帝听罢大怒,骂曰:"无谋匹夫,唯知贪财好货,害国家大事。朕已久知汝凶顽嗜酒忘工,四岳保汝,朕亦勉之。何今日敢无忌惮若此!"立命武士,推出朝门外,殛①之于羽山②。即传旨晓谕天下诸侯,各用军人,于急流之处开沟,放至会水所在,暂时寺护,不用土掩。候另差官制治。自此天下洪水之灾颇安,无复有似前之患矣。

第四十二回
尧帝康衢听童谣

却说尧帝治天下,六十有八载。此时天道人事,鸟鲁草木,禾稼财货,俱各有序。四民乐安其业,诸侯咸服,百姓鼓舞太平。虽有洪水一端,帝亦教民权宜开流,以去其水。盖未得全法,而不至受全害矣。帝见天下诸侯进来表章,无有告急者,皆颂圣德。帝不知天下治与不治,问于左右。在朝在野之人,亦不知帝心之不安。乃命排驾,出巡于康衢③,见儿童唱谣歌曰:

立我烝民④,莫匪是极⑤。

---

① 殛(jí)——杀死。
② 羽山——山名,相传在今江苏连云港一带。
③ 康衢(qú)——四通八达的大道。
④ 烝(zhēng)民——众民、万民。烝,众多。
⑤ 极——达到最高境地,指太平盛世。

不识不知,顺帝之则①。

帝听罢,微笑曰:"朕今日方知民得安矣。"命左右赏众儿童金钱果豆儿。儿童见赏,皆大欢喜,嘻嘻而笑,口称"万岁",复歌而去。

帝命驾回至襄陵,有九十老人姓席氏击壤②歌于途曰:

日出而作,日入而息。凿井而饮,耕田而食。帝力于我何有哉?

帝闻歌嘉之,曰:"此朕之老师也。"命左右引前,赏以绢帛。老人不受而去。帝益叹其贤云。

又巡狩于华封,华封老幼人民,俱出迎接圣驾,齐跪路旁。帝下御辂③,命扶起众老,问曰:"朕为君无役于民乎?"众民对曰:"无。"又问曰:"朕无削于民乎?"众民对曰:"无。"又问曰:"汝等安乎?"众民对曰:"安。"帝闻众民之奏,大悦曰:"卿等既安,各宜孝敬勤谨,尊卑和睦,朕无忧矣。"众民奏曰:"百姓自圣上为君以来,就之④如日,望之若云。仁昭而义立,德博而化溥⑤。民等无以报圣德,唯三祝圣人,愿圣人多富、多寿、多男子。"帝闻奏,笑曰:"朕何当之。若多男子,则多惧。多富,则多事。多寿,则多辱。朕不愿此三祝。"封人⑥曰:"天生万民,必授以职,何惧之有? 富而使人分之,何事之有? 天下有道,与物皆昌。天下无道,修德就闲。千岁厌世,去而成仙,乘彼白云,游于帝乡⑦,何辱之有?"帝听罢,大喜曰:"诚哉是言也。但朕躬无为,何敢当此。"遂命左右近侍,遍赏封人,众民叩谢圣恩。帝命排驾回朝,众民不忍帝去,至望不见方散。

---

① 则——法度、准则。
② 击壤——古代的一种投掷类游戏。
③ 御辂——皇帝乘的车。
④ 就之——接近。
⑤ 溥(pǔ)——广大。
⑥ 封人——官名,掌管京畿的疆界及守护帝王社坛。
⑦ 帝乡——指仙界。

第四十三回
大舜躬耕于历山

话分两头。且说大舜,乃黄帝八代孙也。黄帝生昌意,昌意生颛顼,颛顼生穷蝉,穷蝉生敬康,敬康生句望,句望生蟜牛,蟜牛生瞽叟,瞽叟生舜。瞽叟姓妫,娶妻名曰握登,见大虹有感而生舜于姚墟,故不姓妫而姓姚。母握登早丧。瞽叟继娶后妻,名曰壬女,又生一子名曰象。象下愚不移①。继母溺爱己子,欲害前子,往往不能,无可奈何。一日,舜同弟象出耕。象偶失足,跌在田水中,舜负之归家。母见象衣服皆湿,象告曰:"失足跌倒所湿。"后母候夫回唆之,时告瞽叟:"今日同象出耕,推象水中,几欲害死。他意独占家财。"瞽叟大怒,唤舜询之。舜曰:"弟自失足跌倒,非舜之过。"父不信,杖之。舜唯吞声隐忍也。瞽叟不明,每听后妻之言,溺爱于后子,欲至舜于死地。一日,瞽叟夫妻商议,欲陷舜于古井。后妻故出至言,躇蹰设计,陷舜死地,故将头上金钗坠下井中,忙呼舜曰:"我失一股金钗于井中,喜得井中无水,汝可下去拾起,即以与汝,勿可惜了。"舜并不辞,即下井去拾之。后母、瞽叟、象三人见舜下井,上面各将砖石以塞井口,自料此回绐②舜,必死无疑,各各大喜回家。岂知舜之孝心感动天地。古云,举心动念,鬼神皆知。况王者不死,有当方土地③早知其事,预先吩咐一青面狐,于井中掘开一路,直至山前。彼时狐见舜到井下,即向前引舜至路,只见上面砖石乱纷抛下。舜已走离井中,犹若梦中,只顾逃避,望光处奔走。行有半里许,乃出穴道,至一山中,四无人烟,神魂不定,且惊且喜,只得寻路回家。

却说瞽叟、后妻、象三人,正在家中言舜此回定无生还之理,言未讫,忽见舜已至面前。三人皆大惊失色,乃曰:"汝人耶,鬼耶?"舜双膝跪地,

---

① 不移——无法改变。
② 绐(dài)——哄骗。
③ 土地——土地神。

告曰："儿人也,非鬼也!父母不必惊疑。"瞽叟即转语曰:"我常与汝母、弟言汝有术法不死,汝母、弟再四不信,故试汝与他母子看,今果然不死回家。汝恐肚饥,可去吃饭。"舜不敢违父命,自去吃饭。饭毕,父又曰:"日前我往前村,见仓中稻谷朽者甚多,汝可明日去搬出晒干。此乃一年之计,勿可惜了。"舜怎知是计,只得领诺,退入后堂去。三人于堂前密议,待明日舜去上仓搬谷,我等四围堆起干草放火烧之,他纵有腾空驾云手段,也逃不出去,不怕他不烧死,三人密议已定,忻喜①去寝不题。

却说舜至次日早起吃了早饭,即去仓所,只顾搬谷。三人密地而至,四围暗堆柴草,放起一把火来,顷刻烈焰冲天,烟迷四野。三人忙走回家。舜正在仓搬稻,只见烟逼入仓,目不能开,急上仓观之,仓外四围火起,心中大惊,无计可施。忽见仓上有破叶笠二片,连忙取之,用两手各拿一片,拼命凭空跳下,离火丈余。舜有天子洪福,百灵护助,幸有二片叶笠在手扇开,犹如两翅飞下一般的,故得不死。舜亦不知是魂中梦中,看火灭息,然后回家。后宋贤看到此处,有诗一绝为证,诗曰:

　　古今继母总皆然,瞽叟偏顽听惑言。
　　大舜虽存孝悌道,那如闵损②父亲贤。

却说瞽叟三人回家,自相言曰:"今次四面火起,更有何计逃出,烧死必矣。"各皆大笑,饮酒而乐。舜归至家,有一更初,见门已闭,只得叫门。瞽叟闻见其声,与妻曰:"此又是舜声气,莫非又烧之不死?"象曰:"岂有此理?待儿开门看去。"象一开门,舜入于庭下,拜见父母。父母惊跳不定,象亦骇倒,疑是鬼回。舜见三人大惊小怪,问曰:"儿今回家,一家为何惊骇?"父母闻言,定睛再看,果是舜,非鬼也。瞽叟佯言曰:"我昨日曾吩咐汝今早去前村仓中搬晒稻谷,汝曾去否?"舜告曰:"儿早去仓中搬晒稻谷,正搬之间,不知忽然烟火四起,儿命险些烧死。赖父母福庇,幸而仓上有破叶斗笠二片,拿在手中,拼命跳下走开,方得不死。"父大怒曰:"汝不小心,失火烧仓,又焚了多少稻谷,故延挨至夜而回,尚敢在此胡言妄语!"笞之流血。舜再不敢分剖,唯唯受责而退。父见舜退,出与妻曰:

---

① 忻(xīn)喜——欣喜。
② 闵损——春秋鲁国人,孔子弟子。小时遭后母虐待,父亲欲赶走后母,被闵损劝止。

"井陷火焚,俱不能死,此是何也?"继母壬女曰:"必思一毒计除之,不然舜强象弱,日后我夫妻年老,终久象遭渠①害!"瞽叟惑于后妻之言,每欲杀舜,非只此数端。

史云:父顽,母嚚,象傲。舜但尽孝悌之道,事父母待兄弟尤加恭顺,乃有小过,则受罪,自适不失子道。年二十,以孝闻于朝野。一日躬耕于历山,山中之象代舜犁土,众鸟为之耘草。历山之人,见舜孝德,耕皆让畔②。又渔于雷泽,雷泽之人皆让舜居。陶于河滨,河滨之人,器不苦窳③。舜自此名闻于天下。士民咸感仰云,为景星④庆云⑤耳。

第四十四回

尧帝访贤让天下

却说尧帝治天下七十年。皇后名女皇,生一子名丹朱。帝每观之,不足以承天下。每欲求贤自代,奈一时未得其人。

却说箕山有一隐士,以树为巢,而息其上,不肯告人以姓名,人只号他作巢父。不与远方人交通,衣食自足。夏则巢居,冬则穴处。无杯盂,以手捧水而饮之。人见其饮无杯,以瓢遗之。许由授以操。饮罢,挂于树枝,风吹瓢动,历历有声。巢父恶其繁,取而弃之。

尧帝闻其贤,亲赍图籍到山,以天下让之。巢父曰:"君之牧⑥天下,犹予⑦之牧孤犊,焉用惴惴⑧。然以所牧而与予,予无用天下为也。"不顾尧帝,径牵犊而去。帝纳闷回朝。

---

① 渠——他,这里指舜。
② 让畔——把地界让出。畔,田界。
③ 窳(yǔ)——破损,质量差。
④ 景星——瑞星。
⑤ 庆云——象征吉祥的五色云。
⑥ 牧——治理。
⑦ 予——我。
⑧ 惴惴——不安貌。

第四十四回 尧帝访贤让天下

又闻得箕山隐士许由,与巢父极相善,埋名市泽之中。帝遣使至其家,请他入朝,致天下而让焉。许由延使入坐,安之宿歇,走告巢父。巢父正在树上睡熟,闻树下有人呼唤,启窗视之,见是许由,立在月下。召他上来,问曰:"汝深夜到此何干?"许由欲说不敢说,半吞半吐的。巢父曰:"贤弟有话明说,我代汝区画便是。"许由方说:"尧帝已知其名,欲以天下让我,还是受之,还是辞之?"巢父大怒,责许由曰:"何不隐汝形,韬汝光①,令人晓得姓名,把那天下来相累。汝非吾友也!"即击其膺②。而速下之。许由被巢父责了一顿,奔走回家,对使者曰:"匹夫结志,固如磐石。采山饮泽,所以养性。非以食天下也。"辞却使者。遂退耕于中岳颍水之阳,箕山之下。

使者回朝,奏许由高致,不肯受天下之任。帝曰:"此乃高士,他必怪朕不亲造③其庐,所以不来。须待朕亲访让之。"遂赍图籍,与二三文武到市泽。见他门户封闭,问于市人,市人说:"他退耕于箕山下去了。"帝即访到箕山下,见他与妻二人坐在大树下,补衣曝日④。帝趋向前施礼,谓之曰:"朕自即位以来,经营宵旰⑤,今天下稍得治平。久闻高士有德,分明日月出矣,而我爝火⑥不息,其于光也,不亦难乎!分明时雨降矣,而我犹然浸灌,其于泽也,不亦劳乎!夫子立,而天下可以大治,我敢贪位蔽贤乎!请治天下。"许由曰:"子今治天下,天下既已治矣,而我犹代子,吾将为名,名者实之宾也,吾将为宾乎!鹪鹩巢于深林,不过一枝。偃鼠饮河,不过满腹。归休于君,吾无所用天下为也。"不顾尧帝,遂与妻子竟入深林去了。

---

① 韬汝光——藏起你的锋芒。
② 膺(yīng)——胸部。
③ 造——造访,亲至。
④ 曝(pù)日——晒太阳。
⑤ 宵旰(gàn)——起早睡晚。
⑥ 爝(jué)火——火把;小火。此处作动词用。

第四十五回

尧让舜天下而崩

却说尧帝以天下让贤,访得巢父、许由高致,皆亲往致之,俱不肯受。帝与二三臣下,只得回朝。一日升殿,群臣朝毕,帝曰:"夫天下者,乃万民之命脉。系于一人,务在贤明有德者居之,方不负苍天民命。朕有子丹朱不肖,朕甚病之。况且朕年迈,恐不久立。前者亲访让巢父、许由,皆不肯受。今卿等可公举天下有贤明才德兼备之人,可代朕位者,朕授之以厥职。"群臣皆奏曰:"太子可。"尧帝笑曰:"知子者莫若父,朕肯私一人之利,而病天下哉!卿等若知有其人,公举便是,不必多疑。"群臣又奏曰:"太子贤愚,臣等不知,陛下不授太子,欲授贤明之人,臣等唯闻得历山姚舜,孝悌闻于天下,且贤明忠正。我主欲授天下与人,非斯人无可当之者。"帝闻奏大悦曰:"朕亦闻名久矣。"即命四岳为使,直至历山,召舜入朝。四岳领旨,辞帝而行。

却说大舜正在历山耕耘,四岳适至,见舜接入,礼毕,茶罢,四岳曰:"尧帝年迈,太子不肖,欲传大位于贤者。朝臣奏与明公,孝友贤能。帝命下官召明公入朝,托以大事。"舜曰:"某乃孤陋拙夫,决不敢当此重职,恐负所托。"四岳曰:"明公德播天下,民皆仰望,今非一人所知者,不必太谦。"舜曰:"父母在堂,必不我行。"四岳曰:"尽忠不能尽孝。君命召,不俟驾①而行,岂有不行之理?"舜见辞不可,只得随使命入朝。夜住晓行,不数日已达帝都。怎见得皇州景色,唐人有诗为证:

　　山河千里国,城阙九重门。
　　不睹皇居壮,安知天子尊。

尧帝升殿,文武两班山呼拜舞已毕,四岳出班奏曰:"前蒙陛下差臣往召姚舜,今至朝外,未敢擅进,奏取进止。"帝闻四岳之奏,大喜,即命宣入。舜至殿前拜舞于丹墀之下,帝降阶而接,亲手扶起,赐坐而问之曰:

---

① 不俟驾——不等车驾好,指急于应召。

第四十五回 尧让舜天下而崩

"朕再欲治平天下,今无有长策,如之奈何?"舜对曰:"执一无失,行微无怠,忠信无倦,而天下自来。"帝曰:"奚①事?"对曰:"事天。"帝又曰:"奚任?"舜对曰:"任地。"帝又曰:"奚务?"舜对曰:"务人。"帝又曰:"人情奈何?"舜对曰:"妻子具而孝衰于亲,嗜欲得而信衰于友,人之情也。若夫从道则吉,反道则凶,犹影响也。"帝见舜对答如流,又欲试察其才能,又问之曰:"为君之道,更当何如?"舜对曰:"美五常②,无违教也。揆度③庶政之官,以时而叙无废事也。开四方之门,以宾礼亲帮国诸侯,各以方至而使主焉。此和之至也。今有洪水之害,使臣至山足,雷雨大至,而不失常不迷,知其度量也。此则慎徽五典,五典克从。纳于百揆,百揆时叙。宾于四门,四门穆穆。纳于大麓,烈风雷雨弗迷。得斯人而天下治矣。"帝闻舜奏大悦曰:"卿言皆合朕意,今天下得人,朕无忧矣!"便即欲授天子位于舜。帝又自思曰:"舜之贤能虽见,而恐内不得其贤妇,又生内患。"当日朝散。次日早朝,帝即以二女妻舜。长曰娥皇,次曰女英。二女皆大贤,事舜无娇色,无喜容,雍雍默默④,躬修德化,不耽乎枕席之私情,不溺乎房帏之偏爱,倾心乐从,齐执妇道。

时光似箭,日月如梭,帝召舜至朝,不觉有五载矣。帝一日升殿,命台官涓吉,使舜摄位,凡大小事务尽决于舜。尧帝忽沾疾不起,数日而崩。在位七十二年,又摄位二十八年,寿一百九十八岁。舜尽心臣道,理吊事毕,葬帝于羽山,避位于河南不出。天下诸侯朝觐讴歌讼狱者,不朝丹朱,而朝舜。舜无可奈何,只得出即天子位。

---

① 奚——何。
② 五常——五种道德准则。
③ 揆(kuí)度——观察、了解。
④ 雍雍默默——平和安顺貌。

第四十六回
舜帝即位召八恺

却说尧帝既崩,诸侯成立舜为天子。于丙辰年即位,以土德王,建都于蒲坂。国号有虞氏。舜帝乃黄帝八代孙也。父瞽叟,母握登,见大虹意感而生舜于姚墟。正月上日,受命于文祖,摄行天下事。群臣朝贺,山呼拜舞毕。舜帝知高阳氏有八才人,天下谓之八恺,颛顼朝曾同勾龙征灭九黎,八人皆老迈。帝登基,命召至朝,使主后土。八恺名曰苍舒、愤凯、梼戭、大临、庞降、庭坚、仲容、叔达,皆贤能。又高辛氏有才子八人,天下谓之八元,曾同尧帝谏挚帝无道,亦皆老迈。舜知其贤能,命召至朝,封为种谷侯,使教人种布五谷于四方。八元名伯奋、仲堪、叔献、季仲、伯虎、仲熊、权豹、季狸。又封禹为司空,进宅百揆。封弃为后稷,教民稼穑。封契为司徒,敷①五教。封皋陶为上师,明五刑。封垂为共工,理百工。封益为虞侯,治山泽。封伯夷为秩宗,典三礼。夔典乐,龙作纳言。是所谓九官也,各执一务。

舜帝自察璇玑玉衡②,以齐七政③,以象星辰之位。广开视听,求贤自辅。立诽谤之木,设旌谏之鼓,以广直言之路。访不逮于总章,养国老④于上庠⑤,养庶老⑥于下庠。宪其行止,责德尚齿⑦。藏金银于巉岩之山,捐珠玉于五湖之渊。杜邪淫而绝觊觎⑧。作米廪以藏帝籍,立两学以教国士。戴其功以加四海。恭己无为。而天下大治。麟凤呈祥,云霞献瑞。但不知后事如何,且听下回分解。

---

① 敷——传播。
② 璇玑玉衡——以玉为饰的天体观测仪,为浑天仪的前身。
③ 七政——日、月和金、木、水、火、土五星。
④ 国老——古代告老退职的卿大夫。
⑤ 上庠——古代为贵族设置的大学。
⑥ 庶老——古代士之告老退休者。
⑦ 尚齿——尊老、敬老。
⑧ 觊觎——窥探而生邪心。

第四十七回
舜帝歌南风之诗

却说舜帝自即位以来,无日不以天下民为念,乃弹五弦之琴,歌南风之诗:

南风之薰①兮,可以解吾民之愠②兮。

南风之时兮,可以阜③吾民之财兮。

帝又思之乐教天下。一日升殿,文武朝见已毕,帝问群臣曰:"朕欲正音乐以教天下,谁为可任?"重黎出班奏曰:"夔足可任。"帝悦,即以夔为正乐官,命延益八弦为二十五弦之瑟。夔领旨。于是造九韶④之乐,布六列六英,以明帝德。乐成,舜帝早朝,夔进乐器,奏曰:"臣前领旨,制造八弦为二十五弦之瑟,呈上陛下,龙目⑤观看。"帝取于御案视之,巧妙极甚。帝大喜,命夔从首至尾,演弹整操,看其果否何如。夔领命,乃一弹操,远近闻之,爽心通窍,悦耳开目,草木亦为生辉。真可正六律,和五音,以通八风,帝曰:"卿何以识之?"夔奏曰:"臣以四方四维⑥配合而成。"帝曰:"夫乐,天地之精,得失之节。故唯圣人和乐之本。今卿能和之,则天道正而四时序,人民安而五谷登。用平天下,一夔足矣。"命作太平筵宴,以待群臣。帝自歌南风之诗,调七弦之琴,弹二十五弦之瑟。命禹与九韶之乐。帝重加赏赐,群臣谢恩而退。

自此天下太平,万象明德,皆自帝始。时景星出,卿云⑦兴,凤凰来仪。近臣奏知,帝登殿,百工相和而歌。帝乃偶之曰:

---

① 薰(xūn)——暖。

② 愠——忧愁。

③ 阜——增多。

④ 九韶——古乐曲名。

⑤ 龙目——指帝王。

⑥ 四维——东西南北四方的角落。

⑦ 卿云——祥和之云。

卿云烂兮,礼缦缦①兮。日月光华,旦复旦。

八伯咸进,稽首曰:

明明上帝,烂然星陈,日月光华,弘于一人。

帝闻奏大悦,群臣庆贺。君臣筵宴,日暮而散。

第四十八回

舜帝命禹征三苗

却说尧帝朝,有四诸侯。一浑沌氏,二穷奇氏,三梼杌氏,四饕餮氏,皆不开通其行,俱好奇贪财嗜食。尧时谓之四凶,每欲削其职,值多事未能。舜帝即位,命使晓谕,皆不听从。帝大怒,遂逐之四裔②之地为民。四凶见帝明德威严,不敢迁延,只得前去。正是打草惊蛇。时有三苗者,亦三诸侯。一名共工,二名欢兜,三名政鲧。此三侯,亦贪名好利之徒。一闻帝削去四凶之职,流窜为民,恐罪及己。三人暗通文书,出下榜文,谣言帝欲灭各国,剥民之财,煽惑苗民。三侯于苗地,先行谋逆,各会定不遵帝训。

消息传入京都。帝一日升殿,群臣奏曰:"今三苗侯反逆,乞主上遣将征伐。"帝闻奏,召禹曰:"三苗作反,卿可领兵三万讨之,仍命益佐卿。但至其处,以理先谕之,如其不然,方可制兵。"禹、益顿首领命,各赐御酒三杯,辞帝而行。群臣朝散。早有细作飞报三苗,言帝命禹、益领兵三万征进。三苗闻报,议曰:"前朝九黎背反,被其绝灭。今我三人,只不出战,亦不受召,其奈我何!"

却说禹、益领大兵而行,益谓禹曰:"唯德动天,无远弗届。谦受益,满招损。帝初耕历山,号泣昊天③于父母,只载见瞽叟,瞽叟亦允若。至诚感神,矧兹有苗。"禹拜昌言曰:"余侯至彼,递以道谕之。"不数旬,兵至

---

① 缦(màn)缦——无文饰。

② 四裔——四方荒远之地。

③ 昊(hào)天——上天。

苗地,安下营寨。探马报知三苗,三苗即传令紧守城池,不许出战。禹闻知,亦传令按兵勿动。次日,单马至边关城下,高叫曰:"请三苗侯临城,某有话说。"三苗侯正在城上听见,忙出拱手曰:"高密侯领兵至此,有何见谕?"禹马上答礼曰:"先帝弃世,为子不贤,天下咸知舜帝孝道,才德兼全,举之承位。今帝恭己无为,立诽谤之木,广开视听,求贤自伐,天下之人,谁不感戴。汝苗氏三侯,理应归顺,以朝正朔,而行仁义政,为朝廷出力。今何不尊王化,荒淫好货,致怒圣君,命某来问罪。某不忍加兵困城,汝等速遵王命,入朝请罪。若执迷不省,休得后悔。"三苗氏笑曰:"高密侯是何言也,我等久仰汝知天命,达道理,今出此言,何若愚夫!"禹曰:"某言何愚?"三苗曰:"我等闻天下贤明不少,似舜亦广,何不于众诸侯中举一人以王天下,而举一匹夫。"禹曰:"此论德不论位,有仁德者,便可为主,何为匹夫!"三苗又曰:"舜既仁德,何一承天位,即逐四帝之裔,去四千里之外,其仁何在?今又妄自兴兵,欲灭我等之国,其德何存?"禹曰:"今汝等立意何如?"三苗曰:"我等无罪,亦不敢抗命出战,亦不敢奉召命。汝若必欲我等奉命,城中粮足,可支数年,只守边关,任汝督兵,焉奈我何!"禹曰:"某甚不忍言军旅事,某代汝等回奏,容其改过自新何如?"三苗谢曰:"若得明公片言鼎力,我等世不敢忘大德。"禹即回寨,同益班师还朝。一路秋毫无犯,不许鸣金击奏,至帝都,犒赏三军,散归各营。

次日帝早朝,文武山呼礼毕,传表官奏禹、益征苗回朝,帝命宣入。禹、益见帝,拜伏阶下。帝问曰:"卿往征三苗,胜负若何?"禹奏曰:"臣往晓谕,三苗不省,违逆王命。臣思乃鼠窃狗盗之辈,我主诞敷文德,天下万民归服,臣料三苗格矣。"帝遂罢征三苗之事,亦窜之于三危之山。故曰窜三苗于三危。不知后事如何,下回便见。

第四十九回
舜命禹治水救民

却说舜帝登殿,两班文武朝贺拜舞毕,怎见得:

　　　　金殿当头紫阁①重,仙人掌上玉芙蓉②。
　　　　太平天子朝元③日,五色云车驾六龙。
　　帝召禹谓之曰:"今天下地上,方八千余里,至于荒服,南抚交趾,西抵昆仑,东长岛夷,北发戎狄,四海之内,今虽咸载④,朕颇无忧。但今洪水为灾,先帝曾命卿父治之,无功而受罪极。朕每欲得一人治之,以救苍生,为万民莫大之功,惜未得其人。朕观卿之才德,可堪此重大之任。欲卿不惮勤劳,以救万民于水火之中,未卜卿意慨然否?"禹闻帝之言,流泪叩首曰:"臣父有负先帝,自当受罪臣。每思至此,未尝不三叹流涕。臣本不才,蒙君委任,敢不奉命!愿舍身王事,以报陛下知遇之恩,焉敢偷生自安!"帝闻禹之奏,大悦曰:"朕得卿此行,洪水无虑矣。"命设宴待禹,亲赐御酒三杯,金花三朵,笙箫鼓乐送出朝门。
　　禹谢恩领旨而行,百官皆饯⑤于十里之外。一路见洪水滔天,禹伤父鲧功不成而受诛,乃劳身焦思。次日升帐,传令买办祭物,虔诚祷告曰:
　　　　禹本一匹夫,蒙君委任,疏通洪水,以救万民。今备祭物,祷
　　尔上千神祇怜祐。臣禹决不敢偷生怠事,负君之德,伤民之财。
　　如有不专,神天降罚。
禹祭毕,散了祭物。一夜展转不能寐。至三更时,梦一神身披绛绣,手握一册,自称玄夷使者,谓禹曰:"上帝嘉君一意为民,故使某至此,授汝以治水之经。江、河、淮、汉、伊、洛、瀍、濉、汝、济、泗、渎、泾、渭,凡属地方之水,皆遵此册以治之。黄帝有《水经》,藏在宛委山。北方之治已成,然后治南方。汝可登宛委,而取此书。"言讫而去。禹醒来,觉有册在手,取火视之,皆赤文篆字。
　　次早升帐,吩咐左右,各备锄锹使用。传令曰:"帝都起先开九州,用绳牵准,以为规矩,不致错乱。次通九州水道,度九山。陆行乘车,水行乘

---

① 紫阁——华丽的楼阁,此指帝王的居处。
② 玉芙蓉——喻帝王。
③ 朝元——朝见皇帝。
④ 载——拥戴。
⑤ 饯——饯别。

船,泥行乘橇①,山行乘檋②。"禹治江北诸水,皆不十分费力,只有淮水治之甚难。

一日,往淮水边相度地势,见一水怪形如大木,长十余丈,身如黑漆,其声戛戛然,浮于岸旁,以身触岸,岸皆为之崩。禹召本地父老询之,老人曰:"此名支期巫也,当天阴则浮沉出没,涨怪浪高数丈,坏人家屋舍。"禹遂令兵数千,皆执强弓硬弩,俟其出现,登高射之。次日其怪果浮水而出,兵皆登山射之,箭密如雨,支期巫死于水中。禹见水怪已除,传令三军动工掘堑。只见水流澎湃,逾岸数丈。三军漫散而逃。见一兽行踏水面,往来如飞,耳目俱无,八首八足。禹询诸父老,皆不知何名。亦令兵射之,无一箭着肉。禹叹曰:"天乎是使我不得成功,盖愆斯民长从鱼鳖侣矣!"抱闷不已。

是夜复梦玄夷使者谓之曰:"此天吴也,不食不死,千岁乃毙。吾为汝召庚辛之神以治之。但须佐之以铁门四扇,各长八尺,阔四尺,厚一尺。铁柱十六根,长一丈,各重八百斤。铸成沉之水底,令千兵齐呼曰'雕其骨,刻其脂,戕锣戕锣,委渚为夷。'仍鸣金擂鼓,以助庚辛之威,波恬浪息乃止。"言罢而去。禹记其言,令军人如法铸成铁门铁柱,沉之水中,金鼓呐喊之声,闻百余里。只见阴云四布,怪风波浪拍击不绝。须臾云开浪息,禹令止金鼓,分拨疏通,旬日告成。

禹大喜,至岷山,疏凿江流。至白帝城,见其悬崖峭壁,水门狭隘。令军人用火燔之,不开。工人曰:"不可为也。"禹曰:"岷山周回千里,唯此一道,若不安流,其害更有甚于淮河之水者。今暂劳,乃得永逸。汝等勿得阻难。"是夜梦神赐以九牛黄龙导水。次日兴工,岸崩如雷,上起西陵峡,中巫峡,下归峡止,三峡共七百余里,顷刻疏通。至今西陵峡壁圻,犹有影不灭。故人皆称神禹焉。一带江流底平。禹遂南登宛委山,取黄帝《水经》看过。然后南疏云梦、洞庭、潇湘、沅沣、长西、资、溆、渐九江也,既治,遂东疏彭蠡、震泽、松江、娄江、东江三江。

当其东疏三江之时,三过涂山氏之门而不入。涂山氏自夫禹后,生子四岁,名曰启。闻夫治水过其家,抱启出视,启呱呱而泣。禹皆不顾,弗以

---

① 橇(qiāo)——古代在泥路上行走所乘之工具。
② 檋(jú)——登山穿的有铁钉的木屐。

妻子挠乱其心,唯相度治水为急务也。在外一十三年,所在皆欢声载道,箪食壶浆①以迎。禹呼百姓告之曰:"今洪水已平,粒食可兴,须辨土色以为耕艺,汝等自此安心矣。"百姓感谢。禹遂回朝复命。

第五十回
舜南狩禅位②于禹

却说舜帝设朝,聚集两班文武,拜舞山呼毕,问群臣曰:"朕命禹往治水,经今一十三年,未知功效何如?"皋陶出班奏曰:"臣闻禹治水,三过家门而不入,焦劳若此,岂不成功!"言未竟,传奉官奏禹治水回朝。帝急命宣入。禹至,拜伏殿阶,山呼毕,帝劳之曰:"卿去十三年,朕无时不在心。今卿治水,其功成否?"禹顿首奏曰:"赖圣上洪福,九州既正,臣治洪水颇得次第。自今以后,谅不至有受害矣!"帝曰:"卿可将制治之要,细言一遍,与朕识之。"禹奏曰:"臣辞陛下之日,自帝都起,遂先开九州,次通九道,障九泽,度九山。陆行乘车,水行乘船,泥行乘橇,山行乘樏。教民掘地而注之海,驱蛇龙而放之苴。水由地中行,江淮河汉是也。险阻之水既远,禽兽害人者消,然后人得平土而居之。百姓又得卑湿地以种五谷,而民从此得足食矣。"帝闻禹之奏,大悦曰:"皋陶前言卿治水勤劳,在外十三年,三过其家,不顾妻子,不入其门。朕思非盛心诚意,安能如此?自开辟以来,无如卿之功也!"帝顾谓群臣曰:"朕子商均不肖,朕欲立禹以代朕位,诸卿以为何如?"群臣奏曰:"陛下洞见甚明,臣等愚昧,伏乞圣裁。"禹闻帝及群臣之言,惊怖汗流,不敢应对,但只叩首而已。帝又顾谓禹曰:"卿宜勉成,毋负朕托。"禹不敢伸一言。帝曰:"卿等且退。"

一日,帝命排驾③南行,巡狩至苍梧之野,忽身沾寒疾,一病不起,不能乘驾回朝。乃召禹及群臣至苍梧,后娥皇、女英亦至。帝见群臣皆至,

---

① 箪食壶浆——指用饮食犒劳。箪,盛饭竹器。浆,水或汤。
② 禅(shàn)位——让出皇位。
③ 排驾——皇帝出行时的大队人马。

召入卧榻前,各叩首问安讫,帝曰:"朕出南巡,陡沾风寒,不意沉重之甚,恐不能起与汝众臣再议朝务矣。朕子商均不肖,前曾与汝等言过,朕崩之后,众臣可立禹以代朕位。各宜遵守朕嘱,毋得外议。"又召禹曰:"卿德播于海内,名闻于天下,百姓咸得其欢心,代朕之位,卿其勉之勿辞。"禹只得唯唯受命。帝唤二后妃曰:"朕蒙先君不弃,授之天下,又妻之二女,此恩此德,无有报日。但朕承位,不敢偷安,今得天下安宁,皆赖二卿内助扶持。不想一病至此,自知无有起日,不能与二卿相随悠久。朕崩之后,天下授之于禹。二卿自爱。"帝言罢而崩。在位六十有一年,寿一百一十岁。娥皇、女英大恸,泪洒于竹,皆成斑痕①。禹同群臣即行殡礼,葬帝于九嶷山。众臣随二后驾回朝。禹归家,即同妻子逃于阳城。众臣寻见,叩首而拜。禹曰:"某德薄对疏,何能以主天下?先帝况有子商均,某安敢遽承大位!"皋陶曰:"君命不遵,一罪也。以万民付之不肖,二罪也。今不奉命,致天下无主,三罪也。请明公熟思之。"禹曰:"蒙足下见教,某实不称其职。"皋陶曰:"不可太谦。天下不可一日无君,请上车驾。"禹见众臣立逼,只得而行,众臣簇禹车驾回朝。不知后事如何,再听下回分解。

第五十一回
禹王承位会诸侯

却说禹乃黄帝元孙,黄帝生昌意,昌意生颛顼,颛顼生鲧,鲧娶有莘氏之女名修已,见流星贯昴②忱梦接而孕,怀十有二月,乃尧戊戌五十八载六月六日,生禹于僰道③之石纽村,姓姒氏。禹为人敏给克勤④,其德不

---

① 斑痕——相传斑竹上的斑痕为娥皇、女英的泪水化成。
② 昴(mǎo)——星名,二十八宿之一。
③ 僰(bó)道——古县名。汉属犍为郡,为僰人所居,故名。今在四川宜宾县境内。僰,古代西南地区少数民族。
④ 敏给克勤——办事敏捷而又勤奋。

违①,其仁可亲,其言可信,声音应为钟律,以身合为法度。行年三十未娶,行涂山,恐时之暮,失其度制,乃祝于天云:"吾娶也,必有应矣。"乃有白狐九尾,造于禹前。禹曰:"白者,吾之服也。九尾者,王之证也。"于是涂山之人,闻其异,为之歌曰:

绥绥②白狐,九尾庞庞③。我家嘉夷,来宾为王。成子室家,我都攸昌。天人之际,于兹则行。

禹遂娶涂山之女,名曰女憍,生子启焉。

舜帝既崩,禹避舜子商均于阳城。群臣诸侯,不归商均而归禹。于丁巳年夏四月,受舜禅。禹以金德王,建都安邑,国号夏。仍有虞氏,乃去帝号称王。立涂山氏虞为后,立启为太子。以建寅为正月岁首,色尚黑,牲用玄,以黑为徽号。作大夏之乐。舜帝初分天下为十二州,自禹王即位,分天下为九州。收天下美铜铸九鼎,列分野以象九州。差田土之高下,定贡税之式度,立井田封建之经界,尽一时斯民养生之道。

禹王即位,众臣朝贺,山呼拜舞毕,王曰:"朕欲南巡,会诸侯于涂山,承唐虞之盛世,以立德教,以明朕心。卿等以为何如?"众臣奏曰:"圣意际盛,无有不可。"王悦,即命颁召南方各镇诸侯去讫。昔黄帝作车乘,少昊加牛引车,今王命奚仲加马为引,以别尊卑等级,王乘之以会诸侯。

王过江,舟至江心,忽然波浪掀天,见一黄龙负舟,舟中人皆惧。王见舟若将覆之状,仰大叹曰:"禹受命于天,竭力以劳万民,此天所以为我用也。夫生寄也,死归也,奈何忧龙焉!"视龙犹蝘蜓④矣。王颜色不变。须臾龙俯首低尾而逝。王舟遂至岸。

一日到涂山,众诸侯排列,出接车驾。且说是哪几镇?皆是南方,共二十四路,羲农封者:

有巢侯　燧人侯　神民侯
黄神侯　猗帝侯　皇覃侯
次民侯　启统侯　大敦侯

---

① 其德不违——遵守道德。
② 绥(suí)绥——安泰貌。
③ 庞庞——粗大厚实貌。
④ 蝘(yǎn)蜓——蜥蜴类动物。

大隗侯　谯明侯　黎灵侯
　　冉相侯　空桑侯　涿光侯
　　蜀山侯　泰一侯　弇兹侯
　　吉夷侯　狙零侯　东户侯
　　巫立侯　钧阵侯　稀韦侯

禹王上了盟坛，随班文武左右侍立，众诸侯参拜已毕，王曰："朕素无才德，蒙先帝付之以大业，卿等皆承前朝封爵，各宜遵守圣盛，务行仁德之政，无负先君之化。"众诸侯皆唯唯听命。王曰："朕德薄才拙，不足统一天下，受先帝之命，众王推立，每不自安。朕今悬钟鼓磬铎①韬②，以待四方之士。若有教寡人以道者，许击鼓而进，寡人领教之。有谕以义者，许击钟。告以事者，振铎。语以忧者，击磬。有狱讼者，摇韬。卿等亦宜置此物，以谕民众。"诸侯齐声领命。王大喜，命排筵席，酒用醴酪③，款待诸侯。饮宴毕，各散。次日，众诸侯登坛，齐列谢宴。王命各归本国，众侯谢恩而去。王亦整驾回朝。南方自此皆依王化。

　　王巡狩回，见路上罪人，下车问之曰："汝等何至于此？"众罪人奏曰："某获某罪而受此。"王听罢，泣之。左右曰："此等罪人不顺，该受此刑名，主上何为哭之？"王曰："先代之人，皆以尧舜之心为心，寡人为君，百姓各自以其心为心，故遭此刑，是以痛之。"遂盼咐左右，以历山之金，与民赎罪，听其改过。罪人再拜叩首而去。不题。

第五十二回
禹恶旨酒贬仪狄

　　却说禹王自会诸侯回朝，一日升殿，群臣朝毕。有一臣姓仪名狄，生得头偏面陋，鼻钩耳薄，专一好沉湎流连之乐，出班奏曰："臣思乳浆为

---

① 铎（duó）——古乐器名，形如大铃。宣教政令时，用以警众者。
② 韬（táo）——有柄的小鼓。
③ 醴酪——古代酒名。

酒,味甘而气臊,非所以奠神明养圣志者。臣于诸乐中,取其暖热甘苦者为末作曲,酿酒。以米热炊和曲,觉气味香芬,可以通和血脉,畅快肌肤,忧可以为喜,乐可以忘饥。"王命取来尝之,放于龙书案上,闻其香味,遂连饮数杯,不觉酩酊大醉,侍臣扶入寝宫。群臣皆散,俱到仪狄府求饮。仪狄出酒,众臣饮毕,皆曰:"此酒可以润皮肤,行气血,遮风寒,可为千古之宝。"各求酒方去仿造。

却说王睡至四更,醒来大惊,急出设朝,聚文武多官,拜舞毕,王宣仪狄,谓之曰:"卿昨进酒,果胜乳浆,少饮则血气通,多饮则心性乱,恐后世人嗜其甘香,饮之不节,必有因酒而亡国丧家者。速宜灭之,勿传天下,以害后人。"即当殿贬仪狄为庶民,禁止不许造饮。岂知革一弊,兴一弊。只知贬狄为民,怎知狄回家,暗造发卖。众臣得酒方,亦皆在自家造饮。王不之知也。俗云,家家造私酒,不犯是高手。信有之乎。

且说王一日登殿,欲会东西两路诸侯于会稽,命益领旨前去。益辞王先行,会东西二路诸侯。二十九位,乃伏羲、神农、黄帝、尧、舜朝封立者,不知姓名是谁,且看开列于左:

女皇侯	史皇侯	柏皇侯
无怀侯	昊英侯	辰放侯
阴康侯	葛伯侯	赫胥侯
尊卢侯	栗陆侯	临魁侯
帝承侯	帝明侯	帝来侯
帝里侯	帝宜侯	成帝侯
榆冈侯	有扈侯	茶乡侯
庸成侯	征黎侯	三危侯
小英侯	正地侯	启统侯
定日侯	防风侯	

王命排驾,同群臣不数日到了会稽。诸侯齐列迎驾,各带文武于会稽俟候。

次日王登坛,众侯朝参,山呼拜舞毕,益出班奏曰:"蒙主上旨意,召东西二十九路诸侯俱到,唯防风侯一路荒淫贪财,不遵王命,至今未到。"王闻奏,大怒曰:"寡人治天下,四夷宾服,防风侯何故违命!"承直官奏道:"防风侯见在候旨。"王曰:"宣来。"侯随宣至坛,拜伏于地。王问曰:

第五十二回　禹恶旨酒贬仪狄

"寡人行召命已久，众诸侯旨至，汝何迟延？身为国主，而贪财好色，弁髦①王朝，朝廷三尺，岂私卿！"防风侯奏曰："因道路崎岖，洪水浸湿，故此来迟。"王顾众侯曰："卿等俱自本国来此，有洪水湿道路否？"众侯齐奏曰："自我主治水之后，并未遇水之害，臣等不敢妄奏。"王听罢大怒，骂曰："匹夫为私已来迟，敢出此乱言。寡人治洪水，四方皆平，何独汝行便逢湿浸，想必一路搔扰民财，故来迟也！"命益于彼军中搜之，果搜出金帛十八车，美女九人。益不敢隐讳，当王直奏。王大怒，命牵出于盟坛下，斩首号令。

王命宣其子为防风侯。众臣奏其无子。命去其国号，以地土分邻国治之。美女发回原籍，金帛分赏众侯文武。命排宴款待众侯，只饮醴酪，禁止仪狄之酿。众侯群臣皆依次序，燕翅列坐毕，酒行三巡，肴过五味，奏大夏之乐。此宴十分齐整，君臣欢畅。王大悦，命止乐，语众侯曰："前者仪狄所进之酒，闻之香美，饮之昏醉，乱性之媒，非此而谁！人性既乱，终必淫荡废堕，纪纲②事几，不至于丛脞③而不止者。况人非尧舜，安能早烛④其几⑤，不为所溺哉？朕所以疏仪狄而绝旨酒，无非为世界杜却祸根。卿等当以朕之言为然，毋眩惑仪狄可也。"众侯皆唯唯听命。宴罢，王又与众诸侯曰："卿等回国，当以赤子视民，广施仁政，无如防风侯自取罪僇。"众侯叩谢而退。次日王登坛，众侯朝拜辞王，各回本国。王登车驾回朝，众侯远送，各别而去。自此天下大治，四夷朝贡，万民安业。

忽一日，日转西南，云生东北，上天雨金三日夜，殿阶俱满。王升殿，文武朝贺山呼礼毕，王命侍臣搬运，数计一百八十九万零。王命众臣分均十分，将一分入库，一分分赏众臣，八分分解天下诸侯，施济孤寒贫苦之民，毋得虚应故事，务沾实惠。众臣称扬圣德，朝散不题。

---

① 弁(biàn)髦——弁为缁布冠。古代男子成人后行冠礼，先加缁布冠，后改加皮冠、爵冠，缁布冠不再使用。因以弁髦指弃置不用之物。此处引申为轻视。
② 纪纲——纲常制度。
③ 丛脞(cuǒ)——细碎、琐屑。
④ 烛——洞察。
⑤ 几——事物的预兆。

再说王自受位以来,焦劳万几,无敢少怠。菲①饮食而致孝乎鬼神,恶衣而致美乎黻冕②,卑宫室而尽力乎沟洫,天下因以太平。一日沾疾不起,众臣入内,问安进药。王曰:"生寄死归,有生必有死,药岂可疗人疾苦,岂能医人不死哉!"众臣见王不肯服药,叩首以问后事。王曰:"朕年百岁,死何足虑?朕观诸臣中,能成天下者,唯益一人耳。朕崩后,汝诸臣立益为王,以承天下。"言讫而崩。王在位二十六年,寿百岁。

益闻王言,自知王子启贤明,不敢当天子之位,避于箕山。众臣殡王于涂山。天下诸侯朝觐及讴歌讼狱者,不知益而知启,推之即位。皆曰,吾君之子也。

第五十三回
诸侯立启即帝位

却说启乃禹王长子。母后涂山氏之女,名女憍。其母贤能聪敏,生三子皆贤。先帝本意中于益,欲立子,恐天下人议王私于己子,致贤人失所,故嘱以立之,以服天下之人。不期天下皆共闻启贤明,不知益而知启,于甲申元岁立启,遂即大位。

启字奋校。群臣朝贺,山呼拜舞毕,启帝曰:"舜帝子商均为宾奏官,主治九辨、九歌、九韶,种种有法,节节可规。王甚喜之,加封为正音侯。"帝启颁旨,会诸侯于钧台。诸侯皆至,朝参帝启山呼毕,命设宴以享诸侯。帝启曰:"朕无才德,不足以王天下。但诸卿冒举,有违先君之命,朕天地间罪人矣。今暂领国务,候有德者居之。"诸侯顿首,皆颂圣德。六卿疑达、疑胜、正忠、正林、德武、德用出班奏曰:"今有扈侯无道,不奉正朔,慢侮五行③,怠弃三政④,不遵陛下旨意。"帝启曰:"既有扈侯无道欺侮,卿

---

① 菲——微薄。
② 黻(fú)冕——古代大夫以上官员祭祀时的礼服、礼冠。此代指祭祀祖先。
③ 五行——指仁、义、礼、智、信。
④ 三政——子、丑、寅三种记时法。

等六卿,即代朕伐之。"

六卿领旨别驾,点五千人马,杀奔有扈国来。小卒飞报有扈侯,有扈侯灵招,即点兵出敌。两阵对圆,六卿出马问曰:"有扈侯,天下诸侯皆归王化,汝何悖逆!"灵招答曰:"某闻天下公器,非可私传。汝等受启之私,忘先君之命,立启为王,某甚不服!"六卿曰:"尧、舜为子不肖,故授贤明。今先君之子,仁爱慈孝,德播天下,何必废其亲子,而授他人!"灵招笑曰:"知子者莫如父,己知子不可为君,故授之益。汝等背违先君之命,致贤人失所,反敢阵前乱道耶!"手捻长枪,拍马杀过阵来,望六卿便刺。六卿终是文官,只道灵招不敢出战,不知提防,无一人抵挡,大败而走。三军散乱,六卿奔逃,各不相顾。灵招见六卿败去,亦不追赶,收兵入城。

六卿败走三十里,见无追兵,方收集残兵。回朝入奏帝启曰:"臣等领王师,征有扈侯,不忍战伐,欲其改过。不料灵招原心不改,恃强杀进,臣等失于防备,今败回见陛下。乞再统兵往之,将功折罪。未敢擅便,奏请定夺。"帝启曰:"不可。且人地非浅,民非寡也。今兹不胜,是寡人德薄,不良不善也,何再伐为!"六卿叩首而退。

帝启自此琴瑟不张,钟鼓弗考①,不茵席②,不仍味③,秉政听朝,尊贤委能,广布德政。四夷宾服,百姓咸得观化。有扈侯灵招闻帝启如此仁德,上表悔过请罪。帝启览表大悦,语群臣曰:"彼时六卿之败,朕自知过,故不命再伐。今朕不行征讨,而人自服矣。古云,正己则人正。信其然也!"遂赦灵招前罪,赏赐来使甚厚回国。

帝启退入后宫,一连三五日,未曾设朝。觉身不爽快,自知不能起,召群臣至后宫遗嘱。众臣拜伏于龙榻前,命起立,帝启与众臣言曰:"朕蒙诸卿举立,在位九年,皆赖卿等扶持,国家颇安。朕福德薄,不一年而益丧,朕甚为之恸悼。今朕得疾,自觉神不守舍,但天下大事,必得贤才然后可托。朕观眼前之人,皆未有可授之者。朕子不识国事。卿等宜从众公议,寻择贤明,以保社稷,庶不负先君之志,朕死无憾矣!"言讫遂崩于建德殿。在位九年,寿五十三岁。众臣治丧毕,葬王于钓台陂之左山。不知

---

① 考——敲击。
② 茵席——褥垫,褥子。
③ 仍味——重味,指超过一种以上的菜肴。

后来众臣择谁为主,且听下回便见。

第五十四回

羿宣禹训废太康

却说后羿,慕唐尧时射日之羿取名,膂力①绝伦,亦善射第一。每有跋扈不臣②之心,见帝启贤明,无隙可乘。羿率文武六卿议曰:"先君知太康荒逸,故不立之,恐误国政。故嘱我等,择贤者而授。然今目前未有贤者,且天下不可一日无君,宜立太子康正位,倘能勤政,亦未可知。"众臣皆曰:"羿君之言有理。"于癸巳年春,众臣立太康即位。两班文武朝贺毕,太康曰:"朕承先王之绪,卿等文武,各进一级。"众臣谢恩而退。

太康为君,不恤国政,天下诸侯朝与不朝,贡与不贡,六卿奏治之不听。至辛亥十有九岁,太康颁旨,命畋猎于洛水之表③,诏后羿权朝。众臣苦谏不从。同佞臣采异、瑞奇二人,架鹰逐犬,挽弓走马,数旬不归。朝野怨愤。

羿见太康荒淫,乃与百官商议曰:"今主上无道,不理国政,一出猎,十旬弗归。羿乃宣先王圣谕,距之于河,不许回国。"仲康颇知,问众臣曰:"诸公之见若何?"众臣六卿曰:"是。可同往奏闻。"仲康见百官齐声应诺,遂同至洛水之表,奏知太康道:"后羿同百官距河,阻住圣驾,今我主早作裁处回朝。"太康闻得此言,大惊失色,顾采异、瑞奇曰:"今后羿会百官距河,阻朕驾,不容回国,二卿何以处之?"二人奏曰:"后羿百官,皆臣下也,陛下乃君父也,谅不敢阻车驾。陛下只管发驾回朝,看其有何话说!"

太康发驾至河,羿同百官佯作不知,于城河边故问曰:"来者何人?"采异、瑞奇出曰:"圣上回朝,何人敢阻车驾!"羿曰:"致君无道荒政,皆为

---

① 膂(lǚ)力——体力。
② 跋扈不臣——叛逆,不肯臣服。
③ 表——外面。

你这两个奸佞,出游十旬弗归,尚敢乱言耶?今驾何在,自不向前!"二人被羿大骂二顿,哑口无言,只得回奏太康,道羿果同百官阻住河城,要主上自上前,方肯开城。太康无奈,命力士推车驾向前,呼曰:"何人闭城,阻朕车驾?"后羿于城上答曰:"天生万民,必立君以治之,非欲以民而奉君也。如近代尧、舜、禹之为君,苦心焦思①,劳若臣房,土阶茅茨②,兢如捧盈③。彼岂不自知图逸乐而厚自适哉?诚以载舟覆舟④,民多变态,朽索⑤驭马,驱驰则断。故天下诸侯举尧于下位,尧授舜于历山,舜禅禹于阳城,举世唯恐其不为天子焉。榆罔帝挚独非天子,一旦荒淫不道,举世弃之,如断梗土灰。覆辙在前,而君不明鉴,尚且安危利害,弃忠正而就邪佞。君既不以尧、舜、禹自待,众必以榆罔帝挚待君今日之事,尚复何言!"太康、采异、瑞奇听罢,汗流大惊。羿令史官郑正,高声宣读禹训曰:

  皇祖有训,凡后为君,有内作色荒,外作禽荒,甘酒嗜饮,峻宇雕⑥墙,有一于此,未或不亡。许众臣废之,别立新君。今太康犯禽荒之戒,听佞臣之言,失皇祖之训,理宜别立新君,以慰民望。采异、瑞奇,贪邪巧佞,致主不道,斩首悬之蒿街,以谢天下。

  太康荒逸,姑念先君长子,废为改正侯,速脱龙服,回国听命。

太康见宣圣谕,只得脱下龙袍、羿同百官开城,军民入等,欢声雷震。后羿令武士斩采异、瑞奇于河岸。即同太康、众臣回朝。不知后事如何?

---

① 苦心焦思——形容用心良苦,思虑国事极深。
② 土阶茅茨——形容居住简陋,宫室以土为台阶,以草为屋顶。
③ 兢如捧盈——形容小心翼翼、战战兢兢的样子。
④ 载舟覆舟——是指民众犹如水,既可以承载船,也可以将之淹没。比喻人民是决定国家兴亡的主要力量。
⑤ 朽索——朽腐的绳索。
⑥ 峻宇雕墙——高大的屋宇、华丽的宫墙。

第五十五回
仲康即位斩羲和

却说仲康乃太康之弟,帝启次子也。壬戌元年,后羿同群臣推仲康即天子位。群臣朝贺,山呼拜舞毕,羿出班奏废太康为改正侯,出居河南,不许留停。太康谢恩而去。仲康承位,见羿威权,只得拜为首相。恐羿专兵权有变,知余胤忠贞,封为胤助侯,以掌六师,收羿兵权。羿懊恨于心,不敢声言,唯含忍而已。余胤生得身高九尺五寸,白面长髯,乃禹王第三子罕长子,禹王之孙也。父罕封为余庆王,即姓余氏。时年十七岁。仲康知其贤能有才,故重用之。封羲和为厥司官①。和沉乱于酒,不管历数。自得仪狄酒方,专只造好酒进后羿,欲求显要。羿每受其私,日食不奏,致食三日不见。仲康大怒,立命胤助侯,统卫卒以正其罪。胤助侯领旨,直至羲和府中,数其罪过,推羲和市曹斩之。即入朝回奏不题。

却说仲康因过饮鱼汤腹痛,一连半月染病,自知不起,召群臣于卧榻前,群臣皆拜伏于地问安。仲康曰:"朕蒙卿等推立,今不幸中道分别。朕崩之后,可立太子相为君。"群臣皆叩首领命而退。仲康密呼余胤嘱曰:"今朕命卿等立相为君,每观后羿有不仁之心,卿宜早图之,勿负朕之所托。"言讫而崩。仲康在位十三年,寿四十二岁。葬于安邑。

第五十六回
后羿篡夏弑帝相

却说仲康弃世,嘱后事于余胤,而立帝相,自乙亥岁即位。余胤不两月而亡,权俱归于羿。原来后羿久怀篡逆,但惧余胤。见胤已死,帝相在

---

① 厥司官——掌管历法的官。

位,羿便设计诓驾①。

帝相升殿,众臣朝参毕,羿出班奏曰:"安邑自禹王建都已久,地道衰微,我主可迁都商邱②,以王天下。臣安排已定,请圣驾启行。"帝相问众臣曰:"卿等公议何如?"众臣见羿威权,恐遭其害,皆不敢对。后羿又奏曰:"陛下放心,臣自有可取。"促之甚迫。帝相亦畏其威,只得同百官离安邑,望商邱进发。时有四贤臣,罗武、伯圉、龙圉、熊髠③,羿以礼聘在府为谋士。羿不随驾,欲兴兵半路弑帝相,与四贤商之。四贤皆谏曰:"不可。君无罪过,弑之不祥。宜尽臣道,以忠事之。"羿见四贤不允,只得随驾至商邱。羿又有二佞臣寒浞④、伯明,见羿随驾,途路上三心二意的,乃知其心事,以言挑之曰:"主公移圣驾,今来商邱,何故闷闷不悦?心中必有所为谋虑,某二人不才,愿效犬马。"羿大喜曰:"汝二人乃吾心腹之人,何不知我心事,更待问我!前废太康、立仲康之时,吾实欲灭夏自王。因为仲康以余胤掌六师,兵权不在我手,故辍之未敢行。幸余胤已亡,今兵权悉归我手,新君懦弱,是我生计诓驾,移都商邱,实欲弑帝相自立。我商之罗武等四人,不为我助,又未敢行,故此不悦耳。"寒浞、伯明二人听羿之言,笑曰:"耕当问奴,织当问婢。彼四人乃白面书生,岂识大事,主公欲取天下,何不问我二人?"羿曰:"据二卿之意何如?"二人曰:"趁今商邱王都未定,民心未安,乘其动摇之际,便中杀了帝相。回都安邑,封众臣以美官,赏诸军以厚利,开仓贾德⑤,收握兵权,然后自立,有何不可,何必忧心如此!"羿闻二人之言,满心大喜。

帝相至商邱登殿,文武山呼毕,后羿奏曰:"陛下新都商邱,民心未定,来日请圣驾巡狩,以安百姓。"帝相惧羿之威,不得不从。次日羿恃其英勇,左插雕弓羽箭,右带宝剑,跨一匹紫骅骝,随驾而行。行有十里,羿顾伯明曰:"可以杀之否?"伯明曰:"且未可动手,恐百官三军之心一变,事不得谐。"羿再随驾至三十里,又问伯明曰:"今当如何?"伯明曰:"候帝

---

① 诓(kuāng)驾——用谎言欺瞒君主。
② 商邱——商丘。
③ 熊髠(kūn)——后羿的大臣谋士。
④ 寒浞(zhuó)——后羿手下的佞臣。
⑤ 贾(gǔ)德——收买人心。

相到驻节之处,以毒酒进之,万无一失。"羿又随驾至驻节所,百官皆下马进,随驾入行宫。羿将毒酒跪进,奏曰:"陛下一路风霜劳顿,请饮此醇浆止渴。"帝相怎知有毒,一饮而倒,在位二十七年,寿四十二岁。众臣一见,皆大惊失色,莫知所措。伯明、寒浞,各跨马持刀而出,扬声曰:"帝相不守祖训,出游郊外,今幸已亡。相国后羿才德俱全,名播天下,可代夏祀。众臣有不遵者,斩首号令。"众臣怯羿威权,唯唯听命。

羿即乘驾,同寒浞、伯明等径回安邑。羿之四贤,见羿弑君,漏夜先奔回入宫,报知帝相后。后亦逃之他国,以避后羿。不知后事如何,下回便见。

第五十七回

寒浞诱民杀后羿

却说帝相之后,有仍国君女也。后羿弑帝相,后怀少康方在孕。后闻得四贤奏,遂从沟洞逃出,星夜奔归有仍之国。有遗臣傅靡闻知,亦逃奔有鬲氏。后羿反兵入朝,朝臣皆乱窜。寒浞、伯明扶后羿正位,改国号曰有穷。立子太浇为太子。众臣朝贺毕,伯明出班奏曰:"今有斟灌①、斟郭②二国,乃夏同姓诸侯,帝相所倚者,且近安邑。倘彼知帝相失位,必然来动刀兵。我主宜先发一旅之师,灭其国,以绝后患。"羿允奏,命子太浇同寒浞,领兵一万征之。众臣朝散。后羿退入后宫,将帝相妃嫔淫欲,大乱国政,任其所为。天下诸侯虽知,亦不敢会证其罪。不题。

且说寒浞领兵至斟灌侯境界,催兵杀进城中,斟灌侯未曾提防,一鼓而灭其国。斟郭侯闻知,带家属连夜奔投有仍国去了。寒浞兵至,百姓跪告斟郭不知走往何处,寒浞亦灭其国。

回奏后羿,羿大喜,重赏太浇,封寒浞为相。浞妻行媚于内,乃纳宫中人,施赂于外,愚弄其民。密与民曰:"后羿弑君,今又欲穷汝等。汝等要求安业,除非杀羿立夏,方有生日。"民皆信寒浞之言为实,皆欲生食羿

---

① 斟灌——夏帝仲康所封同姓诸侯国名。
② 斟郭——夏帝太康国都。

第五十七回 寒浞诱民杀后羿

肉。羿不知也,以听寒浞为腹心,不修民事。

寒浞知民心已变,一日奏羿曰:"百姓闻主公灭夏,十中有二三不服者。主公可于出猎野外,以察民心。如不服者斩之,则民何敢不服!"羿不知是计,闻奏大悦曰:"非卿奏知,朕岂知道!"即传旨,次日出猎穷门之郊。寒浞见羿准奏,暗地报知百姓,言羿欲灭夏国人民。来日以出猎为名,暗中取事。百姓闻知此言,皆自相会合,各执短刀长枪,先行反乱。羿排驾正出穷门,见众百姓各持刀枪,向前迎来。羿驾中忙问曰:"汝众百姓,各持刀枪为何?"众百姓曰:"我等乃夏朝臣子,汝弑君自立,又欲穷我等至死,故与夏朝报仇,以诛逆贼!"羿忙呼左右救驾。众百姓乱刀乱枪向前,不容纷说。后羿护卫亲兵,各不相顾,一哄走了。羿遂死于非命。篡位八年,正是善恶到头终有报,只争来早与来迟。众百姓将羿尸碎割烹之。捉其子太浇,跪于穷门,令食羿肉。浇不忍食,亦被乱刀砍死。

寒浞见后羿父子俱亡,忙令出榜安民。回入朝中,伯明遂立寒浞为帝。浞生得黄面紫须,钩鼻阔口,自是奸雄之相。以伯明为相。明生得面如黑漆,无须口方。国号赂平。以羿妻为后。自浞立后,天下诸侯,皆不朝觐。浞亦不敢究诸侯之罪,日与伯明饮酒为乐,夜则淫乱宫廷,不理朝事。

话分两头。却说帝相后自逃回父国,半月生少康。少康生而神灵,时光似箭,不觉长成一十六岁。外翁授之为有仍牧正。寒浞闻知,使椒生捉之。有人先报知少康,遂奔走有虞国。虞侯封少康为庖正①,掌膳馐②。虞侯见少康颖异③,有帝王之相,即以长女淑英、次女德芳妻之。封邑于纶,有田土十里,农夫五百人,赐少康夫妻自去享用。少康至纶,能布其德,而兆其谋。每有志复父之仇,恨力不足,终日忧于心。

且说有臣傅靡者,昔逃投有鬲侯,今闻帝相后少康在虞为婿,布德施仁,靡大悦,与有鬲侯商议起兵,入虞迎少康复位。有鬲侯应允,即点起人马五千,行文书会同有仍侯,俱至虞国,取齐众臣,见少康,皆大哭。傅靡曰:"但诸公同心协力,恢复王室,以成大业,勿效妇女酸悲也!"众臣皆收泪。且看三国诸侯,如何扶少康复帝业。

有鬲侯,乃禹王第三子罕之后,姓余名振,年一十八岁。生

---

① 庖(páo)正——掌饮食之官。
② 膳馐(xiū)——美味佳肴。
③ 颖异——聪慧过人。

得面如傅粉,唇若涂朱。统五千兵,同帝相旧臣傅靡而行。

有仍侯,乃舜帝之后,姓姚名达,乃少康外祖,年六十八岁。面白长髯。统兵五千而行。

有虞侯,乃商均之后,姓姚名悦,乃少康之岳,年四十二岁。赤面黄须。统兵五千而行。

少康,自收夏之士大夫播迁者,得五千余人,统兵保驾而行。

少康共三路诸侯,合兵有二万三千,择定九月初一日,杀奔安邑而来。未知胜负如何。

第五十八回
少康中兴灭寒浞

却说少康升帐,众臣参见已毕,少康令三军放炮起兵。一路秋毫无犯,直至安邑①,离城三十里扎下营寨。打战书入城问罪。

寒浞升殿,传表官奏知,呈上战书。寒浞览罢,大惊失色,谓众臣曰:"今三侯谋逆,卿等有何计策退敌?"众臣皆缄口无言。浞子豷②出班奏曰:"篡夏天下者后羿也。今父王杀后羿以取天下,非弑帝相也!今三侯来犯阙,儿愿出以利害说之,使封父王为侯,而以天下让之。如或不然,古云,兵来将对,水来土掩,望发兵一万,儿去敌之!"浞闻子言,转忧成喜,令伯明为主将,二人各赠酒三杯。浞曰:"卿等退得兵后,朕封赏不轻。"

豷子辞父,谢恩出朝。次日披挂出阵,怎生打扮:头戴一顶三山四凤八宝紫金盔,身披一付连环锁子猊狻铠,穿一领猩猩血染绛红袍,坐一匹千里追风马,持一杆梨花点钢枪,带一口七星昆吾剑。生得面赤须黄,约年二十多岁,耀武扬威,立马阵前。两边八健将燕翅分开。少康亦同众诸侯、傅靡出阵。豷子曰:"汝等不守本国,兴兵到此为何?"少康曰:"汝父济恶,篡我夏朝,弑我君父,此仇不共戴天,安肯不报耶!"豷子曰:"弑汝

---

① 安邑——县名。相传为夏禹的都城,在今山西运城一带。
② 豷(yì)——寒浞之子。

父者,后羿也。我父已为汝父报仇,反以德成怨。况夏朝亦非汝祖创制,乃是盘古以至天地人三皇伏羲、神农、黄帝、尧、舜,历世代相传,唯有德者居之。汝祖怀私,传之于子,贪心不了,致有今日废立。何巧言令色,谁篡汝夏朝耶!"少康被此一说,语塞不能对。傅靡出骂:"无知蠢子,汝父作事,只可瞒得少主,如何瞒得老夫。后羿无汝父济恶,不敢篡逆。汝父使羿弑君,来自杀其主。今尚不出受诛,乃敢使汝兴兵出迎,于阵上摇唇鼓舌。众诸侯何不向前,生食其肉,更待何时!"只见少康岳丈有虞侯姚悦、有鬲侯余振,二人飞马,双临阵前,怎生打扮:

两顶盔,盔攒凤翅。两领甲,甲挂龙鳞。两件袍,猩猩血染。两双靴,朵朵云生。两张弓,弓弯秋月。两蓬箭,箭坤寒星。两匹马,翻江搅海。两口刀,取魄追魂。

两军呐喊助威,金鼓大作。二人忿力杀进,豷子、伯明各举兵刃敌住,一来一往,约战四十回合。有仍侯姚达,领一支兵,拦腰一冲,豷兵大乱,措手不及,被余振刀斩为两段。伯明见斩了豷子,心忙乱,回马欲走入城中,被姚悦脑后一刀,斩于马下。城中百姓砍开城门,傅靡杀至午门。寒浞走入后宫,自刎而亡。在位三十二年。傅靡赶至,割头号令。四门出榜安民。

斯年乃壬午岁十一月也,三诸侯即立少康嗣位。迎母妻归养,民皆大悦。少康命设太平筵宴,以待诸侯群臣,各皆厚赠加封。诸侯谢恩,各回本国。次日传旨,以傅靡为相,以女艾为将。召后羿四贤武罗、伯囯、龙囯、熊髡为正教官,四贤皆不肯出仕。少康复夏,夏道中兴,天下诸侯来朝,四夷来宾。在位二十二年,寿六十四岁而崩。传位于子帝杼。

第五十九回
七帝仁明享太平

却说帝杼弱冠①,遭家未竞②,与先王少康共历艰险。有英毅之资,

---

① 弱冠——古代男子二十岁行成年礼,加冠。因体格未壮,故称弱。
② 未竞——家业不振。

师禹王行事。诸侯来朝,坐享安靖。甲辰年嗣位,庚申年崩,在位十有七年,寿三十有九岁,传子槐立,是为帝槐。于辛酉元年嗣位,东九夷来御,四方无事。享国二十有六年崩,传子芒立,是为帝芒。

丁亥年嗣位,众臣朝贺毕,帝芒曰:"朕欲同卿等,以玄圭①宾于河东,狩于海,可乎?"众臣奏曰:"陛下溥②施盛德,无有不可。"帝芒闻奏大悦。次日帝芒排驾,执玄圭,备祭礼,至河边祷告河神,祝之曰:

朕芒承祖天下,以摄③万民,敢不取信于四方,而竞祖业。

今朕祷尔河神,掷玄圭于河内,以表朕心。如朕不仁,神其降诸。帝芒祷毕,以玄圭掷于河中。又同众臣起身至海。河海清平。帝芒回朝,天下太平。帝芒崩,遗命嘱咐,传子泄立,是为帝泄。

乙巳年帝泄即位,乃设早朝,百官奏六夷④各遣使入贡。帝将所受之贡物,问众臣曰:"今外夷宾服,各献其万物,朕用何物以答之。"有臣出班奏曰:"臣闻太祖时,夷人贡物,只答之以土产,相沿已久。至太康失位,四夷皆叛,至帝相乃征外夷,迨四方平,然后来贡。今陛下宜赐爵,上封号,以来贡先后,为高下厚薄,则夷不敢背叛矣!"帝泄闻奏大悦,即命厚赏使臣,加封命之制爵,各为本地王位。夷使谢恩回国。自此俱各降服,无敢异心。

帝泄在位十有六年而崩,传子不降立,是为帝不降。辛酉年即位,享太平之国,五十九载而崩,寿七十岁。不传子传弟扃即位,是为帝扃。庚申年嗣位,亦享太平之国,二十一年而崩,寿四十岁。传子廑⑤立,是为帝廑。辛巳年嗣位,亦享太平之国,二十一年而崩,寿三十六岁。帝廑复传不降之子孔甲立,是为帝孔甲。

已上七帝,共治天下一百八十八载,风调雨顺,国泰民安,诸侯来朝,四夷宾服,群臣尊君。不知后来如何,且听下回分解。

---

① 玄圭——黑色的玉,古代帝王举行典礼时所用的一种玉。
② 溥——普遍。
③ 摄——统治。
④ 六夷——境外少数民族。
⑤ 廑(jīn)——人名。

第 六 十 回
刘累醢龙贡孔甲

却说帝孔甲于壬寅年即位,专好鬼神之事,不正宫廷,不务德政,天下诸侯多叛,表①云片②入奏,只当不知。众臣谏之不听。一日天降二龙,一雌一雄,落在朝门之外。近臣奏知,帝问于众臣曰:"天降二龙,此何吉凶?"左部一臣名蔡史,出班奏曰:"天降二龙不升,乃祥瑞之兆。陛下出旨,有能养者,赐于养之,待其自升。"帝准奏,即出旨,召有能养龙者。右班部中闪一臣名邓云,上奏曰:"有刘累者,能善养之。"帝曰:"卿何得知?"邓云曰:"昔有晋叔安甚好龙,每求其嗜以饮食之,故龙多归,柔驯易制。天帝赐其姓董氏,封宗川侯。后刘累学养于董氏,臣故知其能养也。"帝闻奏大悦,即遣使宣刘累入朝。刘累随召拜伏阶下,帝曰:"今天降二龙不升,必要养畜待其自去,朝臣荐汝能养,故召汝至此,领去果能养否?"刘累奏曰:"臣果能因其嗜而养之。"帝喜,命领去养。

刘累随即出朝,吩咐手下之人,扛龙到家嗜养。平日亲自调和饮食。常进美味饮食于孔甲。孔甲甚喜,其赏赐甚厚。一日,其雌龙忽死,累潜醢③此龙,调和烹进。孔甲食之,其味甘美,即封累为御龙侯。遂入朝谢恩。一日,孔甲思食前味,命使再着累雄龙醢进。累接旨大怖,自思死者可醢,生者何敢近去杀之。只得把两句闲言支吾,使臣去了,遂连夜逃于鲁县。

使臣见刘累逃走,回奏孔甲,言刘累逃走外国。孔甲大怒,命武士三百人,前去养龙池捉龙,杀而醢之。武士领旨,至养龙池,放干池水。正欲下手捉龙,不知龙乃灵物,见水干涸,翻身一摇,将三百武士,皆卷入池中。霎时间,天昏地暗,大雨滂沱,龙腾云而去。三百武士,可怜死于非命。帝

---

① 表——奏表。
② 云片——喻奏章之多。
③ 醢(hǎi)——剁成肉酱。

都亦滂沱大雨,雷电三日方息,漂去民房无数,平地水深丈余。

使臣奏三百武士,皆渰死①于养龙池。孔甲闻奏大惊,因而得病不起,旬日而崩。在位三十一年,寿六十岁。

传子皋立,是为帝皋。癸酉年即位,享国十一年,寿四十二岁而崩。传子发立,是为帝发,甲申年即位,享国十三年,寿四十岁而崩。传子履癸立,即桀王也,暴虐无道。不知后事如何?

第六十一回
桀宠妹喜杀龙逄

却说桀王于癸卯年即位,荒淫贪戾,力能伸铁②,武伤百姓,自以为无故,变乱夏训③。有佞臣赵梁,生得目露眉皱,耳反鼻钩,心怀不良。每暗奏桀,使行不正之事,天下皆怨。赵梁求有施侯贿赂,有施弗与,赵梁因恨之。知有施有女,欲取陷之,以消其恨。一日桀王登殿,众文武山呼拜舞毕,赵梁出班奏曰:"臣闻有施侯不仁,欲自为君,百姓皇皇④,乞陛下制之。"桀曰:"既有此情,卿可代朕领兵五千伐之。"梁曰:"尚未知虚实,且不可动兵。臣闻有施侯有一女,名妹喜,生得天姿国色,有沉鱼落雁之容,闭月羞花之貌。陛下发一道旨,臣领往彼国,取妹喜为妃,探其虚实。如肯送女入朝,即无反意。若是不肯,反情必矣。然后兴兵征之未迟。"桀乃好色之君,闻奏美女,满心大悦,即发旨着梁为钦差官,前往有施国,取美女入朝。

梁谢恩领旨,次日即行,数日到了有施国。有施侯出接至公厅,二人施礼茶毕,赵梁曰:"主上知明公有令爱美貌,差下官为媒,领旨前来迎取。令爱为妃,明公不日便是皇亲国戚也。有旨在此。"有施侯忙设香案

---

① 渰死——即淹死。
② 伸铁——形容力大足以使弯铁伸直。
③ 夏训——夏朝祖先传下的规矩法则。
④ 皇皇——惶恐不安。

接旨,开读毕,排筵款待赵梁。有施侯席上问曰:"是谁奏昏君,言我有女?"梁曰:"令爱为妃,第一好事,求之而不可得,何必询其奏者?此必明公相知人也!"有施侯曰:"女为后妃,某岂不识好事。但君昏淫,今诸侯多叛,吾女恐不得而善终焉。"赵梁笑曰:"国家大事,明公不可妄议。圣旨紧急,可收拾起行。"酒罢,各去安寝。次日,有施侯只得同女妹喜离本国,直送到帝都。

桀王登殿,群臣朝参毕,赵梁回旨。桀问曰:"有施侯反情有否?"梁奏曰:"有施侯反情未露,今亲送女朝门外,我主可宣问之。"桀闻奏,传旨宣来。有施侯同女妹喜,拜于丹墀①之下。桀见妹喜美貌,神魂飘荡,因问有施侯曰:"闻卿造意谋反,果有之乎?"有施侯叩首奏曰:"臣受累朝圣恩,敢不竭心守法,并无异志。若有背叛,天使召臣,决不来矣!陛下可洞察之。"桀笑曰:"卿有此心,是不送女入朝。赦卿无罪。赐卿黄金一千两,白银八百斤,彩缎二千匹,加封忠贤侯,增禄千石。"命返国治政。有施侯谢恩出朝,即回国不题。

且说桀王自得妹喜之后,朝夕乐于酒色,月不一朝。诸侯皆叛。妹喜美貌无双,但有心痛之病,发时以两手捧在胸前,眉蹙②不悦。国妇闻人称妹喜美貌,常将两手捧于胸中,两眉皱蹇③,不知妹喜是生得自然之美,国妇疑是捧胸蹙眉之俏,通国之妇皆效之,捧心皱眉。桀宠妹喜,所言皆从。奏桀造琼宫瑶台④,桀依之,敛百姓之财,差百姓作工,人民皆怨恨。又教桀以诸禽兽肉系树上,曰肉山脯林。开穴为池,倾酒作水,可以运船,糟堤可望十里之遥,曰糟邱酒海。选男女美色者,赤身裸体抱在池,一击鼓而低头向酒池如牛饮者三千人。桀与妹喜大笑为乐。天地丕变⑤,天上星殒,地出蝗蝻⑥,泰山崩陷,伊洛⑦水竭,灾异累见⑧。

① 丹墀(chí)——古代宫殿前漆成红色的台阶。
② 蹙(cù)——皱紧眉头。
③ 蹇(jiǎn)——皱眉。
④ 琼宫瑶台——华贵美丽的宫廷楼台。
⑤ 丕(pī)变——大变。丕,大。
⑥ 蝗蝻(nǎn)——蝗虫。蝻,蝗的幼虫。
⑦ 伊洛——伊水与洛水,皆在河南境内。
⑧ 累见(xiàn)——屡屡出现。

一日,桀王登殿,关龙逄①上谏曰:"人君之治天下,当以谦益逊让,节用爱人,故天下安,而社稷宗庙固。今主上造琼宫瑶台、肉山酒池,用财若无穷,杀人若不赦,臣恐诸侯不朝,民心已去,天命不佑,将如之何?王盖不醒,必至于命丧国亡矣!"桀闻奏大怒,骂曰:"匹夫焉敢侮辱朕躬!朕有天下,犹天之有日也,日能亡否?日亡吾乃亡矣!汝乃臣下,敢出此不逊之言,以辱君父!"命武士推出斩之。群臣保奏曰:"关龙逄虽冒犯圣听,但忠直之言,每多逆耳。望乞我主,赦其死罪。"桀怒少息,命囚于狱中。

群臣皆退,赵梁密奏桀曰:"关龙逄今辱君父,罪本该诛。不杀而囚之,恐后诸臣,见不杀关龙逄,冒谏纷纷,陛下不得安乐矣!"桀曰:"朕欲杀之,乃众臣保奏,故囚之狱,难以复杀。"梁曰:"陛下肯杀龙逄,何难之有?可发密旨入狱,使狱官缢死之。一则掩众臣之口,二则绝妄谏之路。"桀即然之,遂发密旨于狱官,将龙逄缢死。可怜忠臣躯命。

天下诸侯闻之,无不怨恨。自古忠直之臣,以谏忘其身者,遂自此而始。世道之大变也,圣人不出,遂退民以而为放伐。贤臣不幸,变都俞而为吁咈②也。然其生其死,系一代之存亡。有天下者,何可不念与!

第六十二回
桀王囚汤于夏台

却说履一③闻桀王囚关龙逄而杀之,叹息流涕,大哭曰:"关君之死,佞臣害之也。然似此天下,何日得安!"有人报知赵梁,梁大怒,次日入奏桀王曰:"履一乃关龙逄之党,陛下昨日缢死龙逄,履一背出怨言。"桀曰:"何以处之?"梁曰:"可召入囚之,以杜④后之出怨言者。"桀曰:"然。"即

---

① 关龙逄(páng)——夏桀时的忠臣。
② 变都俞而为吁咈——都俞吁咈,皆为古汉语叹词。本以表示尧、舜、禹等讨论政事时发言的语气,后用以赞美君臣论政问答,融洽雍睦。
③ 履一——商汤之名。
④ 杜——杜绝,根除。

召履一，而囚之夏台①。自是无敢言桀之非者。

一日，桀王升殿，文武朝参毕，费昌出班奏曰："臣闻履一未有罪过，陛下因何囚之？百姓见主上囚履一，皆为之不平。我主可释之，以安百姓。"桀曰："履一背地妄言朕躬，故此囚之。"昌曰："背地之言，未有实迹②，我主不可罪人，宜速赦之。"桀曰："依卿之言，释之回乡，不许在朝。"费昌谢恩，众臣皆退。履一得出夏台，拜谢费昌，即时收拾，竟回商国不题。

却说桀王缢死关龙逄、囚履一之后，愈肆无道。命民凿池通船，夜则下船，同妹喜并宫中男女杂处夜游。少有犯之者，即杀之。自是无休息，数旬不朝，群臣罕见。有太史臣终古，执表冒入后宫奏曰："陛下荒废国政，三旬不朝，乐于酒色，忠臣谏者皆杀戮。今诸侯心变，各思背叛，臣恐天下不保。我主可速改过，杀佞臣赵梁以谢天下，使诸侯定，而百姓安，社稷幸甚，臣民幸甚！"叩首俯伏大哭。桀曰："天下诸侯，勇不如朕，朕今自乐，又非并诸侯之国。赵梁无非一臣子，得何罪于天下，必欲杀之。朕闻民间夫妇，亦暖衣饱食，出入同行，人称其夫唱妇随，一有不睦，人皆厌之。朕为天下人主，岂无夫妇耶？何为好色！卿妄奏朕躬，本该赐死，姑念卿曩日③曾记功，免斩。"一声喝退。终古见奏不从，屏气息言，愤怒出朝回府，深恨桀王不备德政，即带家属逃奔商国。

一日，桀召赵梁问曰："前日终古奏天下诸侯多叛，若果有此，何以制之？"梁奏曰："我主放心，此事不难。可会诸侯于京都，若诸侯至齐，主上以武勇示天下诸侯。诸侯观见主上武勇，决不敢反背。有未到者，会诸侯征之，以绝后患。此万无一失之良策也。"桀闻奏大悦，即发旨遣使，大会天下诸侯，俱于本年三月三日至京都以应会。旨到各国，各诸侯无分昼夜起行，齐集城外。不知若何，且看下回便见。

---

① 夏台——夏朝的监狱名。
② 实迹——事实依据。
③ 曩(nǎng)日——往日。

第六十三回

桀王举鼎会诸侯

却说那夏桀王,生得面赤目暴,鼻钩齿露,须浓如戟①,身长一丈,腰阔十围,善用开山大斧,重八十斤。三月三日早坐于殿上,三千御林军,燕翅②分明,文武排列左右,十分威仪。众诸侯齐班入朝,山呼拜舞毕,桀王曰:"朕承先王基业,治天下二十余年,与卿等毫无相涉,但加租税,造作琼宫瑶台,故有一番多派③,完日④朕自当犒赏。众卿等有异心反背者,朕思未必如是合朕本意。念今卿等齐至,是决无反意。卿试看朕躬,我能一力可以举鼎,卿等试观之!"言罢,桀即离宝座,遂将座前禹王所铸鼎约有八百余斤,轻轻举起,遍示诸侯曰:"卿等有异心者,有朕力者,出班比试!"众诸侯皆大惊,唯唯应"不敢"而已。桀放下鼎,面不改色。命设筵宴,待众诸侯。

次日谢宴,诸侯皆知桀贪货财,各以珍宝献上,桀大悦。唯有仍侯、有缗⑤侯,见桀汰侈,不入谢宴,带领人马先回。桀受诸侯礼物,一一点过,不见仍、缗二侯礼物,即大呼曰:"仍、缗二侯何在?"众诸侯奏曰:"二侯为本国多艰,故先回矣。"桀大怒,立命赵梁领兵二万,同韦顺侯追捕有缗侯。又命昆吾侯、顾命侯领兵二万,追捕有仍侯。分两路赶上,并灭国而还。桀王朝散,众侯退出。

那时天下诸侯,并不横虐,唯顾命、韦顺、昆吾三侯,与赵梁党恶⑥,助桀乱政。四人既领命,穷力追赶,不二日,顾、昆二侯,追及有仍侯于济阳。

---

① 戟——古代兵器名,长柄的头部装枪尖,旁边有横刃。
② 燕翅——排列整齐。
③ 多派——征敛繁多。
④ 完日——完工之日。
⑤ 有缗(mín)——夏朝的诸侯国。
⑥ 党恶——结党为恶。

有仍侯不知提防,只说二侯亦回国者,正欲出车问朝中消息,被顾、昆二侯杀来,措手不及,可怜有仍侯措手不及,一时死于非命,众军四散逃走。二人寻夜去灭其国回朝不题。

话分两头,且说赵梁同韦顺侯追有缗侯至卢山,有缗侯回头,望后面尘土冲起,即扎寨①以待来兵。有缗侯生得白面长髯,头戴束发紫金冠,身穿织锦绛红袍,坐下白马,手捻长枪,立于阵前。不时,赵梁、韦顺侯兵到,有缗侯问曰:"二位领兵至此为何?"赵梁答曰:"王上道汝不辞君主,背盟逃走,命我同韦顺侯赶汝回朝。少有不遵,奉令剑在此,则取汝之首!"有缗侯闻说,大怒曰:"朝中为汝一人奸佞,致君不德,贪财好色,尚敢妄自兴兵,而结怨于诸侯。今日至此,欲入我国,掠我民之财物乎!"赵梁听罢,大怒曰:"汝死期在即,尚不自知,敢大胆胡言!"举刀便斫,有缗侯绰枪相迎,一来一往,约战五十回合,不分胜负。韦顺见梁不胜,暗射一箭,正中有缗侯坐马胸膛,那马负痛,前蹄直立,有缗侯遂落于地。赵梁向前一刀,可怜死于非命,二军散走。正是天纵恶人。赵梁下马,割了首级,同韦顺侯领兵去灭其国,不题。

再说桀王留各镇诸侯在朝,等候赵梁灭国回朝,以显兵威。不数日,近臣奏赵梁等两路兵回。桀命宣入,赵梁同韦顺、顾命、昆吾三侯入见,山呼毕,上奏追灭二侯国之事。桀大悦,四臣加重封赏。命大设筵宴于殿陛,召众诸侯齐至,各分序次坐定。酒行三巡,肴过五味,桀命止鼓乐,言曰:"朕因有仍、有缗二侯叛逆,故命赵梁等追灭,以此庆贺。卿等今回本国,无思反背朝廷。若有不仁,则以此为例!"众侯皆唯唯听命,连称"不敢"。宴罢而散。次日谢恩,各回本国而去。桀王自会诸侯而灭二国之后,益无忌惮,恣行乱政。不知如何,听下回分解。

---

① 扎寨——安营扎寨。

第六十四回

汤聘伊尹于莘野

却说成汤履一,自哭关龙逄之死,被囚得释回国之后,广修德惠,发政施仁,诸侯畏服,百姓感恩。知伊尹有才大贤,使人以币礼聘之。按《吕氏春秋》云,有侁氏因采桑,得婴儿于空桑,遂抚育长大。因涧瀍①伊水,故命名伊尹。后改空桑为桐桑,言伊尹之母化为空桑。伊尹耕于有莘之野,商汤使臣至,致敬聘币礼②。伊尹受之,即同使至见汤。礼拜毕,汤赐坐而问曰:"人言,视水见形,视民知治否?"伊尹曰:"明言能听,道乃进。君国子民,为善者皆在王官。勉哉,勉哉!"汤谢,又问曰:"今桀王无道,四海知之,百姓皇皇。足下深达事务,何以教我?"伊尹曰:"天下乃有德者居之。今桀王荒淫无度,不恤下民,神人共怒,百姓欲食其肉。我主若发政施恩,仁德播于四方,诸侯咸服,足可以王天下。今诸侯叛桀者十有八九,我主可发文书,布告天下,诸侯同心,除暴去佞,民仰其德,则天下不难定矣!"汤闻之大悦,即发文书数道,布告各国诸侯,择定本年七月初一日,皆要起兵,会于帝都。诸侯得书,皆依期各点起本国人马,俱至帝都百里外下寨。

守关兵马闻此消息,飞报朝廷,近臣奏知。桀王忙召赵梁、韦顺、顾命、昆吾四人上殿,议曰:"今有履一,会天下诸侯反背。朕悔当初不杀之夏台,以有今日。卿等有何退敌之策?"赵梁奏曰:"天下诸侯之兵,皆是乌合之众。我主只召九夷之兵,足敌诸侯之众,何忧之有!"桀大悦,即发旨三道,遣使往九夷。九夷知桀无道,皆不肯起兵。

使者回奏桀王,奏犹未了,报天下诸侯之兵,如潮涌而来,围得都城水泄不通。桀闻此报大惊,问四臣曰:"今兵临城下,将至壕边,九夷又不至,将如之何?"赵梁曰:"兵来将对,水来土掩,何必惧之!我主有万夫莫

---

① 瀍(chán)——水名,即瀍河,源于洛阳,流入洛水。
② 聘币礼——聘请贤人时赠以币帛的礼节。

当之勇,况兵精粮足,臣等四人为左右翼,陛下亲临阵前,见诸侯先以君臣之礼说之,罢兵息战。诸侯皆知我主威武,谅不至败。"桀王准奏,命四臣下营点兵准备,次日出敌不题。

且说汤大会天下诸侯,唯葛伯侯不至。汤令打战书入城,晓谕百姓。桀次日手提大斧,领兵出阵,赵梁等列于马前。汤率众诸侯,亦齐出马,杀奔前来。桀问诸侯曰:"卿等为何不守本国,焉敢擅自会聚诸侯,兴兵到此,今欲何为?"众诸侯见桀技艺勇猛,俱不敢对。汤出曰:"汝自为君,国政不能修,用财若无穷,民遭荼毒①,安得不与民除害,以平天下哉!"桀怒骂曰:"匹夫乃夏台之鬼,朕放汝归,不思恩报,反会诸侯背逆!"轮斧直杀过阵来,汤举枪敌住,大战四十回合。汤如何敌得桀过,枪法慌乱,气力不加,大败而走。众诸侯亦不救助,漫散逃窜。赵梁催动后军,赶众诸侯。桀单斧匹马,只顾追汤。

汤正在危急之际,忽一支生力兵到。其将生得面如傅粉,唇似涂朱,头戴金盔,身穿锦袍,白马长枪,姓费名昌杀到。桀回马举斧,与费昌交锋。汤回头见费昌敌住桀,即拍马夹攻。桀力战二将,乃骂费昌曰:"汝,我之臣,敢来助恶!"昌不答,只是厮杀。桀料不能胜,鸣金收军入城。

汤同费昌回营,拜谢曰:"某非足下救护,今日一命难逃,何日报德?"昌曰:"某为桀王无道,不纳忠言,弃职归隐,为聚义兵,故来救迟。"汤大喜,与伊尹曰:"烦先生代孤画计破之。"尹诺。

第六十五回
汤伊尹放桀灭夏

却说汤求计于伊尹,伊尹曰:"我兵无如桀勇,若以力敌,绝难取胜,必须用谋以胜之。"汤曰:"何计可胜?"尹曰:"臣观桀王有勇无谋,来日出战,用十面埋伏计擒之。"汤曰:"全仗先生妙算。"一夜打点停当。

次日汤升帐,诸侯参见毕,伊尹曰:"昨日之战,若无费公至,则诸公

---

① 荼毒——毒害、残害。

皆为齑粉①矣。本欲罪及列位,但念初战,未及次第,暂恕其过。某料桀王君臣,纵有万人之勇,难出某这一计。明日行之,诸公肯遵令否?"众侯各皆惭愧:"懊悔昨日之过,今愿听令。"伊尹大喜曰:"诸公如肯向前,再无有不胜之理。"先令费昌曰:"烦公明日战头一阵,只可诈败,不要取胜。"昌领计去了。尹又曰:"请主公来日居第二阵,等费昌诈败走过,主公出敌住,亦要败,不可胜,引至埋伏之处,自有接应之兵,不可有误。"又令众诸侯曰:"此去地名鸣条坡②,主公可去各寻丛杂树木处,分作十面埋伏。桀王追兵赶至,放炮为号,十面杀出,桀有万人之勇,插翅难飞,必能擒矣!违令者,定按军法。"众诸侯俱领计去了。汤问曰:"只恐桀知计,不肯追来。"尹笑曰:"昨日众侯怯敌,不战而逃。今诸侯迎敌,必不提防,料定赶来,擒桀之功,在指顾间矣!"汤大喜,各去准备不题。

却说桀王入城,聚众臣议曰:"昨日之战,非费昌生力兵至,履一已被擒矣!"赵梁等曰:"以我主天威,勇敌万人,昨日众侯不战而逃,其怯可知。若知时势,退兵便罢。倘不识时务,我主明日独战履一,臣同三侯战众侯,必要擒获履一,方可回兵。在此一战,天下定矣!"桀王大悦。近臣奏履一打战书,约明日必决强弱生死,方肯休兵。桀大笑,赵梁问曰:"陛下见战书大笑,臣不识笑何事?"桀曰:"朕非笑他事,笑履一死已临头,兀自③不知。昨日若非费昌,命遭朕手矣。今不退兵,尚敢下书约战,强勉出此大言,朕故笑之。来日卿等用心,看朕必擒履一,而后罢兵。"赵梁等皆呼万岁。

次日平明,桀王同赵梁、三侯出阵,费昌出马迎曰:"昨日明放走入城去,尚不自省避位④,请罪于诸侯,让有德者为君,今日自又出战!"桀王笑曰:"昨日履一非汝,已作刀下之鬼矣,何不叫履一出来,汝替死乎!"费昌不答,持枪望桀便刺,桀举斧交还。战二十回合,昌诈败走,桀赶来。汤接战住,桀大怒,未及数合,汤诈败走。费昌又出敌住,与汤轮流诱敌。桀杀得性起,恨不得平吞了汤,令赵梁、三侯催兵赶来,不知是计,务要擒履一。

---

① 齑(jī)粉——粉末状。
② 鸣条坡——地名,又名高侯原,为商汤败夏桀处,其地已难确指。
③ 兀自——尚,还。
④ 避位——退位。

汤且战且走，至黄昏时，追至鸣条坡，正是埋伏之处。只听连珠炮响，众诸侯四方八面，一齐杀出。汤与费昌杀回，拦住去路。夏兵见伏兵齐出，不战自乱。费昌一枪刺赵梁于马下，众军上前，乱刀乱枪，戳为肉泥。此为佞臣之报，桀王心慌，首尾不能相顾，只在军中乱窜。二侯皆惊惧，莫知所措，俱死于乱军中。桀王拼死杀开一条血路而逃，正走之间，只见火把齐明，一支人马杀至。桀大叫曰："前又有兵，天亡我也！"不知桀王性命如何，下回便见。

第六十六回
桀王丧国走南巢

却说桀见人马至近，乃葛伯侯一支人马，未曾会合，故于此处相遇。葛伯侯见桀杀得力尽筋舒，旁奏曰："履一有文书，会臣叛逆，臣未敢为党，恐我主有失，领兵来迟。失救，臣之罪也。鸣条坡兵甚勇，难以抵敌，不若奔走三朡之国，再作别图。"君臣二人走三朡国①。夏兵逃得命回者，报说赵梁、韦顺、顾命、昆吾俱死乱军中。桀问曰："彼兵入我都城否？"卒曰："小人等只随天王逃命，不知都城之事。"桀哭曰："朕之爱姬，不知可逃走否？"

桀方入三朡城，坐尚未稳，小卒来报，后兵追至，将城围得铁桶一般。桀问葛伯侯曰："似此奈何？"葛侯曰："此去南巢城不远，其城坚固。臣为前部，我主断后，杀出重围，走往南巢②，方可栖止③。"桀闻言，令三军饱食。葛侯当先，桀王继后，杀出三朡城，与汤兵大战。费昌、葛侯交锋，未及十合，葛侯被费昌刺死。桀猛勇，无人敢阻，遂拼死杀出，径奔南巢城，坚闭不出。

汤欲围南巢，伊尹曰："不可。今桀穷矣，追之无益。国不可一日无

---

① 三朡（zōng）国——夏朝的诸侯国。
② 南巢——地名，在今安徽巢县。
③ 栖止——栖身，停留。

君,我主可同众诸侯回兵,入帝都以正大位,而安百姓。"汤依言,即传令同众诸侯入帝都。帝都百姓,家户皆排香案迎接。汤走马登殿,左右报曰:"妹喜闻桀王战死,投井身亡。"汤命葬之。又报赵梁、韦顺、顾命、昆吾四人家属,皆被百姓杀死。汤曰:"此数贼臣,皆百姓之切齿恨者,勿论。可急出榜安民赦之。"百姓鼓舞大悦,开桀府库,赈恤老幼,大赏三军。令设筵宴,大会诸侯。众诸侯齐声言曰:"今汤王仁义布于四海,恩德著于天下,今与民除其大害,宜立为王,以正大位。"汤曰:"不可。天下非一家之有也,唯有德者,可以居之。某德薄才疏,难承帝位。"诸侯皆曰:"明公仁德昭著,功绩盖世,今辞不王,谁敢王之?"汤三让不受,众诸侯皆顿首大哭。汤见众诸侯诚心,只得即天子之位于亳城①。

桀王在位五十年而亡国。夏朝传君一十七世,受祚共四百五十八年。不知后来若何,且听下回分解。

第六十七回
汤即位除网三面

却说成汤王,名履一,乃黄帝之后,契十四世孙也。初帝喾有次妃名简狄者,祈嗣②于高禖,有玄鸟③之祥,遂生契④。契事唐虞为司徒⑤,教民有功,封于商,赐姓子氏。契生昭明,昭明生相土,相土生昌若,昌若生曹圉,曹圉生宜,宜生振,振生微,微生报丁,报丁生报乙,报乙生报丙,报丙生主壬,主壬生主癸,主癸娶扶都氏为妃,见白气贯月,意感而生履一。履一生而神灵,勤谨和缓以承国,封为商邱侯。因哭关龙逢,被桀囚禁,得释归商国,布德施仁,民心归之。桀王无道,汤不得已,会诸侯以正其罪。

---

① 亳(bó)城——地名,商汤的国都。故址在今河南商丘一带。
② 祈嗣——向神祈祷以求得子息。
③ 玄鸟——燕子。
④ 契(xiè)——商族之始祖。
⑤ 司徒——上古时执掌教化的官职,为六卿之一。

第六十七回　汤即位除网三面

桀奔南巢,众诸侯遂立履一为帝,是为成汤,以承夏天下,国号曰商,都于亳。以水德王。

乙未年,成汤即位,群臣众诸侯朝贺毕,封费昌为御侯,以伊尹、仲虺①为相。反桀之事,以宽治民,除邪去虐,顺民所喜,远近归之。乃改夏之正朔②,不以建寅为正月,色尚白,牲用白,以白为徽号,服哻③冠皆白色,衣亦缟④。其图书曰归藏⑤,刻坤乾震巽坎离艮兑⑥,以列卦象。大宴诸臣而散。

一日,汤王早朝,聚集两班文武,拜舞山呼毕,王宣伊尹问曰:"朕闻古者立三公、九卿、大夫、列士者,何也?"尹奏曰:"三公者,通于天道者也。九卿者,通于地道者也。大夫者,通于人事者也。列士者,明于法度者也。三公所以参五事,九卿所以参三公,大夫所以参九卿,列士所以参大夫,是谓事宗。事宗不失,内外若一,是谓大顺也。"王闻奏大悦,即立三公、九卿、大夫、列士之官。又以庄山之金铸币,救民之无饘子女者。通有无于四方以赈之,民以是不困作。苑囿取时兽以奉宗庙。是日百官朝散。

一日,王巡狩于安邑,见民张四面之网,刖⑦捉禽兽,祝之曰:"从天坠者,从地出者,从四方来者,皆罗吾网。"汤王见之,叹曰:"用此网,则种类绝矣!"即唤民曰:"朕闻凡人作事,宜留一线。汝等今作此网,四面尽布,鸟兽无逃之处,岂其欲尽之乎?噫嘻,尽之矣,尽之更无鸟兽也!必开去三面,以存其种类,四面之网,再不许用。如有犯者,朕决斩之!"民皆叩首曰:"小民等愿解去网三面,不敢再犯。"王见奏大悦,即颁旨通行天下,俱不许用四面之网。王对天祝其鸟兽曰:"欲左者左,欲右者右,欲高者高,欲下者下,不用命者,乃入此网。"众百姓见王所祝之言,咸自相语曰:"王之德及禽兽,我等何敢不从。"于是四十六国诸侯,皆来朝贺称颂。王自此天下大治。

---

① 仲虺(huǐ)——辅佐汤王的宰辅。
② 正朔——此指历法。
③ 哻(hān)——古同"鼾"。哻是一种冕。
④ 缟(gǎo)——白色。
⑤ 归藏——古书名,为占卜用书。
⑥ 坤乾震巽(xùn)坎离艮兑——八卦卦名。
⑦ 刖(yuè)——砍掉脚。

一日坐朝,有南巢使至,奏云:"桀王崩于亭山。"王闻奏泪下,命臣往南巢,以天子礼葬于亭山,封夏之后,以承其祀。汤王原放桀南巢,不追灭之,容其改过。不想三年之间,桀思妹喜,抱郁而亡。九夷闻汤王德政,皆来朝贡,王以厚礼答之而回。

第六十八回
六事自责雨桑林

却说汤王一日升殿,众臣山呼礼毕,王曰:"朕自受命以来,四方降伏,外夷来贡。但岁岁有旱荒表进,非东旱,则西旱,非南旱,则北旱。今经七载,何以制之,使天下得安太平。朕昼夜思之,全无长策①。卿等有识制之之法否?"太史官唐厥出班奏曰:"此乃上天之怒,方降大旱。臣今占之,若免大旱,当用人祷之,可回大怒,即有甘霖②。"王曰:"任何处祷之?"唐厥曰:"桑林之野,有桑高十九丈,常闻有天仙于上。若欲祷之,可备人头往祭。"汤王曰:"朕闻上天之爱人无已,而谓其当以人祷,是诬天也,万无是理。朕所谓请雨者,欲以救民,何忍杀人而祷雨。若以杀人,朕请自当!"遂斋戒沐浴,剪发断爪,身膺白茅,以为牺牲,素车白马,来日同众文武百官,亲往桑林祷之。当日朝散。

次日汤王排驾,直至桑林之野。登坛列祭,焚香再拜,祷告曰:"臣履一蒙众诸侯推举汤代夏,今九载矣,天下旱荒者七年,非东旱,则西旱,非南旱,则北旱,民不胜其苦。莫臣有过,以干上天之怒。臣今剪发断爪,身膺③白茅④,以为牺牲⑤,望上天无以余一人之不敏,旱伤万民之命。今臣

---

① 长策——良策。
② 甘霖——及时雨。
③ 膺(yīng)——背负。
④ 白茅——多年生草,其地下茎白软有节,味甜可食。古代祭祀时常用白茅包裹祭品。
⑤ 牺牲——做祭品用的毛色纯正的牲畜。

恳告上苍,为君者,只有六事而已。"乃自责曰:"政不节欤,民失职欤,宫室崇欤,女揭盛欤,苞苴行欤,谗夫昌欤。如有不道,灾责一人。"言还未已,大雨方数千里,凡旱之处,皆得润泽。

岁复大稔①,天下欢洽,民安乐业。遂作桑林之乐,名曰大濩②。以享天地宗庙。制官刑。作盘铭曰:苟日新,日日新,又日新。以伊尹为阿衡③。迁九鼎于商邑。在位十三年,寿百岁而崩。

太子太丁早卒,次子外丙立二年而崩。三子仲壬立四年而崩,立太丁长子太甲即位,继承天下,立位于骨爪嗣宫。不知太甲为君如何,且听下回分解。

第六十九回

伊尹奏后废太甲

话说太甲,乃汤王嫡孙,戊申年四月即位,伊尹辅政。太甲不明厥德,颠覆汤之典刑④。伊尹谏曰:"人君丧国,皆为不明厥德,颠覆其法,不纳忠言。今我主乃汤王嫡长孙,先王除暴十满二十年,君上不速改过,勤治国政,恐诸侯来朝,公论何以处之?"太甲曰:"国家之事,有卿裁决。朕今为君,又未贪酒好货,诸侯论朕何事?数端俱是小节,只作无益之事。"伊尹见谏不听,郁郁不乐:"伊尹蒙成汤不弃,聘我会诸侯,去其暴虐残列,以安天下。不想未二十年,出此荒政败德之君,天下不久,必属他人矣。"一夜无寝。

次日即入朝,会同众文武曰:"今主上不明厥德,颠覆祖刑,难以为君。今日会同列位,奏太后别立新君,废之为侯,列位之见何如?"众文武曰:"明公此议,所见甚当。"伊尹见众臣皆然,即率入后宫,同奏太后,备

---

① 稔(rěn)——庄稼成熟。此指丰收。
② 大濩(hù)——古乐名,为商汤时乐曲。
③ 阿衡——商代官名。
④ 典刑——旧法,常规。

言:"太甲为君,不明厥德,颠覆先君典刑,臣等累谏,纯不听从,难以为君。今臣等公议,欲废为侯,安置桐宫①。未敢擅专,伏候太后懿旨②发落。"太后闻奏,言曰:"太甲不明,既不可为君,废一帝,必当立一帝。太甲若废,则立何人为君?"伊尹奏曰:"臣暂摄国政,俟有德者居之。"太后谓众文武曰:"汝诸大臣,公论同否?"群臣奏曰:"所议皆同。"太后曰:"众见既同,可宣太甲来。"太甲随宣至,拜伏于地。太后曰:"汝祖得天下,皆赖伊先生之功劳,今同众文武,奏汝不明厥德,颠覆祖刑,谏汝不听,公议废汝为桐宫侯。可解下印绶③,即往桐宫而去,毋得有违国法也。"太甲默然,只得解下印绶,垂泪拜辞太后,往桐宫而去。伊尹奏太后曰:"臣暂摄国政,玉宝是太后执掌。臣为宰辅,只统摄天下之事,太后但放心,臣决无异志。"太后曰:"卿之忠,妾亦知之,诚无负先王之志为美。"伊尹谢恩而退。

次日,伊尹斋戒沐浴,登天子之位,以摄国政。当国以朝诸侯,虽居天子之位,只着诸侯服色,坐于天子位之旁,以当诸侯。诸侯知伊尹无异志,亦各遵依,皆至朝堂,众各悦服。伊尹令排筵宴,款待诸侯。伊尹曰:"臣不得其君,臣之不幸。君不得其臣,君之不幸。君臣和合④,天下无不治者矣。今尹与列公不得其主,乃大不幸也。尹本无才德,敢代摄国政,以朝天下,今日之事,实出于不得已也。每欲归耕,恐以小义而弃大事,故不敢偷安,权理同政,以俟太甲悔过自新,然后复其大位。今列公回国,明陈政教,所当为者谨遵法度,必广修德教。"众诸侯各唯唯听命,拜辞回国。自此伊尹摄政三年,天下大治。开诚心,秉正嫉邪,去奸佞,姑置不题。

话分两头,且说太甲自往桐宫而来,洗心涤虑,自怨自艾,处仁迁义,身居桐宫,并无怨言。伊尹使人觇⑤之,回报见伊尹,伊尹回奏太后,言:"太甲今居桐宫,养德改过,兢惕⑥自持,奏知太后,太后可发懿旨,以冕服

---

① 桐宫——相传为商汤墓地,建有宫室,故地在今河北临漳。
② 懿(yì)旨——皇后或皇太后的命令。
③ 印绶(shòu)——绶为系官印的丝带。代指玺印。
④ 和合——相处和洽。
⑤ 觇(chān)——窥视。
⑥ 兢惕——谨慎,戒惧。

印绶,迎接太甲回朝。"太后闻奏大悦,即颁懿旨,赍冕服往桐宫,迎太甲回朝。使至桐宫,见太甲,奏知前事,献上冕服。太甲大喜,即排驾同使回。伊尹率百官出郭外迎接。

太甲复位,众臣庆贺,山呼毕,太甲宣伊尹上殿,命赐坐,慰劳之曰:"国家赖卿扶持之功,他日列于旗常,垂万世不朽也。"伊尹曰:"愿陛下自今洗心浴德,以社稷为重,兢兢业业,天下何患不治平也!"太甲大悦,命设宴以待群臣,月上而散。自此日修厥德,保惠庶民,不敢侮于鳏寡,诸侯咸归,号为太宗,治天下三十三年,寿六十一而崩。崩之日,民皆嚎哭罢市,如丧考妣①。传子沃丁立。

第七十回
沃丁承位哭伊尹

却说太甲复位二十七年而崩,于辛巳年传子沃丁嗣位。治政七年,一顺伊尹所行之事,委任贤臣,朝野清宁②,天下太平,民心大悦。一日升殿,众臣奏曰:"今相国伊尹,病甚沉重,乃前朝功臣,主上宜亲往看之。"沃丁闻奏,大惊曰:"卿等何不早奏?"即命排驾往相府。人报知伊尹,尹命子伊陟,移卧榻于东牖③下,以南面尊君之位,然后迎驾入室。帝见尹疾沉重,问曰:"卿之症,何一旦至此?"尹曰:"臣年老矣,气血衰败,继之风痰,自是沉疴④也。"帝垂泣曰:"朕父子皆赖卿扶持,何以酬之?"尹曰:"为臣尽忠,为子尽孝,此古今大义,是臣分内事,何得言酬?陛下登明若视民如伤,其恩足以答天地,臣虽死于九泉,朽骨亦沐恩万万矣。"帝曰:"卿其保重,朕自知之,毋劳过虑。"驾遂回朝。

次日伊尹卒,年一百九岁。子伊陟入朝报丧,帝与文武皆大哭,命陟

---

① 考妣——父母。
② 清宁——清平安宁,为太平盛世貌。
③ 牖(yǒu)——窗户。
④ 沉疴(kē)——重病。

回宅,以天子之礼葬之,祀以大牢。陟谢恩而退。帝亲临葬祭,以报其德。时天下大雾三日,群臣奏知沃丁,帝曰:"非雾也,乃上天为伊尹惨淡矣。"其墓离汤王陵七里,今古迹尚存焉。帝自尹葬后,凡升朝,若言及尹之事,未尝不流涕。命传旨,晓谕诸事,一顺尹前规,毋许少逆。

沃丁在位二十九年而崩。立弟太庚为君,于庚戌年即位,享国二十有五年而崩。太庚之子小甲嗣立,于乙亥年即位,享国十有七年。小甲无嗣,群臣立雍己为帝,于壬辰年遂即位,凡天下诸侯或不至朝者,雍己置而不论。在位十三年而崩。众臣立雍己之子太戊遂登帝位,众臣朝贺毕,太戊拜伊尹之子伊陟为相。

太戊自登极①后,颇怠政事。忽一日,有祥桑②二株,忽然而生于朝殿,三日后长有三丈余,大有两围。又有谷生于殿阶,高有六尺余。太戊升殿,群臣山呼朝见毕,帝宣伊陟问曰:"今有桑谷生于殿庭,七日就长数丈,大有可拱,但不知主何凶吉?"陟奏曰:"二木于正殿交合,不恭之罚③。谷生殿庭,以为如野地。此皆不祥之兆。君之政其有厥欤?我主若有过,无论大小,宜速迁之。古云妖不胜德,必可转祸为福。"帝闻此奏,自知怠政,面有惭色。即颁旨大赦天下。百官朝散。

帝自此修先王之德,明养老之礼,问疾吊丧,早朝晏退,广行仁政。至旬日,帝设朝,见庭殿桑枯死,谷亦不见。帝问群臣曰:"前桑谷生于殿阶,今朕升殿,为何谷不见,桑自枯?"伊陟出班奏曰:"前臣曾奏妖不胜德,今果桑枯谷隐,此乃主上改小过,行大道,故德胜妖,而妖自亡矣。君能久修德惠,永葆无疆!"帝大悦,赐宴众臣。陟又奏曰:"有臣巫咸、紫扈二个,贤孝忠直,俱在外藩为官,我主可取而用之,使明君左右得人;天下无不治矣!"帝准奏,即发旨差使,命宣二人入朝辅国。治政三年,远方四夷之国,皆遣使纳款,重译④而至者,大小凡七十六国。大修汤王之典,益行仁政,天下大治,商道复兴,众诸侯朝贺,进号中宗。

太戊在位五十七年而崩,寿九十有九岁。群臣百姓无不伤感。立太

---

① 登极——登帝位。
② 祥桑——妖桑,不吉祥之桑。
③ 不恭之罚——对行国事怠慢不德的惩戒。
④ 重译——辗转翻译。

子仲丁嗣位。不知后来如何,且听下回分解。

第七十一回
仲丁会巫咸征夷

话说仲丁于己未年即位,群臣朝贺礼毕,伊陟出班奏曰:"今亳有河决之害,诸侯朝贡者,皆水淹阻,多不能至。我主可迁都于嚣①,以便四方来者。"帝依奏,命迁都于嚣。

仲丁升殿,传表官启奏:"今有西方蓝夷②作乱,拥兵十万,杀至边庭。"帝大惊,问群臣曰:"蓝夷作乱,扰害生灵,卿等何以处之?"伊陟奏曰:"蓝夷有勇无谋之辈,陛下勿虑,可命巫咸为帅,白有作先锋,督兵征之,自然平服。"帝转忧成喜,即命巫咸、白有,领兵三万,去征蓝夷。咸、有领旨辞帝,点兵而行,一路无词,早至西关不题。

却说蓝夷面皆蓝色,西番国王乃姓陈名严,生得蓝面红须,竖眉阔口,身长九尺五寸,使大刀,骑赤牛。有臣方风,面亦蓝,身长九尺,用大斧。排下阵势,以待商兵。小军飞报巫咸,咸即唤先锋白有吩咐曰:"汝可先领一万人马,以见头阵若何?"白有得令,领兵下得关来,飞马出阵,耀武扬威。怎生打扮,但见:

>头戴紫金盔,朱缨乱舞。身穿红锦袍,百花攒补。坐下马似欢龙,马上将如猛虎。生得面如傅粉,唇若朱涂,不亚灵官出天宫,果然神将临队伍。挥戈下东关,乘胜来西土。

两阵对圆,白有出马,方风临阵问曰:"商将留名。"白有答曰:"某乃先锋白有是也。汝何人氏,亦留名来。"方风曰:"吾乃蓝王先锋方风是也!"白有曰:"汝等不守本土,而寇我边关,害我人民,意欲何为?"方风曰:"天下人之天下,非一人之天下。汝商王子孙,历年已久,理合让有德者居之,何尸位贪禄?今我主蓝王,仁德昭著,早以天下让之,免动刀兵相

---

① 嚣(xiāo)——地名,在今河南敖仓旧地。
② 蓝夷——西北边境的部族。

争,杀害生灵,岂不美哉!"白有大怒,持枪便刺,方风举斧交还,大战四十回合,不分胜负。巫咸关上看见,即令鸣金收兵。两家罢战,各自回营。白有来见主将,禀曰:"小将正欲拿方风,元帅何故鸣金?"巫咸曰:"吾见番将勇猛,不可力胜,两虎相争,必有一伤。容吾思一计,明日破之。"白有躬身而退。

次日巫咸升帐,小卒报蓝兵讨战。咸召副将转成吩咐曰:"汝可领人马一万,去关左右埋伏,各执长枪短刀,但有蓝兵入关,枪刺马上将,刀砍马下足,不可有误,违令者斩!"转成领令去了。又令白有曰:"将军出阵,只要诈败,不可取胜,引彼入关,假作闭门不及之状。蓝兵乃有勇无谋之辈,见败入关,门闭不及,彼必忿力抢入,吾伏兵杀出,汝可杀回。蓝夷君臣此回不死,亦九分没气矣!"白有领令,下关出阵。

巫咸分拨已定,亲自督兵,怎生打扮,有诗为证:

头戴凤翅盔,身穿蜀锦袍。
骑坐紫骝马,手提斩将刀。
左悬双股剑,右带九丝绦。
面白长髯黑,英雄志量高。

一马当先,立于阵前。那边蓝王陈严出阵,先锋方风保护。陈严曰:"汝等不识世务,商家传位已久,该让有德者居之,何伤饥食饱,贪位尸禄?汝等降吾,亦不失臣职,败后思迟,悔之晚矣!"巫咸曰:"汝不守本土,妄自兴兵犯边,是自取死,尚敢乱言耶!"把手一招,白有拍马直取陈严,方风敌住白有,战三十回合,白有虚掕①一枪,诈败望西关而走,蓝兵忿力追来。商兵故弃刀枪,走入城中。蓝兵见城门欲闭不及,各各争先抢入,只听得一声炮响,转成领兵左右关前杀出,枪刺马上,刀斩马下,蓝兵退走不迭,惊慌乱窜。白有整兵杀回,商兵无不以一当百,杀得蓝兵尸横遍野,血流成河。方风左冲右撞,不能得出,杀至城边,正遇蓝王。方风曰:"幸主公在此,速跟臣杀出,庶脱此重围!"蓝兵十万,可怜只存数千人,却似丧家之狗,连夜逃回本国而去。白有追之不及,亦收兵回入关中。

巫咸大获全胜,众将献功毕,出榜安民,百姓鼓舞大悦,大赏三军,班师回朝。仲丁升殿,巫咸、白有、转成入见,山呼拜舞毕,帝闻征蓝夷得胜,

---

① 虚掕——虚晃。

劳之曰:"巫卿真于国良佐也!"重赏三人,命大排筵宴,以庆太平。群臣谢宴而散。

一日仲丁有疾,召众臣以托后事。伊陟同巫咸、紫扈至卧榻前,拜伏问安。帝命平身,与伊陟曰:"朕父子得卿父子辅政,挽回大地,论功莫大于卿父。卿荐巫咸、紫扈二人,巫咸征蓝夷有功辅国,紫扈佐朕,大有辅导。朕今病笃,自知不瘳①,朕无子嗣立,可扶弟外壬继位,仗卿等忠义辅政。"言罢而崩,在位十有三年,寿四十有七岁。葬于嚣之洞山。

第七十二回
祖乙迁都修河决

却说仲丁崩,无子,传弟外壬立,于壬申年即位,享太平国十有五年而崩。亦无子,传弟河亶甲立,于丁亥年即位。

时嚣都有河决之害,又不便诸侯朝贡,一日河亶甲升殿,众臣奏曰:"前先帝为亳都河决,伊陟奏迁都于嚣,今嚣又河决,不便诸侯朝贡,唯相②地坦可都③。我主宜迁都之。"帝准奏,即命迁都于相。都相九载而崩。传子祖乙立,于丙申年即位。巫咸病卒,帝赠封征夷侯,以其子孟贤为相。帝在位贤明,得孟贤辅佐,诸侯拱服,天下大和,商道自此复兴。

一日帝升殿,众臣奏:"相都又有河决之害,可迁都于耿④。"帝闻奏怒曰:"亳有河决之害,迁都于嚣,有河决之害,迁都于相。今相又有河决之害,又迁都于耿。倘耿又有河决之害,教朕迁往何处!朕闻古有洪水之害,舜命禹治之,八年而成功,三过其门而不入,教民开河筑堰,千辛万苦,方得安流。今历数百年,人民不患河水之害。岂数十年来,累次河决,几

---

① 瘳(chóu)——病愈。
② 相——古地名,在黄河北。
③ 地坦可都——地势平坦可以立都。都,都城。
④ 耿——古邑名。又名邢。商代自祖乙至阳甲时于此建都。故址在今河南温县东。

遍迁都,汝诸臣就无一人继前贤之志者？只是迁避,何日方了？朕闻修造二者,造难而修易。前禹王能造,后岂无人可修？只教朕迁都,倘四方之河皆决,朕却避于何地？汝诸臣宜从长计议,以修补河决,庶人民则不受其害矣！"孟贤出班奏曰:"主上遍目诸臣,皆无如禹王之万一。今请圣驾暂避于耿,然后再择能臣,在各处修补之,可得两便。"帝准奏,即发旨往耿迁都。

一日至耿,升殿,众臣朝毕,帝曰:"朕虽迁都于此,无河决之患,第①亳、嚣、相等处河决,何人可往修补？"孟贤奏曰:"臣知前将军白有之子白方,甚多才能,陛下可命修亳决②。又紫扈之子紫长,亦有才干,命修嚣决。又余远德之后余椿,才亦可用,命修相决。此三人差行,便可指日③告成,河决不足虑矣！"帝闻奏大悦,遣使宣三人入朝,拜伏殿下,山呼礼毕,帝曰:"朕为今亳、嚣、相三方河决,孟贤举卿三人,前去修补,卿三人可尽心主事,成功回朝,朕不吝封赏。"余椿奏曰:"臣虽不才,不能效始祖禹王善治洪水,敢不竭犬马之力,以报陛下。不能修补河决,要臣等何用！"帝见奏大悦,各赐金花二朵,御酒三杯,彩缎二表里,鼓乐出朝。

三人谢恩,各领五千人马,分别而行。白方往亳,紫长往嚣,余椿往相,各至地方修补河决。教民凿石阻塞,荡处开沟,通水入河,使其归源,不致泛流,种种有法,遂不受害,民皆大悦。三年三处,并俱成功,回朝复命。

一日帝升殿,群臣朝参毕,传表官奏曰:"今有三路治水官回朝,未敢擅进,请旨传宣。"帝曰:"宣来见朕。"余椿等三人入见拜舞毕,帝问曰:"卿三人前去亳、嚣、相三处,修补河决,功完成否？"三臣奏曰:"靠主上洪福,臣等各至其地,审势而行,教民等当开处开,当塞处塞。小水会至溪涧,大水会至江河,民安乐业。臣料永不崩决矣！"帝闻奏大悦,各封为诸侯,每赐黄金百两,白银五十斤,彩缎千匹,设宴以待。众臣谢恩而散。

未数月,帝忽痁寒疾不起,于甲寅十二月而崩,在位十有九年。传子祖辛立,于乙卯正月元日即位,享太平国凡十六年而崩。传弟沃甲立,于辛未年即位,享太平国三十有五年而崩。传子祖丁立,于丙午年即位,享

---

① 第——但是。
② 决——黄河决口。
③ 指日——形容时间短促。

太平国三十有二年而崩。传子南庚立,于戊辰年即位,享太平国二十有五年而崩。传子阳甲立。不知后事若何,且听下回分解。

第七十三回
盘庚作书复兴商

却说阳甲为帝,于癸巳年即位。天下诸侯为自仲丁之朝,至阳甲朝,凡九世矣,朝中废嫡更立①,争乱不息,天下诸侯皆不来,朝有旧贤臣俱丧。阳甲溷治②天下七年而崩,传弟盘庚立,于庚子年即位。群臣朝贺毕,是时商道衰微,诸侯不朝,帝甚聪敏,乃自作《盘庚》三篇,内皆六善,曰以常旧服正法度,一也。图任旧人,二也。无或敢伏小人之攸箴③,三也。以人情事理,反复训谕④,开导民心,使之通晓,无纤毫恃尊凭威之意,四也。奠厥攸居⑤,始以无戏怠⑥为戒,五也。叙钦⑦有德有谋之人,而不屑好色,六也。以此六者,教谕臣民,得汤之政,天下士民,无不欢心。自此商道复兴,帝改国号曰殷,天下诸侯依旧朝贡。

一日盘庚升殿,群臣奏:"耿都复有河决之害。"帝闻奏传旨,仍迁都亳,差臣益新命沿袭旧制,修补耿地河决。但民见河决,见其移亳,皆有怨诽。帝终不发怒,引咎自责,益开众信,反复告谕,以口舌代斧钺⑧,忠厚之至,民心复悦。故殷道而得复兴也。

盘庚在位二十有八年而崩。传弟小辛立,于戊辰年即位,众臣朝贺毕。时殷道又衰,天下诸侯又多有不朝者,小辛亦不问罪,在位二十一年

---

① 废嫡更立——废除皇太子的皇位继承权,将皇位授与兄弟或庶子。
② 溷(hùn)治——治国不明。溷,混乱。
③ 攸(yōu)箴(zhēn)——危险的话语。
④ 训谕——训导使之明白。
⑤ 奠厥攸居——居安思危。
⑥ 戏怠——因贪图安逸游玩而怠于治国。
⑦ 叙钦——任用。
⑧ 斧钺(yuè)——代指刑罚。

而崩。传弟小乙立,小乙为世子时,悉知民事艰难,但时又不竞,于戊子年即位,至甲寅,治天下二十六年。有臣亶父①,奏迁豳②于岐③,改国号曰周。复修后稷、公刘④之业,积德行仁。

一日小乙升殿,传表官奏:"有狄⑤人领兵侵豳,又欲攻岐。"帝闻奏大惊,问群臣曰:"狄人作乱,兵至豳地,不日来岐,何策退之?"亶父出班奏曰:"夷狄之性,多疑不常,可布散流言,扬说会天下诸侯之兵,去取其家国,必走回走矣!"帝准奏,即命行之。果然狄人闻此消息,恐家国有失,即忙漏夜退回本国而去。于是豳围得解。亶父即令工匠筑造城池,三月成城,一载成邑,三年成都,诸侯复朝,而民伍倍其初。小乙在位二十八年而崩,传于武丁嗣位。

第七十四回
武丁版筑得傅说

话说武丁居丧,三年不言,既免丧⑥亦不言。于丁巳年即位,群臣朝贺毕,帝以甘盘为相,辅佐天下。帝为人恭默⑦思道⑧。一日梦上帝赉⑨以良弼⑩,次日升殿,众臣朝参礼毕,帝曰:"朕昨夜梦上帝赉以良弼,其形似立鱼,约身长丈余,唇旁微须,朕遍观卿等,皆非梦中之人,想必有圣贤隐于草野,朕欲求之,卿等以为何好?"甘盘奏曰:"梦昧之事,不可尽信,

---

① 亶(dǎn)父——即古公亶父,为周文王的祖父,周人尊为太公王。
② 豳(bīn)——古地名,在今陕西省旬邑县、彬县一带。
③ 岐——古地名,今陕西省凤翔县。
④ 后稷、公刘——皆古代周族的始祖。
⑤ 狄——北方少数民族。
⑥ 免丧——服完丧期。古时有三年之丧的说法。
⑦ 恭默——态度谦恭,沉静寡言。
⑧ 思道——沉思于对道的体悟。
⑨ 赉(lài)——赏赐。
⑩ 良弼(bì)——贤良的辅佐大臣。

亦不可不信。臣访有此人,召而用之,便见端的。"帝曰:"朕料此梦,决不虚妄,定有是人。"即命画工,以梦中之形,一一指示写出,使人旁求于天下。

却说梦中之人,乃傅说①是也。傅说家贫,居住虞、虢之界。虞、虢为水冲坏道,差胥靡②役徒夫并雇民夫代筑。傅说亦充代筑,觅资以供衣食。一日正在版筑③,适使臣郑达赍形至,见傅说形貌相肖,即向前施礼,言曰:"今主上梦上帝赍以良弼,命使以梦形,四方寻觅。某幸至此,观见足下之形,大有相似。足下可弃此就彼,同某入朝见帝,必高爵大用。"傅说曰:"鄙人乃草莽村夫,安敢见帝?"郑达曰:"君命不可违也,可与某同行面君。"傅说只得去锄,收拾行李,与郑达至京不题。

再说武丁自梦上帝赍以良弼之后,朝夕想梦中人。一日早朝,怎见得,有诗曰:

众将声呼不酿诗,珠帘高卷五更移。
鼓声居左钟居右,文列于东武列西。
金殿净鞭三下响,玉阶鹓鹭④两班齐。
晓星未落群星拱,驾出龙床秉玉珪。

帝升殿,众臣拜舞礼毕,传奏官启:"有使臣郑达,带梦形之人回朝。"帝闻奏,龙颜大悦,亲下殿近前一见,傅说拜伏于地,即扶起笑曰:"是此人也!"同上殿,赐绣墩坐而问曰:"朕欲治天下之务,当如之何则可?"傅说对曰:"当以仁义礼智信为先,继以勤谨和缓慈爱。"帝闻言大悦,封傅说居相位,未半载而天下大治。

一日帝排驾,同群臣出祭成汤。帝正祷祝下拜,忽有飞雉升于炉鼎而鸣,帝恐为不祥,祭毕,以祖训诸王,内反诸己,以思王道。三年,蛮夷编发⑤重译来朝者六国,唯鬼方⑥之国无道,恃顽不朝。帝命傅说兴兵伐

① 傅说(yuè)——人名,商名臣,佐武丁使商中兴。
② 胥靡(mí)——小官名。
③ 版筑——指筑土墙,即在夹板中填入泥土,用杵夯实。
④ 鹓(yuān)鹭——原指鹓、鹭两鸟群飞有序,此处形容朝见皇帝时群臣分列,排列整齐。
⑤ 编发——结发为辫,为古代西南某些少数民族的发式。
⑥ 鬼方——殷周时期西北部族名。

之。未知胜负若何,且听下回分解。

第七十五回
傅说奉旨伐鬼方

却说傅说领旨统兵而行,直至北关下寨,早有细作报知鬼方。鬼方有二子,长名曰可高,次名曰可史。当日闻报,忙召二子计议曰:"今殷主差野夫傅说领兵征吾,闻得傅说善于用兵,甚有才能,彼兵至此,不可轻敌,凡出阵,务必仔细。"次子可史曰:"闻傅说虽贤,唯恐有名无实,来日待儿出阵一战,便知虚实。"鬼方许之。可史次日出阵,生得身长一丈,黑面红须,坐下一匹赤马,手提一杆大刀,呐喊索战。小卒报入殷营,傅说升帐,唤左先锋彭通、右先锋季仲,吩咐曰:"今鬼方与我兵对敌,彼只好勇,汝二人上阵,切勿出战,分为两队,立于寨门,进则敌之,不进则退,不可轻进。彼兵为财食而来求战,不得持久,必自退。待其退后,追而杀去,无有不胜。"二人领计去了。两军相对,喊声连天。可史出马,殷将立于阵门,端然不动。番兵大喊而进,殷将立马不敌,及他上前攻之,又被强弓硬弩射回。每日如此,相持月余。可史无计可施,只得回报父知。鬼方又命可史、可高:"引兵直杀,则寨门看其何。如背后杀出,可诈败而走,引他追来,吾于中间杀出,绝其归路,可获傅说矣!"二人领计去了。次日兄弟二马并出,领兵大叫厮杀,彭通、季仲双迎。四将大战二十回合,可高、可史战败逃阵,殷将勒马不追,又转立于寨门把守,如是相持半年,两家俱不分胜败。百姓皆已逃散,城外无物可掳。

鬼方绝粮,召二子入帐商量:"俺兵粮草已尽,全靠打劫而食,今民逃空,兵将又无粮,战又不胜,殷兵倘知觉,则我兵死无葬身之地矣。不如趁今月色,偃旗息鼓,悄悄偷回,待来春再图大举。"二子曰:"父亲所见极是。"鬼方即传令:"今夜人衔枚①,马勒口,不动声色,暗自回兵。"早有细

---

① 衔枚——古代行军作战时,为防止喧哗,令士卒于口中衔着枚像筷子的东西,称衔枚。

作飞报入关,傅说大喜曰:"猾虏不出吾之所料,果暗逃回耶!"即令彭通、季仲各带干粮,漏夜追赶鬼方之兵,直抵沙漠方回,得胜受赏。二将得令,领兵一万,如飞追去。季仲与彭通曰:"鬼方既拔寨而去,本将与将军各分轻骑五千,前后退去,可收全功。"彭通曰:"正合吾意。"

却说鬼方是夜正走之间,背后喊杀振天!竟不知殷兵多少,番兵大惊,无心恋战,各四散奔逃。鬼方父子,只得拼命回敌,料不能胜,且战且走,将士三停①,折去二停。通、仲兵追至芦河,番兵大败而逃。自后鬼方之兵,亦不复来侵矣。彭、季二将,入帐见傅说缴令,说大喜,安抚人民,下令班师。正是:鞭敲金镫响,人唱凯歌回。百姓送二十里,不忍相别,傅说慰之再三方去。

一日回至帝都,适值武丁升殿,傅说同彭通、季仲上殿见帝,奏明伐鬼方得胜之事。帝即大排筵宴庆贺,赍甚厚,赐彭通、季仲金银彩缎,并犒赏众将兵丁。三人谢恩出朝,傅说自征鬼方得胜,统理朝政,天下咸赖,殷道又复兴矣。

武丁仁德广布,在位五十九年而崩,寿八十八岁。传位于祖庚,在位七年而崩。传弟祖甲立,专好淫乱政,选美色女子,以充宫廷。诸侯皆有不臣之心。在位三十三年而崩。传子庚辛,在位六年。传帝庚丁,在位二十一年。

第七十六回

武乙无道被雷震

却说庚丁既崩,传子武乙即位。时东夷北狄交乱,人民不胜其苦,武乙不命将征之。傅说亡后,朝中乏人,乾纲②不振。武乙以土木为人,谓之天神。将土木人为双陆子③,着人代天神行移,天神不胜,以代移之人

---

① 停——成数,总数分成几部分,其中一部分叫一停。
② 乾纲——君王之权。
③ 双陆子——棋子。双陆为古代博戏中的一种。

杀之。每常如此,不知杀了多少人,自以为乐。又命武臣,用皮袋装兽血,仰射于空,自云射天。不敬神明三光,专行无忌惮之事。

一日,武乙同众臣出猎于河滨,天气清朗,忽然阴云布合,闪电若火,风雷交作,众臣惊散。只听得霹雳一声,将武乙震死于河滨。依然天青日皎。众臣见武乙被雷打死,各人向前视之,背上有朱批十六字云(皆篆体):

> 侮弄天神,污血射空。法犯雷震,永堕阴中①。

众臣看见,各皆大惊,正欲收尸归葬,雷又大作,众臣骇散,复批十六字云:

> 天地无私,报应分明。示众三日,方许殓殡。

众臣见天雷批示,不敢有违,只候至第三日,同太子太丁收尸回宫殡葬。武乙在位四年,而被雷震死。太子太丁即位。不知后事若何,且听下回分解。

第七十七回
太丁命季历征夷

却说太子太丁于丁卯年即位,群臣朝贺礼毕,传表官奏曰:"有东路诸侯大庭氏之后元荣表奏,东夷王举兵犯关甚急。又北路诸侯陶唐氏之后敏格表奏,北燕王达剌犯边界孔棘②,请旨命将定夺。"帝曰:"先王时未命将征伐,养成大患。"乃命明臣周公明领一万兵,往征东夷。季历领兵一万,征北燕。二人辞帝出朝,统兵分路而行。

且说周公明领兵至东路,东夷王病危,众将无主,不战自退。季历领兵至北路,燕王达剌闻知,即令左右排下阵势迎敌。季历升帐,探马报道:"北燕王达剌,领兵关外索阵③。"历唤先锋雷泽,吩咐曰:"达剌乃无谋之辈,专逞其勇,彼兵皆无队伍,只漫中塞野而至。汝领兵出战,可诈败走,

---

① 阴中——阴间地府。
② 孔棘——十分危急。
③ 索阵——求战。

他必奋力赶来,引至埋伏之处,听号炮一响,汝可杀回。此一阵战功全在汝也!"雷泽领计去了。又传副将虞春、郑亥吩咐曰:"汝二人于荔陂地方树木丛杂之处,左右埋伏,候雷泽引达刺兵至,汝可放号炮,左右杀出,必可擒达刺矣。"二将亦领计去了。

季历次日于城楼观战,关门开处,雷泽出马,三千兵摆开,达刺来迎。各通姓名,两下交锋,兵刀并举,战二十回合,雷泽虚掩一枪,诈败绕城而走。达刺怎知是计,催动后军,漫山塞野赶将下来。雷泽且战且走,至埋伏之处,一声号炮,虞春、郑亥左右杀出,虏兵大乱。达刺心慌,雷泽引兵杀回,困于垓心,左冲右撞,不能得出,只听得商兵言:"有捉住达刺者,千金赏万户侯!"达刺闻之,即下马扮作小番而逃,漏夜走回本国。可怜杀得虏兵死尸山积。季历大获全胜,知达刺走脱,鸣金收兵,犒赏三军,安抚边民,班师回朝。

那日太丁设朝,季历出班俯奏太丁得胜之事,太丁闻奏大悦,命设宴以慰劳,重赏军士。太丁得病而崩,在位三年。子帝乙立。

第七十八回
季历受封西伯侯

却说帝乙于庚午年即位,群臣朝贺,山呼礼毕,传表官奏曰:"今有始呼、翳徒二国之戎,结连造反,主上乞赐指挥。"帝闻奏,召季历谓之曰:"先王时,东夷北虏交乱,赖卿剿除。今始呼、翳徒二国造反,须卿一行,方可征灭。"季历领旨,帝赐金花、御酒、彩缎,鼓乐送出朝门。百官皆散。次日,季历统五千人马,以雷泽为先锋,虞春、郑亥为副将,一路起行,来至边界安营。

且说始呼、翳徒二国王,有三大夫来为先锋,一名孙中,一名仲理,一名师招。二王召三大夫议曰:"今商兵到此下寨,卿等何以抵敌?"三人曰:"郎主放心,臣等文武才艺全兼,此回必斩商将之头,献于麾①下,方遂

---

① 麾(huī)——古代指挥军队的旗子。此指将帅。

此愿。"二王大喜,各赠酒二杯,令其出战。次日两阵对圆,金鼓大作,六将齐出,通罢名姓,各寻对手厮杀,自卯至西,胜负不分。雷泽见胜不得孙中,卖个破绽,孙中不识,一枪刺入,雷泽闪过,就势拿擒孙中回寨。仲理看见,一马赴来,指望抢回孙中,不防郑亥跟来,大喝曰:"汝欲送死乎!"仲理回头,用刀交锋,措手不及,被郑亥捉掷马下,步兵缚至大寨。师招见二人被擒,正待逃走,虞春大叫:"贼将走往何处!"只得回马交战,郑亥拍马夹攻,虞春亦将师招擒过马来。番兵心胆皆碎。始呼、翳徒见三人捉去,弃甲丢戈,逃回本国而去。商兵追百里方回。季历升帐,三将解三大夫至,跪伏于地,叩首乞命。季历骂曰:"汝与二国为大夫,主行不仁,汝宜谏之。不能谏主,反助为恶,留汝何用!"令推出斩首,号令边关。

次日班师回朝,数日至京,朝见帝乙,季历同雷泽、虞春、郑亥奏明征伐之事。帝乙大悦。群臣因奏曰:"季历累有大功,先帝欲加封爵未果①,我主乞封之。"帝乙准奏,加封季历为西伯侯,赐以圭瓒秬鬯②。重赏雷泽等,锡③之子爵④。季历等谢恩而退,众臣朝散不题。

话分两头,且说西伯侯季历回本国享位,于帝乙七年而薨⑤。帝乙命立季历之子姬昌为西伯侯。帝乙二十三年壬辰,西伯立子姬发为世子。娶有莘氏曰太姒,生十子,长伯邑考,次即发,性慈和,有圣德,每事师季历之道而行之,不敢有加焉。三管叔鲜,四周公旦,五蔡叔度,六曹叔振铎,七康叔丰,八冉季载,九成叔武,十霍叔处。妃生三子,曰毛叔郑,曰召公奭,曰毕公高。唯姬旦多圣智才艺,且贤,西伯侯任以政事。于是周国大治。闻西伯善养老者,四方多归之。黎民不饥不寒,皆西伯仁政所致也。

---

① 未果——未能实现。
② 圭瓒(zàn)秬(jù)鬯(chàng)——圭瓒为古之礼器,以圭为之柄,祭祀时用以盛酒之用。秬鬯为祭神时所用的以郁金香草和黑黍酿造的酒。
③ 锡——通"赐"。
④ 子爵——周代五等爵位中的第四等。
⑤ 薨(hōng)——帝王逝世。

第七十九回

纣宠妲己丧亡商

却说帝乙后莫氏崩，无嗣。妃伊氏生三子，长即微子启，次微仲衍，皆大贤。帝乙见伊妃贤明，即立为后，又生一子名受辛，刚勇好色。一夕帝后赏月，三子侍立，更阑①而散。伊后奏帝乙曰："妾每观受辛，不如微子，他日无以嫡庶之分，而立受辛，以误天下大事。"帝曰："爱卿贤哉，贤哉！我今年老，正为此事心中不定，既然所商，朕于明日与百官言之，立微子为太子。"

早朝，帝乙升殿，群臣朝参毕，帝曰："朕生三子，唯微子启贤，欲立。伊后商之，所见皆同。立微子启为太子，以传殷国，卿等无得别议。"御弟比干、箕子奏曰："立微子，天下万世之至公②也。"有臣太史司马政刘德、费仲、季且等据法争之曰："圣上有嫡子受辛不立，何私爱于启，以乱祖训？"帝曰："皆一母所生，何分嫡庶？"众臣又奏曰："虽是一母所生，先为妃生者，长亦庶子。后为后生者，幼乃嫡子。我主决不可废嫡立庶。"帝不悦，抱闷而退，遂得病沉重。伊后奏曰："主上待众臣入宫问安，必言立太子之事，无被众臣所误。古云知子者，莫如父母。主上岂不知子之贤愚，而听迂腐执一之见？"帝曰："然。"

次日众臣问安，帝曰："卿等当以天下为大事，不可以嫡庶坚执，信小义而损大事。"众臣争执，务立受辛为太子。帝命众臣且退，宣比干入寝宫③，告说："受辛临位，恐失先烈。众臣硬执④，卿其如何？"干奏曰："臣荐一人辅佐之，同掌天下庶务⑤，万无一失。"帝曰："何人？"干曰："此人

---

① 更阑——夜深时分。
② 至公——大公，最为公正。
③ 寝宫——卧室。
④ 硬执——坚持。
⑤ 庶务——天下事务。

论阴阳,晓天地之机,通坟典①,法羲皇②之礼。治万民,社稷当安,掌兵权,华夷③率服。据孝行善,素得父母欢心。凉忠猷为④,直可军国无虑。九重⑤有不善,敢直言舍命,誓不苟活偷生,见居岐山之地,官封西伯侯爵,姬昌是也。"帝曰:"闻名久矣。"即遣使去宣。西伯承命,入后宫辞母太妊,随使入朝。

一日到了朝歌比干邀同入内。近臣奏知,帝命宣来,二人见驾:

红光罩定真英主,紫气遮围大圣人。

八百余年开创祖。三分有二尽忠臣。

西伯、比干望帝乙拜舞礼毕,帝曰:"御弟举卿忠荩⑥,朕长子微子启颇贤,本欲立之,奈众臣不从,必立三子受辛,特宣卿来,同理后朝大事。"西伯曰:"臣一人不能独辅,转举二人同辅。"帝曰:"二人是谁?"昌曰:"此二人正直无私,文武兼备,真军国之大才,朝廷之硕辅也。一卫九侯,一濮鄂侯,二人见在朝外,无宣不敢来见陛下。"帝曰:"宣来。"二人见驾礼毕,帝观三人皆君子,心中大喜,谓曰:"卿三人闻见广博,谙练宏深,朕授汝重托,卿等勿辞。"三人同声应曰:"委臣赴汤蹈火,亦不敢辞。"即封西伯侯大冢宰,卫九侯大司徒,濮鄂侯大司寇,进三公之位,命辅东宫。三人谢恩出。帝乙与伊后言之,后曰:"受辛既立,三人谏不能听也。"果后有先见之明。帝乙不觉痰壅,一时气绝,在位三十有七年而崩。太史费仲等,即立受辛焉。

却说纣王受辛于丁巳年即位,为人资辨捷疾,闻见甚敏,才力过人,手格猛兽,智足以拒谏,言足以饰非,自以谓天下皆出于己之下。生得身长丈二,腰大十围,面如烈火,目若朗星,唇似朱涂,齿排齐玉。自登基之后,奢华不息,贪色无厌。

当时天下大小诸侯共八百余国,一年一贡,二年一聘,三年一朝。殷

---

① 坟典——三坟五典的简称,此指古代典籍。
② 羲皇——伏羲氏,为上古贤明帝王。
③ 华夷——华指中原华夏族,夷指境外民族。
④ 猷(yóu)为——有大的作为。
⑤ 九重——皇帝。
⑥ 忠荩(jìn)——忠诚。

第七十九回 纣宠妲己丧亡商

纣七年癸丑,天下诸侯,合当朝觐①,各赍本国土产奇珍异物上贡,有四总侯率领。纣王升殿,聚集两班文武,有太师比干、太傅箕子、太保微子,大夫商容、胶鬲、祖伊、梅伯、雷同、董廉、恶来、费仲等,朝参礼毕,四总侯出班,乃东伯侯姜桓叔,见为皇丈,西伯侯姬昌,见在辅国,北伯侯黄飞虎,见为国舅,南伯侯崇侯虎等,进各国之贡。纣观之大悦,命设宴待众诸侯,教匠以象牙为箸②。箕子叹曰:"彼今以象牙为著,不久必不用瓦器以盛黍稷。若其不节③,国用必竭,竭则必货敛民财。民心一变,国必不保,将如之何!"果又教作犀玉之杯。心唯好色,朝夕宴乐。不用菜豆之类,不穿毛裘布素,唯锦衣绣袄。九重造高台广室。

却说南伯侯崇侯虎与冀州侯苏护有隙,知纣王好色,欲要君宠,乘间奏曰:"臣闻苏护有女名妲己,天姿国色,嫦娥不过如是。我主可发旨,取入宫中,以充掖廷。"纣王闻得此奏,满心欢喜,即发旨命苏护送女入朝。苏护回国,将女送至恩州驿。妲己宿于正堂,至夜半,有一金毛粉面九尾狐,魅死妲己,尽吸其精血,脱其形容,而卧帐中。合该商朝数尽,次日苏护只说是己女,催夫马送入朝歌。

纣王一见,喜不良胜,宠之甚厚,唯言是从。妲己所好者贵之,所恶者诛之。使师延作朝歌④北鄙之音,舞靡靡之乐。造百人床,作长夜宫,建摘星楼,为琼台玉宇,七年乃成,疲苦万民之力。狗马奇物,充满宫中。厚赋敛,以实鹿台⑤之财,盈巨桥⑥之粟。筑沙邱苑台。纣自得妲己之后,不理国政,连月不朝,以酒为池,悬肉为林,男女相逐其间,宫中为长夜欢乐。

纣王十一年,三公在朝,见纣惨刻,百姓怨望,诸侯多叛。卫九侯女,为纣元妃,不喜淫乱,纣听妲己之谮⑦,杀之,而醢九侯。濮鄂侯争之,并

---

① 朝觐(jìn)——朝见帝王。
② 箸(zhǔ)——筷子。
③ 不节——不加节制,不够节俭。
④ 朝歌——殷商都城,在今河南淇县。
⑤ 鹿台——商纣王所建之宫苑建筑,故址在今河南汤阴朝歌镇南。纣自焚于此。
⑥ 巨桥——古代粮仓名。
⑦ 谮(zèn)——诬陷;中伤。

醢鄂侯。妲己奏曰:"诸臣谏者,为诛轻罚薄,故威不立。可制炮烙之刑,铸以铜柱,内以炭火,外以膏涂,使有罪者,缘柱而抱之,顷刻骨肉焦烂。又为熨斗,以火烧热,使罪人举之,双手炙落。"纣与妲己以为笑乐。

西伯侯闻之,叹息曰:"三公已死其二,吾何独生乎!"立意入朝进谏,诸公子谏阻不听,径至朝歌。比干接着,问:"公此来为何?"西伯曰:"主上无道之甚,昌来谏之。"干曰:"惜主上不能受耳。且谏诤者诛,谄谀者荣,公岂不知之?"西伯曰:"老夫八旬有余,纵批鳞①而死,实所愿也。敢羁縻②爵禄,以贻诸大夫羞哉!誓不以西岐为念矣。"比干与箕子、微子、微仲、商容叹服:"此公真疾风中之劲草,烈火内之精金也!"

纣王设朝,文武班齐,俱皆见驾。搢笏拜跪,朝参礼毕,奏曰:"西伯侯爵臣姬昌上奏陛下垂鉴:臣闻伊尹之训曰:君有过而臣不谏,非忠也。臣畏死而不谏,非直也。"又对众官曰:"举朝文武听着,臣闻日月者,天之文也。山川者,地之文也。言语者,人之文也。天失其文,则有昃蚀之变。地失其文,则有崩塌之灾。人失其文,则有殒灭之患。故口为言语之门户,舌为门户之关钥,钥动则门户开,开则言语出,出言善,则千里应之,出言不善,则千里远之。言失于己,取辱于人,情发于近,流播于远,是以君子慎其关钥。关钥在口,譬如锋剑,敛不可动,稍动其锋,必伤喉舌。言出害随,非只锋剑,计其所伤,不慎喉舌故也。天有卷舌之星,人有缄口之铭。人之口舌,祸患之宫,亡灭之府。言出祸入,语失身亡。身亡不可复存,言出不可复入。一言可以存身,一言可以丧体,一言可以兴邦,一言可以灭国,念臣姬昌不风不魔,千里而来,冒死阙下,呈诽谤之言,进讪谏之语,岂不自知夷宗灭族之祸?然臣百死不避者,实愿陛下改已遂之过,开自新之途。非臣能言,在圣君善听耳。"纣王曰:"朕有何过,卿当细说。倘有中节,朕亦改之。"西伯曰:"愿陛下释今以往,罢摘星楼戏宴,毁长夜宫淫乐。散鹿台之财,以赈贫乏。发巨桥之粟,以济饥寒。劈百人床,拆九市宫,填酒池,撤肉林,去炮烙刑,表忠谏墓,如此则天下常为殷有矣,不然家破国亡,灾害并至,虽有善者,亦无如之何也已矣!"纣王曰:"姬昌毁朕太甚,命武士金瓜锤死!"比干、箕子、微子抱住西伯曰:"臣等愿与西伯

---

① 批鳞——违背帝王之旨意。
② 羁縻(mí)——贪恋。

同死!"廷诤不已,崇侯虎潜曰:"可将西伯囚于羑里。闻彼阴阳术数甚灵,看其何日可出。"纣准奏,西伯被囚,演易数①于羑里②。

长子伯邑考,大夫太颠、闳夭、散宜生,知纣贪货好色,乃求有莘氏之美女,有熊国之九驷车,骊戎国之纹马,及珍宝奇异之物,贿托嬖臣费仲而献之。纣见美女大悦,曰:"此一物足以释西伯,况其多乎!"伯邑考得罪妲己,醢之,赐食西伯。西伯佯不知子肉,得赦回国。纣十有三年,西伯献洛西之地,请除炮烙之刑。纣许之。西伯被囚七年,广修德政,三分天下有其二,以服事殷,诸侯叛纣多归之。

纣愈淫乱,杀僇谏臣,西伯三聘子牙于渭水而归,尊为尚父,号曰太公。子牙曰:"姜尚乃东海鄙人,渭滨钓叟,纣王弃而不用。学无资身之策,力无折枝之能,年已垂老,敢烦主公出见无用之人,尚愿致其身,以竭残喘之力,报主公万一。"西伯深谢。

一日西伯有疾,武王、太公、周公、召公慰问,曰:"父王宜宽心,频服药饵。"文王曰:"予老矣,又兼此沉疴,必不起也。"乃命武王至前,嘱曰:"凡事尤当尊信太公,汝宜小心谨慎,不坠先人之业可也。予闻君子之事上也,进思尽忠,退思补过,将顺其美,匡救其恶。予为三公,进无所补,退无所裨,不忠之罪,岂能免乎!"武王泣曰:"纣王昏乱,拒谏饰非,父王谏诤不入,何自愧不忠!"文王曰:"第予殁后,切勿葬予骸骨。且勤兵牧野,威谏朝廷,使之速改前非,以安殷邦,以救天下万民之苦,庶几尽吾补报心也。"年九十七而薨。

第 八 十 回
周武王吊民伐罪③

却说文王既薨,太妊母、太姒妃、武王、众公子举哀,将文王木柩于正

---

① 演易数——易,《易经》。相传文王将八卦演成六十四卦。
② 羑(yǒu)里——古地名,故址在今河南汤阴县北。
③ 吊民伐罪——抚慰人民,讨伐有罪之人。

殿。太公谓武王曰:"先王临终有命,速以兵谏纣王,大王之意若何?"武王曰:"当遵先王遗命。"太公遂遣使往八百国,布告丧事并起兵伐纣等因。八百诸侯,皆来岐周吊孝。一路官民罢市,嚎哭如丧考妣,是时五岳之峰,银妆玉砌。江河湖海之水,雪浪霜涛。八表三川,粉铺绿野,九州四海,白练红尘,六合之内,咸动哀声,各域之中,尽生惨色。

话分两头,且说纣王暴虐日甚,箕子不忍,谏曰:"自陛下即位以来,灾害日生。人君必修仁政以弭①之,故曰妖不胜德,变灾为祥;德不胜妖,变祥为灾。宜散鹿台之财,发巨桥之粟,斩妖妇于宫闱,诛贼臣于市肆,谢罪西伯,悔过诸侯。如此天命可留,人心可回,祥可至,而灾可弭,乃潜移默夺之机也。愿陛下熟思之。"妲己屏后听得"斩妖妇"三字,大声:"皇叔无端诽谤陛下昏庸,必欲置妾死地,何也?"箕子曰:"污辱一身而言愚也,杀身以彰君恶不忠也,为人臣而弃君自全,不忍为也。"遂佯狂倒地,口吐血涎,不省人事,妲己犹恨之,讽纣将箕子削发髡首②,囚入宫中为奴。

微子、微仲哭奏曰:"昔黄帝阴符云:治国有三常,一曰举贤为常,二曰任贤为常,三曰敬贤为常。此道宜行之,百世可用。今陛下有贤而不能敬,且任则目前,必有大祸。"纣曰:"有何大祸?"微子曰:"囚贤叔为奴,宠贼臣为忠,尊淫妃为圣,陛下大误至此,臣不知其所终也!"纣大怒曰:"本欲重处,姑念至戚,贬为庶人,永不得入朝与政。"二人大哭出外,自度徒死无益,步至阴阳台官所,问太史毕、少师强:"卜天下大事何如?"二台官对曰:"大事终不可支,宜盍③去诸④。"

正言之际,比干适至,微子具道前事,干曰:"为人臣子,见君暴虐,畏死不谏,非忠之至也!"乃披发跣足⑤,仗剑入宫。纣曰:"皇叔轻亵乃尔,盖知罪耶?仗剑逼朕,得无间于君臣之礼乎!"干曰:"凡少充下僚,尚不肯冒弑逆之罪,况臣有死无二者乎!仗剑相随,恐遇近侍拦阻。若云臣逼陛下,臣死无处所矣!"遂插剑入鞘:"臣固知罪,但不知箕子、微子、微仲

---

① 弭(mǐ)——消除。
② 髡(kūn)首——剃去头发。
③ 盍——何不。
④ 诸——此处。
⑤ 跣(xiǎn)足——光着脚。

何罪?"纣曰:"三人恶言讪朕,姑置之免死。"干曰:"诸臣获罪陛下,罪不可辞,然剖胎敲骨之人,其罪何居?"纣默然。干曰:"陛下残忍惨刻,并皆贼臣导之耳!岂不闻治国有六臣,丧国有六臣哉!"纣曰:"何为治国六臣、丧国六臣?"干曰:"治国六臣,贤、智、忠、谋、正、直是也。丧国六臣,谄、佞、奸、邪、乱、贼是也。"纣曰:"皇叔为朕细论十二臣之得失。"干曰:"定百世之洪基,立万年之家法,上不阿私,下不扳援,此贤臣也。明主之贤,掩人之恶,易危为安,变祸为福,此智臣也。赴汤火,蹈斧钺,匡救君难,保全社稷,此忠臣也。扶弱主,治乱国,周旋其间,卒成大业,此谋臣也。荐拔贤才,指摘奸恶,而不为身谋,此正臣也。面折廷诤,历悚披衷,而致君于道,此直臣也。之六臣者,朝廷之股肱,我国之柱石,当今之大贤,斯民之父母也。顺承意旨,阿附取容,贪富慕荣,唯唯待命,此谄臣也。与众浮沉,貌恭心狠,趋贵下贱,变易主聪,此佞臣也。巧言令色,胁肩媚笑,所进者,明其善而隐其恶,所退者,彰其恶而讳其善,此奸臣也,嫉贤妒能,贪婪贿赂,败坏纪纲,伤乱风俗,此邪臣也。离间骨肉,侵害贤良,外和其貌,内失其德,此乱臣也。言听以弄威,专权以欺主,生患边臣,侵扰四邻,以攘国难,为后取利,此贼臣也。之六臣者,亡国败家,倾覆社稷者也,以臣鸿毛之命,救陛下万世之基,虽碎首阶前,唯采纳焉,臣死何憾也!"言词峻直,谆谆王前:"陛下居至尊之位,怠忽政事,臣不忍隳①殷祀也。乞陛下赐剑斩臣,尤愈于亡虏之一死耳!臣言至此,未有不痛心刺骨者。"遂放声大哭。左右奸邪,亦为之丧魄。纣王亦自抠心思悔:"皇叔苦言谏朕,实嘉纳焉。"

妲己见纣稍信比干之谏,彼必不能安其身,于屏后大笑一声,纣回顾,问:"苏妃何故发笑?"妲己曰:"妾闻上圣人之心,十二孔九毛;中圣人之心,九孔七毛;下圣人之心,七孔三毛,孔窍相通,玲珑互映,故出言美丽,井井中理,豁人胸臆。皇叔之言,克尽君臣之道,非有圣人之心,七孔三毛,不能言此。陛下不信,剖而视之,则知皇叔之圣不诬矣!"纣命武士剖皇叔圣心一看。比干曰:"汝真昏昧之君,听谗剖我。我将自剖,毋令汝冒万世杀父之名也!"遂解带开衣,插腹一剑。纣命武士摘心来看,果然七孔三毛,宛转玲珑通透。纣曰:"非朕圣妃,讵能知此?"

---

① 隳(huī)——毁掉。

孔子曰：殷有三仁焉，微子去殷，箕子为之奴，比干谏而死。后李元操祭比干文曰：

自独夫①肆虐，天下崩摧。观窍剖心，固守诚信，忠踰白日，气贯秋霜，羲皇以来，一人而已。抱马卿②之怨，恨不同时。闻李牧③之名，愿以为将。九原不作，千古冤深。聊具薄祭，用申鄙怀。

却说比干既死，微子痛哭，随入宗庙，取宗室簿，收先王祭器，径投岐周。武王、太公听得，出郭迎接。微子具道前事，武王、太公大哭不已。一日，武王谓太公曰："我先君命以兵谏纣，尚父何如？"太公曰："是可行矣！"于是大兴吊民伐罪之师，诸侯不期而会者八百。次于孟津，只见二人望尘遮道而谏，乃伯夷、叔齐也，叩马谏曰："大王父死不葬，爰及干戈，可谓孝乎！以臣弑君，可谓仁乎！"左右欲兵之，太公曰："不可。此义人也。"扶而去之。二人遂入首阳山，采薇而食，耻食周粟，后饿而死。

武王亲率六军，太公监督而行，一战捉崇侯虎，再战死乌获。戊午日，兵临孟水。甲子日，血浸朝歌，武王止戎车二百辆，虎贲④三千人，商郊一战，大败殷兵七十万，名将千员，血流漂杵，尸积成山。呜呼！非周败之也，天败之也！仁与不仁是也。不然反戈相攻，自食其肉。纣料大势已去，乃上鹿台，与妲己尽列平昔玩好宴赏，酒重熟睡。左右奏曰："周兵已杀入内！"纣见金宝如山，心不肯与周人，命举火焚之。可怜一霎灰飞，投火而死，在位三十三年。右商三十王，共六百四十四年。太公传令，将淫妇妲己，奸臣费仲，碎尸万段。百姓鼓舞大悦，天下一统，尽属周矣。

---

① 独夫——众叛亲离的统治者。
② 马卿——司马迁，西汉史学家，因触犯武帝被处以宫刑。
③ 李牧——战国时赵国名将。
④ 虎贲（bēn）——勇士。

武王伐纣平话

目 录

卷上 /159

汤王祝网
九尾狐换妲己神魂
宝剑惊妲己
八伯诸侯修台阁
西伯宝钏惊妲己
酒池虿盆
太子金盏打妲己
殷交梦神赐破纣斧

纣王梦玉女授玉带
纣王纳妲己
文王遇雷震子
西伯谏纣王
摘星楼推杀姜皇后
炮烙铜柱
胡嵩劫法场救太子

卷中 /176

刳剔孕妇
皂雕爪妲己
赐西伯子肉酱
雷震破鼓三将
太公捉黄飞虎
比干射九尾狐狸
剪箕子发
文王梦飞熊

纣王斫胫
文王囚羑里城
西伯吐子肉成兔子
纣王赐黄飞虎妻肉
飞廉费孟追太公
剖比干之心
太公弃妻

卷下 /193

文王求太公　　　　　　太公下山
武王拜太公为将　　　　南宫列杀费达
离娄师旷战高祁二将　　伯夷叔齐谏武王
太公烧荆索谷破乌文画　太公水淹五将
太公破纣兵　　　　　　八伯诸侯会孟津
烹费仲　　　　　　　　武王斩纣王妲己

卷　　上

三皇五帝①夏商周,秦汉三分吴魏刘;
晋宋齐梁南北史,隋唐五代宋金收。

话说殷汤王,姓子名履,字天乙;谥法:除虐去残曰汤;是契十四世孙,主癸之子。以伊尹相汤伐桀,三让而践天子之位。顺天革命,改正朔天下,号曰商。以建丑之月为正月,色尚白,大濩②,作历③,作囿④,见张网四面,兽令去三存一,仍取自犯者。诸侯叹德,三十六国来归。天旱七年,以六事自责,焚身于桑林之野。天降甘雨,天下太平。汤王在位十三年而崩,传国世三十一王,计岁六百二十九年。今殷纣王是帝乙之子,治天下,名曰辛,一名受,乃汤之末孙也。诗曰:

商纣为君致太平,黎民四海沸欢声;
心婚妲己贪淫色,惹起朝野一战争。

又诗曰:

世态浮云几变更,何招西伯远来征;
荒淫嗜酒多繁政,故治中邦不太平。

若说三皇五帝,皆不似纣王天秉聪明。口念百家之书,目数群羊无错;力敌万人,叱咤柱声如钟音;书写入八分,酒饮千盅;会挽硬弓,能骑劣马。纣王初治世时,有德有能,□□□□□天地阴晴吉凶之兆,时年四十七岁。□□□□□□,封帝国之至□,封三十六镇诸侯,有一百六十□□之郡。是纣王之臣,一年两次来朝进奉。客伏诸国,镇压小邦,四下蛮夷戎虏,皆是纣王所管。东连大海,西望秦川,南摄九溪,北通沙沱。纣王有感,招得忠臣烈士,文武百官。比干为相,直谏大夫,微子为都堂统政,费仲为大将

---

① 三皇五帝——传说中的远古帝王。三皇,指天皇、地皇、人皇。五帝,指黄帝、颛顼(zhuān xū)、帝喾(kù)、唐尧、虞舜。
② 濩(huò)——雨水从屋檐向下流的样子。
③ 历——历法。
④ 囿(yòu)——有围墙的园林。

军,飞廉为佐将大都督。帅首皇帝称小耗。纣王有八伯诸侯,殿前宰相闳夭。

第一东伯侯姜桓楚,坐青州;第二西伯侯姬昌,坐岐州;第三南伯侯杨越奇,坐荆州;第四北伯侯祁杨广,坐幽州;第五东北伯侯楚天佑,坐扬州,第六西南伯侯霍仲言,坐许州;第七东南伯侯张方国,坐冀州;第八西北伯侯扈敬达,坐并州。

此是八伯诸侯,尽是先君殿下忠臣,先君尊此八人为兄;合到纣王,拜此八人为八伯侯也。此是纣王重臣处。每到月旦生辰,尽先君真容,左右画着八伯诸侯,同共行香酌酒,设奠于八伯侯前,亦如先君之前,行香设礼,因为是三帝立国忠臣。此八人立先君三帝,立国忠臣。戊子,都在朝歌,乙年无道,在位四年,时年雷震死。第二子太丁在位三年。武乙大帝封立帝乙,在位三十七年,立起纣王为帝。此八伯诸侯立四帝,皆是八伯诸侯匡辅国之立也。诗曰:

八伯诸侯立帝君,无邪无曲是忠臣;
生辰月旦皆来贺,恭敬都输南面尊。

纣王初登帝位,归朝治政,前十年有道,八方宁静,四海安然。天下皆称纣王是尧舜。

纣王忽有一日,去后,有正宫皇后来迎王驾入后宫;礼毕,治酒侍宴。有众宫监妆完备,来迎;姜皇后传令:来日去玉女观行香。各令香汤沐浴了,安排王辇①。来谂②天子去与否。纣辛闻之,问皇后何往。答曰:"臣妾来日诣玉女观行香去。此玉女是古贞洁净办炼行之人,今为神女,他受香烟净水之供。臣妾每遇月旦有望日,行香祈祝。"纣王曰:"寡人何不也去玉女观?"

今有纣君,令坛司传圣旨,令四卿八相诣玉女观行香。四卿八相得圣旨,从驾行香。前诣玉女观下,纣王与姜皇后入观内。行香之次,纣主观看久之,见一簇女中,有一人容貌出众。纣王思忆女人:"朕宫中无一人似玉女之容仪。"

纣王如此三日,在殿上观玉女。乃问玉女:"卿容貌世间绝少!"纣王

---

① 辇(niǎn)——古代帝王坐的车。
② 谂(shěn)——劝告。

不去归朝,只在玉女殿上。是灯烛无数,置酒与玉女对坐。玉女不言。此人是泥身,焉能言之?乃宣费仲,问曰:"玉女是泥身,如何问得言之?"费仲奏曰:"大王只在殿上,群臣皆退去,看玉女之灵□□大王□□。"如此,纣王只在殿上。

夜至三更以来,纣王似睡之间,左右别无臣侍。王见众多侍从,一簇佳人捧定玉女来殿上。纣王见之大悦,亲迎玉女,礼毕,玉女奏曰:"大王有何事意,在此经夜不去,谓何?"王曰:"朕因姜皇后行香到此,寡人见卿容貌妖娆,出世无比,辗转思念。今无去志,愿求相见,只此真诚。"玉女回奏曰:"臣为仙中之女,陛下为人中之王,岂可宠爱乎?曾闻古人有云:'仙人无妇,玉女无夫。'请大王速去,恐遭谴谪!"王问玉女曰:"何如谴谪?"玉女不得已言曰:"更后百日,终必与我王相见。启大王,且归内去。"王问女曰:"有何信物?"玉女遂解绶带一条与纣王,玉女言曰:"此为信约。"王收之,接得绶带。忽闻香风飒飒,玉佩叮当,声闻于外,霞彩腾空。纣王见之,举步向前去扯玉女,忽然惊觉,却是梦中相睹。定省多时,只见泥神,不睹真形,视手中果然有绶带一条。纣王向灯烛之下看玩,思之至晚,悔恨无已。

纣王只在玉女殿中,三日,亦不闻消息。纣王只将玉女绶带,思念玉女无限。忽有费仲来殿来谏曰:"何不还宫?"王说玉女之言与费仲。费仲奏曰:"大王且归宫阙,候百日,恐玉女来见我王。"纣王依费仲之言,遂还宫阙。每日如醉,思望玉女前约之事。

倏忽已经百日,玉女不至。纣王召费仲。费仲至,评议玉女之事。王曰:"玉女誓约与寡人相见,如今玉女不知消息,不来何也?"费仲奏曰:"陛下休忆念,犹自着意玉女,岂可来乎?大王休思玉女之容,恐陛下意情减削,虑久成疾。愿大王依微臣之奏,有一事可胜大王见玉女娇容之思,不负陛下快乐。"纣王问曰:"何事胜寡人乐?"费仲曰:"我王出榜于朝门外,令教在世间应有室女者,尽皆来进。今为阙少正宫宫监,如有可用者,重赐富贵,加赏爵禄。如进来众中,岂无一人似玉女之容?陛下任意选拣取。王圣意若何?"王曰:"依卿所奏。"

王便敕令天下诸州、府、县、镇、村、街道、店铺、人家,应有室女,尽来进献。不过月余,进及千万,皆无一人似玉女之容貌。纣王不悦,思玉女不胜其恨。

时有宰相闳夭,见王无喜色,殿下奏曰:"臣启我王,若要似玉女容貌者,只除我王国中,食我王俸禄之家,富贵足矣,不受寂淡,腻粉妆梳,官宦之家,内有胜玉女之颜。大王降圣旨,敕令天下大小官宦之家,有美女者尽皆来进,必有胜玉女之貌。"纣王闻之大喜:"卿言然也。"即令出榜于朝门之外,教到处大小官宦之家有美女尽皆进上,如有隐匿者,后宫里得知,全家处死。

如此遍天下诸官员家委有美女者,皆不敢隐匿,尽来进献。内有华州太守苏护,有一女,生得形容端正,有倾城之貌,寰中第一;年登一十八岁,名妲己。当日,太守知帝令严,不敢隐匿,亲将女子来进献。约行数日,前到故恩县,今获嘉是也,至夜于馆驿中安下了。有故恩州太守苏颜前来管待苏护,邀入衙中置宴。

有驿中女子,容仪端丽,去灯烛之下。夜至二更之后,半夜子时,忽有狂风起,人困睡着不觉。已无一人,只有一只九尾金毛狐子,遂入大驿中,见佳人浓睡;去女子鼻中吸了三魂七魄和气,一身骨髓,尽皆吸了。只有女子空形,皮肌大瘦,吹气一口入,却去女子躯壳之中,遂换了女子之灵魂,变为妖媚之形。有妲己,面无粉饰,宛如月里嫦娥;头不梳妆,一似蓬莱仙子。肌肤似雪,遍体如银。丹青怎画,彩笔难描。女子早是从小不见风吹日炙,光彩精神;更被妖气入肌,添得百倍精神。

至晓,苏护叫侍从与女子梳妆;忽见女子,大惊,怎有如此容貌!父见了女,大悦,口中不语,心下思之:"我女有分与天子为皇后。"言了,出驿行上,亦有苏颜送去。

前盼朝歌至近。苏颜入朝见帝,至于殿下,山呼万岁:"臣启我王,今有华州太守苏护,有一女来进上。令臣先来见帝。"纣王闻奏,便宣费仲至于殿下,礼毕,纣王传宣:"今有华州太守来进女子,卿远去接。"

费仲出内,迎着太守,各施礼毕。费仲见了:面如白玉,貌赛姮娥;有沉鱼落雁之容,羞花闭月之貌;人间第一,世上无双,十分相貌。费仲来见帝,奏曰:"女子容貌非俗。"纣王闻奏,即诏苏护引女子来至殿下,山呼万岁毕,躬身而立。纣王曰:"赐卿等平身,免礼。"

纣王见了女子,大悦,赐女子金冠裙佩凤钗,教左右宫人取之,与此人妆饰,妆饰了再见天子。一似玉女之容貌。纣王大悦,令妲己交去受仙宫内。敕令苏护为上父之位,赐宅一所。皇丈受天子之富贵。

王甚宠爱妲己。置酒宴乐之次,妲己忽见王系绶带一条甚好。妲己问王曰:"我王何处得此带?好温润可爱!"王含笑而言曰:"玉女所与寡人。"又具语:"前共玉女同寝,得此带与朕,以为信约。"妲己闻言,心生妒害:"臣启陛下,今教毁了玉女之神,火烧了庙宇。恐大王久思玉女之貌着邪,误大王之命。此庙无用。"王曰:"依卿所奏。今教烧了庙,打了泥神。"纣王一百日不治国事,只在受仙宫取乐。恐失了天下江山,如此数次谏之不听。

有一日,姜皇后降生一太子,名位曰景明王,号为殷交。因王打本人,□降此人,此人便是太岁也。纣王每日在受仙宫中作乐。

有一日,妲己奏曰:"我王教天下,若有奇珍异宝,进来妆饰宫室。臣妾看玩之。王意若何?"纣王闻奏,即日敕令出榜于内门外,教天下人,若有奇珍异宝,皆来呈进,不得隐匿。前后出榜百日有余。

一日,近臣奏曰:"臣启陛下,今有一贤人来进宝,具见在内门。"纣王闻奏,令宣入来,见帝万岁了。纣王问曰:"卿何姓?"贤人曰:"臣姓许,名文素;臣出家住于终南山白水洞。"王曰:"你进何宝?"文素曰:"臣收一口宝剑,特来上与我王。"王曰:"此剑非宝,何用?"文素曰:"臣启我王,此剑能断天下人间一切妖精鬼怪。鬼怪若见此剑,咸皆惊怖,无所逃遁。"王曰:"寡人宫中有何妖怪?"文素曰:"臣见大王宫中,有妖气上冲牛斗。大王把此剑去深宫之内壁上挂之,人见不怕;如妖怪见之,失声叫走,便是妖精。我王用此剑斩之,可以镇大王六宫三院,永无妖怪。臣见纣王宫中,女人之内,有一妖媚。陛下信小臣之言,留下此剑,除妖灭怪。陛下不信小臣之言,臣将此剑往山中去。"纣王不阻,留了宝剑,将入后宫。

有妲己来接纣王,入受仙宫内对坐,以酒三杯。妲己乃问天子曰:"大王前者行文字天下人进宝,近日进得何宝?将来与子童随喜看之。"王曰:"有一宝。"令一宫人取过来,度与妲己。妲己不见,万事俱休;既见此剑,大叫一声,奔走如风,约行一二十步,心上怕怖。天子见妲己奔走,问曰:"因何走了?"妲己见剑似一条大蛇走赶。妲己思之:"虽然似蛇赶我,恐王疑我是妖精;待不言,却如何说?"眉头一放,计上心来,言:"臣妾不是怕此剑。大王教此剑去别宫中挂着,子童与大王诉之。"王曰:"依卿之言。"令人送了此剑。

却说纣王问曰:"因何走了?见甚来?"妲己奏曰:"告大王,臣妾不是怕此剑,今有子童姐姐到来,叫子童要赴仙会去,以此子童待赶姐姐去。却思大王宠爱之恩,子童却来辞我王。"王问曰:"谁是卿之姐姐?"妲己曰:"月中姮娥是我姐姐,见大王有弃臣之心,是以来唤子童,欲赴仙会。如大王不用子童,乞愿随臣姐姐去。子童是上界仙女,为忆凡心罪,罚子童来下界。"道罢,泣下数行,有百媚千娇。纣王见之不忍弃,曰:"朕不责卿之罪。卿姐姐是月中姮娥,比卿容貌若何?"妲己曰:"俺姐姐容貌是仙女,不是凡人;清洁之心,万年千载,容貌如故。下界凡人被情欲所牵,育女生男,凡人岂比仙人乎?臣妾也难比姮娥之貌也。"被妲己说,感动纣王之心,贪欢恣乐,更不问妲己奔走之事,更哪里管剑之宝?将送在太庙内挂了。

纣王再问妲己曰:"如何教寡人得见卿之姐姐?"妲己奏曰:"陛下若要见子童姐姐,大王依子童之言,便得见子童姐姐姮娥也。"王曰:"卿当说之。"妲己曰:"去宫内修台座,可高三百尺,名曰'玩月台',二名'摘星楼'。台上修百间阁子,台下修千间房舍。每年到上元十五夜,于台上筵宴,必见姮娥也。"王闻此言大喜。

次日,早朝升殿。帝乃传宣:"朕欲待修台阁宫殿等,寡人问卿等,如何得成?"班部中有费仲、闳夭奏曰:"臣启陛下,此乃大国之境内,黎民尽是王民,若修此台必就。"皇帝再问费仲、闳夭:"卿等二人如何得就矣?"二人奏曰:"若要疾修成此台,陛下宣八伯诸侯来国诣朝,同共计画,用志修之,兴工必就矣。"纣王:"依卿所奏。"敕令教宣八伯诸侯。

遂差八道使臣去宣八伯诸侯:东伯侯姜桓楚,西伯侯姬昌,南伯侯杨越奇,北伯侯祁杨广,东北伯侯楚天佑,西南伯侯霍仲言,东南伯侯张方国,西北伯侯扈敬达。宣此八伯诸侯。唯西岐州去宣姬昌。姬昌上马。

殿使将圣旨,行经数日,到岐州至近,令人先去报国主姬昌。姬昌便出岐州来接殿使;出城行数里,接着殿使,各下马礼毕,迎入岐州内,至于衙内,焚香拜罢敕文,展开读了。姬昌大惊,言曰:"王行无道之事,自乱天下。姬昌蒙圣旨,岂敢违慢。"遂引上大夫毕公皋①、召公奭②,百人相从,共殿使前去朝歌,来见帝。

---

① 皋(gāo)
② 奭(shì)

行经数日,前到潼关阴符界。姬昌在路中盛行之次,望见一道气色上冲云汉。西伯侯掐指寻文,卜一课。姬昌告使命曰:"今日是戊午日,到乙巳时必有大风,至午时雨住。"使命不信。

　　二人话语中间,早至巳时,果然有浓云密布,狂风微起,遍满长空,东西雾长,南北云生,须臾雷震雹闪,雨下不止;顷刻平地成河,沟渠翻浪。至午时,云散雨收,万物滋荣。

　　众人都在大林之中避雨,忽见一所古墓;西伯侯又发一课:今日是戊子日,雨降,合主此墓自摧破,此墓中合出一个烈士。才然道罢,古墓自摧。使命见之,大喜言奇。

　　姬昌见古墓自摧,伫目视之,见一女子尸形,宛然如生;却被大雷震破女子之腹,内有一孩儿啼。姬昌令人入墓中取出孩儿来也。左右入墓抱出。诸人不晓,唯有姬昌会之。

　　姬昌共使命前行,过堞岭之下,见一贤士,是云中子先生。云中子与西伯侯相见具礼。二人礼毕,言语间蓦闻小儿啼。云中子问曰:"啼者谁家孩儿?"姬昌具说前事。云中子闻言乃曰:"此子不得抛掷,后十八年必佐西伯侯同破无道之君也。"道罢,西伯侯先会其意,乃留下此子。云中子先生曰:"此子无姓,可立午雷震名也,是破纣之凶神也。"

　　却说这西伯侯,与先生相别,只共使命前行。数日,得到朝歌。八伯诸侯尽皆来相见,各具礼毕,议论来日见帝。

　　至天明,尽皆到至殿下,咸山呼万岁,躬身殿下。天子传宣曰:"朕欲于宫内修台一所,高三百尺,上盖百间阁子,下修千间屋宇;故宣卿等议论,同建此台。"问罢,西伯侯姬昌出班奏曰:"大王不可。如修此台,可害万民之力,恐失农桑之业。大王岂不学尧舜之作圣治,垂衣之礼,天下大定。舜有孝治万邦,禹有治水九载大功,万民得脱洪水之厄。时有让位之德。陛下何不寻思,罢修台之事,去妖妇之容?不然,则苦万民甚大。陛下岂不学先君之作?今信妲己之言,是为败国亡家之事。嗟呼!"纣王闻奏欲从此谏,心下不定,又被妲己妖容媚惑,巧言曰:"陛下惜万民之力,信西伯之言,不修此台;愿大王早置臣妾于内宫,臣妾当自死于泉下,若何?"纣王见道,告妲己曰:"寡人教与卿修台阁之事,卿当休虑耳。"

　　纣王便宣费仲,时费仲蒙宣来见帝,至金阶山呼毕,纣王曰:"寡人欲修台阁,今西伯侯谏朕不可修,却有妲己专意在修台阁,此事如何?"费仲奏曰:"臣启陛下,若不修台阁之事,不显大国之奢华。"纣王闻奏,龙颜大悦:"依卿所奏。"便出榜于朝门。

纣王曰:"用多少人夫?"费仲曰:"用人夫五百万。"纣王准奏。遂量地三十围,令八伯诸侯各修其方,如有慢功者各依地分罚罪,诸侯各施工力,造成台阁,一一完备。

前后一年,苦害万民,民不聊生,皆有倒悬之心。后修东鹿台、西鹿台,此台里外相应,用金玉宝贝装饰四面,如此富贵奢华,盖造替却天宫。更台下栽万种奇花,又间数行宝树。台下又修殿宇千间。众文武皆苦告,纣王不听,只要修其完备,交万民受涂炭之苦。诗曰:

  八伯诸侯各建功,修成台阁数千宫;
  君王登此排筵宴,不问生民涂炭中。

纣王有一日,修成台阁,排御宴,赏群臣。唯有西伯侯姬昌,不避刀斧之诛,越班奏曰:"臣启陛下,我王好奢华,荒酒色,峻宇雕墙,有一于此,未必不为败国之本。陛下岂不闻尧有一子,名丹朱,不肖,不遵先君之法,只好奢华,荒淫滥浊;尧见如此,乃让位于舜。舜有一子,名商均,亦乃不肖,不遵先君之法,只好奢华无厌。见如此,不可治民,乃让位于禹。禹至桀王,王为肉山酒池,刷童男童女,裸形对偶,不行仁政,失其天下。陛下休学无道之君,愿王学尧舜之圣治,则无后患。"纣王曰:"寡人如此以治天下。"西伯侯曰:"臣启陛下,修台之事,何是治政?费财千万,劳苦万民,何以将此建台钱物养赡贫民之耕锄,赏犒征夫之徭役?又况我王仓库不贫,国中富贵。陛下如此,上不顺天,下不顺地,中不顺人;天地人心失之,久后不便。"纣王曰:"怎生不便?"西伯侯曰:"我王听小臣之言,更后二十余年有倾国之祸也。必有一夫与我王为患矣!"纣王闻西伯侯之言,王乃大怒,大喝西伯侯曰:"叵耐①姬昌言知寡人凶吉之事,更待二十年之后,死在一夫之手也!"

纣王却问妲己曰:"你知寡人凶吉也?"又问西伯:"你死何时?"姬昌曰:"臣启陛下,更待二十年安床而死也。"纣王闻言大怒,令左右推转斩之:"你道二十年后安床而死,朕教你目下分尸而死!"左右正欲将西伯侯推转,性命若何?诗曰:

---

① 叵(pǒ)耐——不可容忍。

　　　　台阁重修费万钱，三才不顺为何缘；
　　　　心明若听姬昌谏，常吉无凶掌世权。
　　纣王传宣欲斩姬昌，有东伯侯姜桓楚出班而奏曰："臣启陛下错矣。大王息雷霆之怒，听小臣之言：此人第一辅三朝忠孝之臣；第二看先君重爱之人；第三自古及今无斩诸侯之剑。愿王详察，免赦如何？兼此姬昌善会阴阳之造化，知天地之灾祥，小臣之言逆王直谏，大王停嗔息怒，且免西伯之罪。"纣王闻奏，令左右却拥西伯侯至殿下，免触天颜之罪。
　　良久，王问姬昌曰："道你善会阴阳，能辨天下之机理，知人穷通寿夭贫寒之事，吉凶祸福之危；你今日与寡人发一课，看目下有何吉凶相应之事？免卿不死之厄。"纣王待斩姬昌，姬昌亦不自忧其身，知未合死，知久后合立末主为天命九十七而亡矣。纣王又问阴阳之理，姬昌便看天色早晚，乃辰时也，下一课，课内见今日至甲午时合主从巽①起大风也；西北天晴，东南风起，乃到辰相应也，更有庙中泥人奔走，泥马嘶声；至乙未时，住也。纣王不信如此之言，令左右监收姬昌在于殿下。别令近臣："你去探事。"
　　话语中间，早至午时，果然从东南上，大风起，吹沙走石，屋瓦翻飞，折树之风，一国人民尽大惊；见庙中泥人、泥马于市中往来。近臣入朝，奏纣王曰："臣启陛下，姬昌之课应卦兆也，果然如此！"纣王思念之间早至乙未时也，泥人、泥马皆入庙中贴然。复有近臣来奏曰："臣启陛下，泥人、泥马却入庙中。"有诗为证。诗曰：
　　　　课应东南起大风，泥人泥马市中行；
　　　　国中尽说希奇事，方表殷王色内崩。
　　纣王传宣免姬昌之罪。
　　诣②来日，八伯诸侯咸来辞纣王。辞毕，诸侯出朝门外。唯有西伯侯告众诸侯曰："纣王更待十五年失其天下也。"道罢，各施其礼，欲待相别。有费仲来辞众诸侯，有西伯侯道："费仲，你是献利便之人，知妲己乱其天下，苦害万民之力！"道罢，众侯相别，各上路行，众诸侯皆去也。费仲心中怀恨西伯侯之言。

---

①　巽(xùn)——八卦之一，卦形是☴，代表风。
②　诣——到。

或有一日，妲己共纣王饮宴在摘星楼上，妲己问王曰："臣启陛下，世间有何贵宝与子童玩看？"言罢，纣王曰："何处有贵宝？"言毕，旁边转过费仲来奏曰："臣启陛下，臣知一人有宝，堪与娘娘带玩。"王问曰："何人有宝？"费仲奏曰："臣知西伯侯姬昌有一对琼瑶玉钏，此钏无价之宝也。戴之随人心意变通四时，欲寒则凉，欲热则暖；又令人身体轻健，容颜不老。此乃真贵宝也。"妲己闻之大悦，遂乃奏王曰："此钏，子童须要戴之。陛下如何？"王曰："此事容易。谁人堪去为使命入岐州去取宝钏？"费仲奏曰："小臣愿为使命，若陛下令别人为使命，恐受西伯侯金珠好财物迷心，不肯将琼瑶玉钏来。"妲己曰："言者当也。"先赐金百两与费仲。费仲谢恩辞王，秉敕上路，连夜不止，经行数日，令人报与姬昌。姬昌闻言，即时出岐州接使命。二人各施礼毕，相从入岐州衙中焚香拜毕，读了圣旨，管待使命。使命曰："如今天子敕令小官取宝。"姬昌曰："何宝？"费仲曰："是琼瑶玉钏。"姬昌闻言，心内思量：此事都是此人献也。西伯侯便取宝钏与费仲曰："此钏非是等闲，乃奇宝也。此钏戴时，令人身轻体健，随时而变，令人颜色不老。病者戴之即愈。辟恶除怪，如是妖精见之，惊恐奔走也。"

费仲得宝钏，辞西伯侯上路。行数日到朝歌，入内见帝，诣于殿下，山呼万岁，拜毕，纣王问曰："取宝钏如何？"费仲遂将宝钏献与纣王。王看钏，见光彩耀日，霞色光辉。皇帝大悦，将费仲入后宫去。妲己迎驾入宫坐，费仲具礼毕，置酒三杯。纣王令费仲献宝钏，妲己大悦，令："将子童视之。"妲己不看万事俱休，才然解开手帕，见宝钏，大叫一声，仆然在地，四体沉重，口鼻无气。妲己性命如何？诗曰：

　　西周宝钏实奇哉，费仲殷勤特取来；
　　献与妲己初看玩，猛然倒地命将颓。

纣王亲用御手扶起，妲己久而苏省。多时，妲己奏曰："不要宝钏，教送出受仙宫去。"纣王问曰："卿有何疾？"妲己不敢言实情之事，眉尖一纵，计上心来，奏曰："臣启陛下，妾往日有痛心疾，今日又发。"又曰："此钏不好，教赐与姜皇后者。"纣王："依卿所奏，赐与姜皇后戴者。"妲己心中佐待唬姜后。

皇后见宝钏，接得戴了，精神倍加，体健身轻，安宁无事。左右奏纣王曰："皇后戴了宝钏也。"当日，妲己暗宣费仲。费仲蒙宣来见妲己，诣于殿下,礼毕,先赐黄金百两与费仲:"卿定一计,怎生教贬了姜皇后?"费仲奏曰:"此事小可。臣定一计,便教贬了姜皇后。"妲己曰:"如何是计?"费仲曰:"明日是姜皇后生辰月诞,娘娘亲自前往正宫,与皇后贺生辰;姜皇后见娘娘必怒,娘娘便把头发乱了,便来见帝,言姜皇后打子童来。王乃必信,宣皇后问说因依之次,娘娘暗教人藏刀子于皇后脚下。娘娘便奏道:'皇后有害我之心,既无意,大王视之,姜皇后将刀子来坠于地。为大王宠爱臣妾,故有此心。'王乃必信,必坐罪于姜皇后也。"妲己曰:"言者当也。臣且退去。"妲己依费仲之计,诣来日早晨去正宫内与皇后贺生辰。到正宫见姜皇后。皇后果然怒,便骂:"贱材有何面目来见我!你不识羞?"遂骂妲己。

妲己自把乌云髻䯻,金冠袅䯻①,霞鬓散乱,走入殿上,哭见纣王。王问曰:"卿当悲啼何事?"妲己奏曰:"姜皇后打子童来。"纣王闻之大怒,宣姜皇后来见帝。

纣王问曰:"你当打骂妲己为何?"皇后曰:"臣妾不曾打妲己。"王问之次,妲己教宫人暗藏一刀子在姜皇后脚下。妲己奏曰:"皇后有害我王之心。"王乃转怒。皇后曰:"贱妾岂敢有害我王之心!"王曰:"为何将刀子在于脚下?"姜皇后嗌语难言,哽声怎说,涕泪如雨,怎生分诉?

纣王不详事情,大怒;共妲己摘星楼上,传圣旨,令教皇后与布素之衣,贬入冷宫,教受辛苦。皇后闻言,心中大怒,不顾其命,乃骂纣王:"信邪佞之言,令我死于目下,贬我入冷宫。无道不仁之君,信谗贪色之主,人神共恶,天地不容,不死在万刃之手,何怒我乎!"纣王闻言大怒,亲身骤起,拨转宫娥,亲手扯住皇后。皇后不拒其死,又骂纣王:"昔桀王无道,死在樵门。你信贼婢之言,自乱天下!"言未毕,纣王用手揽衣,一手揽将乌云髻挽,从摘星楼边推将楼下去。皇后性命如何?诗曰:

后宫直谏姜皇后,不听忠言大可忧;
怒揽冲冠颜面变,揽衣推下摘星楼。

皇后身死在摘星楼下。纣王传宣,教把皇后尸首埋在后宫第七个梧桐树之下。左右蒙圣旨,将皇后尸首埋。给皇后腕上戴着琼瑶宝钏,咸皆埋了。妲己佯诈忘了,故意和宝钏埋了。纣王不问真歹,送了姜皇后,每

---
① 䯻(duǒ)——下垂。

日共妲己作乐同坐,更无一人敢去谏纣王。

韶光似箭,日月如梭,怎见得?有诗为证。诗曰:

　　窗外日光弹指过,檐前花影坐间移;

　　一杯未尽笙歌送,阶下辰牌又报时。

倏忽十年,姜皇后有一太子,名曰景明王,号为殷交。自皇后卒时,太子始年一岁,别有宫人育之。纣王更不恋太子,至今乃十岁,身长五尺,心有英烈。

有妲己知太子长大,心中怕怖:"有一皇后正宫中宫人告与太子,知我教天子坏了他母,以此上不便。我今暗宣费仲。"费仲蒙旨至于殿下,具礼,妲己问曰:"卿记得十年前事?"费仲曰:"哪一事?"妲己曰:"当日姜皇后死之日,有太子一岁,至今十年,太子欲乃成人,怕姜皇后宫中宫人告与太子得知,恐太子报仇,是此不便。此事如何?"仲曰:"小臣有一计,亦可教娘娘心不生忧。"妲己曰:"如何?"费仲曰:"把皇后宫中宫人除了,万无一失也。"妲己曰:"如何除得?"仲曰:"娘娘至晚,共王相见,娘娘面带忧容不悦,王必问,娘娘便奏,只言:'姜皇后宫中宫人,倚着正宫名下,见子童无礼,臣乃难甘,可除之。'王曰:'怎生除得?'娘娘曰:'臣教陛下,去殿下置一酒池肉林,虿①盆炮烙之所,教正宫宫人相扑,赢的推入酒池,教饮酒醉死;输者推在虿盆中,教蛇蝎蜇死。如有不死者,得罪之人推在炮烙煻灰火坑之内。更烧铜柱大红,缚在柱上,一烧死也。'此乃除之,更无一人告与太子,太子不知仔细,方免娘娘之忧也。"妲己曰:"卿且退去。"费仲蒙恩,便辞娘娘去也。

妲己至夜,与纣王相见,面带忧容,颜无笑色。王怪问曰:"卿因何不悦?"妲己诈云:"臣启大王,今有姜皇后位下宫人,倚着正宫名势,见子童无礼,臣欲大除之。"王曰:"依卿所奏,怎生除之?"妲己言曰:"我王去殿下置酒池肉林,虿盆炮烙之刑,教宫人相扑,赢的推在酒池内饮酒;输的推在虿盆,教蛇咬蝎蜇。得罪的推在炮烙,教抱铜柱。"纣王见道:"依卿所奏。"即传宣于殿下,置酒池肉林,虿盆炮烙铜柱。

一切都置就。纣王共妲己摘星楼上饮酒,令宣姜皇后宫中宫人,尽皆梳妆美丽。宫人咸至楼前。尽教去却宫衣绣裳,只系裙子一腰,教二人相

---

①　虿(chài)——古书上指蝎子一类的毒虫。

扑,往来风吹,忽有裸体之形。妲己共纣王取乐笑耳。赢者推在酒池之内,教饮酒醉死。输者推在虿盆之内,教蛇咬蝎蜇死。如有得罪之人,推在炮烙之内,教抱通红铜柱烧死,如此无道,损害千人之命。宫女声哀不止。妲己共纣王取乐无厌,如此无道,国中依言无不知。有诗为证。诗曰:

> 狐灵专宠恣荒淫,嗜酒成池肉作林;
> 一日朝歌非我有,方知天命果难谌。

有一日,纣王与妲己在摘星楼上对坐取乐,忽见一人,引太子殷交,此人是东宫奶母冯氏,游于楼下。妲己大怕,自心思:"设若奶母冯氏告与太子,知我教天子坏了他母,以此是不便。"次日,又暗宣费仲至于后宫,妲己曰:"昨日子童见奶母冯氏,引着太子;恐冯氏告与太子,知我交天子坏了他母,切恐太子报仇,此实不便。今宣大夫,此事若何?"费仲曰:"小臣定一计与娘娘,除了奶母。"妲己曰:"如何除之?"大夫曰:"娘娘取一日推作生辰,遍告诸宫监,必来与娘娘贺生辰;奶母必来与娘娘过盏,娘娘佯落盏坠地,又言奶母倚太子势,欺负子童。娘娘便奏天子,天子必信,坐罪于奶母也。"言毕,"臣且退去"。妲己亦依费仲之言。

至来日,妲己传令:"今日是我生辰。"宫人皆知,都来受仙宫内贺生辰。时有奶母冯氏思惟:"妲己损宫人计有千万人命,我若不是在太子宫内,如今也送了我性命也。可惜了姜皇后!"言讫,涕泪如雨。三思之次,不免也去来见妲己。问候礼毕,列尊卑而坐。

冯氏与妲己过盏上寿,妲己佯落盏坠地,便着恶言骂詈冯氏。冯氏心中惊怕,又见妲己奏曰:"如今奶母冯氏,欺负子童来。"王问曰:"因何敢欺负卿来?"妲己曰:"倚着太子势,故意欺负子童。愿大王与臣妾做主。"纣王见道,转加愠怒非常,言称:"叵耐岂敢!"令左右宣冯氏。

冯氏蒙宣,诣于殿下,山呼万岁毕。王问曰:"你何欺负妲己?"冯氏曰:"岂敢欺负娘娘。"妲己奏曰:"愿我王与子童做主。"纣王不察其情,乃问妲己:"奶母欺卿,合当甚罪?"妲己曰:"合该炮烙之刑。"王曰:"依卿所奏。"左右宫人推去炮烙之刑,冯氏痛哭,告天子:"大王,可念太子年幼,臣妾乳哺之恩也。愿大王赦臣妾之罪。"纣王曰:"寡人欲免你罪,妲己不肯。"令左右宫人推去,奶母大恸。忽有报与太子知,速来救奶母。果然见宫人将奶母推奔火坑之侧,太子高声喝宫人:"不得无礼!"奶母视之,却是太子。奶母告曰:"看幼小乳哺之恩,救我性命!"太子闻言道:"宫人且留人,我见父王去。"

诣于殿下,山呼万岁毕,奏曰:"我王何故欲杀奶母,有何罪?"王曰:"罪当合死也。"太子奏曰:"且看儿子面,免奶母死罪,贬入冷宫。愿父王宽恕。"纣王闻奏,遂免死罪,教入冷宫去。太子谢恩礼毕。有奶母心忧。后有宫监送冯氏去冷宫,朝食冻薤①冷饭,夜卧粗恶床席。日往月来,自经半月有余。奶母每日作念太子,怎知俺冤屈之事。怎见得?有诗为证。诗曰:

诈祈妲己是生辰,冯氏同为祝寿人;
误落金杯欺诳我,贬于冷地屈谁伸。

太子每夜睡卧不宁,精神恍惚。当日太子闲行至后花园中,梧桐树下;太子看玩之间,忽见一阵旋风,来往绕定太子,左右盘旋千遭,吹得太子衣袂乱散。太子言道:"此旋风好怪么!"言罢,又见第七个梧桐树下,有一女人,涕泪交流,哽噎大怨,言曰:"纣王共妲己,太子好无道!"太子闻言大怒,向前来问,至近却是奶母。

太子见奶母礼毕,太子曰:"你在冷宫受苦,且自宽怀,我去奏父曰,教奶母去东宫者。"奶母启告太子曰:"我不愁我身受苦,别有冤屈之事。"太子曰:"有何冤屈?"奶母哽咽不道。太子曰:"你不言,我岂得知?"奶母曰:"自从十载之前,太子始年一岁,被妲己谗佞你父王,把你亲母姜皇后从摘星楼上撺在楼下,搠②杀你亲母。我养育你到今十载,又教你父王去殿下置酒池肉林,虿盆炮烙之刑,把你娘宫中宫监尽皆除之。此是妲己并费仲之计,故坏了千万人命。妲己又教你父王修台阁宫殿,费万民之力,停罢农桑,民不聊生,不纳忠臣之谏,尽是妲己并费仲,故教你父王行不仁无道。今告太子,你娘尸首见埋在后宫第七个梧桐树下。"太子问奶母曰:"实有此事么?"奶母哽咽哭告太子曰:"妾言不敢虚诳,恐太子不信,去梧桐树下看之便见也。"道罢,奶母自觅死咽喉而亡。太子令左右宫人埋了奶母。太子亲往梧桐树下祝曰:"拜告亲母,若是母有如此之事,渐时显其灵,不孝儿与我母报仇。"言罢,姜皇后听得太子所祝,便显灵圣去

---

① 薤(xiè)——多年生草本植物,可食用。
② 搠(shuò)——刺,扎。

空中，忽作人言曰："告太子，你娘苦死，不可以说！"太子闻言，仰视空中，果见亲母，遂拜毕；见空中滴溜溜落下一件物来。太子加额，不知是甚物。太子接得视之，乃一首诗。诗曰：

　　宿冤宿对是无休，妲己生嗔起事由；
　　奶母衔冤俱说破，须凭太子报冤仇！

太子读罢诗句，再视不复见之。太子恸啕大哭，心中怀恨无限。至夜，太子正睡之间，忽见亲母并奶母一切苦楚宫人，来告太子曰："你父王无道，宠信妲己之言，把俺等尸首不埋，冤恨无伸。望太子与俺等报仇！"言罢，太子大哭，忽然觉来，悲啼移时，大恨妲己。

到早晨，专来谏父王。诣于殿下，山呼毕，奏曰："臣启父王，如今臣见宫娥痛死，黎民怀忧，皆是妲己一人之过也，教斩了妲己，天下清肃也。"王乃不从。太子去宫见妲己。妲己置酒管待太子。太子接得金盏，用盏便击妲己。妲己忙走入深宫去了。太子复回于东宫。

却说妲己号啕大哭，去见纣王。王问妲己曰："卿为何悲啼而至？"妲己奏曰："臣启陛下，今有太子到臣妾宫中，臣置酒宴待之，太子用金盏打臣妾。以此告我王，与臣妾做主。"纣王闻奏，大怒，令赐太子死。

却有一人报与太子知。太子大怒，复往太庙中取宝剑，欲待斩妲己。有一人告与妲己。妲己闻言，乃奏纣王曰："今有太子去太庙中取宝剑，必欲与陛下为患矣。陛下却问太子取将宝剑来者，毁却甚妙。"纣王闻奏，令御弟子虎去取宝剑。子虎蒙宣，去太子处取剑，至于东宫殿下。左右报与太子。太子闻之，大怒曰："来者必斩！"子虎闻言，却回奏纣王。

王闻奏，问妲己曰："此事若何？"妲己奏曰："交费仲取去。"王曰："依卿所奏。"宣费仲至殿。王曰："今有太子去庙中取了剑也。卿与寡人去取将剑来！"

费仲蒙宣，到于太子宫中，见太子。太子仗剑，骤出宫来杀费仲。费仲绕石柱而走。太子劈一剑石柱上，火光迸散。费仲脱命而走，至于殿下奏曰："似此谁人敢去取宝剑？"妲己曰："如何斩得太子？"费仲曰："臣定一计，必斩太子。"纣王曰："有何计？"费仲曰："去殿下伏了兵士，陛下共娘娘殿上令宣太子，知我王共娘娘在殿上，必来带剑而见帝，令左右擒住太子，令教赐死。"纣王、妲己闻奏大喜，一依费仲之言。纣王宣太子。太子蒙宣，遂问来人曰："妲己在殿上么？"来人曰："然。"太子见道，袖剑入内,一心待斩妲己,与母报仇。太子便去见帝,诣于殿下,山呼拜舞罢;纣王传宣,捉住太子,教赴法场斩之。妲己奏曰:"太子先待杀取剑之人,又带剑入内,此是弑君弑父,太子合该炮烙之刑而死。"纣王:"依卿所奏,教炮烙之刑。"费仲奏曰:"臣启我王,不可炮烙,恐小邦闻之炮烙太子,恐哂①之。不可以。只依法斩之。"纣王亦依费仲之言,令建法场斩之。

须臾间,去斩太子。百官恣嗟,群臣仰叹。其太子生得相貌堂堂,浑如灌口。人人见者无不下泪,个个观了,咸皆伤情。如花仕女见太子,心怀不悦,懒妆梳,似玉郎君,观储君意抱伤情,罢宴会无不感悲。

时有纣王二庶兄,一个是箕子,一个是微子。二人来谏纣王,诣于殿下,躬身谏曰:"臣启我王,且免太子之罪如何?"纣王不听,令左右推奔法场。

才然②便斩,忽有一人,身长七尺,仗剑骤走如飞,至法场挥剑杀之,无人可当,劫了法场,救了太子,往西而去。救了太子的是谁?诗曰:

　　法场建起试龙泉,为带环刀有罪愆③。
　　不是胡嵩来救却,储君一命掩黄泉。

当日救了太子的是胡嵩。胡嵩引太子,二人相从,至夜到皇伯比干宅内。太子、胡嵩二人见比干具礼毕,比干将二人邀入衙内,置酒管待二人。比干问太子曰:"有何事意到来?"太子大泣,告曰:"如今俺父王信妲己之言,待斩愚子,被胡嵩劫了法场,以此到来,待诉与皇伯。"比干闻言,大哭久之,言曰:"君王不明,自乱天下。弃妻斩子,不修国政,乃信妇人之言,不信忠臣之谏。"言毕,管待二人于宅中。

住了三日,太子告皇伯曰:"俺王无父子之恩,亦有斩儿之恨,宠信妲己。"言讫泪下。又告曰:"我欲要将招兵,灭无道之君,斩妲己,诛费仲,报亲母之仇如何?"比干劝曰:"君父之间,岂行如此歹事?"太子曰:"父无爱子之心,子有孝父之意,叵耐妲己贱人,教我娘苦死!"

言语中间,却说纣王闻胡嵩劫了法场,令费仲、费孟不越一家,搜捉二人。来到比干宅,见比干。二人相见,各施礼毕,比干邀费孟入衙。茶汤

---

① 哂(shěn)——讥笑。
② 才然——刚刚。
③ 罪愆(qiān)——罪过,过失。

罢,费孟曰:"如今敕令我,不越一家,搜捉太子并胡嵩。上启皇伯,此二人曾来么?"比干曰:"怎敢来?我若见,必捉将来见天子去。"二人言语中间,有太子知费孟来搜捉。太子大怒,欲待前来厅上杀费孟去。胡嵩谏曰:"太子杀费孟,不连累皇伯乎?假令便杀了此人,何济?"太子听谏,不去。费孟离宅去了。

至夜,比干共太子议论此事。太子曰:"我往求兵将,必杀无道之君,不顾其父,难舍妲己并费仲!"比干闻太子之言:"大丈夫之志也!"

至明日,太子共胡嵩二人去辞皇伯比干。辞了,二人便出西门。才行之次,忽见费仲。太子共胡嵩啮齿①,仗剑来杀费仲。费仲纵马而走,不能杀之,只杀了仆人数个。二人走出西门去了。

却说费仲慌来见帝,诣于殿下,山呼万岁:"大王祸事也!""祸从何来?"费仲曰:"今有灵胡嵩共太子出西门而走;臣见二人,去赶;二人仗剑来杀臣,臣纵马而走,遂杀了伴当数人。二人去之甚速。"

纣王闻奏,心中大怒,敕令左将军虾吼领兵五百赶太子并胡嵩,此人是游魂神。虾吼是大耗神,右将军佶留留,此人是小耗神。纣王又教四门都检点魏鬼、魏岁,此二人是剑杀二神也。众将来赶太子,太子独战众将,不能斗敌,太子共灵胡嵩各自逃生走。二人性命如何?诗曰:

　　来追诸将若奔风,料敌人间孰比雄?
　　几战殷君皆丧胆,黄昏逃避庙堂中。

当日太子一夜躲兵独行,到一庙中。有一神人来请太子上殿而歇。神兵问太子曰:"何故来此?"太子具说父王不仁无道之事。神兵曰:"你后必破无道之君。我与你一法必胜矣。"先赠酒一杯与太子饮之;又与大斧一具,可重百斤,名曰"破纣之斧"。神人便助太子有力也,接大斧入手中。忽然觉来,却是一梦,果然见大斧在手中。太子自觉有力,弄大斧恰如无物相似。

至天明,见牌上字名曰"浪子神庙"。道罢,又有虾吼、佶留留兵来。太子拈斧在手,便与二将决战。都无数合,杀退二人兵士。太子望朝歌,大恨父王并妲己。

太子往黄河而进,至于河岸口,见一渔父,太子曰:"渔公,渡予过于

---

① 啮(niè)——用牙咬或啃。

此河,感谢勿阻。"渔公曰:"你是何人也?"太子具说前事,又问曰:"公何人也?"公曰:"我是纣王之臣,姓高名逊。"太子复问为何在此。公曰:"因初修台时,为我慢功,故罚我为长流百姓。今避世在于河中,且为钓叟。今太子不是非常。"专意留太子管待,太子不肯住。高逊渡太子过河,与太子相别。太子前到潼关,便入华山中聚兵,一心待破无道之君。诗曰:

梦里神人赐斧斤,故教战敌二将军。
各逃患难渔公渡,犹自心中怨纣君!

却说虾吼、佶留留、魏岁、魏鬼四人回兵来见天子,诣于殿下,山呼毕:"臣启陛下,如今走了太子,四人俱来乞罪。"纣王闻奏:"卿等无罪。"四人谢恩出朝。

卷　中

话说冷淡处持过。却说纣王共妲己,每日去宫中取乐,又依前损害宫人无数。纣王恣纵妲己取乐,如此无道,无人敢谏。

有一日,妲己奏曰:"子童辨认得孕妇腹中,是男是女。"王曰:"如何知之?"妲己曰:"恐王不信,试将数个孕身妇人,臣妾辨之。"王曰:"依卿所奏。"便宣至百个孕妇人至殿下。纣王问妲己曰:"哪个是男?哪个是女?"妲己曰:"遂叫过一妇女来,令坐复起。"妲己奏曰:"坐中先抬左足者是男,先抬右足者是女。"纣王曰:"如何得知?"妲己奏曰:"恐王不信,剖腹验之。"纣王曰:"依卿所奏。"令教左右剖腹验之,果然如此。每日可废百人之命。妲己精神越好,此人是妖精之神也。民间嗟怨,客旅哀哉,悲啼不止,无不伤心。诗曰:

恣情损害几多人,能辨人间孕妇身;
今日虽然多富贵,后来剑底作泥尘。

当日,纣王共妲己游西鹿台前,有一河,号曰"野水河"。妲己共纣王登台上而坐,望见河岸上冬月凌冰,二人欲下水,有一年少者,怕冷,不敢下水,数次上岸;老者,不怕冷而撩衣便过。王问妲己曰:"此二人,年少却惧冷,年老不惧冷涉河,何哉?"妲己奏曰:"年少者是老生之子,髓不满其胫,阳气衰弱,怕冷,不敢涉水。年老者是少生之子,髓满其胫,傲寒耐冷,虽是肌毛枯伐,阳气太盛,故不怕冷,便涉河而过。"纣王曰:"如何见得?"妲己奏曰:"恐我王不信,教左右捉取二人,敲胫看之。"纣王曰:"依卿所奏。"令左右捉取二人来斫胫看之,果然如此。纣王大喜,告妲己曰:"卿煞知好事!"如此损害人命,后来不敢来河上过往。纣王令左右去,到处捉人来,于河中试之。每日害数十人命。诗曰:

> 剖胎斫胫剖忠良,颠覆殷汤旧纪纲;
> 积恶已盈天震怒,渎天不免鹿台亡。

又一日,纣王共妲己在于台上,朝日取乐,忽从台下数人笼放出猎之人,驾着鹰雕,打台下过。忽有皂雕飞起,直来台上搦①妲己。妲己见了,大叫一声,走入人丛中去了,被雕抓破面皮,打了金冠。左右捉将放雕人来,斩了其人,灭了全家。因此后人更不敢架雕打台边过。因此妲己更不游于鹿台,驾却入内去。每日纣王共妲己,在摘星楼上取乐无休。万民皆怨:不仁无道之君,宠信妲己之言,不听忠臣之谏,损害人民之命。纣王今天下变震黎民,广聚粮草,在朝歌广有三十年粮,尽底成尘,有胡曾诗为证。诗曰:

> 积粟成尘竟不开,谁知拒谏剖贤才;
> 武王兵起无人敌,遂作商郊一聚灰。

又诗曰:

> 历代君臣壮帝基,何如纣王越天期;
> 渭公注杀谋天手,血浸朝歌悔后迟。

纣王聚粮朝歌,仓内尽皆成尘,此乃纣王宠信妲己,不理王道。有八伯诸侯,至春首尽来朝贺。内有岐州姬昌将礼物来见大王。有西伯侯乃集公臣、百官评议欲往见帝之事。有毕公皋、召公奭、荣公颠、闳夭、南宫适、散宜生、太任、逄达、许寂并八士伯达、伯适、仲突、仲忽、叔夜、叔夏、季随、季騧;更有十个王子:武王发、周公旦、千邑寻、万邑祥、百邑考、管叔铎、蔡叔鲜、唐叔政、梁叔季、曹叔文十人并君臣,皆至于殿下,礼毕。西伯侯告众臣曰:"我今东去朝歌见帝去也。我闻纣王不设朝政,宠着妲己之言,自乱天下。我若到朝歌入内,亦因命必谏。我有七年囚阻,众文武不得来见我,若来见我者,我身必与你惹大灾临身。我身灾退时,方可归国,

---

① 搦(nùo)——挑;惹。

那时破无道之君。众文武并我子皆听我言者。"众群臣、王子皆应诺。

西伯侯先去辞老母太任。西伯侯曰："上启母亲，如今儿子东去朝歌见帝去也。更后七年方可来也。我母保重岁寒，休忧儿子。"老母哭泣与儿子相别。太任曰："你若到朝歌至内，可以着善言谏之。纣王是不仁无道之君，恐误我儿之命。"西伯侯曰："我母善保岁寒，儿命不妨，只合有七年大囚之灾也。"姬昌当日自课吉凶，告母曰："去后誓不得教武王子来觑我，必有大祸临身。"姬昌道罢，别武王上路。有武王言曰："同随大王去如何？枉带累一切人，我身自当。"姬昌又告曰："你后七年至中秋，我免囚牢，我西归也。那时文武，你迎我来。"姬昌道了，上路东行。文武西归。

文王行经数日，前到朝歌至近。近臣入内奏纣王，至于殿下，山呼万岁了，奏曰："臣启陛下，如今有西伯侯来见大王。"纣王曰："近宣西伯侯姬昌。"姬昌蒙宣，来见帝。八伯诸侯一齐相等，同去见帝。至于殿下，山呼万岁，躬身在于殿下。皇帝传宣，皆令免礼，赐平身上殿，赐绣墩而坐。遂排一宴，赏设八伯诸侯，尽皆饮之。

众诸侯见纣王背后帘底坐着妲己，众文武不敢抬头。时有姬昌越班出奏曰："臣启陛下，小臣有死罪。"纣王问曰："卿有何死罪？"姬昌曰："臣不合僭①奏，我王不合对君臣上下无礼。"纣王问曰："如何是君臣上下无礼？"姬昌曰："今日是君臣聚会，似父子团圆，与文武评议国家之事，却教妲己于我王背后坐，受了文武将相之礼。大王岂不是轻贤重色，不遵上祖先君之法？大王如此似桀王之近也。臣启陛下，臣闻大王亦信妲己谗言，置酒池肉林虿盆炮烙之刑，苦害他人。何故如此？又害良民，斫胫看髓，剖剔孕妇。更修下三百尺高台，并千间殿宇，此乃废民之业。大王为此人谗言，背妻弃子，乱行乖异，不修正道，不治下民。大王却不政，国以民为主，民以国为本，国本人民切不失也。大王思小臣之言，斩了妲己，散粮赡国之贫民；修姜太后之山陵；宣太子，立为东宫。此是大王圣治。大王听小臣之言，天下大安，若不听小臣之言，久后死在万人之手。小臣死罪死罪！"纣王闻西伯侯之言，三思久之，不言。却有妲己唤纣王。纣王起至帘下见妲己。妲己奏曰："愿我王将臣妾杀之。"纣王曰："为何将卿杀

---

① 僭（jiàn）——超越本分。

之?"妲己曰:"我王弃奴之心,何不杀了?"纣王曰:"寡人如何是弃奴之心?岂肯杀乎?"妲己曰:"大王既不是弃奴之心,恰则西伯侯恶谤陛下,我王听之不言。愿大王不弃臣妾之容貌,却把西伯侯斩了者。"纣王曰:"依卿所奏。"

纣王速临殿下,于龙床上坐了,乃问西伯侯曰:"若寡人不听卿之言,久后死在万人之手。卿如何只恁直毁寡人?"令左右推转西伯斩之。

众文武见待斩西伯侯,齐呼万岁;震动宫殿,皆奏:"陛下且免西伯侯之命!"纣王曰:"西伯辱朕太甚,如何免之?"有东伯侯奏曰:"臣启大王,且看先君之面,只罢任去官。未委圣意若何?"纣王曰:"依卿之奏。"令左右却推近西伯侯至殿下。纣王曰:"寡人欲待教卿便死,且免你之死罪,囚在羑里①城中者。"姬昌得罪,贬在羑里城中,此城在荡州北七里,今汤阴县是也。有诗为证。诗曰:

 杀妻弃子害忠良,不果皇天降祸殃;
 恣纵荒淫迷妲己,却嗔直谏贬姬昌。

又诗曰:

 十句当言九句休,众中无语却无忧;
 是非只为多开口,烦恼皆因强出头。

纣王令着一使臣,监押西伯侯,前至荡州;教人报与本州太守韩渥,来接使命,礼毕,至衙中。太守开了圣旨,口中不言,心下频频作念:枉教西伯侯受苦。更不敢久住,送姬昌羑里城中,每日餐冻食冷饭,身穿布衣,更不教出入。使命复还。

亦有本州太守,此是吊客神也,为西伯侯仁德之人,常不令人知,暗中来羑里城,以酒食待姬昌,不肯教辛苦。太守告姬昌曰:"我交你私去如何?"姬昌曰:"我若去后,必累公也。不被囚牢之难,以知君忧我之恩。"太守暗中常得与姬昌道话。日往月去,前后早五六载,姬昌当日离岐州,已知东去有七年囚牢之难。姬昌常问监官,如今纣王无道。那姬昌不愁自身之苦,口念纣王无道,每日在囚城中,长把乾坎艮震巽离坤兑②为神

---

① 羑(yǒu)里——古地名,在今河南汤阴一带。
② 乾、坎、艮、震、巽、离、坤、兑——八卦卦名。

将大将军,使六丁六甲①为左右将军。摘其中十干五行二十八宿,定分八卦爻象,逐年逐月逐日逐时,知吉凶之事,占人间灾福之兆,课身上吉凶之来意,知一年旱涝不匀,五谷丝蚕收成,人民病疾灾伤。文王在囚牢之内,一一尽知,克日定时,并无分毫差错。文王以六十四卦自卜其身,见卦中更有二日,方免囚牢之难七年。时至仲秋末、季秋初,文王卜下见喜,合受七年方脱。有诗为证。诗曰:

纣主荒淫国不修,贪迷妲己损诸侯;

不从西伯忠臣谏,羑里当囚七载忧。

又诗曰:

直言骨鲠总皆谋,君不君兮实可羞;

天然暗助行兵德,万里江山尽属周。

姬昌课罢,至夜得一梦,梦见两手托天,忽然觉来,姬昌自思大喜,自言:"昔日有殷汤王,得此梦以兴天下。"言罢,有一日,才坐,忽有一凤来朝西伯侯,至于面前如擎而立,一个时辰而去。姬昌占之,今可免囚牢也,感得天凤来朝我也。

西伯侯因牢中,常时占卜,以有可归之期,亦有凤来见,有万千般祥瑞,可以待出免囚牢之难。

话分两段。却说岐州,太任并众官群臣长之。西伯侯之祖,是帝喾②之后,姬名弃,是尧王之后,为后稷神也。姬弃生王季,王季生姬照,姬照生姬昌,文王是也。文王母太任。

太任召集群臣文武等,评议姬昌之事:"当日姬昌东去之时,曾言:'我见纣王,因命必谏,我有七年囚牢。'方今是七年之数也。如今在羑里城中,谁人敢去探得,看纣王有放姬昌之心?"问罢,大臣众中无一人言。有姬昌第五子百邑考言曰:"孙儿乞去探我父姬昌。"众大臣依言,有大臣散宜生来谏:"臣启娘娘,莫教百邑考去。姬昌去时,曾言但不得来吊问,恐惹大祸临身。"百邑考不从大夫之言,便辞祖母,将物上路,言道:"拼我

---

① 六丁六甲——道教神名。六丁(丁卯、丁巳、丁未、丁酉、丁亥、丁丑)是阴(女)神;六甲(甲子、甲戌、甲午、甲辰、甲寅)是阳(男)神。道士可用符箓请之,以驱鬼避邪。

② 喾(kù)——传说中的上古帝王名。

一命,去见我父。"言了东行。有大夫上奏太任曰:"令教驸马祁宏,将兵保护姬昌父子之事。"

有太子百邑考车马在路上,不过旬日,前到朝歌内门外;令近臣奏纣王,至于殿下,山呼万岁了:"臣启大王,如今有西伯侯太子来见大王,至于内门。"纣王令宣。太子蒙宣至于殿下,山呼万岁了,躬身立在殿下。王曰:"亦恕卿免礼,平身。"太子遂进礼物与纣王。纣王问:"卿在路跋涉不易?"百邑考曰:"荷大王圣问。"纣王宣太子上殿,赐绣墩而坐;设大宴款之。

次百邑考哭告纣王。纣王问:"卿泣何事?"百邑考曰:"小臣启上,我父七年之囚,看先君之面,免我父囚牢之苦。"如此三日,哭告纣王。纣王言曰:"此人是忠孝之人,卿休哭,令教放你父,教你同去。"百邑考蒙宣,谢恩礼毕,纣王宣太子上殿,赐大宴饮之。

次有妲己亦在帘底坐,遂问王曰:"臣闻太子,何人也?"纣王曰:"此是西伯侯之子百邑考。"妲己曰:"妾闻百邑考善能弹琴,今教百邑考操琴一弄,臣欲听之。"纣王:"依卿所奏。"令近臣取琴与百邑考。百邑考口中不道,心内思维道:"纣王不仁之君。"太子为思父七年囚牢之苦,无心操琴。太子再三告纣王曰:"不可抚琴。"纣王不许,特教太子操琴。太子却不免接得横于膝上。正调弦,弹一曲名曰"太子忿怒曲"。

有纣王贪与妲己传杯饮,不顾太子。太子大怒言曰:"你侮慢臣贤,而悦妇人也!"用琴击纣王共妲己,仆然倒地。左右宫人扶起二人,令教左右捉下太子。太子大骂纣王不仁之君,无道之主。妲己奏曰:"罪不干西伯侯之事,罪在于百邑考。今西伯侯因于羑里城,依法受之,不曾失了君臣之礼。如太子刚硬,天地难容。"纣王问妲己曰:"怎生教太子处死?"妲己曰:"据百邑考欺君之罪,合醢①为肉酱。臣闻姬昌善知阴阳,预知前事。封赐肉羹与姬昌食之,若姬昌将此肉便食,非为阴阳人,后与大王不能为患也,放教姬昌归岐州去。姬昌若见此肉不食,知是亲人肉,此是大贤也,久后必与大王为患,和姬昌都教处死,永除后患也。"纣王闻奏大悦,令左右推转百邑考身醢为肉酱。

诗曰:
　　百邑东去谒上尊,灵狐殿下会群臣;

————————————

① 醢(hǎi)——剁成肉酱,古代一种酷刑。

握琴恶击无恩主,不避忠心醢自身。

其日坏了太子,感得天昏地暗,日月无光,天雷大震,惨雾漫漫,愁云黯黯,悲风飒飒,怨气凌空。

纣王见其日天色非常,大赦天下。妲己以申时以来,王赐肉酱与使命费孟,教姬昌食之。大臣蒙宣,辞王上路。第二日至荡州见太守,具言讫,一同去羑里城内,见监囚人冯凶。

却说姬昌,三日前甲申日,见此景祥,姬昌眼跳耳热,心神不安。姬昌忧占一课,占一亲人合有大祸临身。到今三日,是丙戌日,有使命至也。

其时日季秋之月,有榆叶。姬昌于囚狱内拾将叶子,可便为字,漫六十四卦,将榆钱望天吁呵咒曰:"天地合其德,日月合其明,四时合其序,鬼神合其吉凶;神灵上卦,一占来意。"掷下卦钱,姬昌见一喜一悲。喜者自身无灾;悲者合注子父分离,儿郎在外,必有大祸,心生苦痛,刀剑分尸。虽然儿女有祸,自己无灾,也用前事,改变移遣。

姬昌心内思维,今日先忧后喜,必有纣王宣命至也。道了,有太守并使命一行见姬昌。礼毕,二人言曰:"今奉王敕,姬昌免囚归国。今赐肉与姬昌食之,如食了肉羹时,姬昌去国。你儿百邑考见在朝歌等候。"遂取肉与姬昌。姬昌心内思维:"此肉是我儿肉,若我不食此肉,和我死在不仁之君手也。"姬昌接得此肉,喜而食之。姬昌告来使曰:"此羹甚肉?此肉甚好。"费孟闻言,心内思之:"姬昌非是贤人也!"

费孟却回去见帝,至于殿下,山呼了,纣王问曰:"卿与姬昌肉羹,如何?"费孟奏曰:"姬昌接得此肉,亦无疑阻,笑而食之。非是贤人也。"纣王知得,大悦,敕令教使臣再去,教放了姬昌,即辞国去。费孟即日便入羑里城,得见姬昌,礼毕,费孟曰:"今奉圣旨,教放姬昌归国。"姬昌曰:"谢王大恩,一路远来有劳。"费孟曰:"大王食了的肉,亦是大王儿肉也。被妲己教纣王,将你儿肉试你贤不贤也。"姬昌见言,亦不敢大叹,亦不入朝歌。有费孟共太守、冯凶三人,以亦相辞姬昌。

姬昌辞了三人,得脱囚牢之苦。姬昌上马便去,出羑里城半舍之地,姬昌下马用手探之,物吐在地,其肉尽化为兔儿。姬昌大哭。至今有吐子冢,在荡阴四里地是也。姬昌望西北寨山偷路日夜而走不止。今古迹在羊河南岸上是姬昌庙。

姬昌西走近朝歌,前到汲城西北。姬昌前去之次,有汲城将鼓娇、鼓执、鼓适弟兄三人,领兵出门,忽见一人,却认得是西伯侯。言:"俺奉天子敕,教俺绰路,恐有西兵救劫了羑里城。"喝西伯侯:"不得走!"三人共兵来赶姬昌。

姬昌见兵马至近,便走之次,前逢二将。姬昌乃问:"来者何人?"其人却问:"你是何人?"姬昌曰:"我是羑里内受囚西伯侯也。"来人见道西伯侯,下马具礼。姬昌问曰:"你是何人也?"来人曰:"我是纣王太子殷交并灵胡嵩,俺二人特来救姬昌。"言了,鼓三将至近,二人去迎,时乃教战,杀鼓三人,兵退去了。有殷交共灵胡嵩护姬昌而去。

却说鼓将三人令一小将,秉文字入朝歌见帝。至于殿下,山呼了,小将具说前事。纣王闻言大怒,令差左右将与佶留留四人,领兵三千,西赶姬昌,直到西北邓城。

姬昌问灵胡嵩:"你因何来救我?"灵胡嵩说与姬昌之事,此是纣王斩了姜皇后,走了太子殷交。正话间,有鼓将三人又赶姬昌至近前。却有驸马祁宏共逢文建来救姬昌,三人抱头大哭。姬昌告二人:纣王不仁,将百邑考作为肉酱。二人见言,大骂纣王不仁,无道之君。正话间,有纣兵来赶姬昌,与西兵大战,被祁宏共逢文建杀退纣兵。纣兵复来决战,相敌一日,至黑不分胜败。

时有一头项来兵救姬昌,内有一将披头似鬼,肩扛一柄大刀,高声大叫:"与我决战!"来者何人?是录真山烈人雷震子也。此人被本师说与当日姬昌至陕西东古墓之事。雷震闻言是西伯侯,心中大喜,上马横刀,冲入阵中,独荡纣兵。虾吼、佶留留不敢当,众兵皆回。

有雷震来见姬昌,具礼。一时人并众将,皆言纣王无道,不仁之君。有灵胡嵩左右视之,不见太子殷交,便辞姬昌曰:"若他日有大贤来破纣王,的来相助。小臣寻去,寻太子去。"道毕灵胡嵩便去。有雷震也辞姬昌曰:"若他日去破纣王,必来相助大王。臣且归洞去,恐本师所怪。"辞了,便去。

姬昌得免大灾,亦去本国。行至十日,前至岐州至近,武王共百官接着姬昌,皆参拜礼毕。姬昌具说前七年囚牢之苦,更醢了百邑考。文武见道,尽皆大哭。姬昌曰:"我当临行之日,道与你众公臣,只不得来顾我,亦不会去。"文武见道,大恸久之;哭止,众臣相从姬昌入岐州,去至城内。姬昌先去见老母太任,礼毕,姬昌仍旧且理天下:重赏三军,轻收差税;重修有道,除去不仁;济赡生民,恤孤怜寡;招贤良,用忠直。天下军民尽喜。

画地为牢,刻木为吏。治政恤民,囹圄皆空;行人让路,耕夫垂道;结绳为政,坐朝问道。吊民伐罪,三分天下有其二,以服事殷,周乃行仁政之德。

却说纣兵败将,回奏纣王曰:"臣启陛下,如今西伯侯有西兵来救将姬昌去了。"纣王闻奏,心中大怒:此人不是与寡人为患,怎敢乱朕天下矣!纣王不顾,每日去摘星楼上,共妲己取乐。信妲己之言,将人家童男童女,敲胫看髓,不思民苦。东鹿台在卫县西北,看水;西鹿台在朝歌西北,看山峰。

纣王有一日升殿而坐,有近臣奏曰:"臣启陛下,如今街上有一老人鬻①卜,有一女子来买卦;先生算道:'此女子不是凡人,系是上界金星也。'女子见道,化金光去了。万民尽看,言道好希。差臣见奇异,特来奏我王。"纣王闻奏,言声道奇:"怎有如此阴阳之人?"令左右去宣卖卜先生。

近臣奉圣旨,到于街上,宣召先生。先生见言圣旨,不敢久停,便随使臣来见帝,山呼万岁,躬身而立。皇帝:"赐卿平身,免礼。"纣王问曰:"卿何姓?"老人曰:"臣启陛下,臣是东海郡人,姓姜名尚,字子牙,号为飞熊。"纣王问买卜之事。姜尚奏曰:"臣启陛下,有金星当日变为凡人,来买卜,试探臣阴阳,看合着不合着。被臣课合阴阳,识破,便化金光而去了。"纣王闻奏,言曰:"直怎如此有准?"纣王又问曰:"卿当与寡人发一课,看之来意如何?"子牙言好。

纣王便起去屏风,去取下十两黄金,并平天冠御衣;却转过屏风来,问子牙:"此屏风后是甚?"子牙曰:"是十两黄金,平天冠御衣也。"纣王称奇,心中大喜,又问曰:"卿能驱兵用将乎?"子牙奏曰:"臣做韬书,教大王看之。"纣王曰:"依卿所奏。"子牙去殿下,俄尔做成韬书,便呈上纣王。纣王看之大喜。纣王见此人聪明智慧,更为姜尚孝养老母。纣王封姜尚为司户参军,赐宅一区,赏银百两。殿下文武见姜尚大喜,天子置御宴饮之。宴罢,文武皆散。

天昏日晚,红轮西坠,玉兔东升,纣王却归后宫去。到长寿殿,天子迎着一个美丽佳人,纣王大喜。那佳人,生得形端表正,体态妖娆,十分容貌。那佳人见天子便躲,躲不及,便山呼万岁。王问曰:"卿是何人也?"

---

① 鬻(yù)——卖。

佳人奏曰："臣是我王臣之妻。"纣王曰："何人妻也？""臣是黄飞虎之妻耿氏。"纣王问曰："卿肯与朕作乐，教卿为后，更教你夫为三公也。卿意如何？"耿氏曰："大王虽贵，臣妾虽贱，臣无恋贵之心，妾有抱贞之意。南山有鸟，北山张罗，百鸟高飞，罗网奈何？"纣王无一语对之。耿氏又言曰："狐狸不乐龙王，鱼鳖不乐凤凰。妾是庶人，岂乐大王乎？若行无道礼，岂为帝王乎？"纣王笑而放之，耿氏遂骂纣王："无道不仁之君，故发此言。我夫若知，必无轻放你！君不识我夫南燕王？"纣王大怒，把耿氏醢为酱，封之一合，令殿使送与柘城县南燕王。

殿使奉敕，便辞，将肉酱出朝去。在路行经数日，到于柘城县，令人报与南燕王。南燕王闻言，出城迎接。接着殿使，礼毕，邀入厅上，管待殿使三杯。酒罢，殿使曰："今奉王敕，赐肉酱一合与大王食之。"飞虎曰："殿使，你不闻纣王不仁，未尝赐肉与我食之；又爱把人醢为肉酱，却与他亲人食之。公不闻百邑考醢为肉酱，与姬昌食之？"飞虎又曰："我妻耿氏，与妲己贺生辰去也，到今不归。先令将肉酱与我食之，我问此肉是甚肉也？你若不实说，教你目下有难！"飞虎仗剑，再问殿使曰："你若实说，免贤性命。你若不实说，目下教你分尸而死！"殿使不敢隐匿，实说此肉是大王夫人之肉也。飞虎闻言大怒，骂纣王不仁无道之君。骂罢，南燕王造反。

时有儿黄飞豹谏曰："告父王，此事不可以。纣王是大国之君，父乃为臣，不可以反君。虽然我母死，后怎生奈何？"飞虎不从所谏，心中大怒，令左右推转逆子斩之。后无人敢谏。

黄飞虎便起三万雄兵，直到朝歌至近，下寨。时有人奏与纣王。纣王大怒，令宣五将去捉飞虎。五将者是：史元格、赵公明、姚文亮、钟士才、刘公远。五将领兵三万，来赶飞虎。迎着飞虎，决战二日，败了。五将令一小校，将回文奏帝。

纣王闻奏大怒，又宣左将虾吼、右将佶留留，领兵三千，五将同征飞虎。两阵决战，不到数合，被飞虎杀退纣兵。纣将令一小校，将回文来奏，诣于殿下，山呼万岁："臣启陛下，如今五将并左右将，杀不及飞虎，被飞虎当阵上剐了使命。"

纣王闻奏大怒，令教击鼓撞禁钟，聚集文武大臣，评议黄飞虎之事。有费仲出班奏帝："臣启我王，令出榜文在朝门外，教招将捉黄飞虎。如有捉住者，即有官爵与之。"纣王："依卿所奏。"便出榜文在朝门外。

有姜尚收榜。有看榜人见收了榜文的便是司户参军,遂引姜尚见天子,诣殿下,山呼毕。纣王问曰:"卿何以捉得飞虎?"姜尚奏曰:"臣启我王,用兵五千,用将五人,来日活捉黄飞虎。"纣王大喜。姜尚辞了出内,来日早晨起兵。

　　姜尚归宅辞母曰:"念儿子今有皇帝圣旨,令我收黄飞虎去。"母曰:"我命老矣,我儿佐主不明,再佐明君有道之主。"姜尚退去,即时点军,聚将皆足,只有羊刃不至;思虑间,羊刃至具礼毕,姜尚问羊刃曰:"因何不至?"羊刃曰:"为母病未痊,供侍母疾,以此来迟。"姜尚曰:"你母疾未痊,我割股肉,可医你母疾。即将股肉到你家作羹,与你母食之必安。"羊刃谢恩,将肉到家作羹与母食之,果然痊安。羊刃来见姜尚拜谢,言曰:"羊刃无能报答,若逢飞虎,尽命迎敌。"姜尚大喜,先写计与羊刃。羊刃依计,便起兵来下寨。至夜,羊刃着皂衣褙子去劫黄飞虎寨,被飞虎手下兵将捉羊刃,推见飞虎。飞虎问曰:"谁教你来劫我寨?"羊刃曰:"姜尚教我来。"飞虎曰:"我不杀你。羊刃,你肯引我去杀姜尚么?"羊刃言好。便来,亦着皂,不为号,入得姜尚寨前。二人言曰:"开门!"兵士索号,二人应了号,遂放二人入寨中。

　　到得姜尚帐前,悄悄无人。忽一人喝言:"左右候甚!"捉下飞虎、羊刃来见姜尚。姜尚问飞虎曰:"你为何反君?"飞虎曰:"为王无道不仁之事也。我妻醢为肉酱,教我食之,更弃子杀妻,信妲己之言,苦害万民之命,以此反来。"姜尚闻言,乃知天子无道太甚,言告飞虎曰:"我不知此事。我不会捉你来。我至来日放你去了。"有费孟谏姜尚曰:"不得放了此人,恐纣王知之,惹大祸临身。"姜尚不听此言,乃放了飞虎。

　　有费孟走马入朝奏帝,诣于殿下,山呼毕,奏曰:"臣启我王,夜来捉住飞虎,被姜尚放了。臣谏不从,言君之短行。姜尚心内必也反也!"纣王闻奏,大怒非常:"怎敢如此!"敕令教费仲去捉姜尚。费孟又奏曰:"如今姜尚,有母在于宅内,先捉来斩之。"纣王:"依卿所奏。"令左右人去捉姜尚母。母曰:"我今死矣,我儿必归明主。"道罢,捉下老母,推见纣王。纣王令推上法场,斩之老母。

　　有费孟来杀姜尚。姜尚先至客馆。至夜大阴,走至客馆前,到故恩州。姜尚向西方观望,相真主,言明君在于何处。望见巨蟹宫生紫气,下接着西秦地。姜尚又穷真命,相侵真主,便往西南去。大哭:"我母死在不仁之君手也！"

后有费孟，客馆不见姜尚去处，却被黄飞虎杀退纣兵。有黄飞虎也退奔黄河去了。

有费孟回来见帝，诣于殿下，山呼万岁："臣启陛下，如今姜尚不知何往？"纣王闻奏大怒，令诸处搜捉姜尚。如捉住者，赐官重赏。令教大将飞廉共费孟，诸处搜捉。

二人奉敕，领兵便去。有人知姜尚西南而去。二将闻之，督兵急赶姜尚。姜尚走入大林中，有一古墓。姜尚跳入墓中。后兵至近，叫言："姜尚走入此林中去也！"兵将尽入林寻姜尚。约行到百余步，见一古墓，令教一小军跳入此墓觑之，见姜尚在中。小校心中大喜道："拿住姜尚！"去捉，却不是姜尚，却是姜尚衣袂覆着枯骨，谩①军之计。小校见不是姜尚，却出墓中，见姜尚已西走远矣。此计号曰"遗衣驻军计"。

有将飞廉共费孟，领兵又赶姜尚，姜尚昼夜不停，走黄河，入苇荻深处藏。有纣兵往来寻觅之次，听得水声，若人投水之声响。众将曰："多是姜尚投水，必溺死也。"二将领兵复回。

却有姜尚未肯投水，被姜尚推一大石坠岸，如人落水之声，志气过人。姜尚于芦苇深处，宿至天明。忽见一渔公。姜尚问曰："公可渡我过河？"公曰："你是何人也？"姜尚曰："我乃姓姜名尚。"又问渔公曰："你是何人也？"曰："我是高逊也。我前者曾渡太子殷交。"二人共说纣王不仁无道之事，二人言语不尽，乃渡姜尚过河，二人相别。姜尚往西而去。诗曰：

谁知老母一身亡，奔走穷途且脱殃；
设若当时投水死，如何周室得荣昌！

姜尚昼夜不分，行经数日，前到潼关，去见关主姜国舅。姜尚礼毕，具说纣王不仁之事。国舅闻言泣下，叹息长吁。为纣王无道，故意放过姜尚关西去了。行经数日，前到华州山下，忽有数千强人，捉住姜尚，推见太子。太子问曰："你乃何处人也？"姜尚具说："我是纣臣也，姓姜名尚，字子牙，今为王无道，故来到此。"太子见言，令教放起姜尚来请坐，置酒三杯与姜尚饮。饮罢，尚却问太子是何人也。太子曰："父王当日坏了母姜皇后，并奶母冯氏，我是纣王太子殷交。"姜尚见道，便设拜，礼毕，太子大

---

① 谩——欺骗。

喜,请姜尚同坐,置酒筵宴,管待姜尚。太子告姜尚曰:"我共你同破纣,如何?"姜尚言:"未可伐纣,更待数年,伐纣必破矣。恁时方成大事。"姜尚住了二三日,辞别太子西去。姜尚告太子曰:"若遇明君,必与太子去破纣矣。"太子见言甚喜。

辞别太子,姜尚西进。人尽说西伯侯仁德有道,招贤纳士。姜尚心内思维,便待投西伯侯去,我命未合发禄,更待数年,方得君臣道合也。然是姬昌重贤,而不可便去自投西伯侯。西伯侯亦不知隐迹之士,姜尚且为钓叟。

却说纣将飞廉共费孟,领兵入朝歌见帝,山呼万岁:"臣启我王,如今赶姜尚投河而死也。"纣王闻奏大喜,令赏二将,二将退去。

有一日,纣王宣文武于后宫梧桐园里,置御酒,赏百官饮宴。盛饮之次,见群花深处,闻一声响亮。文武皆惊。见一只九尾金毛野狐在于花树底下。坐有纣王伯父比干奏曰:"此为妖怪,臣用弓箭射之。"比干拈弓取箭,射中狐一箭,火光迸散,带箭入窟窍中去了。比干又奏曰:"令壮士掘之。"

纣王依奏,令壮士掘开窟穴,见华身白面,可有百狐。比干又奏曰:"除此妖怪。"纣王大喜,文武皆退。

纣王来后宫,见妲己,具说比干之事。妲己见言,一声仆然倒地。令左右扶起。王怪问曰:"卿何如此?"妲己口也不语,心内思维,欲言比干坏了我祖上,尽是我枝叶,来气倒,我恐大王知是妖怪。半响无言,眉头一纵,计上心来。妲己奏曰:"臣妾从幼小时心疼,多年不发,今发。"妲己又奏曰:"休教杀害狐狸,杀生害命。"纣王依奏,令出榜于朝门外,并不得杀害狐狸。有妲己心中思维,乃恨比干,须教死在我手。

有一日,比干打酒池肉林、炮烙蛋盆边过,忽有旋风闹起,睹是柱死生灵。比干见如此之事,言曰:"此是都因纣王信妲己之言,苦害宫妃,柱死之魂,未蒙出离。"比干自言曰:"我是皇伯,可谏于王。"比干心怀此事,至殿下,见纣王与妲己对坐。比干谏王曰:"臣启陛下,大王宠信妲己之言,置下酒池肉林、炮烙蛋盆;积粟成尘,修建台阁;刳腹斫胫之过,除斩忠臣往酱献色;损姜皇后,贬殷交,囚姬昌,反了黄飞虎,皆是我王之过也,皆是妲己壅蔽圣聪。大王试可深思,岂不痛哉?除斩了妲己,全门赐死,此是大王仁道复行也。愿大王依小臣之言,黎民仰之。"纣王不言。比干又奏曰:"昔日祖父汤王下车,抱尸而哭,有一大臣问曰:'何故哭之伤情?'汤王曰:'朕闻三皇五帝尧舜禹之时,至饿莩①死者并无。今到寡人之时,莩亡者无限,岂不是寡人无德!'言罢,汤王遂开仓库救济贫民:饥者得食,寒者得衣,天下尽称圣治之王。此是汤王之德也。陛下思之,依小臣之言,斩了妲己是也。"纣王不悦,不听比干之言。诗曰:

　　唐虞揖逊②底和平,及纣如何播恶声;
　　若听比干忠谏论,江山不被外人争。

比干又奏曰:"昔日夏禹王之后,生桀王无道,建都在蒲城州安邑县,不修国政;出敕令,不教百姓种田养蚕,递相保守,天下大乱。汤是桀王之臣,见此无道,共伊尹伐之。大王不信小臣之言,亦如桀王之过也。"纣王亦无一言。比干又奏曰:"陛下岂不闻祖父汤王为君乎?天下大旱七年,终日祈雨,雨不降。乃祷社稷之神,雨亦不降。汤王曰:'社稷之神,是尧王之臣也,姓姬名弃,是古尧王之神也;祷之无灵,可宜除之。'太史奏曰:'若要雨降,陛下可烧一人祭天,雨乃降矣。'汤王曰:'罪在朕躬,朕躬有德,上合天心;若烧一人祭天,何可烧他人乎?罪皆在朕。若天降雨,朕当亲登柴笼,烧朕。'汤王遂积柴于市中,汤王自登柴笼。四方居民咸皆仰叹。有太子并皇后,见帝恻隐不忍之心,奏王曰:'俺二人亦登柴笼。'三人在于上,合目而端坐,四面火起,烟焰迷空。民人哀嗟言:'王命须臾而休!'忽睹浓云密布,甘泽如倾,万民称言惭愧顶礼。汤王命乃不妨,复得存安。民间丰稔,称汤王圣治大德,然后汤王敕令天下万民于二月祭社,于八月祭稷。陛下岂不闻之汤王如此圣治?大王依臣之言,久后大便。若不信小臣之言,后死在万夫之手也。"纣王大怒,令左右捽下皇伯比干,推在一壁。

王问妲己曰:"此人如何?"妲己心中思维道:比干坐硕州时,参庙殿神灵,须用三牲肉祭之;有比干来庙,见一穴,令人探之,见床上有一妖狐中坐,探之即出,说与比干相公。相公教用柴点火,撞穴熏之,或去穴中锁之,见妖狐上涌出去,自后生泉水,今在寒泉村北是也。妖狐西走,前到故恩州,至驿中见苏护女子,吸了三魂七魄,变为妲己。言比干绝我之祖,今

---

① 莩(piǎo)——饿死的人。
② 唐虞揖逊——唐,指尧;虞,指舜。揖逊:谦恭之意。

日却教比干死在我手下,用心与纣王言之。妲己奏曰:"臣闻比干是大贤人也,心有七窍,为人所以聪明智慧。"纣王问:"卿如何知?"妲己奏曰:"恐大王不信,可以剖腹看之。"纣王:"依卿所奏。"令左右剖开比干腹看之,果然如此。纣王大喜:"卿煞知好事!"妲己至夜,遂把比干心肝食之。妲己喜而言曰:"今报了我恨也!"

纣王又宣文武筵,宣有纣王兄箕子来谏纣王。纣王不从。妲己教把箕子剪发为奴。又有纣王庶兄微子来谏纣王。纣王亦不从。微子去之。有大将军崇侯虎偏得纣王之贵意,乃谗臣也。费孟、费仲信妲己之言,故乱天下。有诗为证。诗曰:

纣随妲己信崇侯,费仲谗言国不修;

剖孕虿盆人受苦,囚贤斫胫事堪羞。

比干剖腹观七窍,箕子佯狂免祸愁;

飞虎子牙西去后,四方黎庶总归周。

纣王自乱天下。

当日,姜尚西走至岐州南四十里地,虢①县南十里,有渭水河岸,有磻溪之水。姜尚因命守时,直钩钓渭水之鱼,不用香饵之食,离水面三尺,尚自言曰:"负命者上钩来!"姜尚自叹曰:"我今鬓发苍苍,未遇明主!"尚止北望岐州,想文王是仁德之君;我在此直钩钓鱼,数载并无一人来相顾。我有心兴周破纣安天下,我待离了此个明君,恐无似西伯侯有仁德。且守天时。

从前姜尚所图经纪道路,皆无胜心,运命不通。有妻马氏,遂弃索休而去。子牙亦不苦留,与休了教去。忽一日,有个樵夫担着一担柴,来到姜尚面前放下歇。姜尚见此人面有死气。姜尚问曰:"君子,你何姓?"樵夫曰:"我姓武名吉。"尚又问曰:"你年岁生月日时说与我,奉贤一相。"武吉说与姜尚年月日时,待姜尚掐指寻文,逡巡②相罢。姜尚道:"贤丈今日有人命交加之事。"武吉曰:"有何事?莫与人相争之事?"姜尚曰:"若你无事,休来见我;若有事,却来见我。"武吉言曰:"好么。"道罢别了姜尚,担柴而去虢县货之。至门首,待入门而去,被门子拽住,索门子钱。武吉

---

① 虢(guó)——周代诸侯国名。

② 逡(qūn)巡——有顾虑而游移不前。

曰:"待我回来,我卖得柴钱与你。"门子不肯,便打武吉。武吉用手推门子,门子仆然倒地,更不起来,口中无气致命。被门子左右摔下武吉,武吉大哭,心内想:渔公是好人。

时解武吉上西岐州见西伯侯。西伯侯不打骂,画地为牢。文王问曰:"你伤人命罪过实大,你会偿他命。"武吉大哭,言曰:"我一身死后小可,怎奈何老母无人养赡也。"文王听得此人是大孝之人:"我与你黄金十两,教养你老母;更放你七日散诞①,你却来赴法。你若不来,我能下课,知你去处,捉你到来,的无轻恕!"武吉谢罪而去。

来到家中,见母大哭,告母具说前事,言:"磻溪河边有渔公是好人,善知吉凶之兆,言儿有人命之事,果然致伤人命,要去偿他命也。"老母见道,子母二人大哭:"儿必有祸矣。诣早晨,咱子母二人去渭水河边拜见渔公求计。"武吉依母之言。

翌日,母子二人前去渭水河边去见渔公。至磻溪岸上,见渔公施礼毕,姜尚问曰:"你何人也?""我是武吉,前者果然有人命交加之事。今谢文王见我言老母无主,与武吉黄金数两,教养母亲;更放了七日散诞。今七日限满,我必当待赴法也。"渔公曰:"曾闻道上,蝼蚁自贪生,为人何不惜命?文王既放你七日散诞,何不走之,避其死矣,何得去赴法?"武吉曰:"罪人若走避死,文王能课,便知去处,以此难走。俺母子二人特来告渔公求计。"公曰:"我与你一法,教你不死,如何?"武吉母子便拜告曰:"若先生免得我不死之难,怎忘厚恩也!"

渔公言:"放公次到家中,买粳米饭一盘,令食不尽者,拈七七四十九个粳米饭在口中,至南屋东山头,头南脚北,头边用水一盘、明镜一面,竹竿一条长一丈二尺,一通其节,令添水满,顿在头边,用蓬蒿覆身;但过当日午时三刻,你已得活,不妨也。"母子二人拜辞,归到家中,依渔公之言,用其妙法。至当日午时,武吉不去赴法。

却说文王怪武吉不来赴法,遂发一课,知此人避法去投水也。口内生蛆,有丈二水在身,痛死也。文王再不言武吉之事。诗曰:

　　伤人武吉当偿命,七日归来知慰亲;
　　渭水河边求得计,果然应卦得存身。

---

① 散诞——休假。

渔公智过文王。

却说西伯侯夜做一梦,梦见从外飞熊一只,飞来至殿下。文王惊而觉。至明,宣文武至殿,具说此梦。有周公旦善能圆梦。周公曰:"此要合注天下将相大贤出世也。梦见熊,更能飞者,谁敢当也?合注从南方贤人来也。大王今合行香南巡寻贤去也。贤不可以伐。"周公说梦,深解其意:"昔日有轩辕皇帝梦见天凤,而得凤后先生,为特灭于蚩尤在涿鹿之野。轩辕皇帝又梦见上天,后至百日,果然升天。又有尧王梦见升天,得帝王。有汤王梦见用手托天,亦得帝位。大王梦见飞熊,必得贤也。"

文王依周公之言,令排队仗出门行香。行香回驾,文王去人丛中,却认得一人。文王惊骇言:"你却在!"令左右宣武吉来者。武吉蒙宣不敢久停,便来见帝,礼毕。文王传宣,问武吉曰:"我课你避法去投水而溺死也,如何却不死?"武吉具说曰:"今磻溪岸上,渭水河边,有一渔公,深会厌法,以此救了武吉之命。"文王见说渔公之计术,文王言:"我怎得阴阳,世无所及,被渔公智过于我。"言:"武吉,此事是实么?"武吉曰:"岂敢虚诳?委的是实。"文王赏武吉,更加武吉为随驾左右,迁即金牛位引驾大将军。武吉谢恩。文王言:"卿引寡人出猎。"

文王翌日早晨,排列队仗,乘驷马车出猎,巡狩寻贤。武吉引驾求贤去也。

却说姜尚在磻溪岸上,手持钓钩,自叹曰:"我今老矣,年已八十,未佐明君。非钓鱼,只钓贤君。"自叹咏一首。诗曰:

我今未遇被妻休,渭水河边执钓钩;
只钓明君兴社稷,终须时至作王侯。

姜尚叹息罢,忽见正北一道气色甚好。姜尚道:"更待三日必有王侯至此。"道念其间,从水上流下一片大石,如席来大小,更青红碧绿,至姜尚面前自住。姜尚心内思维:"我不克时为将相也。"又观此石面前自住,言自古有凤后先生在于此处,从水面上流下此石,至凤后面前而止。后轩辕皇帝为将此石名曰"王皇石"也。在后叹曰,咏诗一首。诗曰:

片石漂流石岸旁,烟笼寒水色苍苍;
自从吕望兴家国,更有何人遇明王!

卷　下

　　文王出岐州南四十里虢县，文王入城，车驾行时，有万民并大小官员皆来接驾，入衙中歇泊排宴。文王诣翌日①绝早出虢县，南约行到五七里之地，文王见喜气来朝，百鸟皆鸣。文王告大臣曰："贤人近也。"又见黄气冲天。有大臣散宜生、太颠、闳夭、南宫适众大臣皆言："贤人近也。"有金牛位引驾大将军奏曰："臣启大王，前是磻溪河岸，是渔公止处也。"文王闻奏："你先去。"把武吉蒙宣前去，果见渔公手执钓竿。武吉回来报与文王，渔公在彼。

　　却说文王望见磻溪河一里地，下车行至岸边，见渔公，大礼恭敬三次。姜尚不顾分毫。文王近前大礼，渔公举手指让，文王大喜而无愠色。姜尚执钓竿，问曰："公乃何人也？"文王曰："某是西伯侯姬昌，专来出猎到此，知公大贤，许我伐无道之君如何？"姜尚无言。文王又问："知公此岸钓引，于天意愿，愿公表察。昌令四方求探至此，愿呈肝胆之智，望贤垂意，顿首顿首，惶恐惶恐，贤意如何？"姜尚见文王大礼之言，心内思维："此人虽是真主，我不便思文王之德，始三次顾我，我又不顾。文王无分毫愠色，亦无忿怒。此是大君子人也。"

　　姜尚又试探文王有天子之德。尚答曰："君非专意举贤，出猎游戏亦不是坚心求贤，而乘乐而至。我乃钓叟，岂取金紫之名乎？臣恐停车驾，请大王且退去。"姜尚道罢，遂入苇叶而去。文王心内思维："我自错矣。"令车驾却入虢县。文王清斋三日，沐浴圣体。第三日，文王宣文武排銮驾再去求贤。

　　文王随从前往磻溪至近，有姜尚先知，言文王再来。姜尚立钓竿于岸侧，去芦叶深处不出迎。文王至近下车，共文武步行一二里至岸，却不见渔公，只见钓竿。文王赠诗一首。诗曰：

　　　　求贤远远到溪头，不见贤人见钓钩；
　　　　若得一言明指教，良谋同共立西周。

---

①　翌（yì）日——明日。

诗毕,文王问:"先生何往?只得一句,言着国事,安天下,定社稷,无非大贤指教。"言罢多时,不闻音耗。文王又吟诗一首。诗曰:

先生表察再来求,不似先前出猎游;

若得一言安社稷,却将性命报恩由。

姜尚于芦花深处,听得文王志气,坚心来求贤,姜尚遂出来与文王相见。二人各叙寒温,礼毕,文王道:"先生还得一句,为立国安邦之法,拜为良臣,公意如何?"姜尚见文王谨意诚心,苦来求告。姜尚乃答诗一首。诗曰:

谢君志意诣磻溪,一语安邦定国机;

我略乱言匡国法,须教陛下镇华夷。

姜尚诗毕,文王大喜,深谢贤良。西伯侯用手扶姜尚,并众臣扶定姜尚,上车北进。姜尚又答诗一首。诗曰:

渭水河边执钓钩,文王应梦志心求;

虽然年迈为元帅,一定周家八百秋。

周公又赠诗一首。诗曰:

夜梦飞熊至殿前,果逢良将渭河边;

曾因纣王行无道,扶立周家八百年。

周公诗毕,文王并众文武等,却回到岐州。

翌日,文王排宴,宣姜尚。姜尚蒙宣,诣于殿下,礼毕,与文王对饮。

文王笑而问曰:"公何姓?"姜尚答曰:"臣姓姜,名尚,字子牙,号为飞熊。"文王见言大喜:"正合我梦也,此真名将也。贤之妻子在于何处?"姜尚曰:"臣一身遇明君,何忧妻子乎?"文王见姜尚出语奇异,再问曰:"请贤伐纣,立国安天下,如何?"姜尚曰:"臣昔日在于烟波渭水河边,坐钓之时,非钓鱼,只钓贤君。臣既得大王宠用,何愁伐纣安天下乎?"

文王说纣王无道之事。姜尚曰:"臣尽知之,此上知纣不仁,故来投仁君。"王闻之大喜,先封姜尚为恒檀公。姜尚谢文王恩,礼毕。文武见姜尚皆喜。文武宴罢,皆退。

有文王夜寝至三更,做一梦,梦见一美人,从外而来,见恒檀公大哭,言:"我是东海龙王之女,嫁与西海龙王之子为妻;今为舅姑严恶,请假去觑双亲,到恒檀公境内。我是龙身,去处有狂风骤雨,雹打田禾,风吹稼稿,以此悦我心中。今到恒檀公之境内,不敢降雹注雨,故以此悲啼。"文王大惊,忽然觉来。文王心内思维:"恒檀公定是大贤能才,智慧之人。"至明,宣文武百官设朝。文王说梦与众文武,咸皆大喜。

文王依轩辕①行事,安天下,抚黎民,和合阴阳,谨礼地,严设山川,拜封姜尚为太公。

文王设宴,请文武百官,令出太公。太公教文武各行其德,要伐无道之君。太公曰:"天地人三才也,方今天心顺,地心利,人心喜也。夫天心顺者,雨雪均平,地心利者,五谷收成;人心喜者,万事通兴。此乃天下皆顺文王之德也。"

文王在位三年,三分天下有二矣。有一日,忽思羑里城中之囚,醢百邑考之恨,想纣王不仁之政,无道极甚,遂胀于心,因此得疾染患。文王教请母太任并太子姬发,武王是也。文王曰:"上启母,善保岁寒,好好将息,切莫生忧。儿子不久归于冥世。"又嘱太子武王曰:"我归冥后,你共文武和合,频赏三军;好看太公者,此人是大贤人也。只不得忘了无道之君,与百邑考报仇。"文王嘱罢,气乃不回。是日龙归沧海,凤返丹霄,一灵真性,乘云升天。此是文王崩也。

有母太任问武王曰:"你为君,如何治天下?"武王起,躬身答曰:"上启祖母,孙儿言治天下之政:第一、不欺下民;第二、修其国政;第三、不罄民力;第四、用兵衣禄同己;第五、视兵将如我手足。"祖母闻之大喜:"我孙儿堪为天子也!"遂将文王山陵葬毕。

武王设朝,士民皆喜;依圣治事,民皆引领。太公为将。太公每日于相府院治国政,事尽善。

倏忽三载,武王不念伐纣之事,终不用太公。太公长思纣王不仁无道,又思斩母之恨。太公见武王不念伐纣之事,故写一纸韬书放在武王御案上。

有日,武王见之,拈来视看,却是太公造下。其武王称奇。太公曰:"自天生世兮,无可及。四海兴望兮,定可归。如今老迈兮,未肯伏。昔作钓叟兮,遇明主。武王不用兮,未显机。磻溪钓鱼兮,天命定时。"

诗曰:

　　他钩曲兮我钩直,直钩上面更无食。

---

① 轩辕——黄帝。

文王化去不复追,谁问姜公直钩机?
又赠诗一首。诗曰:
昔日磻溪作钓基,直针不用饵香时。
自从西伯同车日,三载无人话国机!

武王看了文字并诗诵,大喜,遂宣文武至殿评议。召太公上殿,赐绣墩而坐。

武王问曰:"如何伐纣?先君曾言,羑里城囚,醢百邑考之恨;更为无道损害生灵,贬剥忠臣,宠信谗佞。以此举卿为将,伐无道不仁之君。如何用事?"太公曰:"欲要伐纣,合天地人心也。"武王遂问众文武:"寡人今用太公为将,伐无道之君,卿等如何?"有大臣散宜生、毕公皋、召公奭三人共奏曰:"臣启大王,纳臣之言,依上古例,筑坛拜将,可破纣矣。"武王曰:"依卿所奏。"

遂选良时吉日,筑坛,捧毂推轮,公卿大礼,封后正仪,拜太公上坛。黄钺皂旗,何舒镫捧,旌节旗幡,黄幡豹尾,牌印封全,立太庙。将一具大斧,头向主,柄向太公,如有不正,不依太公者,用斧劈之。上祭天,下祭地,中祭神祇。

武王又问太公曰:"何人为佐将?"太公曰:"我乃后选。"太公为将,武王排御宴,赏文武。武王又问曰:"何人为佐将?"太公曰:"用周公旦为参谋;用祁宏为末将;用南宫适为先锋,此人使铜弓铁箭;用南宫列为先锋副将,此人使一口大刀。"武王又问:"用兵多少?"太公曰:"用兵三万三千三百三十三人。"武王曰:"用此些个兵怎破纣王?纣王有战将千员,雄兵百万有余,如何破得?"太公曰:"天有三台,上苍有三万众星,昼夜有三百躔①,每进兵三十里,兵之决战无困,是伐纣之兵也。"武王大喜。

第三日,太公辞武王去伐纣。武王曰:"寡人亦恨纣王,寡人次卿之后。"武王大兵在后,众文武同随。岐州内有太任掌国事。

众兵将前到潼关去。太公前进,武王御兵后随。经月余之间,前到潼关下寨。有关主姜国舅,知西周兵将来至,关门不开,上表奏帝。使命诣于殿下,礼毕,将表文上殿。纣王拆开看之,冷笑微微:"令司户参军为将!此人老耄,不足为患乎!"纣王宣费仲、费达、费颜三人,领兵一万五

① 躔(chán)——日月星辰的运行。

千去迎西兵。

三人在路,不经数日,前到潼关,见国舅姜显,具说前事。费仲三人出兵,与太公对阵。有先锋副将南宫列与费达相见,二人各施礼毕,南宫列与费达约斗数合,费达使枪去刺南宫列;被南宫列架起一刀,劈了费达,杀退纣兵。又有费颜纵马出,与南宫列又战;不到十合,又被南宫列一刀挫折费颜项骨。杀费仲共兵走上潼关去了。

见关主姜国舅,国舅问胜败如何。费仲气喘难言,良久,具说前事:"被南宫列坏了费达、费颜等,甫能走脱。告国舅,紧把关口,勿令放过周兵;我去见帝,别举将军迎敌太公。"费仲嘱罢,他去见帝去了。

有太公进兵至潼关近,下寨,令一小将送一封书与关主姜国舅。前诣关上见国舅,礼毕,献书与姜显。姜显接得书,开视之,却是太公文字书。书曰:

上启国舅:久不奉颜,喜得安乐。尚昔日事急身危之时,谢贤放过关来。今辰实报贤恩。闭关不出,岂不知纣王无道,恣从妲己之言,将尔姊就摘星楼推下来,撷杀姜皇后。山陵不修,贬了太子殷交;羑里城囚文王七载,醢了百邑考,反了黄飞虎,斩了我母,剖了皇伯比干,贬剥忠良。不能赏设三军,宠信妲己之言,不听忠臣之谏。不良无道,苦虐万民。耕夫罢种,织女停梭。天地人臣,咸皆怨旷。今者天教武王杀伐无道,如贤不肯放关,岂不是助纣作孽?若兴兵击破关门,缚贤见主,我与贤失了昔日之义也。如贤献关,我奏武王,教贤列士封侯,与尔姊报恨,天下太平,岂不美哉!今月日,西周元帅姜尚书。

姜显看了此书,速竖降旗,献潼关与太公。太公传令,教兵过潼关东下寨。

有一小将来报,今有巡河使者胡雷领兵近也。太公见书,乃问众将:"恁谁人敢去捉胡雷?"问一声未了,有先锋将南宫适唱喏:"我去捉胡雷。"便领兵士与胡雷相见。

两下军兵大喊,二将争功,有如二龙初出海,恰似两虎乍离山。约斗十合,见一将拨马便走,是南宫适。胡雷后赶至近,被南宫适暗取铜弓铁箭,背后射胡雷一箭。胡雷落马,被众将救得。胡雷入阵去了。有南宫适亦回兵入寨,见太公具说前事。太公闻之大喜。

太公又发一课,言道:"今日有一将来投我。"道罢,果然一将来投,去见武王、太公礼毕。武王问曰:"你是何人也?"来人具说:"我乃昔日与太公约期信,若你投西伯侯仁君,佐国为将,必去相助,破无道之君。今知太公为将,故来投之。我是太子殷交!"武王、太公闻言大喜,教殷交为上将,此人使一具百斤大斧。用了殷交。

却说费仲去见帝,山呼,具说前事:"被南宫列坏了费达、费颜也。"纣王闻奏大怒,又令费孟领兵来探潼关西。逢着周兵,南宫适与费孟决战,杀声不止。暗中有一小将,斫折费孟马脚,活捉住费孟,来见太公。太公令建法场,凌迟①碎剐,此人是逸臣费仲兄也。

太公升帐而坐,令教高毁、祁宏二将,领兵一千去收复容城。正行之次,前迎着纣兵,是离娄、师旷,与高毁、祁宏决战。不斗数合,被离娄、师旷杀败。高毁、祁宏复归营内,来见太公应诺谢罪,太公免罪。又定一计,教去噤口岩中伏了兵士,来日决战诈败,离娄、师旷必赶;拖逗二人入岩口中,必捉二人。太公说计与将士。

有离娄、师旷,早闻先知仔细。至来日,南宫适出阵与二将大战三十合,南宫适诈败,拨马西奔。离娄、师旷不去赶,二人于阵上笑而叫曰:"太公你用伏兵计,去噤口岩待捉俺二人,亦早知!"太公闻言大惊:"怎有如此之事,二人先知我心肠之机?"太公又定计,教兵士三度换衣,来日大战,两下用兵,掩杀二将。众依计。

有离娄、师旷,先知其计,二人升帐而坐,遂写文字,令一小将送与太公。太公看了文字大惊:"似此二人先知我心内之机,如何捉得二人?"太公犹豫不定。有一人前来启告太公:"此二人:名离娄者是千里眼;名师旷者是顺风耳。二人别无一能,只除远近皆闻皆见。"来报者是把关姜显。太公见言,叹曰:"奇哉!我不知,难捉二人;我既知,看我别计,便教捉了二人。"恐二人听得观见,遂出阵中,多用幔子遮了。太公写计,与殷交知之。教众将看了,依此计先行去阵上擂起锣鼓,动五百面铜锣,令师旷不闻此事。次从用三千面绣旗遮了阵面,令离娄不见。太公令翌日辰时大战,教锣鼓齐鸣。

南宫适先出阵与离娄挑战,二将马项相交,大战两阵,起如云雾,二人

---

① 凌迟——分割人的肢体,是古代的一种酷刑。

各用心机,刀劈枪刺。高低恰似龙争宝,往来有似虎争餐。约斗到三十合,南宫适诈败,离娄后赶入阵。离娄被旗遮了阵脚,不见;师旷被锣鼓聒耳,不闻。二人不闻不见,二将入阵。蓦闻旗开,忽睹一员猛将,是谁?却是殷交,把旗遮地,擒了离娄。被南宫适放一铁箭,师旷落马。被将捉住,拥见太公。太公使人教去陕府东岗岭之下,建法场斩之。

众人蒙令,拥二人去法场斩之。忽见一阵大风,起砂走石,似吹扬尘,屋瓦翻飞,对面不能相见。忽于法场上不见二人,不知何往,根觅不见。监斩官并刽子手二人来见太公,二人言奇怪之事。太公问曰:"何事?"二人具说:"于法场上待斩二人,化一阵狂风,不见了此二人。"太公见道,令将士寻觅。左右依令,根寻到陕府东约四五里地,见轩辕皇帝庙门前两壁厢,有千里眼、顺风耳。左右报太公,太公见言,更不穷究二人之事。遂去取复容城。

太公传令,兵将速至渑池。有一大将姓秦名敬,出城领兵与殷交相见。秦敬问殷交:"你为甚反背朝廷?"殷交曰:"我为纣王无道不仁,故来伐之。你肯献城与我么?"秦敬曰:"你斗得我时,情愿与你;若斗不得我,你见我这手中大刀么?"殷交大怒,纵马与秦敬刀来斧去,不数合,被殷交架了秦敬刀,两手抡斧一劈,秦敬分尸而死。败兵却回。殷交收了渑池地,前到洛阳。

伯夷、叔齐谏武王:"臣不可伐君,子不可伐父。启陛下:父死不葬,焉能孝乎?臣弑君者,岂为忠乎?陛下望尘遮道,今日谏大王休兵罢战。纣君无道,天地自伐,愿我王纳小臣之言,可以回兵,只在岐州为君。大王有德,纣王自败也。"伯夷、叔齐如此之谏,故意先教前面扬尘遮日,只见昏暗,只图武王听之,回兵不战。

武王不纳伯夷、叔齐之谏,言曰:"纣王囚我父,醢我兄;损害生灵,剥戮忠良;剖剔孕妇,斫胫看髓;酒池虿盆,肉林炮烙之刑;弃妻逐子,民不聊生。朕顺天意,伐无道之君;禀太公之智,东破不明之主。若不伐之,朕躬有罪。卿等且退。"二人又谏曰:"大王休兵罢战,不合伐纣,恐大王逆也。"武王大怒,遂贬二人去首阳山下,不食周粟,采蕨薇草而食之,饿于首阳山之下,化作石人。后有诗为证。诗曰:

让匪巢由①义亦乖②,不知天命匹夫灾;
将图暴虐诚能阻,何是崎岖助纣来。
又诗曰:
孤竹齐夷耻战争,望尘遮道请休兵;
首阳山倒有平地,应是无人说姓名。

太公催兵,前犯洛阳。有主将徐郎、徐盖,更有徐升、徐变。徐郎曰:"今有周兵至近,恁谁敢退周兵去?"有徐盖曰:"我去退周兵。"

徐盖领兵出城迎周兵,太公布阵,名曰"六甲阵",阵上见一人,是南宫适;一人是徐盖。二人挑战,约斗数合,南宫适先败了徐盖,后赶引入六甲阵中困了,徐将令一小军,将文字往洛阳求救兵。小将入城,见徐郎喏罢,言:"你弟教取救兵,今见困在阵中,不能出之。"徐郎见言,大怒:"喑,我教你去捉太公,主将倒来取救兵!"徐郎传令不得去救,恐失了洛阳。四门牢闭,夜亦巡城。不去救徐盖。

二子来告伯父:"俺弟兄二人,愿去救我父。"徐郎不许去,被徐升、徐变擒住伯父徐郎,献了洛阳与殷交。殷交二人遂引二人见太公。殷交具说前事。太公闻言大惊,叫拥过徐郎来。太公曰:"你若顺我则生,不顺则死。"徐郎曰:"宁死不顺周兵。"太公大怒,教斩了徐郎,放了徐盖,收了洛阳。太公教兵前进,武王随驾入洛阳,歇泊三日。

太公兵前到汜水关九项渡前,逢纣兵来迎。有将是乌文画,此人身长一丈七尺,腰阔数围,拳打万人,不可当敌,长食万人之饭。纣王游黄河时,有一只大船,名曰"和州载",二名"七里州",万人不可拽动。被乌文画独拽此船,逢间道岗坡或旱地,力如水中,拽亦然。乌文画者,即奡③荡舟,本是东海人也。来迎太公决战。太公令祁宏与乌文画战。二人出阵,战斗不到十合,败了祁宏。又令南宫适与乌文画战,不斗十合,败了南宫适入阵中。太公又令殷交与乌文画决战,斗到十合,被殷交翻身展臂,持百斤大斧劈乌文画之斧。被乌文画手口眼辨,用铜叉架了殷交。如此三日,无人与乌文画决战。

---

① 巢由——巢父和许由,相传是唐尧时隐士。
② 乖——违背,抵触。
③ 奡(ào)——矫健有力。

有一日,太公定计,南有广武山荆索谷,先铺了机略。来日,太公教南宫适再与乌文画决战。南宫适用尽平生气力死战,约斗百余合,被南宫适使铜弓铁箭射乌文画。南宫适箭无空发,奔羿荡舟,正中面门。被羿荡舟用手接了箭。南宫适翻身又射,箭箭相冲,连发三十支铁箭,被乌文画左右手接之,三十支箭不贴身。又败了南宫适,慌奔广武山走。羿荡舟后赶。羿荡舟言曰:"我不捉了南宫适,誓不东归!"遂赶南宫适入广武山中。

至夜初明月之下,只见马军陆续入此山。羿荡舟赶南宫适入荆索谷。南宫适过登于山啜。乌文画独入谷中,被太公教兵将截了后路。别路放过南宫适去了。却用石头屯了出入之路,放火烧之。乌文画逃窜无门,火烧羿荡舟而死。

太公破了乌文画,领兵至黄河,前迎纣王兵将五员前来迎敌。一个是史元革、赵公明、姚文亮、钟士才、刘公远五人,领兵将来迎敌战。太公却令南宫适、南宫列、殷交三人与纣兵混战。约斗数合,败了五将,速上船去,于水中不动。太公定一计,令教三军离河岸一二里下寨,取酒食赏三军。

时至三更,饮酒食肉,歌舞无休。有船上五人闻知取乐之事,以此船上五将,令三将来劫太公寨。有赵公明、姚文亮、刘公远三人下船来劫太公寨。太公令兵士南退一里,尽留下酒肉。三人见之大喜。三将并小军尽食肉饮酒欢娱,纵意饮之,此酒原是药酒。须臾,药倒三将并众兵士。太公潜兵捉下三将,多时,药发命尽。

有史元革、钟士才二人在船上,不曾来,被太公令一小将至岸,叫二人曰:"今有三将探得便利,周兵三万三千三百三十三人,约一半降尽,教来叫你二人同捉太公!"二人闻言,忻忻下船,进步至岸头;被殷交、祁宏捉住二人,拥见太公。太公不斩二人,先占了船只。此二人皆送在黄河里,教溺死。

太公上船,把战鼓擂动渡河。才待渡河,忽起大风,吹得太公伞柄曲了。自后号为"曲柄伞"。大风三日不止,太公用三牲肉祭河,神风乃方息。太公传令交南宫适先渡河下寨,太公然后渡河;武王并众士皆渡河去。

有太公来见武王评议,知得纣王拜起大将,举起大兵来迎。太公奏武王:"咱下五武寨,名号曰:"第一、广武寨,教文建、许寂下;第二、扬武寨,教周公旦、祁宏下;第三、武德寨,教毕公皋、南宫列下;第四、武胜寨、教太公、南宫适下;第五、修武寨,召公奭、闳夭、殷交、武王下。此寨靠黄河下,不动。等纣王兵来,一阵须捉纣王。"

却说纣王今知西伯侯兵来过黄河,来时用司户参军为将。纣王冷笑微微:"此人年迈,不足为患乎!"前时有费仲去探潼关,败了回来,见纣王具说太公之事。纣王不信。今过孟水,纣王令文武评议之事。文武蒙宣,咸诣殿下,山呼毕。纣王问曰:"寡人知周起兵,将过孟水;今问卿等,恁谁敢去为将捉太公,收西周武王?若得胜回来,寡人也不负卿等之力。"问一声未了,有费仲出班奏曰:"臣启陛下,臣举一人堪为大将矣。"纣王曰:"是谁人?"费仲曰:"教崇侯虎为大将;教薛延沱为副将,此人封为白虎神;蔚迟桓,此人封为青龙神;要来攻,此人封为朱雀神;申屠豹,此人封为豹尾神;戍庚,此人封为太岁神。戍庚以下众将,百万雄兵,守朝歌者无数。教彭举、彭矫、彭执三人先锋将。"纣王:"依卿所奏。"拜起崇侯虎为大将,领兵百万,来收西周。在路行经数日,前到故恩州西陵底下了寨。崇侯虎知太公下五武寨,崇侯虎亦下五星寨:第一、木星寨,飞廉下;第二、水星寨,申屠豹下;第三、火星寨,薛延沱下;第四、金星寨,蔚迟桓下;第五、土星寨,彭举下。

时有先锋将彭举先出阵,与殷交决战。二将挑斗,马项相交,约战十数合,被殷交一斧劈了彭举。有彭矫见劈了彭举死了,心中大怒,纵马与殷交斗敌;不到三合,被殷交又劈了彭矫。又有彭执,见杀二兄,大怒;又与殷交战,被殷交又劈了彭执。这殷交一阵坏了三将。

却有败军,回去寨内,见崇侯虎具说前事:"如今被殷交坏了三员将也!"崇侯虎闻言大怒,言曰:"今日一阵,杀我三将。我亲自与太公相见!"崇侯虎便跨马担刀来与太公相见。

太公诣阵前,问崇侯虎曰:"我今见纣王无道不仁之君,自乱天下,苦害生灵,天地难容。西周故来伐之。你肯顺西周么?若你肯顺,便教你封侯之贵如何?"崇侯虎闻言大骂:"你负纣王之恩!王虽无道,久为大国之君。食王禄矣,岂可弃乎?你无道礼!"太公曰:"你不识时变,不解天机。"崇侯虎不言。太公又问曰:"你识我阵么?"崇侯虎曰:"我识你阵,名曰是'五武阵';取五将为阵,名'五虎阵',靠山河。"太公曰:"你识我阵,你敢打我阵么？"崇侯虎曰："纣君拜我为上将，特来决战。你言甚敢打阵么？"道罢，纵马横刀，冲入阵中。

崇侯虎叫喊之次，忽闻锣鼓齐鸣，撞出五员战将：一个是文建，一个是祁宏，一个是南宫列，一个是散宜生，一个是许寂。五将等迎敌崇侯虎。崇侯虎大困，乃知冲阵，不知出阵，心迷慌急。当头又撞一员猛将，是殷交。此乃当住崇侯虎言道："弃马离鞍受降！"崇侯虎不肯，又与殷交战。被殷交一斧砍折崇侯虎马脚，被众将捉住崇侯虎，拥见太公。

太公问曰："你肯顺我么？顺则生，不顺则死。"崇侯虎曰："食君之禄，曾闻道，在家竭力，方为大孝；佐国身亡，此乃尽忠。我宁可餐刀，不顺西周！"太公教建法场，刽子蒙令，斩了崇侯虎，献首级武王，封为夜灵神也。

又有飞廉领兵出阵索战。西周有祁宏亦出阵与飞廉决战。二人马项相交，约到百合，不分胜败；又斗到数合，败了祁宏，飞廉后赶，入阵中。被太公鞭梢指点，众将挪身，把阵变为八卦阵。祁宏回来，却与飞廉再战，困了飞廉。飞廉大骂太公："你虽困我在阵中，你怎捉得我？"太公见道，叱喝后军。后军听得齐临，捉住飞廉，拥见太公。太公教斩了。刽子蒙令，斩飞廉首级献武王，封为大将。

又方相身长一丈，使画戟，与御兵战，用戟刺中武王御马。画戟又待刺武王。方相见金龙护体，紫气笼身。方相跃身下马，弃戟便拜武王，山呼万岁，言："乞死罪！"武王见方相顺降，大喜言曰："免你罪。"立封为开路引驾大将军。方相父方昌，与纣王殿下，封为廊将，祖本是拒桥人也。

又有豹尾与太公相见。豹尾大骂太公："你反纣王的逆贼！曾为钓叟屠肉于市，卖酱于村；妻不能赡，中路分离。据你所为，岂作上将乎！"太公闻言，大笑曰："我穷天命，佐有道之君，伐无道之主。"道话之次，被南宫适用铁箭射之，豹尾大怒，与南宫适决战。不斗十合，被南宫适战住豹尾长枪，马项相交，被南宫适捉住豹尾，拥见太公。太公教斩了者。刽子蒙令，斩了豹尾，献首级与武王。武王大喜。

有人报曰："西南见一队军，拥一员将。"至近下寨，令一小卒，来见太公，言曰："南燕王黄飞虎至，愿助气力伐纣。"太公闻言，奏武王曰："有黄飞虎至，助大王伐纣者。"武王大喜，便宣至见帝，山呼毕，封为先锋招讨大将军。南燕王遂合兵伐纣。

至夜,却说纣王许多兵将,与周兵混战,周兵众将各认着纣将决战。被黄飞虎出阵,用大刀便劈纣王。纣王急走,劈着纣王战马,负痛不能走得。被众将护之,纣王得脱。

有费仲与殷交相敌,被殷交引臂展手一斧,斫费仲马头落地,活捉费仲,推见太公。太公并众将士恨之,令于阵中剐肉,去九鼎镬内烹而食之。

外有魏岁、魏鬼二人,仓皇无觅前途。魏岁见殷交、西周武王、扈敬达,纵马将奔,无故落马坠地,被扈敬达纵马杀了魏岁。魏鬼持枪混战。

不久,纣王回马恰待走,正迎着引驾大将军武吉。武吉暗呜叱一声:"不得走!"魏鬼不能支持,被武吉杀之。其余兵将尽杀之。唯有纣王一身尚在,领着败兵前往朝歌去。又被黄飞虎、殷交二人,剿杀一阵,杀得兵士十人亡九。唯有纣王得脱,将着些小败将走入朝歌去了。

武王传圣旨,教围朝歌城。于四下用兵,下三十六寨。唯有朝歌守关纣兵背纣者不少,顺周者极多。

当年戊午日,四方兵将尽至孟津,八伯诸侯不会而自诣,咸皆来朝武王。诣于武王前,咸山呼万岁,贺万千之喜。武王见天下众诸侯咸诣,心皆喜顺。

武王设宴管待众诸侯及众将军士。筵宴毕,下令教兵将尽围定朝歌,攻城。兵士东下至同山百路,西下至太行山,南下至遂村,北下至清河。清河上有石桥村,石桥村北有东桥村、西桥村。于卫县西二里,有照刑台。南北河桥边便是纣王殿。纣妻妲己摘星楼,在深山内磨石岭北是也。纣王夏天避暑安都村,北有白龙潭;庙后有山岩,名曰仓谷,此处藏粮,至今无数也。有太公克下戊午日甲子日,天降冲雷之声,恁可破纣也。武王曰:"有诸侯助伐朝歌,至癸亥日,有一路兵来委地投我。"令人去探,见当前一员猛将,此人身长一丈,肩担一柄大刀,披发似鬼,似擒龙捉虎之雄。却是录真山学业之人,雷震子也。诣于武王面前,攀鞍下马,山呼万岁罢。武王大喜:"果然来投我!"

武王又曰:"此城必破,愿天降三日血雨淋城。教天雷震地,城自摧破。"言罢之次,太公令教四下兵将一齐打城,三十六寨一齐发喊之次,果然,天雷震城,血雨微微,天愁地惨,日月无光。癸亥日打城,至夜又至晓,是甲子日早晨,于城四下兵将一齐喊声,果然城墙自摧,三十六路打破城池,有兵、将、元帅,一齐入城去捉纣王。一城百姓见城自摧破,自来搜捉纣王。纣王见兵势甚大,力不能及。纣王自点火焚烧了殿宇,仗剑冲兵便走。欲待走,被北伯侯祁杨广高声叫:"众兵将捉住无道之君者!"纣王知不免难,大叫一声,自往跳入火中。才欲待跳,忽然一人拦腰挟住,不能跳入火中,令左右捉住,拥见太公、武王见了。

太公高声叫曰:"捉取妲己来!"兵将依令,速去宫内捉妲己。诣诸宫中不见妲己,问宫人曰:"妲己在于何处也?"宫人言曰:"妲己在摘星楼上。"殷交共黄飞虎听道在摘星楼上,速去捉妲己。妲己见兵将至近,思不能脱难,望危楼之下便跳。忽被一阵妖风,吹向栏杆上挂住妲己。妲己被殷交捉住,拥见太公。太公传令,教牢收者。教取了库藏金银财宝,更尽斩了费仲、费孟家族,三百口良贱尽皆诛戮。此乃不匡谏纣王、妲己恣纵行无道者,尽皆斩讫。行善事者,子孙受禄;行不仁者,满门遭诛。

太公曰:"戊午日,兵临孟津;甲子日,血浸朝歌。"有诗为证。诗曰:

戊午兵临孟水桥,诸侯烈士尽来朝;

天心合与人心顺,甲子朝歌血水流。

又诗曰:

人笑姜公执钓钩,锦鳞不钓钓西周;

凤翔一道鱼和水,流到朝歌殿角头。

太公、武王收兵于朝歌城外。翌日未时,武王为天下王,今已破纣也。殷交、武王共太公评议所行之事,以此拜礼,祷祝天地神祇山川;并又祭纣王所害死的痛亡屈死生灵,然后斩纣王并妲己二人。

武王、太公并众将、大小官员、兵士等,焚香祷祝天地神祇名山大川。武王曰:"今破无道不仁之君当死之罪如此。纣王置下酒池肉林,虿盆炮烙之刑;剖剥忠良,剔割孕妇;斫胫看髓,罗织苦死。所有百万殷凌迟枉死生灵,皆祭之。"用香食美羹泼于地上。其日,天色阴晦,顺风听得苦死痛亡灵魂,享而食之。其祭食不移时刻俱尽。或有一人言曰:"受有道之君祭享。"

太公传令,教建法场:大白旗下斩纣王,小白旗下斩妲己。帝问曰:"教甚人为刽子?"问一声未罢,转过殷交来奏:"陛下,小臣愿为刽子。陛下听我诉之曰:纣王昔信妲己之言,逐臣到一庙中,似睡蒙眬,赐臣一杯酒,饮之力如万人;又赐臣一具百斤大斧,教斩无道之君。以此神祢所祝,臣合为刽子。"武王曰:"据有此事,依卿之言。"

武王并太公众文武群臣，皆戴冠冕朝服，论条律，"若纣王苦害生灵万余人命，合斩纣王并妲己，与寡人报仇"。武王传令，教两班文武兵士，于法场上两下排列。众文武兵将依奉圣旨，排列了当。

武王传圣旨曰："推过纣王、妲己。"当面言："纣王，你有十条大过，你知么？"纣王无答。武王又曰："不仁无道之纣，你囚我父，醢我弟身为肉酱，共妲己取乐，是一过也；虿盆酒池，肉林炮烙之刑，苦害宫妃，是二过也；你去摘星楼上揎下姜皇后撅死，山陵不修，葬后宫第七个梧桐树下，是三过也；你信妲己之言，远窜太子，是四过也；杀害忠臣，贬剥忠良，是五过也。"武王言讫五事，泣下。纣王目睁无言。太公曰："不仁之君，你杀我母，是六过也；你醢黄飞虎之妻，有何罪名，是七过也；你信妲己之言，剖孕妇，辨阴阳，是八过也；你信妲己之言，斫胫看髓，是九过也；你信妲己之言，修造台阁，劳废民力，费仲谗言，自乱天下，是十过也。"太公言讫后五件大罪，纣王亦无对。

武王并众文武，尽言无道不仁之君，据此合斩万段，未报民恨。言罢，一声响亮，于大白旗下，殷交一斧斩了纣王。万民咸乐。

二声鼓响，于小白旗下，刽子手待斩妲己。妲己回首戏刽子，用千娇百媚妖眼戏之，刽子坠刀于地，不忍杀之。太公大怒，令教斩了刽子，又教一刽子去斩，刽子持刀待斩妲己，妲己回首戏刽子。刽子见千娇百媚，刽子又坠刀落地，不忍斩之。太公大怒，又斩了刽子。

有殷交来奏武王："臣启陛下，小臣乞斩妲己。"武王："依卿所奏。"殷交用练扎了面目，不见妖容。被殷交用手举斧，去妲己项上中一斧。不斩万事俱休，既然斩着，听得一声响亮，不见了妲己，但见火光迸散。似此怎斩得妲己了？

太公一手擎着降妖章，一手擎着降妖镜，向空中照见妲己真性，化为九尾狐狸，腾空而去。被太公用降妖章叱下，复坠于地。太公令殷交拿住，用七尺生绢为袋裹之，用木碓捣之，以此妖容灭形，怪魄不见。后有诗为证：

　　休将方寸睬神祇，祸福还同似影随；
　　善恶到头终有报，只争来速与来迟。

秦并六国平话

茶与中国文化

目 录

卷上 /211

周平王下堂见诸侯
楚王会五国大王
王翦败张晃
邹兴射王翦
王翦回军见帝
秦王交兵与王翦
严仲子求救兵
赵将杀匈奴
李牧退番兵
司马尚奏李牧反秦并

始皇出诏并六国
六国兴兵伐秦
周光刺王翦
楚王会议退秦兵
韩国惠王薨
王翦攻城唬倒韩王
王翦灭韩国
始皇令王翦伐赵
赵王赐李牧死

卷中 /234

秦将虏赵王灭赵国
荆轲刺秦王
秦将索燕丹太子
燕王赐太子死
魏国修城
王贲收魏回秦

太子送荆轲入秦
秦王遣王翦伐燕
燕使献首级
始皇纳燕地图金宝
李信斩龙离足
秦楚交战

始皇送王翦征楚　　　　　　王翦灭楚国
王翦伐楚班师秦并

卷下　　　　　／252

蒙恬杀死石凯　　　　　　李斯诈诏杀扶苏蒙恬
秦齐大战　　　　　　　　秦二世居禁中
高渐离扑秦王　　　　　　郦生谒沛公
始皇封大夫松　　　　　　燕王投庈
焚书坑儒　　　　　　　　齐王出降
燕使献首级　　　　　　　沛公当道断蛇
始皇纳燕地图金宝　　　　斩李斯父子
始皇崩沙丘　　　　　　　秦子婴杀赵高

卷　　上

诗曰：

世代茫茫几聚尘，闲将史记细铺陈。

便教王伯①多权变，怎似三王②尚义仁。

六国纵横易冰炭，孤秦兴仆等云轮③。

秦吞六代不能鉴，且使来今复鉴秦。

鸿蒙肇判④，风气始开。以揖让而传天下者，尽说唐、虞；以征伐而取天下者，尽说三代。夫三代者：夏、商、周也。夏禹王得舜帝禅位，立国为夏，传一十七代，享国得四百三十一年。夏桀无道，商汤放桀于南巢田地里，夏之天下尽归于商。汤王立国为商，传三十代，享国得六百二十九年。纣王无道，周武王伐纣于孟津田地里，并商天下，立国为周。自武王至幽王时分唤作西周，自平王至赧王⑤时分唤作东周。

二周虽传三十五代，享国得八百六十七年，自传到那第十三代的君王唤做平王，那时周室衰微，诸侯强勇。平王虽居尊位做天子，但王室荡无纲纪，甚至下堂而见诸侯。孔夫子为见平王身为天子，自统六军伐郑。那郑伯无君，身为周家卿士，自率诸军敌王，在那地名繻⑥田地交战。被郑伯射着一箭，恰好射中平王左肩。孔夫子是春秋世儒道的宗师，要扶持这三纲五常⑦。见那时三纲颓坏，为君的失为君之道；侯国强梁，为臣的失为

---

① 王伯(bà)——五个霸主，指春秋时的齐桓公、宋襄公、晋文公、楚庄公。
② 三王——指夏、商、周三代之君。
③ 云轮——比喻迅速变化的事物。
④ 鸿蒙肇判——鸿蒙，指宇宙形成前的混沌状态；肇判，初分。
⑤ 赧(nǎn)王——战国时周国君王姬延。
⑥ 繻(xū)葛——地名。
⑦ 三纲五常——封建礼教所提倡的道德标准。"三纲"指君为臣纲，父为子纲，夫为妻纲；"五常"指仁、义、礼、智、信五种道德信条。

臣之礼。怕天下后世乱臣贼子争效这个模样,便使三纲沦而九法斁①,不成世界。不免将那直笔,把那时一十二国,共有二百四十二年的事迹,著一部史书,唤做《春秋》,从平王时事为头,有善事的褒奖它,使人知劝;有恶事的贬责它,使人知怕。怎知世变推迁,春秋五伯之后,又有战国七雄,天下龙争虎战,干戈涂炭,未肯休歇。且说那战国七雄是兀谁?诗曰:

> 两周分治各西东,十二诸侯互战攻;
> 未有真人来一统,奈何七国又争雄!

那七国者:秦、韩、魏、楚、燕、齐、赵也。

秦姓嬴氏,周武王时封。秦至武公、惠公时分始僭称王。此秦国也。

韩虔世代仕晋,在威烈王时,韩虔求做诸侯,分晋国,自立为韩。此韩国也。

魏斯世代仕晋,在威烈王时,魏斯求做诸侯,分晋国,自立为魏。此魏国也。

赵籍世代仕晋,在威烈王时,赵籍求做诸侯,分晋国,自立为赵。此赵国也。

史谓三家分晋,是说这韩、赵、魏也。

那周安王时,田和有功,封于齐,是为齐国。那蓟北燕王姓姬氏,自周武王时分,封为燕国。那襄郢②楚王姓芊③氏,周成王时分,封为楚王;至那负刍④时分,凡十世,为楚国。

这个七国,当初互为雄长,在后见秦国强大,那六国结纵合横,以拒强秦。奈何纵解横散,被秦始皇吞并做一统天下。唐贤杜牧做那《阿房赋》,末后说得最好,说个甚的?杜牧《阿房赋》后一段道是:

> 呜呼,灭六国者,六国也,非秦也。族⑤秦者,秦也,非天下也。嗟夫,使六国各爱其人,则足以拒秦。秦复爱六国之人,则

---

① 九法斁(dù)——九法,指周治理邦国的九种措施,亦泛指治理天下的各种大法。斁,败坏,损坏。
② 郢(yǐng)——古地名,曾为楚国都城,在今湖北江陵县。
③ 芊(qiān)。
④ 负刍——人名,不详。
⑤ 族——灭。

递三世可至万世而为君,谁得而族灭也？秦人不暇自哀,而后人哀之;后人哀之而不能鉴之,亦使后人复哀后人也！

话说昔日秦始皇政者,庄襄王子也。始皇无道,南取百粤,北筑长城,东填大海,西建阿房;坑儒焚书,使天下人民不安。不修国政,并吞诸侯,荒荒离乱。始皇欲立万世为君,遍游天下,来到沙丘,帝崩。怕天下诸侯有变,不敢发丧,背地里将銮车载尸,与鲍鱼相杂。赵高与李斯商量诈作诏书,差使命往长城杀太子扶苏并那蒙恬,却立二世为君。在后赵高引军阎乐入内,杀胡亥,立三世子婴为君。子婴懦弱,托病不出宫。赵高弄权,指鹿为马,欺压君臣。赵高入内探帝病,子婴杀赵高。有胡曾诗为证。诗曰：

汉祖西征秉白旄①,子婴宗庙起波涛；

可怜君有翻身术,兼向秦宫杀赵高。

在后,天降圣人,汉高祖刘邦领兵入关,系颈以组,封皇帝玺,降于枳道②。这头回且说个大略,详细根源,后回便见。

话说秦六年,始皇帝登殿,集大臣文武至殿下,分两班,山呼万岁毕,始皇向君臣道:"寡人登极之后,今已六年,有那齐、燕、魏、赵、韩、楚六国未肯伏。我欲削平六国,使天下为一统。卿等有何计策？"当有一大臣司马欣出班奏曰:"陛下若论七国,则国势均平；若论气力,则秦为上国。何不发使命,赍国书,威伏六国,令它拱手来降,纳土于秦,免得战争如何？不来者,差军发将,取之未迟。"帝闻奏大悦,圣旨问:"班中有谁人可充使命？赍国书前往齐、燕、魏、赵、韩、楚诸邦游说诸侯,早献地图纳降,免得干戈,百姓枉遭涂炭。这是一项好的勾当。"那时有秦公子名曰少官,他自请赍此国书游说六国。始皇大悦,吩咐国书与公子少官。那书道是：

秦王致书于齐、燕、魏、赵、韩、楚六国大王殿下:秦与诸王兄弟国也,势均体敌,相与北面以事周,积有年代。朝会天王之时,推秦为盟主,歃血③而誓,各守本国疆界,绥怀④国内人民。我

---

① 旄(máo)——古代用牦牛尾装饰的旗子。

② 枳(zhǐ)道——亭名,旧址在今陕西咸阳市东北。

③ 歃(shà)血——古代订盟的一种仪式,即立盟的人把牲畜的血涂在嘴上,表示诚意。

④ 绥(suí)怀——安抚。

无你诈,你无我虞。休萌战攻侵伐之谋,共享安净和平之福。属者苏秦、张仪,驰骋辩口,离间诸国,私自结纵合横,各有吞噬①上国之谋。寡人知之久矣,念欲兴问罪之师,实以盟会之言犹在耳,未忍寒盟,遽②为此举。诸王何不量力度德,自思你土地、人民,与我国孰强孰弱?你兵师、车马与我国孰寡孰多?你财帛、金宝与我国孰丰孰啬?堂堂赧王,尚且臣附于庄王之世,你自思诸国势力比赧王为何如?犹敢凭陵③大国,不肯臣附?今遣公子少官来诸国议事,若大王图全社稷,则输款投诚,以舆地来献;使四海一家,则你世受王爵,为秦藩臣;保有宗祀,世世不绝。生灵免涂炭之灾,兵师有息肩之日。唯大王实图利之。若负固不悛,执迷不返,则命将遣师,剿平诸国,如疾风之摧败叶,严霜之压枯苇,唯寡人所欲耳。彼时噬脐,悔之何及!

六国王接得秦国始皇书,各各开看。其别无话,只是秦帝克伏诸国来降,诸王不悦。有楚襄王,国书会五国王子,会议并秦。遣使者往齐、燕、魏、赵、韩邦通上国书,克日④到楚议事。诸国王接了楚襄王书开看,克日车驾启程。齐王、魏景关王、韩威惠王、燕孝王、赵孝成王皆到楚地,入朝施礼毕。各奉命而来,楚王安排茶饭,把盏已毕,楚王与诸王言道:"闻秦王遣使赍书克伏诸国□□□。这事怎的?"春申君奏曰:"臣请大王助兵伐秦。"赵王御前李牧进奏诸王:"诸王助兵,望陛下依臣所奏。"楚王大悦,赏御酒犒设李牧:"将军,你言是也。"各助兵三万。

楚令项梁为将,齐遣邹阔为将,韩遣冯亭为将,燕遣孙虎为将。楚襄王亲为招讨。克日,兵至函谷关,会合诸国人马。诸国大王各归本国,点集雄兵猛将,往路中函谷关相会。楚王车驾起行,为招讨,预先在关等候。

至日,赵有李牧、张耳、陈申,发兵三万,到关参拜楚王。齐有田儋、邹阔、邹兴,集兵三万,至关。韩有冯亭、周光、霍雄,领兵三万,至关。

魏有周霸、郑安成、龙离足统兵三万。燕有孙虎、韩广、景耀龙押兵三

---

① 噬(shì)——咬。
② 遽(jù)——匆忙。
③ 凭陵——侵犯,欺侮。
④ 克日——约定或限定日期。

万,至关。各各参见楚王。楚王见诸国兵齐将集,大悦,出宣命,定赏罚:有人生擒秦邦一将者,与千金;能获秦始皇者,与诸王共封为六国万户侯。诸将欢声如雷。

古云:重赏之下,必有勇夫。军中撞出一员猛将,绛袍朱发,赤马红缨,身披黄金锁子甲;御前奏楚王道:"奴婢为先锋,攻破秦邦,生擒秦将,活捉秦皇。"此人是谁?乃魏国三代将门之子,郑安平之儿,姓郑,双名安成。楚王见了大喜。忽班部中撞出一将,身长九尺,面赤髭①黄,穿红袍,白玉带,银锁甲,金弁②冠;愿为先锋,与郑安成比试。此人是谁?乃齐国邹阔将军也。楚王问诸将:"那两个要做先锋,怎生区处是得?"那李牧、冯亭、项梁三将奏曰:"先锋不可便付与二将,须索交他两个比试,决个胜负,与先锋印者。"楚王依奏,便令二将比试,胜的挂先锋印。

二人听得言语,上马分阵,各擂鼓响。楚王与诸将看争先锋。左边撞出郑安成,右畔撞出邹阔。二将马交,约斗三十余合,只见郑安成败走,那邹阔一向赶上。郑安成暗取套索。邹阔亦取套索,撒起,去套住郑安成。郑安成亦套住邹阔。二人相拒之际,不防人丛中放一冷箭,把那套索射断。众人大骇。

李牧向前问:"放冷箭是谁?"道声未了,见几个军卒把一年少后生推出来。李牧觑了大骇,见身上蓝缕③,志气犹存。三代将门子,累世先锋儿。是梁国秦明之孙,姓秦名斌,落于军中为小卒。

李牧引秦斌至楚王驾前,奏曰:"大王适间令郑安成、邹阔比试先锋,各人套索不开。有小兵放冷箭射断套索,乃是昔日十二国内梁邦秦明上将之孙,姓秦名斌。奴婢举此人为先锋,望陛下从允。"楚襄王曰:"这厮有这般武艺!"遂赐秦斌挂先锋印。

班部中撞出一将,身披柳叶甲,银盔盖顶,奏道:"大王不可将先锋印吩咐秦斌!"楚王抬眼一觑,乃是燕国景耀龙来奏称:"秦斌乃是败国之臣,未可赐与先锋。奴婢乞与秦斌比试。"

那时,景耀龙打扮银盔盖顶,身披水磨柳叶甲,肩担一口三尖刀。秦

---

① 髭(zī)——嘴上边的胡子。
② 弁(biàn)——古代男子戴的一种帽子。
③ 蓝缕——蓝,同"褴"。破旧的衣服,也形容衣服破旧。

斌亦未有衣甲器械。李牧把衣甲马刀借与秦斌,打扮了出阵。二将有如水里抢珠龙,二骑交锋,有似岩前争食虎。斗经二十余合,秦斌诈败,景耀龙赶上前,马不去;秦斌将刀撒砍,景耀龙迎刀斩落。二刀并举,双刃齐施。二将把刀对敌举落,二人齐将之放。二将迎前拽相。楚王看见大喜,传令齐赐先锋者。二将各下马拜谢楚王。楚王问诸将:"赐哪个将军为正先锋?"项梁奏曰:"愿与秦斌为正先锋,景耀龙为副先锋者。"二将领兵前往秦城京兆府。诗曰:

秦谋一统祸临城,楚领三军并伐秦;
猛将雄兵皆用命,生灵涂炭涨氛尘。

话说李斯奏始皇帝曰:"陛下,今有荆楚襄王为招讨,合诸国兵马约二十余万,猛将数十员,兵临城下,将至濠前。取王圣旨。"秦皇大惊曰:"朕谋天下,并吞一统,岂期诸邦会兵来侵我国!"敕问文武官僚:"谁退诸邦兵马?如有功者,必加官赏。"当有王翦出班奏曰:"陛下休虑,虽有诸国二十余万兵将,小臣乞兵二万,令李彪、伊虎为将,臣为主将,退诸国来兵,保王社稷无虞。"始皇大悦:"全仗卿在意者。"

王翦在演武亭交兵二万,出城外下寨。景耀龙先锋排下二龙争珠阵。李彪排下半天撒网阵。二将监军施礼毕,李彪曰:"秦斌,你等因甚兴兵来侵我国?你若会事之时,出阵一战,可决胜负。"秦斌答曰:"奉楚王命,并诸国王命,因为始皇无道,谋吞六国,遣使来投谩书,胁令诸邦纳土,意图六合混一。是致诸国大王合纵兵至。"李彪言:"兵临渭河,可以一战。"秦斌怒道:"渭河之兵何能为!待我伐秦为荒草之地!"李彪大怒:"叵耐小邦结党侵凌大国,待教诸国一兵片甲不回。"道了,二骑便斗。诗曰:

二马骋英豪,凌云杀气高;
非但智斗智,全凭刀斗刀。

二马挑战,三十余合;秦斌败走。李彪赶将来,杀败三军。副先锋景耀龙身穿黄金锁子甲,体挂皂罗袍,头上铁幞头,燕尾交加,黑雾缠身罩体,坐下跨一抱月乌骓,肩担一条清风利枪,腕悬一百廿斤竹节钢鞭,出阵与秦将打话。

李彪喝问:"来将何人?愿闻姓字。"楚将答曰:"咱们是先锋景耀龙。"那李彪道:"休走。"二将场中宛转,杀气腾空,约斗三十合,景耀龙诈败走,李彪赶将来。不防景耀龙取出弓箭,弓开如满月。箭去似流星,正

中李彪,金盔倒卓,两脚腾空。诗曰:

  金风未动蝉先觉,暗使无常总不知。

  那时,李彪中箭已死。小军抢得尸首,回归阵中,先复招讨。主将王翦钧旨,令伊虎出阵,高叫,索来将挑战。楚王见副将景耀龙果是英雄难敌,再令正先锋秦斌出阵。施礼打话已毕,二人挑战。秦斌、伊虎相交,一枪来,一刀去,二人厮杀。诗曰:

  幽幽不让梨花舞,滚滚难容柳絮飞。

  那时,二将交斗,马似北海玩珠龙,人似南山争食虎。约斗三十余合,伊虎败走,秦斌赶将来。被伊虎勒住马,后赶得快,二马相并,中一枪,刺落下来。只见金盔倒卓,两脚蹬空。小兵抢秦斌回阵后,用金疮药救得活。三军一时败走。

  次早,楚王召集诸将问曰:"甚人敢出阵,生抢秦将?"有张晃奏道:"小人愿往。"伊虎出阵,二将交斗。伊虎大败,归于本阵。

  王翦打扮耀日银盔盖顶,身穿蜀锦战袍,肩担一百二十斤三尖刀,四十八环棹刀,跨一匹赤色马出阵。张晃出阵打话。二骑相交,惹起四野愁云,震起满天杀气。人似南山虎,马若北海龙。王翦战三十合诈败,张晃赶将来。二马并,王翦举刀斩落张晃翻身,下脚捎空。王翦刀头招起三军唉杀。楚兵大败。东砍西斫,南倾北倒;星罗云散,七断八续。楚兵退五里下寨。秦兵具表奏始皇。始皇大悦,圣旨再令王翦退诸国兵马。

  王翦进兵至五里下寨。次日,布下四门斗底阵。王翦出阵索战。楚王召集诸将曰:"有何人对敌秦将?"当有赵将陈申唱喏道:"小人愿往。"二人战三十合,王翦诈败,陈申赶将来。王翦不用长刀,拈弓取箭,翻身背射三只连珠箭,喝一声:"着!"不知陈申性命怎生?诗曰:

  似虎将军还落马,如龙骁骑只空回。

  那时,陈申中箭,坠下马来,众兵抢归阵去。军中撞出一员猛将,鬼面冯亭,肩担一柄铜斧,奔将来,喝声:"王翦休走,咱来与你决定输赢!"王翦与冯亭挑战五十合,并无胜负,令各收军,明日却战。

  楚王召诸将问:"明日何人捉获王翦?功成者,千金赏,万户侯。"有周光奏曰:"小人有一计。恁地恁地①,今夜为刺客,去刺王翦。"商议已

---

① 恁(nèn)地恁地——如此这般。

定。楚王曰:"将军在意!"周光准备,等三更时分,去刺王翦。

王翦至晚,帐中忽起狂风一阵。王翦思量:今晚必有刺客来呵。传下军令,令伊虎照烛,营寨紧紧防备。伊虎令小军打动更鼓。一更二更,不觉无事;转过三更,有韩国将周光,听得鼓已三敲,手藏匕首,纳在袖中,出寨为刺客。来至秦寨,但觉四下小兵困之密阵;偷入秦寨,欲入帐前,望见王翦伏在中军桌子上困倦,面前一碗明灯,只隔三四十步,翦不知,大踏进几步,刺杀王翦。周光猛着力踏上,怎知帐前三四十步前后,有那陷马坑,使麻布绷了,将土撒在上。周光踏虚,跌落坑内,撞动绳索上铃子响,四下诸军拿钩扯上,押见招讨。招讨喝问:"你是谁人?"周光回言:"人是韩国周光,特来刺杀招讨。"招讨笑道:"你好大胆!"令小卒将囚车绑缚,解去献与始皇。未行之际,有那伊虎告招讨:"不如且将刺客周光放回楚军,令他回报楚王,使他早早退兵,免得二国干戈,多少省事!"招讨道:"你这话也中。"喝令押周光到帐前,向周光道:"别人便叵耐你为刺客,便教你死。咱们放你回去。可报与楚王,休以大国为意。"分明是伊虎一言半句,救了周光。诗曰:

  临危伸出拿云手,救得天罗地网人。

周光谢了招讨,归于本阵,见楚王言前事。楚王大惊言:"王翦放你回营,真个贤人!"

楚王召诸将曰:"攻伐秦城不下,计将安出?"有那李牧奏王曰:"明日容小人一战,克日攻伐秦城。"楚王依奏,令李牧出阵。

次日,只见星沉河汉,日出扶桑①,疏钟传紫禁之声,辽水泛红霞之影;晓烟迷岸草,寒雾湿庭芜。辰牌时分,李牧布下方字阵,肩担蘸金斧,出阵厉声高叫,索王翦打话。门旗下撞出一员将,乃王翦也,肩担一百二十斤三尖两刃刀,排下圆字阵,与李牧打话不同,交战三十合,李牧败走。王翦赶杀三军,诸国兵退十里,草坂下寨。楚王见李牧走败,心中不悦。李牧虽号名将,年已六十,气力衰乏,怎生敌得那少年的王翦?楚襄王召诸将问曰:"谁人能擒得王翦者重赏。"魏将龙离足出班奏曰:"小人愿往。"楚王大喜。见此将身长八尺,披水磨柳叶甲,皂罗袍罩体,肩担大杆刀,约重一百斤,骑匹乌骓马,出阵厉声高叫:"王翦招讨比个胜负啊!"王

---

① 扶桑——古代神话中的日出处。

翦出阵,二马相交。惹起四野愁云,震起满天杀气。才三十合,龙离足败走。王翦招起人马赶杀。人兵东西乱撞,奔走如飞。齐将邹兴撞出阵来,与秦将王翦,不通名姓挑战,才三四十合,邹兴败走。王翦急追。邹兴插了枪,取出鹊面宝雕弓、三支狼尾箭,翻身射三支流星箭。王翦闪过三箭。邹兴大败,将兵亏折了五百余人。死尸遍地,鲜血坑流。王翦收兵回阵。

楚王不悦:连败数阵,若不抵拒,恐秦兵侵城。楚王召诸将会议:"今来攻秦不下,难以退兵。恰似骑着虎头,若不毙虎,虎有伤人之意。"有孙虎奏曰:"攻秦不下,缘秦将英豪兵勇。孙虎虽怯,亦愿出战。"因将人马布成百胜长蛇阵。但见亚枪来时刀作尾叠,铠角如鳞;旌旗红耀目中,剑戟排成口内齿;使马军盘牙,昂首纵步,人展玉舒腰。枪排布密,更教将武不能当;弓弩齐施,便若高皇难闪避。阵排吞象势,马号化龙驹。

孙虎上阵索秦将。王翦出阵,见对阵布百胜长蛇阵,俺布五方阵。如何见得?东连甲乙,见一千蓝青旗;西方庚辛,现二百柄如霜斧;北为壬癸,皂纛①旗下马如龙;南按丙丁,红旗影里兵似火;黄旗招飐处,戊巳按中央。王翦出阵,肩担三尖两刃,绰刀与孙虎打话不同,二骑交战。不上三十合,孙虎佯败,王翦赶将来,却被孙虎将黄旗一招,变成四门斗底阵,掩围下王翦。有伊虎带兵冲阵来解围,也被孙虎兵围了在荒郊田地里。齐、燕、魏、赵、韩、楚诸将,皆会兵来围定王翦、伊虎两个。小卒走去报丞相李斯,称王翦招讨已被围在城前十里荒郊田地里。

李斯奏上始皇道:"王翦被围,愿朝廷发兵去解围怎生么!"始皇降敕:着王贲所部人兵一发前去解围,救出王翦、伊虎两个。

那时,王贲领兵一万,出城来到十里荒郊之地下寨,大喊②数声,王翦在内发喊,知救兵来到,内外相攻应,杀诸国兵马大乱。乱战一场,死尸遍野,鲜血坑流。自辰时乱杀至未时,各各鸣金收兵,折了万余人。楚王收兵点检,约计折了二万余人。有胡曾诗为证。诗曰:

诸国兵来要伐秦,反遭亏将损人兵;

思量无计回军路,秦勇刚强甚怕人。

话说楚王大惊,不合为长,兴兵伐秦不下,折将亏兵,恐敌不拒,预先

---

① 皂纛(dào)——皂,黑色;纛,古代军中的大旗。

② 喊(hǎn)——呼叫。

祸及本邦,暗思忧虑。召项梁至,问伐秦不下,折将亏兵,万一不便,祸及本邦。诸将想有谋计可进谏,图安社稷。时项梁沉吟半晌之时,奏曰:"陛下休虑。臣虽无能,不肯出秦之下。当血战以决胜败。"乃定一计,杀退秦兵,密奏楚王。楚王道:"卿之计是也。"令项梁领五千兵布下五虎离山阵。诗曰:

　　三敲鼓响阵头圆,一棒锣声如捻指。

　　那时,撞出一员猛将,肩担一口大刀,厉声高叫,索打话,乃是王贲。王贲见对阵五虎离山阵,未免摆下二龙混海阵。项梁出阵,二人施礼毕,打话。王贲骂曰:"项梁,你等楚王辄①敢合纵诸国来伐秦,罪犯弥天不小! 目今你等奏上楚王,早将楚国州郡县图献上始皇,免教荆楚人之受苦。"项梁答曰:"非我楚王合纵结横伐秦,皆是秦邦始皇无道,先遣使命赍国书,来诸国克伏纳土,意图六合,致使诸国不从,是致兵来,即非楚王之过。"王贲言:"既是楚王不肯献上一十八郡经图,克日兴兵并成荒草之地,悔之已晚!"

　　二将打话已了,二骑来交。场中宛转,杀气腾空。一来一往,似凤翻飞;一上一下,如鹘展翅。才三十合,喝教歇令,各人归阵,卸了衣甲,权歇片时;整顿衣甲器械,拍马临阵,再战二十余合,项梁奔走归阵。王贲自思:此将乃是名将。不敢赶上。

　　项梁归阵,奏楚王曰:"臣诈败,王贲不赶,难以施计。"楚王问:"卿有何妙计施之?"项梁奏曰:"此王翦、王贲,英雄难敌。臣施一小计,聊损他兵。"楚王问曰:"你计何如?"项梁附耳道:"恁地恁地。"楚王大悦:"依卿之言。"

　　项梁先差李仲、韩员,领兵二千去退十五里大树林下,埋伏左右畔,等候杀秦兵人马。项梁奏楚王,召请诸国大将至御前。楚王吩咐诸卿大将:"今日定计杀秦兵,恁地恁地。"诸将依令,准备器械,杀退秦兵。楚王令秦斌策应。

　　项梁伪引兵战,将军出阵,厉声高叫:"秦将愿来挑战!"王翦出阵,与项梁施礼毕,打话不同,二将交战。才三四十合,项梁败走,王翦赶上追捉。不见项梁,却见楚王戴朝天乌纱巾、盘龙绛红袍,腰缚碧玉带,脚穿乾皇履。王翦直奔将来捉楚王。楚王被赶一十五里,捉住楚王。王翦令诸

① 辄(zhé)——就,竟。

兵将楚王缚了。此人道："我不是楚王,我乃姓李名轩。将军仔细认着!"王翦一觑,果是假的楚王。回马间,只见一下锣声,喊杀连天,不知高低,左畔撞出李仲,右边撞出韩员,后面秦斌杀至,前面冯亭、周霸、田儋、孙虎、李牧、张耳、韩广杀将来。东砍西斫,星流云散,七续八断。王翦杀出,奔走回营,折了二千余兵。两下收兵。楚王大悦,问诸将道："自临阵以来,未尝有此大捷。今秦兵退败,诸国可以乘胜回邦。"

当日烹牛犒赏诸军。项梁奏曰："望大王回兵,诸国各差将持兵各守本隘,免致秦兵侵犯。如有秦兵至一国,愿诸国救应。"楚王令周霸、邹阔,各兵一千,把断函谷关。诸将各守本界关隘去处。楚王国书通报诸国大王,各回本所。

话说王翦、王贲收兵归城,专待来朝五更三点,始皇帝聚集文武,山呼已毕,王翦启奏："陛下,臣有先锋李彪被失,折兵二千五百余人。臣收斩得陈申、景耀龙外,伊虎斩得张晃。伏候圣旨。"秦帝敕问大臣:"寡人意图六合久矣,此事若何?"忽有大臣李斯谏曰:"未可侵于六国,且图养赡三军,精演武艺,他日图之未为迟晚。"圣旨依奏,令赏三军,一年四季教演诸军。诗曰:

数年征伐不曾休,权且休兵却报仇;
讲武储粮图再举,他年六国一齐休。

话说昔日有吕不韦,阳翟大贾人①也,家富,为商,往来兴贩买卖。秦昭王太子安国君中男名子楚,为秦质于赵国。子楚,秦诸庶子,车乘用不饶,吕不韦贾于邯郸而怜之,曰:"此奇货之物。"乃往见子楚,说曰:"安国君爱妾华阳夫人,夫人无子。能立嫡嗣②者,独华阳夫人耳。今子兄弟二十余人,子又居中,不甚见幸。吕不韦请以千金为子西游,事安国君及华阳夫人,立子为嫡嗣。可乎?"子楚乃顿首曰:"必如君策,请得分秦国与君共之。"

吕不韦乃以五百两金与子楚,为进用,结宾客;而复以五百两黄金求奇物玩好,西游秦,求见华阳夫人。以其物献华阳夫人,因言子楚贤。华阳夫人承太子间,纵容言:"子楚质于赵,妾愿得子楚立以为嫡嗣,以托妾

---

① 贾(gǔ)人——商人。
② 嫡(dí)嗣(sì)——正妻所生的长子。

身。"安国君许之。

吕不韦取出邯郸诸姬绝好善舞者,与之居。缱绻①之娱,不觉有身孕。子楚饮宴中巡,酒酣,吕不韦言筵前无乐,令诸姬舞,歌讴,供应呈示。子楚累举目观之,此姬绝色倾城,但见歌喉清亮,舞态婆娑。调弦成合格新声,品竹作出尘雅韵。琴调古操,棋覆新图。吟诗联句追风雅,见于篇中;搦管丹青夺造化,生于笔下。玉肌花貌,莲步柳腰,谈论接陪,精神举措。子楚见姬容貌而悦之,因起为寿,请之。吕不韦乃献其姬。姬自匿有娠。至大期时,十二月也,果生子名政。子楚遂立姬为夫人。

秦昭王五十年,围邯郸急,赵欲杀子楚。子楚与吕不韦谋,将金六百斤与守关吏,方且得脱归秦。

昭王薨②,太子安国君立为王,华阳夫人为后,子楚为太子。赵亦奉子楚夫人及子政归秦。秦王立一年,薨;子楚代立,是为庄襄王。襄王即位三年,薨;太子政立为王,尊吕不韦为相国,号称"仲父",封为文信侯。年少,十三岁即位,太后时通吕不韦家。

当是时,魏有信陵君,楚有春申君,赵有平原君,齐有孟尝君,皆下士,喜宾客,以相倾。吕不韦以秦之强,羞不如四国,亦招致士厚遇之,至食客三千人。

是时,诸侯多辩士,如荀卿之徒,著书布天下。吕不韦乃使其客人著所闻,集论以为八览、六论、十二纪,二十余万言,以为备天地万物古今之事,号曰:《吕氏春秋》。布咸阳市门,悬千金其上,召诸侯游士宾客,有能增损一字者,归千金。

始皇益壮,太后淫不止。吕不韦恐事祸及己,乃私求大阴人嫪毐③以为舍人。太后闻,欲私得之,吕不韦乃进嫪毐,诈令人以腐罪告之,拔其须眉为宦官,遂得侍太后。太后私与通。及至有孕,太后恐人知之,诈卜,当避。时徙宫居雍,毐尝从,赏赐甚厚,事皆决于嫪毐。

始皇九年,有告嫪毐实非宦者,常与私乱,生子二人,皆藏匿之。与太后谋曰:"王薨,以子为后。"于是,秦王下吏治,具得情实,连及相国吕

---

① 缱(qiǎn)绻(quǎn)——难舍难分的样子,这里指男女间的性关系。
② 薨(hōng)——古代称诸侯或有爵位的大官死去。
③ 嫪(lào)毐(ǎi)——战国时秦国人,曾受太后宠幸,后被秦王处死。

不韦。

　　九月,夷嫪毒三族,杀太后所生二子,而遂迁太后于雍。是时,王欲并诛相国吕不韦,盖为奉先王功大,及宾客辩士为吕不韦游说者众,故王不忍致法,免相国。齐人茅焦说秦王,迎太后而出。

　　文信侯就国河南岁余,诸侯宾客使者相望于道,请文信侯。秦王恐其为变,乃赐文信侯书,与家属徙处蜀。吕不韦自度,恐秦诛之,乃饮鸩酒而死。诗曰:

　　　　文信侯臣吕不韦,始皇国后恣奸淫;
　　　　朝廷不赐诛淫法,故使渠人饮鸩亡。

　　始皇八年,韩威惠王卒,立子安为韩王。九年,韩王为元年。九年,楚考列王卒,子悍立为楚幽王。十一年,赵卓襄王卒,子迁立为赵王。天下诸国平宁。十四年,韩王纳土为藩臣。

　　至十七年秋八月,始皇登殿排班,但见十样锦铺连地角,九金龙盘绕栋梁。殿分八卦,紫云遮,七宝妆成王御座;绿杨影里,回环尽彩画宫妆。五凤楼前,玉女执团团凤扇,四声万岁响连天,三下静鞭人寂静;两班文武列班齐,一国世尊登宝位。文武朝见,山呼已毕。始皇问大臣曰:"朕登极之后,已经十七载,意图六合并为一统,是朕之愿。"忽有李斯出班奏曰:"臣举王翦为将,领兵攻韩。"始皇依奏,宣王翦。帝问曰:"朕烦将军统兵攻韩,卿意怎生?"王翦奏曰:"告陛下,养军千日,用在一朝。臣当赤心报国。乞兵二万,先锋伊虎,副将洪定,末将蔡仇,钱粮官甘宁。"始皇依奏,赐王翦为招讨,攻韩邦。

　　次早,演武殿交兵二十万人马。诗曰:

　　　　忙点三军亲起发,当时赏赐与诸军。

　　取出衣甲器械,分俵①散与诸军。会使枪的枪在手,能射弓者弓便射。兵将一齐离了京兆府,奔往韩邦。

　　韩邦正是晋州地面,小兵探得秦兵攻韩,忙告上大夫张车。张车奏上韩王曰:"秦邦王翦为将,领兵二十万攻于本国。"韩王大惊,敕问诸臣:"此事怎生?"有大将冯亭曰:"愿乞兵一万,出城为我王拒敌。"韩王依奏,赐兵一万,付鬼面冯亭、周光、霍雄为将,往三十里平岗坂下寨,等待秦兵。

――――――――――
　　① 俵(biào)——按份儿或按人分发。

至次日，果有秦兵二十万，先锋伊虎当头，肩担一根清风利刃枪出马，布下四海洪波阵。霍雄布下鳄鱼玩水阵。二阵俱圆，门旗下撞出一员先锋霍雄。秦阵撞出伊虎。霍雄问伊虎曰："二国并无征战，今日因甚兴来？"伊虎回言："咱奉始皇敕命，特来攻取韩邦。"霍雄曰："十四年，本国纳土为藩，今又侵于疆界，其意不善。"

二将打话不同，二马交战，三四十合，伊虎败，霍雄赶上来杀。副将洪定出阵，与霍雄挑斗，才三十合不分胜负。良久只见，诗曰：

人怒之时马也怒，将若嗔时马也嗔；

龙虎未能争社稷，争如两个上将军。

霍雄诈败，洪定赶将上来。霍雄取弓在手，搭起箭，翻身背射，口呼："箭中！"只见洪定人空落马，二脚蹬空。诗曰：

都来一点无情物，透甲穿袍一命休。

秦将洪定已死，小兵抢得尸首回阵告覆王将招讨。王翦大怒问："谁人为洪定报仇？"有末将蔡仇，愿往报仇；统兵五千，排下方字阵。蔡仇上马，高叫打话。周光出阵，见排下方字阵，便令排下圆字阵。但见左实右虚，前拦后守，金银甲胄色火煌，锦绣旗翻花烂漫。霹雳驼鼓渐喉，龙鳞画角齐吹，枪刀一字成行，弓弩两梢齐展，三军唱喏，两处阵圆。蔡仇与周光施礼毕，打话不同，二马相交。才战三十合，周光败，蔡仇恐有计，不敢赶上。冯亭肩担熟铜斧，与蔡仇挑战。三四十合，蔡仇败走，冯亭赶杀。三军星罗云散，七断八续。各人鸣金收兵下寨。看看已晚，各差小卒伏路。

巴到次日天明，招讨王翦，肩担一柄刀，出阵，厉声叫索冯亭将军打话。冯亭出阵，问王翦曰："因甚兵伐我邦？"王翦曰："我奉始皇敕命，故来伐韩邦。"冯亭忿怒，抡起熟铜月斧斫王翦，王翦将刀迎过。王翦举刀斫，冯亭架隔遮拦。逢虚即下，遇空则施。才五十合，并无分毫胜负。再战三十合，又无输赢。各人歇令，明日却战。

次日，各人整顿器械，布阵已完，二人出马交战。七十余合，冯亭年老，气力不加，败退二十里下寨。

是晚，各人牢把寨门，等次早天明，排下阵圆，周光出阵，秦兵蔡仇出马。二马交战，才三十合，蔡仇败走。周光赶杀。蔡仇回马，将刀斩落周光下马。蔡仇噉杀连天，韩兵大败。

冯亭出阵，与蔡仇接战。才三十合，冯亭诈败，蔡仇赶杀。被冯亭翻

身举起月斧,砍落。只见蔡仇金盔倒掉,两脚蹬空。诗曰:
　　如龙骏骑已空回,似虎将军还落马。
　　秦招讨王翦,肩担大刀,出阵与冯亭挑战。冯亭大败,退一十里晋州城前下寨。王翦人兵赶上,城前一箭之地驻扎人马。
　　次日,排下天罗地网阵。王翦出马索战。冯亭肩担月斧,出阵与王翦挑斗。怎见得交马?诗曰:
　　二将骤征鞍,盘桓两阵前;
　　征云笼日月,杀气罩山川。
　　斧险分毫着,刀争半米偏;
　　些儿心意失,目下掩黄泉。
　　冯亭大败归城。冯亭只留得五千人,折了一半,紧紧闭了城池。冯亭归朝,奏上韩王曰:"告陛下,臣等年老,气力不加,拒王翦不过,外折兵五千,亏将一人,周光被失。伏乞大王令旨。"
　　韩王问张车、严仲子:"卿等有何人能退秦兵?"张车、严仲子二大臣奏曰:"秦兵二十万,王翦英雄难退。望陛下修书,臣为使命,往齐、赵借兵解围。"韩王依奏,急令修书付张车往齐,严仲子往赵。二人再奏曰:"乞差冯亭送小臣过阵。"王依奏,令冯亭持兵出城,开城放下吊桥,渡了人兵,城前布阵,索来将打话。
　　甘宁出马,与冯亭交战。二马相交,才三十合,甘宁败走,冯亭赶杀来,冲破阵,送得张车、严仲子出往外国求救。二人走马如飞登程。
　　冯亭回阵,收兵归城,紧紧守把城门。王翦见冯亭收兵入城不出,传令限三日准备攻城。二十万人兵四畔围绕,大嗷三声,嗷得,诗曰:
　　当坊土地拒行藏,巨霸灵神难别辨!
　　但见城头尘落纷纷,河内鱼儿豁辣;嗷得生灵尽皆惊,吓得三军心胆颤。小卒谓冯亭曰:"城前人兵发喊。"冯亭听得,入朝奏曰:"目即人兵攻城发喊,取自大王敕旨。"嗷得大王跌倒,近臣扶起,将些儿安魂定魄汤救得,良久方醒。救问冯亭曰:"今王翦攻我邦,此事怎生?"冯亭启奏曰:"陛下无危,臣且保城池,待使命往齐、赵借兵解围若何?"冯亭奏王上城观望:果然秦兵围绕,无计可退。传下钧旨①,使诸军传箭巡更,持铃喝

———
　　① 钧旨——对帝王将相的命令的敬称。

号,守保城池。

话说张车为使往齐邦,入城来见孟尝君,下了国书。孟尝君看了心忧。待次日齐王登殿,集群臣商议。孟尝君出奏曰:"有韩国使命见在朝门下,愿见我王,未敢擅便,伏候圣旨。"齐王令宣使命至阶下,山呼已了,奏曰:"韩国有难,望发救兵解围。"齐王听得不悦,敕问大臣:"此事若何?"无人敢奏。齐王曰:"秦邦刚勇,将卒英雄,本邦无将持兵,不敢发救。"张车伏阶启奏曰:"切念微臣远奔皈投①救难。何况韩与齐乃唇齿之邦,陛下若不发救,唇亡齿寒而已。韩今不能保,大国之危岂可安枕而卧乎?望陛下发兵救应。"

齐王再敕问大臣:"何人持兵救韩邦之难?"有邹阔奏曰:"陛下如发兵救韩,只宜胜,不宜败。万一丧败,恐秦将乘势侵于本邦,难以当敌。望陛下审思而已。"张车再奏:"若大王无兵救解,则本邦必亡,秦兵岂不侵于陛下境界?乞望大王圣鉴。"齐王答曰:"待朕同诸臣商议。"

话说严仲子为使命,赍国书投冀州,入城见平原君。次早,平原君来朝赵王曰:"见有韩国使命在外,未敢自擅,伏候敕旨。"赵王令宣至。严仲子至阶下,拜罢,递上国书。拆开了,王不悦。使命曰:"韩王无事,只是假兵解围,退秦兵。"王敕问大臣曰:"此事若何?"有廉颇启奏曰:"李牧见持兵在北疆,镇守匈奴,朝中无将堪行。臣等年来老耄,自用持备本国。诚恐前出后空。"赵王敕旨,吩咐使命曰:"休误了卿国家大事,本邦无将可救。"严仲子俯伏阶前,拜大王曰:"唇亡齿寒,若不发兵救,诚恐大王上国难保。"赵王无计,发兵不得。严仲子再三启奏。赵王曰:"难以发兵。"严仲子阶前撞死。赵王并文武官见之,可惜烈汉忠臣,见无兵可救,回邦难保残生。赵王令武士抬去北邙山下葬。诗曰:

> 躬传使命来求救,其奈邻邦坐视何;
> 不得援兵甘自死,忠臣义气不容磨。

话说张车在齐国俟候三日,齐王不肯与兵解围。张车只得奔回来。到中途,闻得赵王不肯发救,严仲子撞阶而死。张车思之:无救兵回邦,性命难保;不如挈出太阿宝剑,在中途亦自刎而死。

有秦兵二十万,围了晋城,韩国相将半月有余。王翦传令,克日攻城。

---

① 皈(guī)投——归投。

冯亭上城,日日观望齐、赵二国救兵解围。不见使命回来。不觉一旬过了无信。冯亭累见王翦攻城。冯亭奏韩王曰:"张车、严仲子往齐、赵求救,相将一旬余日,并无音信。目即城前秦兵攻击,取王敕旨。"韩王大惊,问冯亭:"卿等如何?"冯亭启奏曰:"来日若无救兵相助,臣只得托大王洪福,出城交战,恐被攻击,孤城难以抵拒。"果到次日,冯亭带霍雄领兵五千出城,排下东斗阵。霍雄出马索秦将打话。王翦担刀上阵,排下西斗阵。各通姓名,施礼了。王翦言与霍雄曰:"将军急令韩王,晋州献与我王,次将二十二郡纳还秦国。诸将官各加旧职,韩王归秦邦为臣。如不从,先捉来将,攻破城池,活捉韩王,杀房生灵,百姓受苦,悔之何及?"霍雄答曰:"启覆招讨,若要我邦,顿然不允。须用苦死交战一场,然后商议。"王翦拍马抢刀,与霍雄挑斗,才三十合,刀举斩了霍雄,杀败了韩国人马。

冯亭军中见霍雄被斩了,忿怒生嗔,肩担熟铜斧来,好生与王翦定论胜负,分过太平。王翦与冯亭二人,好生分个胜败,一上一下,一来一往,打成一团,练成一块。才五十余合,王翦败走,冯亭担斧赶将来。前马不去,后马赶得来快,二马相并,冯亭被王翦刀举砍落。可怜丧了冯亭!诗曰:

果是三魂归地府,多因七魄见阎君。

王翦斩了冯亭上将,杀了韩兵亚地如算子,地下鲜血似坑流。丛中听得人叫遏爷声,赶杀入城,奔入韩王宫殿,先擒了韩王。杀房嫔妃美女,劫掠藏库金银。洗宫荡殿。六宫化为荒草地,四苑变作战争场。六街人马遭迍①,可惜晋州韩民反被秦兵杀房遍。讨房三番,然后招降。百姓有命之者,赴往皈降;无命之者,横尸暴露。

王翦招讨文榜招降:官员仕宦,溃散残兵,各限三日赴司投拜。如过,许诸色人等捉拿赴官,定行斩首。三日限内,招到残兵计五千八百余口;仕宦人等二百五十余人。

差官下二十二郡取讨降书地图,限十日呈纳,如有不伏者,勾唤赴官,依法断治施行。各路州县,接得文字,得知韩王被房,诸将皆亡,未免具降书投降。果然半月余日,诸郡尽数申官归降。

---

① 遭迍(zhūn)——处于困难之中难以前进。

王翦招讨取了二十二郡经图,虏回韩王。令伊虎权职镇守。王翦回军,文武百官迎接,归朝奏上始皇:"献上韩王并二十二郡经图。臣翦令伊虎镇守韩邦,伏候圣旨。"始皇闻得大悦,赏赐王翦御宴,金银、绢帛等物各赐一百。仍将韩王囚系。改韩邦为颍州。诗曰:

可笑韩王不自量,从他五国犯秦疆;

不虞齐赵无兵援,将死城崩国已亡。

话说赵王敕令李牧往代州雁门关镇压匈奴,以防寇盗。李牧每日在雁门关歌乐饮宴,能伎艺者重赏,朝歌暮乐,使匈奴不得入。小卒探知得李牧每日饮宴作乐,谓虏王曰:"李牧将军在关,每日歌乐者何如?"忽有一将,名曰黑答麻,告大王曰:"李牧贪欢无备,小将乞兵一万,破关捉李牧,献大王,是小臣之功。"大王不准其奏。大王曰:"李牧追欢宴乐,非有侵咱之心,不可攻也。"又有马乱吞告大王曰:"既是李牧无心侵害,小臣每赶驴马去雁门关牧养。"大王曰:"看养,怕甚的?休相恼着。"

马乱吞带二百余人,赶马千余数,到雁门关前牧养。忽有探事人报李牧曰:"匈奴有人牧养驴马者。"李牧曰:"休管者,咱在关里为界,他在关外由他。"

匈奴牧养,相将两月,无事。马乱吞回奏狼主曰:"果是李牧居关。"李牧不用征战,使匈奴自惧。李牧乃上将,镇关无危。后有代州太守陆琦,常探李牧歌乐,不杀匈奴之卒,恐有反叛之心,修表差流星飞奏冀州赵国大王司马尚府投下。次早,司马尚奏上赵王。王即览表观看。表曰:

臣陆琦表上:蒙大王令旨,差琦代州太守,整治万民。窃见今岁以来,匈奴人赶马雁门关前牧养;有镇守关将李牧,每因饮酒歌乐,不杀匈奴。恐戎人侵疆,不想见李牧却有歹心。臣若不奏,致生灵受苦,诚惶诚恐,顿首顿首,伏乞圣鉴不错。赵七年五月□日,臣陆琦表上。

赵王闻奏不悦,令司马尚举一人,代李牧归朝问罪。司马尚奏曰:"臣举严广代李牧回朝。"赵王依奏。

严广走马往代州雁门关,李牧拜诏了,牌印交付严广,镇守边界。

李牧回,赵王问曰:"卿如何不杀匈奴之人,与那厮放马关前牧养?"李牧启奏曰:"非臣不杀,匈奴之卒不曾侵于本界,致此不杀。"王遂免罪。

话说严广雁门关为镇守,管军五千,守遏本隘。匈奴马乱吞又闻探事人回报,亲差镇守代回李牧。马乱吞依然赶马千余匹,到关前牧养。小军报严广曰:"见今匈奴人又赶马在关前牧养。"严广听得大怒,点起一千人兵赶杀。

马乱吞见有人兵下关,便令小兵收聚马疋,整顿器械征战。良久,人兵在平川之地,排下一字阵。但见前排一字,后列三重。白旗白号占西方,皂纛皂雕居北界。枪排柳叶成行,密布向前;锋刀列雁翎上,路寒光排向后。风飘紫号两边开,一位将军临阵上。匈奴马乱吞打扮:头顶三叉冠,身披围花绦狮服,横青龙偃月刀,跨千里追风马,左右弓挂两鞭,身背飞刀。严广将军跨马,肩担大杆刀出阵,与番将挑斗。才三四十合,番将败走。严广急追,杀散胡人兵卒,夺得马一百匹,大捷回关。诗曰:

　　　　鞭敲金镫转,人唱凯歌回。

严广将军回关,犒赏诸兵,文表申奏赵王。

赵王大悦,宣李牧问罪。李牧奏道:"臣守边无功,未尝生事。今严广报捷未可赏;李牧待罪未可诛。望陛下宽限一月,若匈奴无侵无战,方可显行赏罚。"王曰:"令武士押李牧散禁囚牢,候别日赐罪。"

话说胡将马乱吞回邦,奏上虏王曰:"奴婢赶马去雁门关外牧养,叵耐新来镇守严广下关,夺去马一百余匹。"匈奴狼主大怒,令黑答麻、马合赤、燕不下、辟离支、耶律德胜,领兵二万,去伐严广报仇。匈奴上将黑答麻为先锋,马合赤为副先锋,辟离支为后军,末将燕不下为引战,耶律德胜为招讨主将,兴兵二万前往雁门关。来到关前一十里沙滩坂上下寨。擂鼓摇旗发喊。有探事军报曰:"祸事至。"严广问曰:"甚般事?"军答曰:"关前一十里沙滩坂有匈奴将至,发喊连天。"

严广听得,领三千人兵,下关前一十里平地下寨。观望胡人约有二万。遂布下长山靠石阵。匈奴将黑答麻,打扮三叉淡金冠,骑匹番马。严广将军银盔耀日绦红袍,坐下跨匹豁蹄马,腰带百支狼牙箭,背负一张鹊面宝雕弓,肩担一口大杆刀。二将临阵,各施礼毕,严广骂曰:"胡将,你因何擅敢兵来犯关?"匈奴将黑答麻亦骂曰:"严广,你不合将我马乱吞追杀,更夺去百余匹马,杀散手下人兵!我今奉狼主敕命,故来伐你!"二人打话不同,二马交战,才三十合,严广大败,黑答麻便赶将来,喊杀连天,刀举处,人头落;枪刺到,小军亡。严广败走回关,紧守关门。点兵折了二千余人。严广飞表令流星马往冀州,奏上赵王。

赵王大惊:"果应李牧之言!"急宣李牧至殿下,拜罢,赵王曰:"昔时卿言,果有匈奴兵来。严广见阵,折了二千余人。卿可持兵杀退匈奴。"李牧奏曰:"王必用臣,乃敢奉命。"赵王依奏,赐兵二万,小将五员:陈康、张吉、甘弇①、李荣、武胜等,李牧为主将。

李牧谢恩毕,辞王领兵上路。经行数日,前至代州雁门关。严广迎接李牧招讨入关,交割牌印。此关原有三万军,只有一万之数。

话说匈奴耶律德胜令诸将,每日攻克雁门关,擂鼓发喊。小军报覆招讨曰:"关前匈奴将发喊索战。"李牧来摘星楼观望,但见青毡笠子千千处,荷叶初舒;白雪皮球万万朵,梨花才放。李牧忿怒,点起二万军兵,带领本部五员猛将,只留严广管压五千兵镇关。

李牧领兵下关,关前平处下寨。有匈奴将排下九曜②阵。李牧令布下二十八宿阵,令武胜出阵。匈奴阵撞出黑答麻,二人打话不同,二将搦③战三十余合,武胜败走,黑答麻追将来杀小卒。甘弇跳出马来,肩担一根蛇矛缠杆枪,与黑答麻接战,三十余合,未分胜负。又撞李荣来战。匈奴阵撞出辟离支。四将交战,便如转灯相似。四将并无胜负。撞出李牧临军,肩担蘸金斧,唬得辟离支、黑答麻二将退去回阵。

李牧厉声高叫曰:"请胡将挑斗!"耶律德胜上阵,与李牧打话不同,二马交斗。三十余合,耶律德胜败走,李牧追上。耶律德胜取出一张羊角弓,开沙柳箭在手,翻身背射三箭,李牧闪过,赶上杀,耶律德胜追将来,被李牧挥起蘸金斧砍下,只见耶律德胜腾空落马。李牧赶杀匈奴兵卒,东砍西伐,死尸在地,不计其数。匈奴兵将大败,退五十里下寨。李牧赶上五十里,扎寨。各人是晚令小军伏路。

黑答麻次早担刀出阵,厉声高叫索战。李牧上阵,二马相交,惹起四野征云,振起满天杀气。才三十合,蘸金斧拖在肩头便走。黑答麻赶将来,李牧举起斧,砍落黑答麻飞仙落马。李牧令兵赶杀,匈奴兵败奔走。

单于闻之,率兵十万来敌李牧。李牧多为奇阵,张左右翼军,击破檐

---

① 弇(yǎn)——覆盖,遮蔽。这里是人名。
② 九曜(yào)——指北斗七星及辅佐二星。九曜阵是指军队按九星方位排列的战斗队列。
③ 搦(nuò)战——挑战。

槛。忽有辟离支出战,李荣亦出马搠战。三十合,李荣被辟离支一刀斩首。李荣已死,辟离支赶杀。

李牧出阵,与辟离支交锋。才三十合,斧砍了辟离支落马。又有马合赤出阵搠斗,三四十合,马合赤大败。李牧持兵追杀,匈奴兵将不能抵挡,奔走,输兵十万,损将三员。自后不敢近赵。

李牧因此平了匈奴,班回人马归赵。奏王言前事讫。赵王封李牧为武安君,其余官员各加官赏。不在话下。

话说十九年三月间,始皇帝令王翦持兵伐赵。王翦依命,乞二十万人兵,李信为先锋,蒙毅为末将,王翦为招讨,领兵起离秦国京兆府,往冀州灭赵。怎见得灭赵? 行经但见:

金瓜柄短,银钺柯长。追风马惊起噪林鸦,灭赵兵踏翻拦路草。清凉伞飐飐①如云,马头下朱缨似火。水晶拄拂,轻摇似八尺香檀;浑银厮锣,怀中抱一轮明月。

王翦招讨行兵。先锋李信逢山开路,遇水安桥。看看至冀州城前五里下寨。

小卒报李牧武安君曰:"有秦兵至城前五里下寨。"李牧听得,遂奏赵王曰:"有秦兵至。"赵王大惊,令文武登城观看,约有二十万人马。遂问司马尚、李牧等:"此事怎生?"李牧奏曰:"臣愿退秦兵,乞一万人马,小将四员:陈康、张吉、甘弇、武胜等,退秦人马。"赵王曰:"将军在意者!"

李牧领兵出城前一箭之地下寨。先锋陈康将兵布下二龙争珠阵。秦阵先锋李信见赵王布下二龙争珠阵,李信打扮。诗曰:

甲挂连环锁,袍穿绛色红,

剑横秋后水,马似戏潭龙。

先锋李信绰刀在手,出阵打话。陈康打扮耀日银灰盖顶,身披红锦战袍,肩担一口宝刀,骑匹乌骓马,出阵施礼已毕,打话不上二三十句,二马便相交,二人厮杀。诗曰:

滚滚难容柳絮飞,幽幽不让梨花舞;

马似北海玩珠龙,人似南山争食虎。

约斗三十合,李信败走。陈康赶将去,李信不用长刀,拈弓取箭,一发

---

① 飐(zhǎn)——因风吹而颤动。

三支连珠箭而来。陈康措手不及,见银盔已倒,两脚蹬空。诗曰:
　　都来一点无情物,透甲穿袍一命休。
　　陈康已死。其余小军一刀一个,便似风卷残云,从头杀去。李信回马,看了陈康的马衣甲卸下,都将入阵。王翦招讨大悦。
　　话说陈康被射丧亡,小军又败,李牧召诸将问曰:"谁人为陈康报仇?"有张吉告曰:"小将愿与陈康报仇。"打扮上马,怎生披挂?狻猊①紫金盔,大叶匙头铠,跨下银鬃马,手内古锭刀,出阵厉声高叫:"愿请李信先锋定论胜负!"只见门旗下撞出一员将,名曰李信,肩担大刀,来与赵将打话。张吉施礼毕,便骂曰:"李信,你射死陈康,俺故来报仇!"李信答曰:"小将怎敢!"诗曰:
　　二将斗英豪,征云杀气高。
　　□□争名利,全凭刀斗刀。
　　才斗三十合,张吉诈败,李信赶将去,张吉举刀斫下,李信将刀隔过。张吉败走。二人各归本阵。
　　当日天晚,怎见得?疏林高处,飞禽归宿噪声喧;野草荒郊,鸟兽尽投岩下宿。飒飒悲风寒悄,蒙蒙薄雾笼遮,数行旅雁落平沙,几点疏星明远汉。当晚,张吉告主将曰:"今夜小将去为刺客。"李牧言曰:"不可。王翦乃名将,刺他不得。"张吉再告招讨曰:"可带五百兵,今夜去劫寨否?"李牧方许。
　　王翦正在军中坐,只见一阵风过,把风一嗅,便知张吉要来劫寨。李牧便传上钧令,吩咐诸军准备。张吉、武胜二将带得五百小军,去劫秦兵寨,听得军中鼓打三更一点。张吉、武胜领兵进入军中,只见一碗明灯,忽听一棒锣声,张吉、武胜便走。四边撞出诸军,万弩齐施,箭如雨点。蒙毅、李信赶杀将来,张吉、武胜二将便走,落得性命。其余五百兵尽皆坑尽,只留得三五个回营。张吉、武胜告李牧招讨曰:"劫寨输兵五百。"李牧听得不喜。
　　巴到天明,李牧召诸将,与秦兵分个胜负。武胜愿战,领兵布阵,出马厉声高叫,索秦将打话。须臾,门旗下撞出蒙毅,肩担大杆刀出战。二将打话不同,二马相交,才三十合,蒙毅诈败,武胜追将来,蒙毅举刀斩落马

———————————
① 狻(suān)猊(ní)——传说中的一种凶猛的野兽。

张吉见败兵回报,武胜被杀。将军出马索其挑斗。李信临军,与张吉打话不同,二马相交。未战上五十合,李信诈走,张吉赶将来,李信不用长枪,拈弓取箭,射三支连珠箭,张吉落马。诗曰:

  金风未动蝉先觉,暗送无常总不知。

张吉已死。李信喊杀,赵兵大败,秦兵得胜。两边各鸣金收兵。当日天晚,直待来朝却战。

果至次早天明,李牧召诸将曰:"何人上阵?"甘弈曰:"小人愿战。"甘弈肩担一根清风利枪,厉声高叫。秦将蒙毅出阵。诗曰:

  二马战场空中滚,四条臂膊定乾坤;
  龙虎未能争社稷,争如两个上将军。

二马交战,才四十合,并无胜败。二人再战十合,蒙毅得便宜,一鞭正中甘弈夹背,难以施他武艺,翻身落马。怎见得?诗曰:

  脚转身摇难施武,遮架不迭兵早举;
  连背带夹怎生禁,翻身落马腮沾土。

甘弈已死。蒙毅追杀,赵兵大败。小兵谓招讨曰:"甘弈已丧。"李牧大怒,肩担蘸金斧,上阵厉声叫曰:"李信,我同你一战!"李信听得忙出。二将交锋,李信败走如飞。李牧不追。蒙毅出阵。李牧曰:"咱正要你来!"二将交马盘旋,杀气腾空。才三十合,蒙毅败走,李牧赶杀秦军。王翦亲自临阵。二位主将见面,打话曰:"李牧,你可会事,归降秦始皇帝。主官还归。如若不从,照管生擒。"李牧答曰:"二国争战,各事其主,何能归降,招讨错矣!"二将交马,才斗百余合,并无胜负。二人歇令,此乃二将本对也。

李牧与王翦用兵一同,李牧持兵入城,奏赵王曰:"秦将英雄,先锋李信、副将蒙毅、招讨王翦,二十万人,难敌。小将四员折尽兵三千。臣特来奏王,取自敕旨。"赵王问司马尚曰:"此事若何?"司马尚谏曰:"权将城门紧闭,容臣一面定计退秦人马。"赵王依奏。

王翦见李牧归城不出,持兵克日攻城。城前发喊,惊得赵王心惊胆颤,文武诸将仓皇无计。

忽有司马尚私说李牧曰:"城中无将堪征,不如擒赵王献秦将招讨王翦,各人得些功赏。"李牧不从。

司马尚恐李牧出首,预先来奏赵王曰:"李牧不肯出征,要反叛,望伐之。"赵王赐鸩酒,吩咐司马尚为使,取李牧首级。司马尚不敢为使,故推举赵葱为使,来见李牧曰:"赵王赐鸩酒与将军死也。"李牧曰:"咱无罪。前后累有边功,因甚赐我死罪?"使命曰:"我不理会得。你不得违敕命!"使命便斟下药酒,吩咐与李牧饮。李牧接得在手,不敢怨望赵王,嗟呼叹气,谓使命曰:"我死不争,前日有司马尚来说我反赵王归秦,得些功赏,我不从伊,是致背奏大王赐我死罪。敢烦托奏大王。"诏未毕,李牧服药而死。

　　使命就割首级来奏大王曰:"李牧未服药先,托微臣奏大王:有司马尚说李牧反叛大王归秦请赏,李牧不从,情赴朝典①而死。"

　　朝廷因此方知司马尚背奏之言,枉害忠良。遂差赵葱为使赍药酒,取司马尚首级。使命赍药酒往司马尚宅,斟下鸩酒赐死。司马尚泪下,告使命曰:"我无罪,因何赐死?"使命答曰:"前日李牧言,你说伊反叛,伊不从,背奏大王赐死。今蒙大王赐你朝典,不得怨望大王。"司马尚服酒而亡。赵葱取得首级,来见大王。大王见了,半悲半喜曰:"可怜枉害忠良将李牧,无将可退秦兵。半喜者谗臣灭。"

卷　　中

诗曰:
　　赵王昏耄②用谗臣,枉害忠良李牧身;
　　可惜邯郸无猛将,谁人可去退秦兵?

　　话说城前秦兵攻城发喊,赵王令蔺相如为主将,颜聚为副将,领五千兵出城前排阵。颜聚出阵打话,李信上阵。二马才交,颜聚便着李信一刀斩了,丧命归泉。李信乘势杀入城中,先擒赵王。王翦招讨人兵入城,先锋李信擒得赵王见招讨。招讨大悦,令李信、蒙毅领兵杀入宫廷大内,掳掠嫔妃彩女。

---

① 朝(cháo)典——朝廷的法律。
② 昏耄(mào)——昏庸的老人。

诗曰：
　　六宫化为荒草地，四苑变作阵图门。
　　因甚宫娥走得慢？脚小鞋弓惹步迟。
　　抽下金钗来买命，也有悬梁自缢亡。

　　王翦招讨差官下诸郡，取索地图，限半个月须管赴司呈献。不过二十日，三十六郡经图献上秦国招讨司。招讨司差李信权职，镇守赵国。

　　王翦班师，虏将赵王归秦，见秦始皇。王翦奏曰："臣擒获赵王，取得三十六郡经图献上我王，伏候圣旨。"始皇大悦，令囚系赵王。排御宴待王翦、蒙毅。诸大臣文武，各已山呼万岁，贺王洪福齐天。帝改赵国为郡。

　　话说燕丹太子闻秦始皇伐韩，虏韩王。□岁，赵王迁囚系。太子不悦曰："不然，先定计□□□□□□□已。"燕太子丹昔日质于秦，亡归燕，丹故尝质于赵，而秦王政生于赵。其少时，与丹有怨，及亡归，乃求为报秦王者。二十年，有燕丹太子要令刺客刺秦始皇帝。

　　荆轲者，卫人也，至燕，爱燕之狗屠及善击筑者高渐离。荆轲嗜酒，日与狗屠及高渐离饮于燕市。燕之处士田光先生亦善待之，知其非庸人也。

　　忽有一日，燕丹太子见有秦将樊於期得罪于秦王，亡之燕，太子受而舍之。鞠武谏曰："不可。愿太子疾遣樊将军入匈奴以灭口。请西约三晋，南连齐、楚，北媾于单于，其后可图也。"太子曰："太傅之计旷日弥久。樊将军穷困归身于丹，丹终不以迫于强秦，而弃所哀怜之交。"鞠武曰："夫行危而欲求安，造祸而求福，计浅而怨深，燕有田光先生可与谋。"鞠武出见田先生道："太子愿图国事于先生。"田光乃造太子。田光曰："光不敢以图国事，所善荆卿可使也。""愿因先生得结光于荆轲。"太子送至门，戒曰："愿先生勿泄也！"

　　田光来见荆轲曰："光窃不自外，言足下于太子也。愿足下过太子。"荆轲曰："谨奉教。"田光曰："我闻之：长者为行，不使人疑之。今太子告光曰：'勿泄！'是太子疑光也。"欲自杀以激荆轲，曰："愿足下急过太子，言光已死，明不言也。"因遂自刎而死。

　　荆轲遂见太子。太子避席顿首曰："燕小弱，累困于兵。今计举国不足以当秦。诸侯服秦，莫敢合纵。丹之私计，诚得天下之勇士，使于秦，劫秦王，使悉反诸侯侵地，若曹沫之与齐桓公，则大善矣。则不可，因而刺杀之，彼秦大将擅兵于外，而内有乱，则君臣相疑。以其间诸侯合纵，其秦必破矣。此丹之上计愿。"荆轲许诺。

于是,丹太子尊荆轲为上卿,舍上舍。荆轲未有行意。太子乃谓荆轲曰:"秦兵旦暮渡易水,虽欲长侍足下,岂可得哉?"荆轲曰:"今行而无信,则秦未可亲也。夫樊将军,秦王购之金千斤,邑万家。诚得樊将军首与燕督亢之地图,奉献秦王,秦王必悦见臣,臣乃得有以报。"太子曰:"樊将军穷困来归丹,丹不忍以己之私而伤长者之意。"

荆轲乃私见樊於期将军曰:"今有一计,可以解燕国之患,报将军之仇者,何如?"樊於期曰:"为之奈何?"荆轲曰:"愿得将军之首,以献秦王。秦王必喜而见臣,臣左手把其袖,右手揕①其胸,然则将军之仇报,而燕见陵之愧除矣!岂有意乎?"樊於期偏袒扼腕而进曰:"此臣之日夜切齿腐心也,乃今得闻教。"遂自刭。乃盛樊於期首,函封之。

于是,太子欲求天下锋利匕首,得赵人徐夫人匕首,取之百金,使工以药烧炼,以试人,血濡缕,人无不立死者。乃装为遣荆轲。

燕国有勇士秦舞阳,年十三岁,常好杀人,人不敢忤视②。乃令秦舞阳为副将。轲有所待与俱,其人居远,未来。太子迟之,疑其改悔,乃又请。荆轲怒叱太子曰:"且提一匕首入不测之强秦,仆所以留者,待我客与俱。今太子迟之,请辞决矣!"遂发。太子及宾客知其事者,皆白衣冠以送之,至易水之上。有胡曾咏史诗为证。诗曰:

一旦秦皇马角生,燕丹归北送荆卿。

行人欲识无穷恨,听取东流易水声。

燕丹太子既祖取道,高渐离打筑,荆轲而歌为变徵之声,士皆流涕。又前而为歌曰:

风萧萧兮易水寒,壮士一去兮不复还!

复为羽声,慷慨,士皆瞋目,发尽上指冠。荆轲就车而去。至秦,厚遗秦王宠臣,为先言于秦王。王闻之大悦。乃朝服,设九宾,见燕使者咸阳宫。

荆轲奉樊於期头函,而秦舞阳奉地图匣以次奉至阶下。秦舞阳色变振恐。群臣怪之。荆轲顾笑舞阳,前叫曰:"北番蛮夷之人,未尝见天子,

---

① 揕(zhèn)——刺。
② 忤(wǔ)视——违逆地看。

故震慑①。愿大王少假借之,使得毕使于前。"秦王谓轲曰:"取舞阳所提地图。"轲既取图奉之。秦王发图,图穷而匕首见。因左手把秦王之袖,右手提匕首揕之。未至身,秦王惊,自引而起,袖绝,扳剑,剑长,操其室,时惶急,剑竖,故不可立拔。

　　荆轲逐秦王。王环柱而走。秦法严,群臣侍殿上者,不得持尺寸之兵刃;诸郎中执兵器皆陈殿下,非有诏召,不得上殿。临期方急时,不及召下兵,以故荆轲乃逐秦王,而卒惶急无以击轲,以手共搏之。是时,侍医夏无且以其所奉药囊提荆轲。秦王方环柱走,卒左右曰:"王负剑!"遂拔剑以击轲,断其左股。荆轲废,乃引其匕首以掷秦王,不中,乃中铜柱。秦王复击荆轲。荆轲被八创②。轲自知事不就,倚柱而笑,箕倨③以骂曰:"事所以不成者,以欲生劫之,必得约契以报太子也!"荆轲怀屡年之谋,而事不就者。于是左右既前进,杀死荆轲。

　　秦王大怒,益发兵,诏王翦行兵伐燕。王翦蒙圣旨,领兵二十万,乞辛胜为先锋,上将董翳为副将,甘宁为末将。帝依奏,令王翦为招讨。

　　次早,讲武殿交兵,起离京兆府。迤逦行程,但见前排甲马,后列军兵。遥闻金鼓震天,远望旌旗映日。军中列引战旗、踏白旗、十干旗、八卦旗,迎风闪闪;身上被连环甲、锁子甲、桃花甲、柳叶甲,耀日辉辉;马前有金花斧、开山斧、熟铜斧、月样斧,双双勇猛;马后布斩马刀、麻扎刀、掠阵刀、雁翎刀,对对□□。匣中令剑分明,锁三尺青蛇;殿后帅旗摆动,□□□白虎。威风十里长街静,锦绣旗开万姓观。秦兵招讨王翦行兵,催上三军,看看取燕邦。

　　来到易水,燕国有细作探事小卒,探得始皇令王翦伐燕,急报景丹丞相曰:"始皇令王翦为招讨,辛胜为先锋,上将董翳为副将,甘宁为末将,行兵伐燕。"景丹丞相次早奏上燕王曰:"今有秦兵攻伐本邦,兵至易水,望大王疾速提兵退秦兵将。"

　　燕王大惊,宣召诸将行兵。燕王亲为招讨,令石凯、石青龙为先锋,上将孙虎为合后将,韩广为末将;兵离蓟城往易水易州平草川下寨。

---

① 震慑——害怕。
② 创——伤。
③ 箕倨——席地而坐,两腿分开,像簸箕的形状。这是一种轻慢的坐姿。

两边擂鼓鸣锣,各人布阵。燕兵布下五虎离山阵,秦兵布下五龙混海阵。二阵俱圆,撞出一员猛将,牙齿如钻如凿,背略绰如虎如狼;因餐虎肉面皮青,好吃人睛双目赤;肩担金花月斧出阵,乃是燕将石凯,厉声高叫索战。阵中撞出一将,绛袍朱发,赤马红缨,担一柄三尖两刃四窍八环刀,北海虬①龙战马出阵,乃是辛胜先锋。与燕将石凯二人打话不同,二马交战。石凯败走,辛胜赶上。石凯勒马再战三十合。辛胜败走,石凯赶上。辛胜不用掉刀,取出一张鹊面宝雕弓,搭起箭,背射石凯。石凯见箭来,便闪过。石凯不赶,回阵。两边各人收兵。

　　秦将董翳打扮,但见旗脚下一将,身上甲披三月柳,袍裁红锦绣团花,计使六韬三略法,枪横万岁老龙牙。燕将石青龙打扮,兔丝缨用麈尾②结就,白头盔使滑石打成,硬川芎犀角做梢,铁巴戟用鹿角为柄。腰间鬼箭才急若防风,壁上黄芩抚动朱砂飞散。虎睛偏识兵书,桂心多记战策。二将打话不同,搦战。董翳败走,石青龙赶上。

　　忽见前面山峡道撞出一阵人兵,是甚人？乃是云州大通军太守庞会通,提兵一万来救助燕王。燕王闻之大悦,宣至驾前。庞会通奏上燕王曰:"臣闻大王有难,故来退秦之患。"王大悦曰:"全仗卿等退秦人兵。"庞会通再奏曰:"恁地,恁地。"燕王依奏。令孙虎提兵五千,去峡口左畔埋伏;令韩广提兵五千,去峡口右畔埋伏。令石凯为策应将。庞会通怎生结束？但见头顶银盔,红灼灼招颭;绛毛缨袍披深红,底藏着明晃晃的银叶甲。勒甲绦③须是老龙筋、狮蛮带。腰缠着猛兽尾,弯弓掸箭,腕剑提鞭。出阵,厉声高叫秦将打话。

　　旗下撞出辛胜先锋。二将交战三十合,庞会通败走。辛胜追来,庞会通勒转马头,再战二十合。庞会通又败,辛胜将军赶杀至峡口,左畔撞出孙虎五千人兵,右畔撞出韩广五千兵马,喊杀连天。辛胜大败回阵,谓招讨曰:"折兵七十余人。"王翦大怒。孙虎、庞会通、韩广大捷,奏上燕王。燕王大悦,支赏诸军诸将。诗曰:

　　　　鞭敲金镫响,人唱凯歌回。

---

① 虬(qiú)龙——传说中的有角的龙。
② 麈(zhǔ)尾——古书上指鹿一类的动物尾巴,可以做拂尘。
③ 绦(tāo)——丝带,丝绳。

话说王翦大怒,肩担三尖两刃四窍八环刀出阵,索燕将打话。燕阵撞出庞会通,与王翦打话不同,二马交,并无胜负。

东北一路,撞出一队人,约计五千。二将歇令,且看来者是甚人?当头一员将,身披黄金锁子甲,头顶金盔,体挂皂罗袍,跨匹赤色虬龙马,肩担月样斧,约重八十余斤,厉声高叫。乃是涿州太守应荣圣,特来救本国燕王之患,愿见燕王。庞会通引应荣圣来见燕王。燕王大悦曰:"有劳将军远来。"茶饭相待应荣圣毕。

有王翦归阵,召诸将:"谁人上阵捉新来者?"甘宁告招讨愿战。

甘宁出阵,厉声叫曰:"燕将愿求打话。"燕王问诸将曰:"谁人上阵?"有新来的涿州太守应荣圣,愿往出阵。燕王曰:"卿在意者。"二将临阵搦战,勒马相交,才三十合,燕将还赢,迎头剑砍,连项带脑,纷纷音颡斜挥,躲不迭,缩肩卸膊。二人鏖战,时下冷汗浸,两刃相迎,良久火光灿灿。闹中得便,刀举处,只是秦将甘宁。

甘宁已死。应荣圣刀头引举三军喊杀。秦兵败走。东砍西伐,七断八续。良久,各已收兵。

小兵告招讨王翦曰:"甘宁已死。"王翦大怒,亲临上阵杀诸将,灭燕王。厉声高叫索打话。

有小兵谓孙虎主将曰:"秦将上阵索打话。"孙虎奏上燕王。燕王召令诸将曰:"谁人上阵?"应荣圣愿往,跨马出阵,与王翦打话不同,二马相交。才三十合,王翦诈败,应荣圣赶将去,被王翦一刀砍落,两脚捎空,如同春梦。刀头招起人兵,燕兵大败。

燕阵有庞会通大怒,跳出马来,与王翦战。王翦诈败,庞会通赶将来,亦被王翦一刀斩落,登空落马。庞会通已死。燕兵大败,退五十里下寨。秦兵人马赶上五十里一箭之地下寨,两边擂动锣鼓,各人驻扎人兵。

燕王大惊,当日天晚,召诸将来问:"应荣圣、庞会通已亡,此事若何?"孙虎奏曰:"陛下可修国书,遣奉使往东辽借兵,来救本邦。"燕王依奏,遂遣孙虎为奉使,赍国书,往东辽献上东辽大王。大王接了燕邦奉使书观看。于内道什么?道是:燕孝王却被秦始皇令王翦为招讨,领兵二十万伐燕,两月相拒,不能退秦兵将,乞望大王借兵前来救应。如本邦危亡,岂不侵犯大王境界?唇无齿则寒,是致危矣。虏王看罢,召诸将行兵救应。发兵五万,令上将西门戎、钟离生、卓成三将,领兵往燕邦救助。

话说秦始皇帝登殿,敕问文武大臣,王翦提兵攻伐燕邦两月余日,至今不知如何。李斯奏曰:"陛下可发圣旨,预先捉获燕丹太子,后灭燕王。"始皇依奏,遣使赍圣旨至秦阵。王翦接了圣旨展开看,原来圣旨先令捉获燕丹太子,后灭燕王。王翦召诸将问曰:"圣旨预先要获燕丹太子,是怎生?"辛胜曰:"逼燕王取太子。"王招讨大悦。

辛胜上阵,厉声高叫,索燕将打话。燕阵撞出石凯。辛胜曰:"将军可回阵奏上燕王,今蒙始皇帝圣旨,预先要获燕丹太子,报昔日荆轲刺王之仇,免战。"石凯大怒曰:"即非太子遣荆轲刺始皇,皆是始皇意图天下六合。乃是荆轲路见不平,傍人刬①削,来为刺客,非太子之过。将军错矣。要战却战,捉获太子,休言此话。"

二将打话不同,才交三十合,石凯败走;归阵奏上燕王言:"始皇圣旨,令王翦招讨,要获太子报荆轲之仇,兵马方退。"燕王大惊,召诸将来问此事若何。文武无言,只见秦兵上阵打话。石青龙愿往与秦将打话。辛胜与石青龙二骑马交,才三十合,大败,赶上燕兵三十里平岗岭下寨。燕王大惊。

诗曰:
  秦皇意获北燕丹,唬杀燕王虑等闲;
  遂令孙虎提首级,纳邀王翦去回班。

燕王无计,频频败走,只得令孙虎去取燕丹首级,献与王翦,回班人马。孙虎领燕王圣旨,回宫宣召燕丹太子。太子接了父王圣旨赐死。丹即泪下曰:"告将军;乞行方便,救丹一命。"使命曰:"蒙你父王敕命,怎生方便?"燕丹近前附耳说不上数句,孙虎依计,将太子手下人来割了首级,函封来献燕王。燕王泪下曰:"苦哉,可惜我儿丧命!若不这般,教本邦危矣。"孙虎心下自知,不敢奏上燕王。燕王遣石青龙提丹首级,献与王翦退兵。

石青龙出阵,将太子首级献上王翦曰:"我奉燕王敕旨,取得燕丹太子首级,献上招讨,可以回兵免战。"辛胜接得首级与招讨。招讨令人取出燕丹图像比对,原来不是,只是假的。王翦便令诸人兵动金鼓大喊。燕王阵内闻得秦兵大喊,我太子丧命,莫是要伐我邦?说声未罢,又闻秦兵发喊连天,唬倒燕王,跌在地上。未知性命如何?诗曰:

---

① 刬(chǎn)——用锹或铲撮取或清除。

命丧有如鸦中弹,身危还似鸟焚巢。

那时,燕王已惊,近臣扶起,把安魂定魄汤饮了,渐至苏醒,问曰:"我儿丧命,令朕绝嗣。如今兵又不退,前兵发喊,莫是要劫我之本邦?"石凯奏曰:"陛下勿虑,臣保无危。容臣出阵与秦兵打话。"只闻后面人兵,一阵约有五万余数,乃是东辽救兵来见燕王。

燕王大悦曰:"且得救兵来到,保朕无危。"燕王犒赏辽兵人马。石凯出阵,与秦将辛胜打话。石凯曰:"将军迫人无乃太甚?我燕王取燕丹太子首级,献与始皇,怎生又发喊?"辛胜答曰:"小燕丹太子首级已是假的,是致如此。"石凯答曰:"你好巧语虚言,且休理会别事,且与你分个胜负!"二将勒马便斗。不知胜负如何?诗曰:

　　二将交锋后,盘旋两阵前;
　　征云笼日月,杀气罩山川;
　　几见燕王没,多缘太子愆①;
　　些儿心意失,眼下丧黄泉。

二将才战三十合,石凯败走。辛胜赶上杀将来,人兵被杀。回阵见燕王,燕王大忧。

东辽大将西门戎,打扮出阵,但见皂雕旗飐,羊甲弓弯。西门戎厉声高叫,秦将打话。须臾,董翳出阵,交战才三四十合,董翳败走。西门戎赶将来,杀退秦兵五里,死尸遍野,鲜血坑流。燕兵追上五里下寨。两边兵马相拒。诗曰:

　　秦国兴兵攻伐燕,西邦兵战半周年;
　　谁人退得秦兵去,重赏千金镇压边。

话说齐国孟尝君等待齐王登殿,奏曰:"今有秦兵二十万,王翦为先锋,攻伐燕邦已近半载。臣谏陛下,可预先修整城池,加上五尺,提备秦兵。"齐王依奏,即起集人夫,修整城池,教演人兵,提备秦邦贪心无厌之君。城墙加上五尺。

燕兵杀退秦兵退五里,燕兵已赶上五里下寨。有招讨王翦召诸将曰:"甚人能退燕兵?"辛胜告曰:"小将愿往。"辛胜挑刀上阵,厉声高叫,索燕将打话。燕阵撞出东辽大将钟离生,打扮得如何?诗曰:

---

① 愆(qiān)——过失,罪过。

羊角弓弯青冢①月,皂雕旗磨黑山云。

那钟离生披一个茶茶芽盔,戴一副刺刺撒撒甲,使一条乞留曲吕枪,骑匹勒勒绊绊马,出阵与辛胜打话不同,二马交战。才三十合,辛胜败走如飞。钟离生赶杀,秦兵大乱,退十里。燕兵赶上十里下寨。

王翦招讨肩担三尖两刃四窍八环掉刀出阵,厉声高叫,索燕兵打话。燕阵撞出钟离生,临阵施礼毕,二将打话不同,才三十合,王翦诈败。钟离生赶将来。二马相并,钟离生被王翦一刀斩落马来。王翦追杀,燕兵败走,退五里,死尸满地,遍野纵横。秦兵赶上五里,各下寨布阵。王翦上阵,厉声高叫,索燕将打话。

燕阵撞出东辽将卓成,打扮得怎生?只见头戴三叉冠,叫牙朱烁烁斜褐毛衫,鞔②裆皮裤,柳木杆箭,铁耙手刀,骑匹豁破臂忔蹄番马,出阵与王翦施礼毕,二将打话讫,勒马交斗。不知胜负怎生?诗曰:

　　二将场中杀气高,争名夺利逞英豪,
　　谁知一着亏些个,立见阎君故莫逃。

二将才斗三十合,王翦举刀斩落,只见卓成金冠倒卓,两脚蹬空,如同春梦。

燕兵大败。东辽将西门戎上阵,与王翦索战。二马交,惹起四野愁云,振起满天杀气,才三四十合,王翦诈败,西门戎便追去。被王翦举刀斩落马来。真个是:

　　似虎将军还落马,如龙骏骑已空回。

西门戎已死。燕兵大败,退走归城,紧紧闭了城门。王翦赶至幽州城下,二十万人马围绕发喊连天,唬得生灵无处安存。王翦每日令诸将攻伐燕城。诗曰:

　　王翦英雄素有名,攻城略地佐强秦;
　　燕兵辽将皆输败,燕王无谋可保城。

燕王登城上望,见秦兵甚众,惊问景丹丞相曰:"秦兵攻伐本邦,如何?"景丹奏曰:"当初太子不合遣荆轲刺秦王,致此有仇。"燕王问曰:"怎生处置?"景丹曰:"只得将太子斩首,献上秦将,方得它退兵。"燕王依奏,

---

① 青冢(zhǒng)——泛指坟墓。
② 鞔(mán)——蒙上,连缀。

令景丹赍鸩酒取太子首级，提宝刀至东宫，谓燕丹曰："我奉燕王圣旨，将鸩酒赐你死也。"燕丹闻之泪下。景丹斟下药酒，逼太子服药，不得有违父王圣旨。燕丹谓景丹丞相曰："咱无罪，因甚赐我死罪？"景丹曰："自于二十年，太子不合遣荆轲为刺客刺秦王。今有王翦兴兵攻城，只为此上仇恨，是致兵来攻城，以此赐死。"太子再告丞相曰："多将金宝献与秦将，丞相可将别首级献上父王。"景丹不肯，逼太子服药酒。燕丹走入内宫，景丹随后便起。太子取剑在手，在屏风后少立。须臾，景丹入来唤太子，被太子一剑斩了。燕丹走在后宫，将丈二红罗悬梁而死。

燕王等候景丹取太子首级，半日不来，未免再催孙虎去讨燕丹首级。孙虎领圣旨，来至东宫，闻得景丹被太子斩首。孙虎大怒，特进东宫，来取燕丹首级。不见太子，去后宫寻讨，无奈燕丹悬梁自缢而亡。孙虎取下来，将剑割下燕丹首级回来，献上燕王，奏曰："太子斩了景丹丞相，今臣割得太子首级在此。"燕王听得，即令孙虎赍国书，并燕丹首级，来纳与王翦招讨。

孙虎来见王翦。王翦接得燕丹首级并国书了，便把燕丹图像比对，恰好一般。王翦曰："今番果是燕丹太子首级！"王翦令孙虎，便命索燕王十车金宝来献始皇，方且退兵。

孙虎回城，奏燕王，言索金宝之事。燕王大惊，问大臣何如。石凯出奏曰："王翦武艺高强，只得准备金银宝物十车，献上秦皇，与他回兵。"燕王依奏，去左藏库内收拾宝物十车，即修国书，差孙虎为使命，将上项金宝献与王翦。

王翦接得金宝，便令孙虎往秦国。孙虎随王翦回兵班师，人马归秦国京兆府。诸官出城迎接归城。

次早，始皇登殿。三下静鞭人寂静，两班文武朝丹墀。文武山呼。阶前撞出王翦，山呼礼毕，奏曰："告陛下，见有燕王遣使赍金宝十车并燕丹太子首级，献上我王，见在朝门外，未敢擅便，伏候圣旨。"帝令金牌宣至殿下。

孙虎至殿下，山呼拜罢，纳上国书并燕丹首级、十车金宝。始皇大悦。帝问大臣："燕卿献上十车金宝并燕丹首级，何如？"李斯奏曰："帝可赐赏来使。"帝依奏。御宴款待臣僚与孙虎。怎见得是那御宴："只见广列金盘雕俎①,铺陈玉斝②犀瓶;兽炉内高爇③龙涎④,盏面上波浮绿蚁⑤,筵前摆列无非是异果蟠桃,席上珍馐尽总是龙肝凤髓。御宴已终,文武谢了圣恩。孙虎辞帝回邦,不在话说。

话说魏邦朱真君朱亥,闻得燕丹被秦始皇克伏,取了燕丹首级,进上十车金宝。次早,奏魏王,言燕邦进贡始皇事。魏王问诸臣如何。朱真君奏曰:"当与楚王合纵请国兵去伐秦,攻秦不下,此时本邦助兵。诚恐本邦不久有秦兵至,攻伐本邦,莫待他兵到来,可预先准备金宝,遣使早去献始皇,二国和叶,免动干戈。"魏王依奏。忽有一大臣周霸奏道:"臣谏我王,莫将金宝去献始皇。此人贪心无厌,昔曾燕丹太子质在赵国,幼年与始皇子政为友,最相交结,岂期下梢头先遣将攻燕,取了燕丹首级。本邦遣使进贡始皇,致使他人心中疑道我王惧怕秦邦。且望陛下修整城池,教演三军,等待兵来,临期定计,未为迟也。"魏王道:"卿言是也,几被朱真君误我也。"魏王令周霸为提调,教演诸军,令朱亥修整城池,加高三尺,掘深河堑五尺。诗曰:

朱亥无谋先惧秦,要将金宝赂仇人;
若非周霸真男子,魏国城池尽棘荆。

话说楚国幽王,会集文武大臣,商量提备秦兵公事。忽有春申君出班奏曰:"臣听秦始皇令王翦为将,攻伐燕邦,取了燕丹首级,胁取燕王进贡十车金宝。"幽王闻得甚是忧闷,敕问诸臣道:"先皇在日,与六国合纵诸国,共伐秦邦,我国为纵长,素有仇于秦。秦兵岂不攻伐本邦?此事奈何区处?"春申君再奏曰:"臣闻善兵者服人,善保国者自治。魏国加修城墙三尺,教演诸军,提备秦兵。臣望陛下修理城壁,提备秦兵。莫待临期,束手无策。预先修国书,约魏国合纵,有难救应。"楚王依奏,即修国书,遣使命往魏国,相约救应。

那魏王接得楚幽王书看了,谓大臣曰:"今有楚王国书,约寡人相为

---

① 雕俎(zǔ)——古代食器中的一种雕有花纹的切肉器。
② 玉斝(jiǎ)——古代用玉制成的酒具。
③ 爇(ruò)——点燃。
④ 龙涎——一种高级香料。
⑤ 绿蚁——酒面上浮起的绿色泡沫。

救应，事当如何？"朱真君奏道："当来六国与秦比肩，因今秦国吞并韩、赵，虏其国王，据其土地，始皇贪心无厌，谋合并一统，今有楚王国书相约策应。臣闻秦皇既已吞并韩、赵，君视楚、魏为砧上肉矣。我二国正当灾难相恤，缓急相援，如手足之卫头目，如子弟之护父兄，使秦有所惮，不敢加兵，不可自相矛盾不和。万一有隙可乘，如蚌鹬相持，只为渔者之利耳。"魏王准奏，回了国书，遣使命回去。

始皇二十二年八月初一日，登殿会集文武群臣。始皇敕问曰："寡人意图六合，是朕之愿，你诸群臣心意如何？朕昨遣王翦攻韩伐赵，已削平二国，燕丹之仇已报，燕王亦且进贡称臣；俱楚、魏二邦未曾臣伏，谁能为朕一行？"那时李斯奏曰："臣举王贲为将，统兵伐魏。"帝依奏，宣上王贲。

王贲至殿下，山呼。帝问王贲曰："烦卿攻魏，如何？"王贲启奏曰："告陛下：自古道是养兵千日，用在一朝。臣乞兵一万，乞蒙毅为先锋，李信为副将，辛胜为末将。"帝准奏。

次早，演武亭交兵，兵离京兆府一千二百里至汴州。迤逦在路行程，至郑州中牟县下寨。有细探人回魏城报谓朱真君道："有秦兵攻魏，至中牟县下寨。"朱真君听得，即奏上魏闵王曰："见秦兵二十万攻魏，兵至郑州中牟，伏候圣旨。"

魏王大惊，敕问朱亥："此事如何？"朱真君举周霸为主将，龙离足为先锋，郑安成为副将，许庆荣为末将，领兵五万，出城五十里草坂下寨，等待秦兵到来。

秦兵起离中牟，看看来到草坂下寨。两边擂鼓鸣金，魏兵布下长山靠石阵，秦兵摆下五虎离山阵。二阵皆圆。炮石打不到处，门旗下撞出先锋蒙毅，肩担一柄大杆刀，坐下骑匹赤色马，出阵厉声高叫，索魏将打话。

魏阵撞出龙离足，肩担开山斧，二将打话不同，二马交战。三四十合，龙离足诈败，蒙毅不赶。郑安成出马再与搦战三十合，蒙毅败走，郑安成赶将来。蒙毅不用长刀，拈弓搭箭，连射三支连珠箭。郑安成措手不及，只见金盔倒掉，两脚蹬空：

  都来一点无情物，透甲穿袍一命休。

郑安成已死。其余小兵一万，一刀一个，便似风卷残云，从头杀去。

魏兵大败,走退一十里下寨。秦兵赶上一十里劄①营。

魏兵许庆荣肩担一条蛇矛缠掉枪,出阵厉声高叫。秦兵阵内跳出一将辛胜。二将打话不同,才三十合,辛胜诈败。许庆荣追之。只见许庆荣被辛胜一刀斫下马来。诗曰:
> 秦兵来伐汴京城,诸将英雄甚怕人,
> 魏将频频遭丧命,三魂七魄见阴君。

许庆荣身死。秦将辛胜赶杀,三军东西乱走如飞,魏兵大败,死尸满地,不计其数。魏兵退走四十里,至魏城下寨。秦兵追至城前。

秦阵李信肩担一柄大刀,约秤八十斤,出阵厉声高叫魏将打话。龙离足跳出马来,二将打话不同,一上一下,似鹄②打兔;一来一往,似凤翻身。才三四十合,龙离足败走。李信勒马赶将来。龙离足勒转马头,再战三十合。李信败走,龙离足赶将去,被李信举刀斫下。好看龙离足,措手不及,翻身落马。诗曰:
> 将星昨夜落山冈,龙离端的一身亡;
> 黄泉添个英雄鬼,魏国军中少栋梁。

离龙足已死。李信赶杀三军。周霸肩担大杆刀撞出阵前,与李信交战。二将胜负如何?诗曰:
> 两雄斗使诛龙艺,未见输赢不肯休。

二将才斗三五十合,不分胜负。李信思之,诈败而走。周霸不赶,在阵上高叫:"秦将愿出阵分过太平!"

蒙毅撞出,与周霸搦战。三十合,蒙毅诈败,周霸赶将来。蒙毅拈弓搭箭,连射三箭。周霸措手不及,只见周霸被射一箭,落马而死。诗曰:
> 功名未上凌烟阁③,性命先归地府中;
> 父母报仇不曾决,区区数载一场空。

周霸已没。蒙毅追杀,三军星罗云散,七断八续。蒙毅喊声大作:"有甚英雄!"怎见得?但见大杆刀杀入魏城门,白龙驹踏到长街上。蒙毅得了魏城,众兵入城,生擒了景冈王,活捉了朱真君。魏景冈王离宫失

---
① 劄——同"扎"。
② 鹄(hú)——古书上说的一种鸟。
③ 凌烟阁——封建王朝为表彰功臣而建筑的绘有功臣图像的高阁。

殿,不能为魏邦江山主者。好痛哉!诗曰:

秦将长驱抵汴梁,兵单将毙国俱亡;
魏王束手遭俘虏,歌舞楼台作战场。

王贲取了汴京,外有魏邦四十六郡。差使命随路去索讨地图降书,赴司呈纳,只限半月了当;如过期不肯归降,定点集兵马,尽行剿杀,玉石俱焚,悔之无及。行了文字去后,果然诸路惊惶,各郡具降书,只在半月限内,皆已完备,赴招讨司呈纳。

王贲囚车陷了景闵王、朱亥,班师回秦,差李信权职,五万人兵镇守。王贲人兵回国。诗曰:

鞭敲金镫响,人唱凯歌回。

秦兵人马,行经数日,迤逦回到京兆府。次日,始皇登殿,会集文武臣僚,山呼万岁已毕,班中撞出一员官人,乃是王贲,奏曰:"臣窃蒙圣旨,统兵攻魏,赖洪福于半月之内,克取汴京并四十六郡降书经图。见在生擒魏景闵王、朱亥等,囚车押在朝门外,听候圣旨。"

始皇闻奏大悦,敕旨令将景闵王、朱亥囚系阳周。将魏邦改作汴州。设宴待文武加赏。诗曰:

始皇吞噬似长蛇,智力威雄实可夸;
魏国山河如卷席,风前飞絮雨中花。

秦皇二十四年七月中旬五日,始皇登殿排班。只见丽正门开,丹墀①阶级。警跸②一声清肃,重阍③九叠尊严。四宰相、六尚书秉天下之政事;八侍郎、十学士掌海内之文章。左史书言。右丞相动正言。御史纠是察非。台谏中书忠言正论。殿前太尉报道人马平安。起居舍人祝愿圣躬万岁。一佛世尊登宝殿,百官行礼拜冕旒④。玉簪珠履列文班,绣袄锦衣排武师。有事合行进奏,无事不许逸言。公心听断于一人,善政薰蒸于四海。人民快乐,岁序三登。有若禹、汤圣世,欢逢尧、舜明君。

始皇忽降敕问文武大臣曰:"朕自六年,有楚邦合纵诸国来伐本邦,

---

① 丹墀(chí)——宫殿前的石阶,因用红色涂饰,故名。
② 警跸(bì)——帝王巡的警卫。
③ 阍(hūn)——宫门。
④ 冕旒(liú)——古代帝王礼帽前后的玉串。这里指帝王。

此仇未偿,朕实耻之。敕你文武臣僚,谁能为朕雪此耻么?"忽有李信奏曰:"臣乞兵二十万伐楚。"始皇问王翦曰:"楚亦难伐,恐二十万人不能济事?"王翦奏曰:"伐楚之师,非六十万不可。"李信自靠他年少壮勇,只请兵二十万伐楚。始皇道:"为听将军计耳。"

李信乞蒙恬为先锋,崔庆为副将,方宁为末将。次早演武亭交兵。起离京兆府。在路行程。诗曰:

楚国从来拥重兵,兵强将勇号蛮荆;
如何李信心轻楚,奏请轻兵伐楚城。

话说楚国细作,探得秦兵伐楚,回来报覆春申君言:"秦将李信兴兵二十万攻伐荆楚。"春申君急忙奏楚幽王祸事。楚王问:"卿此事若何抵敌?"春申君奏道:"秦兵令李信为将,领兵二十万来伐本国。臣乞大王宣上项梁抵敌秦兵。"帝依奏。

宣项梁至殿,礼毕。幽王曰:"今有秦兵二十万攻伐本邦,烦卿为将,退秦兵若何?"项梁奏曰:"臣乞兵五万,秦斌为先锋,韩员为副将,李仲为末将,前往退秦兵。"楚王依奏。

项梁交兵五万,起离荆州襄阳府,至六十里平水坡下寨。秦兵至一箭之地下寨。

楚将下方字阵,秦摆圆字阵。二阵俱圆。秦阵蒙恬先锋出马,二将打话不同,二骑交才三十合,无胜负;再战二十合,蒙恬败走。秦斌追将来杀小军。有副将崔庆担柄大刀,骑匹赤虬马,来接战。秦斌与崔庆交三十合,秦斌败走,崔庆不赶。楚阵韩员打扮虎皮磕磋,亦宜绛毛缨、虎皮袍,偏胜狮蛮带、匙头铠,腰系勒甲绦,虎皮鞍,宜跨跑山马,射虎弓扣上虎筋弦,走兽弧中插百支狼牙射虎箭,腕悬竹节打将鞭,腰带昆吾杀虎剑。此人如何这般冠戴?名呼做杀虎壮士。这将军原是义士出身,来与崔庆战三十合,崔庆败走,韩员赶将来,杀得三军大败。秦兵退五里。楚兵赶五里。有秦将方宁出阵,与韩员搦战。三四十合,方宁败走,韩员不赶。

是晚,各已鸣金收兵。巴到次早天明,只见银河淡淡,玉漏声残。月挂柳梢头,露迷桃叶渡,远汉星稀落落,荒郊雾拥重重。寒泉响处,依稀野渡溪桥;曙色未分,隐约水村山馆。未睹林间梵宇,但闻云外钟声。征商行客登古道,无限艰辛;才子佳人缠绣褥,尚贪欢笑。渔父鸣觽①惊起鹭,牧童驱犊出庄门。驿马嘶风,邻鸡报晓。天阙张开青布幕,海门推出赤金盘。果至巳牌,两军布阵,擂鼓摇旗。秦阵撞出一员上将,招讨李信;楚阵撞出项梁。二主将搦战五十合,并无胜负,各归本阵。

项梁思之,交下一计,令李仲引兵五千去五里苦竹林左畔埋伏,韩员领兵五千右畔埋伏,令秦斌为引战将军,各依军令等待。

次日午牌,秦斌打扮怎生? 身披黄金锁子甲,体挂皂罗袍,头上铁幞②头,燕尾交加,黑雾笼身罩体,坐下跨一匹乌骓,肩挑一根清风利枪,腕悬百二十斤竹节钢鞭,出阵厉声高叫:"秦阵有甚名将? 愿求挑战!"

须臾,门旗下撞出一员将,乃是李信招讨,绛袍朱发,赤马红缨,肩担一柄三尖两刃四窍八环刀出阵,二将施礼毕,打话不同,才三十合,秦斌败走。李信赶将来。秦斌勒转马头,再战二十合,又败。李信赶将去杀楚兵,杀至五里,秦斌插了枪,拈弓取箭,连射三支响箭为号,李信看了,恐有计,翻身勒马便走。只闻锣起,四下伏兵杀将来。左畔撞出李仲五千人马,右畔撞出韩员五千人马,前面项梁五千人马杀至,后面秦斌五千人马杀将来。秦兵大败,杀得十郎八当,死尸遍野。项梁追兵赶上,厉声高叫:"秦兵不得走!"秦阵撞出方宁与项梁打话不同,二马交,才三十合,项梁举起蘸金斧,砍落方宁。聊施小计,使秦军当下班师;略设微谋,教李信不能倾楚。

安邦立国擎天策,攻战长赢保帝都。

有秦将方宁已死,小兵大败,退走归秦。李信思之,方知王翦言者是也。星夜人马归秦。

次早,始皇登殿,文武山呼已毕,阶前撞出李信,俯伏在地待罪。帝问李信曰:"卿伐楚如何?"李信奏道:"臣折将亏兵,望王赦罪,方敢奏帝言。"始皇曰:"赦卿无罪,有事合奏。"李信奏曰:"告陛下,楚有项梁,英勇未易抵挡。此行丧师,小将方宁已没,皆臣不能用兵之罪,乞别命良将攻楚。"

始皇不语,思之王翦所言极当。宣上王翦来问。王翦奏曰:"李信只

---

① 觽(jí)——口哨。
② 幞(fú)头——古代男子用的一种头巾。

凭少壮,统二十万人兵,敢去伐楚。缘荆地有上将项梁,英雄难攻。臣启陛下,非六十万兵不可。"帝曰:"愿听将军计耳。"

于是,王翦将兵六十万,先锋蒙恬、副将蒙毅、末将辛胜。次早,王翦起兵离朝门,始皇送到坝上。王翦奏曰:"臣乞陛下赏赐金宝等物。"帝即位后□□□□。王翦谢恩。始皇车驾回朝。

王翦只在坝上□□□□□。王翦遣使赍表奏帝,乞赐行请美田宅园池等。来使赍上表,始皇览之,帝即依奏赐美田五百亩,宅园一万步,池百口。王翦大笑,再令辛胜赍表奏帝言:"美田五百亩,臣等老幼三百口,日食不给。宅园池却少,望王多赐。"始皇览表,来观王翦行兵尚在坝上未行。又遣辛胜表奏,多多乞赏。始皇赐每事一千金,银一千两,绢帛一千匹,米粟一千石,美田一千亩,牛羊一千头。帝令辛胜报王翦,得赏甚众,可以行兵。

辛胜回到坝上,报覆王翦曰:"圣旨每事皆赐一千。"王翦叹曰:"怎不每事赐一万也好!"辛胜闻之大笑。翦问辛胜:"笑者何也?"辛胜答曰:"始皇所赐足矣,招讨何必嗟呼?"王翦曰:"非俺五次取赏,秦皇贪心无厌,我故使多索富贵,不然秦皇怛然而不信人。今空秦国甲士而专委于我,我不多请田宅,为子孙业以坚固,令秦皇坐而无疑我矣。"王翦行兵,怎生么?

来侵荆地归秦地,万世归秦一统君。

话说楚幽王登殿,春申君奏曰:"今有王翦为将,提兵六十万,攻伐荆楚。"楚王问:"何以拒秦?"敕令项梁,提兵五万迎敌,坚壁而守之。项梁提兵出城,平沙岗下寨。王翦兵至相望之地驻扎。

项梁令秦斌先锋将战。王翦不发将敌,每日而善饮食,而军中戏呼,令诸军投石,超距飞石,石重一十二斤,为机发行三百步,延寿有力,能以手投之,拔距超距也。王翦曰:"士卒可用矣。"相将两月余不战,令诸军投石超距惯熟。

王翦择日发将。蒙恬出阵,厉声高叫,索楚将打话。楚阵项梁招讨,拨出先锋秦斌,打话不同,二马交:

二将骤征䮺,盘旋两阵前;

征云笼日月,杀气罩山川。

箭发分毫中,刀争半米偏;

些儿心意失,目下丧黄泉。

二将才挑斗三十合,蒙恬诈败,秦斌赶将来,蒙恬把刀一举,砍落秦斌。秦斌命已归泉。蒙恬刀头招起,人兵喊杀。楚兵大败,走一十五里下寨。秦兵赶上,大捷。各人团兵。

次日,楚兵布阵,擂鼓扬旗。韩员出阵。秦阵已圆,蒙恬上阵。二马才交,韩员败走,蒙恬不赶。李仲出阵与蒙恬搦战,未三十合,李仲亦败走。蒙恬赶将来。李仲勒转马再战。蒙恬诈败,李仲追之。蒙恬举刀斩落李仲。只见李仲翻身落马。刀才举处人头落,争奈今朝一命休!

李仲已死。蒙恬追及,喊杀三军。丛中听得□□□,闹中听得遏爷声。地上横尸如算子,□□□□不堪闻。

楚兵大败,退十五里下寨。秦兵不追赶。各人收兵下寨。等来日天明,两边擂鼓摇旗,秦兵发喊连天。楚阵撞出韩员,秦阵跳出蒙毅,二马才交,二人挑斗。

山前土地巨行藏,便是灵神难别□。

二人交战,才三十合,蒙毅败走。蒙恬出阵战三四十合,蒙恬诈败。韩员赶将来。被蒙恬举刀斩落韩员。蒙恬赶杀,楚兵大败,归城前下寨。

秦将蒙恬追至城下,擂鼓鸣锣。项梁肩担蘸金斧出阵。蒙恬施礼毕,二将打话不同,二马才交,项梁败走归城。蒙恬不赶,恐有计,只在城前发喊攻城。

唬得生灵无处避,吓交文武没逃藏。

项梁来奏楚幽王:"臣等折兵大半,亏损三员大将,秦兵临城,伏取大王圣旨。"唬得楚王跌倒龙椅,文武近臣扶将楚王起来坐定,进上安魂定魄汤,饮了方醒。

楚王问曰:"何人退得秦兵,重赏千金,子子孙孙不绝官职。"项梁奏曰:"臣望大王修国书,臣为奉使,往东齐借兵来救本国。"楚王曰:"卿言者是也。"

春申君引兵,项梁为使命,出城前一战。蒙毅出阵,打话不同,二马交战。三十合,蒙毅败走。项梁赶将来杀出阵,往东齐借兵。人马归阵。

蒙恬大怒,出阵索战。楚阵无将可战。却有项伯出阵,与蒙恬交战。少顷,项伯败走归城。蒙恬人兵乘势赶入楚城。杀得六街三市死尸满地,鲜血坑流。蒙恬杀入楚王宫殿,发喊连天,楚王无计,将丈二红罗去后宫悬梁而死。

六宫变作战场门,可怜荆地人遭苦。

蒙恬寻至后宫,得见楚王悬梁而死,取下来,割得楚王首级,来献招讨。王翦大悦,令蒙恬剿除宫女。蒙恬杀入宫中,刀举处,人头落地,枪刺处,性命归泉。

因甚宫娥走得慢?脚小鞋弓惹步迟。

抽下金钗来买命,也有悬梁自缢亡。

杀得宫娥如算子,丫叉尸首不堪闻。

六宫化为荒草地,四苑变作阵图门。

把宫廷荡尽,招讨给出文榜,招降百姓,住坐生理。仍差使命下一十八郡,取索经图降书,限半月赴司投降,如违者,定行剿灭。果然诸郡接得文字,具到降书,及将经图赴招讨司投降。

王翦差辛胜权职,五万兵镇守楚城。王翦把藏库金银抄借十车回邦,班师人马。正是:

鞭敲金镫响,人唱凯歌回。

卷　下

话说始皇登殿,集文武大臣。班部中撞出王翦、蒙恬、蒙毅,阶前奏道:"臣翦等,攻灭荆楚,取得楚王首级,十车金宝,献上我王。"始皇大喜道:"卿用兵如神,朕知卿此行果能灭楚,雪李信之耻。"帝设宴待王翦、蒙恬、蒙毅等,各赏千金。遂改楚邦为荆州。

话说秦十五年八月初四日,始皇问诸大臣曰:"燕虽进贡,终未归一,朕欲灭之如何?"李斯奏曰:"夫以秦国兵强将勇,灭燕如反掌耳。臣举王贲为将伐燕。"帝问王贲曰:"卿意下若何?"王贲奏帝:"乞李信为先锋,蒙毅为副将,乞兵二十万。"帝依奏。

次早,王贲在演武亭交兵,起离京兆府。在路行数日,人马至易水。燕邦细作探闻,回报景丹丞相言:"秦王令王贲为将,兴兵二十万伐燕,见在易水下寨。"景丹奏上燕王。燕王问景丹:"卿意何如?"景丹奏曰:"可举孙虎为将,石凯为先锋,石青龙为副将,韩广为末将。"

燕兵五万，至易水下寨。看见秦兵约有二十万。石凯便出阵，厉声高叫打话。李信将军肩挑大杆刀出战，与石凯搦战。三十合，石凯败，李信赶上杀。石青龙撞出接战。三十合，李信诈败，石青龙赶杀。被李信一刀斩落。

只见石青龙马上跌落，性命归泉。李信追杀，燕兵大败，退十五里下寨。秦兵赶至□□□，擂鼓摇旗。燕阵石凯，秦阵蒙毅，二人各出马。一上一下，如鹘打兔；一来一往，似凤翻身。蒙毅诈败，石凯赶将来。一刀砍落石凯。蒙毅追杀，燕兵大败归城。孙虎奏上燕王："祸事甚大，秦将难当。"燕王听得奔走辽东。

兵伐幽燕事战攻，燕王弃国奔辽东；

秦兵追捉燕王惧，三军疾速走如风。

王贲领兵取了燕蓟，令诸将疾速往奔辽东。有燕王喜到辽东投房王。王遣上西门扛领兵十万，颜符序、巩毕、卫安为将，预先来竹林左右畔埋伏人马二万，先锋颜符序为引战将军，来到堑河下寨。

秦兵果至，二边人马各下营寨。李信布下东斗阵，辽东将颜符序布下西斗阵。二阵皆圆。二将出马，施礼毕，打话不同，二将挑斗，才三十合，颜符序败走，李信追之。颜符序勒转马头再战二十合，大败，至竹林。李信赶及。颜符序取出响箭，射作号，只见左畔撞出巩毕一万人马，右畔撞出卫安一万人马，颜符序杀来，杀得秦兵大乱。西门扛领八万人兵，大杀一场，死尸遍地。

王贲点兵，折了万余人，依然归来镇守燕蓟城。飞表奏始皇帝，帝不悦，就令王贲攻伐辽东，捉燕王。

忽一日，差使赍擎圣旨前来，王贲诸官拜阙已毕，展开圣旨看，再令王贲攻辽东，捉燕王。起行兵马，王贲招讨令李信为先锋上将，蒙毅为副将，兵二十万，侵入辽东三百里平岗坂下寨。

细作报覆房王言："秦兵又至。"房王令西门扛为招讨，颜符序为先锋，巩毕、卫安领兵一十万，迎敌。

秦兵李信来攻伐辽东捉燕王，颜符序便出阵，与秦将打话。李信出马，搦战三十合，李信不用长刀，拈弓取箭，翻身连射三支连珠箭。颜符序金冠倒卓，两脚蹬空。

金风未动蝉先觉，暗送无常总不知。

辽将大败,退三十里。秦兵亦赶上三十里。巩毕担刀出阵。蒙毅施礼毕,二人挑斗,才三十合,蒙毅诈败,巩毕便赶,一刀斩落,只见巩毕踢空。

刀才举处三魂丧,七魄悠悠那处存?

巩毕已死。蒙毅杀将来,辽兵大败。卫安拍马抡刀出阵。李信出马,二将搠战,三五十合,李信败走,卫安赶将来,李信一刀砍落卫安。

三魂归地府,七魄见阴君。

辽兵退二十里。李信赶将来,厉声高叫:"辽东捉取燕王来还秦王,便休,不然连你辽东皆取!"西门扛打话:"既捉燕王,何不自将□□□,我王即当捉获燕王献你。"李信答曰:"限三天捉将燕王献我,班师人马,免取辽东。"西门扛答曰:"待遣将奏我王。"

西门扛遣将回奏言:"秦兵英雄难当,折□□□□上将。乞获燕王,献与秦将,免侵辽东受苦。"房王心思:燕王特投本邦,怎生捉去献他? 奈缘事到来,说不得。只得令韩韦去东宫请燕王议事。

燕王得病卧在龙床,韩韦近前说与燕王曰:"房王教请大王议事。"燕王问曰:"何事?"韩韦曰:"秦朝兵势难当,故来寻讨大王。"燕王思忖:房王请,必无好事。当时自刎而亡。韩韦提得首级来献房王。房王遣韩韦将燕王首级封函与西门扛。西门扛出阵,把燕王首级献上秦朝上将李信。

李信出阵,接了,回阵告覆招讨王贲。王贲看了果是燕王首级,班师人马回幽州。令李信权职,领五万人兵镇守燕蓟城,取一十六郡经图回邦。王贲招讨行经数日,回到京兆府。诸官迎接归城。

次早,始皇登殿,集文武至殿下山呼。王贲提燕王首级献上始皇。始皇大悦,令将燕王首送归交赦院。帝令次日设宴会文武大臣。赏王贲千金,赐蒙毅白银千两。

话说燕王殿下高渐离,见国主逃奔辽东,亦自私奔至秦,改名庸保,来伏事东宫扶苏太子。此人善击筑,太子取留,不在话下。

秦二十七年七月,始皇登殿问诸臣曰:"朕践祚以来,国势高强,兵威将勇,六国已灭其五,尚有东齐未下。"问李斯:"举何人伐之?"李斯奏曰:"臣举王贲为将,攻齐。"帝依奏,宣王贲曰:"此事如何?"王贲奏上:"我王,古云养军千日,用在一朝。臣赤心报国。乞兵二十万,蒙恬为先锋,蒙毅为副将,董翳为末将。"次日,讲武殿交兵二十万,往东齐。在路行兵。

齐有细作，打探得闻王贲伐齐，便报与孟尝君，言："今始皇令王贲兴兵二十万伐齐，取自钧旨。"孟尝君来奏齐王曰："秦皇令王贲提兵二十万伐齐，取我王圣旨。"齐王听了大惊，敕问："卿等此事若何？"孟尝君再奏曰："臣乞主将吴辛为先锋，吴广为副将，田资为末将，田策为合后将；乞兵五万，前去退秦兵。"

人马出城，来到齐魏关，团驻人马。

秦将王贲，路上行兵，来到关前下寨。两边擂鼓扬旗。秦阵先锋蒙恬上阵，齐阵撞出吴辛上阵。二将打话不同便战。二将场中宛转，杀气腾空。一来一往，似凤翻身；一上一下，如鸦展翅。刀来，横枪隔过；枪至，斜抹尖虚。隔过处，遇空即施；斜抹来，逢虚即下。日下昏笼尘土暗，场中踏遍马蹄痕。

二将才交三十合，蒙恬诈败，吴辛赶上来。被蒙恬一刀斩首翻身落马，蒙恬赶杀。吴广出阵，为哥哥报仇。蒙恬出阵战，交三十合，吴广败走。蒙恬赶将来。吴广插了枪，拈弓搭箭，翻身射三支连珠箭来，都被蒙恬闪了。吴广大败。蒙恬收兵。各人回阵。

吴广告覆主将孟尝君招讨："聊施一计劫秦寨，恁地恁地。"孟尝君大喜，今夜传令，令田资、田策为策应将军，吴广带五百人偷营劫寨。

王贲当晚军中坐定，忽然一阵风过，王贲把风一嗅，言："今夜有人来劫寨。"传下钧令，教诸军提备：李信在左畔，蒙毅在右畔。诸将依令。只见得，诗曰：

夜久无云天练净，月华如水正三更。

吴广听得鼓已三更，提兵前去劫寨。果见四下小兵困乏。入到中军，并没一兵一卒。吴广思之：莫不有计？不如将兵便走。只见四下锣声响，伏兵起：左畔撞出少壮英勇将李信人马，右畔撞出年少猛烈将蒙毅人兵。万弩齐施，诸军喊杀连天。吴广五百人，尽行杀死，只走得吴广一人性命回归。

巴得次日天明，齐将田资定计杀秦王人兵，告招讨："恁地恁地，杀秦兵报仇。"孟尝君依计，令田策五千人，退十五里下寨，小松岭下左畔埋伏。令吴广领五千兵右畔埋伏。田资为引战将。孟尝君大悦："此计甚妙。"齐阵撞出田资，立马当头，厉声高叫。秦阵撞出蒙毅。二将大战三十合，田资败走，蒙毅疾追。田资回马再战二十余合，大败。蒙毅招起人夫，追杀十五里。只闻一棒锣声，左畔田策五千人马撞出，右畔吴广五千人马撞出。田资勒回马头杀进。蒙毅被齐兵陷在小松岭下，杀得三军大乱，死尸遍野，鲜血坑流。只走得伤刀中箭之军，约三五百人。蒙毅点兵，折了五千余人。归秦阵，告王贲招讨。

招讨提兵来至小松岭下团兵，擂鼓摇旗，布五方阵。只见五方旗团团旋转，两刃刀密密环围；长枪密布等兵来，弓弩连排防阵后；远看旗号似团花，近睹剑锋如雪白；刺绣门旗飞两边，一员猛将出离军，乃是李信，厉声高叫，索齐阵有甚名将，愿求挑战。

齐阵田策看见摆下五方阵，便排下一字阵对他。怎见得一字阵？但见前排□字，后列三重；白旗白号占西方，皂纛皂雕居北界；枪排柳叶成行密布向前，刀列雁翎上路先排向后；风吹紫号两边开，一位将军临阵上。

田策临阵，与李信打话不同，才战三十合，田策败走。李信赶将来。田策拨回马，再战二十余合。李信败走。田策赶上。李信不用长刀，拈弓取箭，翻身背射一箭，喝声"中"，只见田策落马而死。诗曰：

争知一点无情物，透甲穿袍一命终。

田策已死。李信赶杀将来，齐兵大败，退□□□□下寨。王贲兵赶将来，至齐城下寨。

吴广上阵，索秦将出战。蒙毅出马，打话不同，便战。少顷，蒙毅败。吴广赶将来。前马不去，后马赶将来，二马相并，蒙毅举刀斩却吴广。齐兵大败，入城紧紧把住不出。

孟尝君奏齐王："亏折三员上将，折兵三万余人。秦将威猛难当。"齐王问田文："何如？"田文奏曰："不可敌，只可降。"齐王退疆地五百里、十车金宝，齐王开城，遂降王贲。王贲领兵二十万入城，差李信权职，拘囚齐王，逼令索讨七十二郡经图，降秦纳土。

齐王无计，令差邹阔，限半月，具经图降秦。果半月，经图来到。监收齐王，班师回国。至京兆府。

次早，始皇登殿。阶前文武，山呼已毕，奏曰："臣取齐邦已了，七十二郡经图、十车金宝，拘收齐王，前来纳降。"帝闻奏大悦，令将齐王拘收阳周，后齐王饿而死。

始皇灭齐，并天下，乃为一统。两班文武，贺王万全之喜，洪福齐天。方称皇帝。乃为水德，天下尚黑。帝设宴，待文武。诗曰：

遍地舞茵铺锦绣,当筵歌拍捧红裙。

酒至七盏,忽有长太子扶苏奏上:"父王,今日设宴待臣僚,筵中无乐,臣儿见收得家童上客庸保①,善击筑,可以筵间供应。"帝令宣至庸保。庸保至殿下,山呼毕。帝问曰:"筵前无乐,闻卿善击筑,卿何不击之?"庸保谨领敕旨,遂击筑。帝闻之甚妙,但渠人应有筵席,令庸保击筑。

此日,座中忽有一大臣司马欣出奏曰:"此击筑之人,非乃庸保,乃是燕王殿下高渐离也。"始皇惜其善击筑,重赦之。

不觉半载,稍益近之。有高渐离思之,意图为主报仇。每日帝令击筑取乐,高渐离进退无疑。

忽一日,高渐离将刀置筑中,进帝边击之。四近少有近臣,使举筑扑秦皇。秦皇便闪走,高渐离赶扑。秦皇奔走。绛绡宫内,有内侍,见秦皇奔走,高渐离后追。内侍呼:"陛下将剑砍之!"秦皇每负剑,遂忘了,遂得左右呼言,帝遂拔剑以击高渐离。高渐离跌倒。左右近臣缚住,秦皇令诛高渐离身死。诗曰:

忠孝燕臣为故主,将刀藏筑扑秦皇。

渐离不惧身诛死,留得声名万代扬。

自高渐离既诛之后,始皇不令大臣居近。忽有秦宗室奏曰:"天下人来诸侯事秦者,大抵为其主。但一切人皆不可与之近。"帝依奏。凡有诸侯国人,非秦地所生者,一切逐去。李斯亦在逐客数中。李斯乃上书曰:

臣闻吏议逐客,窃以为过矣。昔秦缪公②求士,西取由余于戎,东得百里奚于宛,迎蹇叔于宋,求丕豹、公孙支于晋。此五子者,不产于秦,而缪公用之,并国二十,遂霸西戎。孝公用商鞅之法,移风易俗,民以殷盛,国以富强,百姓乐用,诸侯亲服。获楚、魏之师,举地千里,至今治强。

惠王用张仪之计,拔三川之地,西并巴蜀,北取上郡,南取汉中;包九夷,制鄢③郢。东据成皋之险,割膏腴之地,遂散六国之纵,使之西面事秦,功施到今。

---

① 庸保——受雇充任杂役的人。
② 秦缪(móu)公——即秦穆公。
③ 鄢(yān)——地名。

昭王得范睢，废穰①侯，逐华阳，强公室，杜私门，蚕食诸侯，使秦成帝业。此四君者皆以客之功。由此观之，客何负于秦哉？向使四君却客而不内，疏士而不用，是使国无富利之实，而秦无强大之名也。

今陛下至昆山之玉，有隋和之宝，垂明月之珠，服太阿之剑，乘纤离之马，建翠凤之旗，树灵鼍②之鼓。此数宝者，秦不生一焉，而陛下悦之，何也？必秦国之所生然后可，则是夜光之璧，不饰朝廷；犀象之器，不为玩好；郑卫之女，不充后宫；而骏良駃騠③不实外厩；江南金锡不为用，西蜀丹青不为彩。所以饰后宫，充下陈，娱心意，悦耳目者，必出于秦，然后可，则是宛珠之簪，傅玑之珥，阿缟之衣，锦绣之饰，不进于前，而随俗雅化，佳冶窈窕赵女不立于侧也。夫击瓮叩缶，弹筝搏髀④而歌呼呜呜快耳目者，真秦之声也。郑卫桑间昭虞武象者，异国之乐也。今弃击瓮叩缶而就郑卫；退弹筝而取昭虞者，何也？快意当前，适观而已矣。

今取人则不然，不问可否，不论曲直，非秦者去，为客者逐。然则是所重者在乎色乐珠玉，而所轻者在乎人民也。此非所以跨海内、制诸侯之术也。

臣闻地广者粟多，国大者人众，兵强则士勇。是以泰山不辞土壤，故能成其大；河海不择细流，故能就其深。王者不辞众庶，故能明其德。是以地无四方，民无异国，四时充美，鬼神降福，此五帝三王之所以无敌也。今乃弃黔首以资敌国，却宾客以怒诸侯。使天下之士，退而不敢西向，裹足不入秦，此所以借寇兵而赍盗粮者也。夫物不产于秦，可宝者多；士不产于秦，愿忠者众。今逐客以资敌国，损民以益仇，内自虚而外树怨于诸侯，求国无危，不可得也。

---

① 穰（ráng）。
② 鼍（tuó）——鳄鱼的一种，即扬子鳄。
③ 駃（jué）騠（tí）——良马名。
④ 搏髀（bì）——拍大腿。这里指手拍大腿而和音乐三节拍。

始皇看罢,依奏。遂拜李斯为廷尉。李斯谢恩了,供职。忽有丞相王绾奏道:"陛下新得燕、齐、荆楚之地,相去遐迩,不为置公,无以镇之。请立诸王子分镇,可安反侧也。"始皇下其议廷尉。李斯奏曰:"周文武所封子弟,同姓甚众,然后成属疏远,互相攻击如仇。周天子弗能禁止。今海内赖陛下神灵一统,皆为郡县,诸子功臣以公赋税重赏赐之,甚足,易制,天下无异议,则安宁之术也,置诸侯不便。"始皇曰:"天下共苦,战斗不休,以有侯王,赖宗庙,天下初定,为三十六郡,郡置守尉监。"为天子守土,故称监。收天下兵器,聚咸阳,销以为钟,铸金人十二,鹿头龙身,神兽也。钟鼓之跗,以猛兽为饰,重各十石,置宫廷中。一法度、衡石、丈尺,徙天下豪杰于咸阳,约十三万户。诸庙及章台上林皆在渭南,宫室作之咸阳北阪上,南临渭,自雍门以东至泾渭,殿屋复道,楼阁相属,所得诸侯美人、钟鼓以充入之。

李斯丞相领圣旨,发文字,下诸郡守监,收兵器,各解赴朝廷。令匠人铸金人十二,鹿头龙身,神兽钟鼓也。诗曰:

  始皇吞并混中原,帝业将图万世安。

  兵器尽销防虑远,谁知揭木解为竿。

秦二十八年,始皇登殿,谓文武曰:"寡人谋图六合,果愜①朕意。意往东行郡县,怎生?"李斯奏曰:"陛下可择吉日,车驾东行。"帝大悦,令司天台官,选择东行。台官准敕旨,选定八月十五日最吉。

秦皇帝令文武官僚护驾东行,李斯先发。圣旨文字下天下诸郡守监,准备迎车接驾。天下诸郡守监科讨牛羊绢帛酒物,迎接圣驾。帝敕令太子扶苏监国,守宗庙。

始皇帝是日离朝,好看皇亲驸马按驾随君。宰相尽攀鞍,齐离凤阙;九卿臣皆上马,尽出朝门。路行不使平头辇,宣过龙车马骏负。东海业龙身得罪,罚归坐下载明君。早把金鞍亲搭起,上面铺了衮龙巾。君王才上龙车马,文武齐呼万岁声。

始皇御驾东行郡县,上邹峄山②,在东海之下,立石颂功业。上秦山,偶值风雨昏暗,不知道路,乃驻车。怎见得风雨?但见天摧地裂,岳撼山

---

① 愜(qiè)——满足,畅快。

② 邹峄(yì)山——山名,即邹山,在今山东邹县。

崩,沧海震怒;铁锤打中始皇车;太华山前巨灵神,一擘三峰裂。诗曰:

一风撼折三竿竹,十万军声万马奔。

始皇等待雾开,见五松遮盖车驾。秦始皇遂封为五大夫。后有胡曾咏史诗为证。诗曰:

一上高亭日正晡,青山重叠片云无。

万年松树不知数,若个虬枝①是大夫。

帝封毕,至山巅立石颂德。从阴道下,禅于梁甫。遂游东海而来。忽遇道士徐甲来上书奏始皇:"东海有三神仙山,山上有长生不死仙药。"帝问:"卿如何得去?"徐甲再奏曰:"陛下可选五百童男、童女,着一使前去。"帝依奏。令近便州郡监,选索童男、童女五百,限十日,如过期赐罪。

果十日,使命讨到童男、童女五百,来献帝。帝大喜,令徐福将军入海求神仙。

徐甲奏曰:"愿陛下往浮江,至于湘山祠。"帝依奏,令车驾来到湘山等候。

徐福入海求神仙。忽然望见一庙宇,来至祠下,但见袅袅祥云影里,腾腾紫雾阴中,巍峨庙宇对名山,幽邃殿庭号福地;中央栋高标螭②尾,依稀上接苍穹。琉璃瓦密砌龙鳞,仿佛直高侵碧汉。沉香栱子刻成彩凤翻身,檀木阑干琢就金鸾展翅。便殿砖铺红玛瑙,献台石砌碧琉璃。周回散水,镂金狮子狰狞;屈曲檐楹,碾玉连环莹净。门外苍松踞虎,阶前古桧蟠龙。两廊佳木秀宫槐,千载庙碑存古篆。庙门金牌写道:"三神仙之祠。"

才方来到,始皇敕问:"湘君何神?"偶见神仙奏曰:"尧女舜妻。"忽然见起一阵大风,怎见狂风僽雨③?风雷大作,雨雹齐施;电光射一道金蛇,云势驱千里铁骑。当初道摆柳摇松,顷刻飞沙走石。千林败叶走空飞,万里黄沙随地卷。乌风大作,走石飞沙。

始皇见了这般,大怒曰:"寡人特来,愿求不死药,却有这般魍魉④邪神,飞沙走石,雨滂沱,唬寡人!"敕令武士,伐湘山树,焚其山。武士领帝

---

① 虬(qiú)枝——盘屈的树枝。
② 螭(chī)——古代传说中没有角的龙。
③ 僽(zhòu)雨——骤雨。
④ 魍魉(wǎng liǎng)——传说中的怪物。

旨,各人手持斧刀斫伐树。只见现出一鬼来,怎见得人怕?阴阴密密雾内,叆叆靆靆①云中,见凛凛欻欻身躯,现邹邹查查相貌,窝窝突突眉,迷迷薄薄眼,瑰瑰赖赖肉,胳胳哒哒②筋,生几根采采色色血晶髭③,披一带吉吉枓枓朱砂发,着一领斑斑烂烂虎豹皮裈,披一副廓廓验验龙鳞甲。诗曰:

勒腰绣带飘飘动,□脚阴云霭霭生。

只见那鬼领娘娘敕旨,东砍西伐,武士人翻倒在地。秦皇头旋眼花,却见庙祠团团而倒。唬得始皇大惊曰:"神仙休来惊怖寡人,令武士休伐树焚山也!"

却见依然无事。始皇方知神仙之灵通显迹,本来求不死之药,今日反祸于身。五百童男、童女并徐福,尽丧其身。有胡曾咏史诗为证。诗曰:

东巡玉辇委泉台,徐福般船尚未回;

自是祖龙先下世,不关无路到蓬莱。

当初始皇东巡之时,在泰山路前逢一山鬼,手捧白璧来献帝,对始皇道:"明年祖龙当死。"道罢,悠忽不知去向,乃知是山鬼送谶语也。龙者,君也,知是始皇明年死,但不敢闻奏始皇也。

话说韩人张良,五世相韩。韩被始皇灭了,虏韩王安。张良欲为报仇,闻始皇东巡郡县,不久来矣。先募壮士至阳武县博浪沙等候。始皇过来,坠石打死始皇,为韩王报仇。

不数日,始皇车驾东游至阳武县博浪沙中而过。张良令力士操铁锥,坠石打车。始皇车驾正过其间,只见坠石打将来,石从车驾边跳过去,误中副车。唬得始皇顶门失了三魂,脚板上去了七魄。有胡曾咏史诗为证。诗曰:

嬴政鲸吞六合秋,削平天下虏诸侯。

山东不是无公子,何事张良独有仇?

始皇问李斯:"何人坠石,敢打寡人车驾?"李斯奏道:"可令武士捉获。"

---

① 叆叆(ài)靆靆(dài)——云彩浓密。
② 胳哒(dā)——肌肉发达健壮的样子。
③ 髭(zī)——嘴上边的胡子。

武士赶上博沙山,追捉。果有一队强兵,发喊坠石。韩国残兵杀至,武士当敌不住,被石打杀百余人。武士奏上始皇。始皇大惊,令武士同李信领兵赶上,杀退韩兵。韩兵大败。张良奔走,往说六国反叛秦皇。秦皇车驾,往琅琊,回京兆府。

　　二十九年,在中春阳和,方起驾东游。三十一年,徐广奏曰:"更黔首自田土也。"三十二年之碣石,令燕人卢生入海,还奏录图书曰:"亡秦者胡也。"始皇惊,胡者,想必胡房侵国。遂令蒙恬来问何如。蒙恬奏曰:"须用发将镇守边疆。"

　　帝令蒙恬,兴兵三十万,北伐匈奴,抵拒收河南地四十四县,可筑长城。因地形,用制险塞。临洮至辽东之地延袤万余里,镇压边疆。

　　蒙恬领圣旨,起发大兵三十万,为招讨,往河南,起集万民,赴沙场,筑长城万里,威振匈奴。

　　始皇灭六国,天下一统。本指望从一世传至二世、三世及于万世,为天子。俄有童谣云:"亡秦者胡也。"于是乃遣蒙恬筑城,以防胡人也。有胡曾咏史诗为证。诗曰:

　　　祖舜宗尧致太平,秦皇何事苦苍生?
　　　不知祸起萧墙内,虚筑防胡万里城。

　　蒙恬往北塞为招讨,管领三十万人,文字下诸郡,三丁抽一,来赴沙场,筑起城墙,不问士宦豪杰之家,尽行起发赴场,如违,差兵捉拿斩首号令。宋朝王荆公有诗道;诗曰:

　　　秦皇筑城何太愚,天实亡秦非北胡。
　　　一朝祸起萧墙内,渭水咸阳不复都。

　　三十四年,李斯丞相奏帝:"异时诸侯并争,厚招游学。今天下已定,法令百姓,当家则力农工,士则习学法令。今诸生不师今而学古,以非当世,惑乱黔首①,相与非法。闻令下,则各以其学议之:入则心非,出则巷议;夸主以为名,异趣以为高;率群下以造谤。如此弗禁,则主势降乎上,党与成乎下。禁之则便。臣请史官,非'秦记'者皆烧之。天下有藏诗书百家语者,皆诣守尉杂烧之。有偶语诗书弃市。是古非今者,族。所不去

---

① 黔首——古代指老百姓。

者,唯医药卜筮①种树之书耳。若欲有学法者,斩首。"

后坑儒四百余人,孔子之后,家藏诗书于屋壁,秦皇只留《周易》之书,乃是卜筮之书也,不毁。其余诗书尽行焚毁无留。

始皇又以咸阳人多,先王宫殿小,乃营作朝宫于渭南上林苑中。南儒章碣有咏史诗为证。诗曰:

  竹帛烟销帝业虚,关河空锁祖龙居。

  坑灰未冷山东乱,刘项原来不读书。

始皇作阿房宫,东西五百步,南北五十丈,上可以坐万人,下可以建五丈旗。周驰为阁道,自殿下直抵南山,表南山之巅以为阙,为复道自阿房渡渭属之咸阳,以象天极阁道绝汉抵营室也。

阿房宫未成,乃发骊山隐宫徒刑者七十余万人,令分作阿房宫。计宫有三百,关外四百余。徙骊邑五万家。士农不事十岁。有侯生、卢生相与谋曰:"始皇为人,天性刚戾自用②,狱吏得亲幸,博士备员弗用,大臣皆受成事。士畏忌讳,谀佞不敢端言其过。事无大小,皆决于上。贪于权势。"于是侯生等乃亡去。

始皇大怒曰:"卢生等,我尊赐之甚厚,今乃诽谤我!诸生在咸阳者,我使人廉问,或为妖言,以乱黔首。"于是使御史悉案问诸生,诸生传相告引,乃自除犯禁者四百六十余人,皆坑之咸阳。使天下知之,以惩后。

始皇长子扶苏谏曰:"天下初定,远方黔首未集,诸生皆诵法孔子。今若重法绳之,臣恐天下不安,唯上察之。"始皇怒,令扶苏北监蒙恬于上郡筑城墙,即便启行。

三十七年冬十月,始皇出游。左丞相李斯从,右丞相去疾守。少子胡亥爱慕,请从,上许之。

十一月,行至云梦,浮江,下过丹阳,至钱塘,临浙江,上会稽,立石刻颂秦德;并海,西至平原津而病。

始皇恶言死,群臣莫敢言死事。病益甚,乃令中车府令行符玺事,为玺书,赐公子扶苏曰:"与丧会咸阳而葬。"书在赵高所,未授使者。

秋七月丙寅,始皇崩于沙丘。李斯见上崩在外,恐诸公子及天下有

---

① 卜筮(shì)——古代用蓍草占卜。
② 刚戾(lì)自用——即刚愎(bì)自用。固执任性,不考虑别人。

变,乃秘之不发丧,载辒①凉车中。独子胡亥、赵高,并所幸者五六人知之。

赵高者,生而隐居。始皇闻其强力,通于狱法,举以为中车府令,使教胡亥决狱。胡亥幸之。赵高有罪,始皇令蒙毅治之。毅当高法应死。始皇以高敏于事,赦之,复其官。赵高既雅得幸于胡亥,又怨蒙氏,乃与丞相李斯言:"始皇有二十余子,长子扶苏,群臣皆莫知。"李斯以为上在外崩,无真太子,故秘之,置始皇居辒凉车。后有胡曾咏史诗为证。诗曰:

年年游览不曾停,天下山川欲遍经。

堪笑沙丘才过处,銮舆风起鲍鱼腥。

始皇已崩。李斯秘不发丧。乃将帝尸与鲍鱼同载,使臣下只闻鲍鱼腥气,不知始皇尸肉臭腐也。

赵高谓公子胡亥曰:"上崩,无诏封王诸子。"胡亥曰:"明父知子,父之命不封诸子,何可言者?"赵高曰:"不然。方今天下之权,存亡在子与高及丞相耳。"胡亥曰:"废兄扶苏而立弟,是不义也;不奉父诏而畏死,是不孝也;能薄而材强因人之功,是不能也。三者逆德,而天下不服。身殆倾危,社稷不血食矣。我不为也。"赵高曰:"顾小而忘大,后必有害,愿子遂之。"胡亥叹曰:"今大事不发丧,礼未终,岂宜以此事干丞相哉!"

赵高与丞相谋。李斯曰:"安得亡国之言,此非人臣所当议也。"赵高议曰:"高入秦宫,管事二十余年,未尝见秦皇以丞相功臣,有封及二世者也。皇帝二十余子,皆君之所知。长子刚毅而武勇,信人而好士,即位,必当以蒙恬为丞相。君终不怀通侯之印,归于乡里,明矣。赵高受诏,教习胡亥,使学以法事数年矣,未尝见过,可以为嗣。"

李斯曰:"君其反位。斯奉王之诏,听天之命。"赵高曰:"安可危也,危可安也,安危不定,何以明圣?"斯曰:"忠臣不避死而庶几,孝子不勤劳而见危,人臣各守其职而已矣。君其勿复言。"

赵高曰:"方今天下之权,命悬于天下,高能得志焉,且夫从外制中谓之惑,从下制上谓之贼,君何见之晚?"斯曰:"晋易太子,齐桓兄弟争位,纣王杀亲戚,三者余逆天而宗庙不血食。斯其由人哉。安足为谋!"赵高曰:"上下合同,可以长久;中外若一,事无表里。君听臣之计,则长有封

---

① 辒(wēn)——古代的一种卧车。

侯,世世称孤。善者因祸为福。君何处焉?"

李斯乃仰天垂泪曰:"独遭乱世,既不能死,安托命哉。"乃与高诈为始皇诏丞相,立子胡亥为太子。更为书赐长子扶苏曰:"扶苏为人子不孝,赐剑自裁。将军蒙恬与太子居外,不匡正,亦宜赐死。"遂发使命,赍鸩酒,封剑而去,往到长城。

太子扶苏、蒙恬来接圣旨,拆开看,道是:"扶苏为人子不孝,赐剑自裁。蒙恬居外不匡正,亦宜赐死。"使命斟下鸩酒,与扶苏服曰:"你不怨望朝廷!"扶苏先逼杀蒙恬饮鸩酒。蒙恬告使命曰:"不知皇帝先赐主公死么,后赐蒙恬死?"使命曰:"赐太子先饮酒而死,后令蒙恬死。若不先饮鸩酒,有违父王圣旨,为人之子,不得不孝。"

扶苏先服酒已死。蒙恬未肯服鸩酒而亡。使命曰:"太子先死,将军只得俱亡,何乃推延?"蒙恬曰:"我乃何罪?"使命言之蒙恬曰:"君之过矣,而卿弟蒙毅有大罪,法及内史。"蒙恬曰:"今臣将兵三十余万,虽系囚,其势足以倍畔①。然自知必死而守义者,不敢辱先人之教,以不敢忘先王也。我何罪于天,无过而死乎?"良久,徐曰:"恬罪固当死矣:起临洮属之辽东城堑万余里,此其中不能无绝地脉哉。此乃恬之罪也。"乃服鸩酒自杀。李斯谋藏诏书,遣使诈敕赐扶苏死。后有胡曾咏史诗为证。诗曰:

举国贤良尽泪垂,扶苏屈死树边时。
至今谷口泉鸣咽,犹似秦人恨李斯。

话说胡亥发丧。至咸阳,赵高、李斯立胡亥为二世皇帝。九月,葬始皇于骊山,令匠作机弩矢,有所穿近者辄射之,以水银为百川江河大海机相灌输。上具天文,下具地理。后宫非有子者,皆令从死。死者甚众。或言工匠为机藏,皆知之。大事毕,尽将工匠赐鸩酒,尽皆死也。

二世皇帝即位,年方二十一岁,与赵高谋曰:"朕年少,初即位,黔首未集,效先帝巡行郡县以示强,威服海内,今晏然②不巡行,即见弱,毋以臣畜天下。"

春,二世东行郡县,至辽东而还。夏,至咸阳。二世乃尊用赵高,申法

---

① 倍畔——背叛。
② 晏然——安静,平静。

令。乃阴与赵高谋曰:"大臣不伏,官吏尚强,及诸公子必与我争为之,奈何?"赵高曰:"因此时案郡县守尉,有罪者诛之,上以振威天下,下以除去主上生平不喜的。"二世乃行诛杀大臣及诸公子,以过罪连逮少近官三郎无得立者,三郎盖谓中郎、外郎、散郎,官名也。

群臣谏者,以为诽谤大吏,持禄取容,黔首振恐。二世皇帝曰:"先帝营阿房宫,今释弗就,是彰先帝举事过也。"复作阿房宫,尽征材士五万人为屯卫咸阳,令教射狗马禽兽,当食者多,度不足,下调郡县转输菽粟刍藁①,皆令自赍粮食。咸阳三百里内不得食其谷。

秋七月,戍卒阳城人陈蕲②。是时,发闾左③戍渔阳。九百人屯大泽乡。陈胜、吴广皆为屯长。会天大雨,道路不通,度已失期,乃召令徒属曰:"公等皆失期,当斩。而戍死者固什六七。且壮士不死则已,死则举大名耳。王侯将相宁有种乎!"众皆从之。乃诈称公子项燕,称大楚。

陈胜自立为将军,吴广为都尉,入据陈。陈胜既入陈,张耳、陈余诣门上谒。陈中父老请立陈胜为楚王。涉以问耳、余,对曰:"秦为无道,暴虐百姓,将军出万死之计,为天下除残。"

九月,沛人刘邦起兵于沛下;相人项梁起兵于吴;狄人田儋起兵于齐。

刘邦字季,为人隆准龙颜,宽仁爱人,意豁如也。常有大度,不事家人生产作业。初为泗上亭长。秦十二里一亭,亭置二长,主督盗贼,为县送徒人往骊山,徒多道亡,自度比至,皆亡之,乃解纵所送徒曰:"公等皆去,我亦从此逃矣。"徒中壮士愿从者十余人。

刘季被酒,夜经泽中,有一大蛇当道。季援剑向前挥之,其蛇两段,白气上升空中。夜有一白衣老妪哭而言曰:"我子西方白帝子也,化为蛇当道,今被赤帝子斩之。"道罢,忽然不见。有胡曾咏史诗为证。诗曰:

　　白蛇初断路难通,汉祖龙泉血刃红;
　　不是咸阳将瓦解,素灵那哭月明中。

刘季亡匿于芒砀山泽岩石畔间,数有奇怪。沛中闻之,子弟多往附之

---

① 刍藁(chú gǎo)——刍,喂牲口的草;藁,谷类植物的茎。这里泛指粗糙的食物。

② 蕲(qí)——古县名。

③ 闾左——秦时贫贱者居闾左,即居住于闾巷左侧,后因借指平民。

者。沛令欲以沛应之，掾①主吏萧何、曹参曰："君为秦吏，今欲背之，率沛子弟恐不听。愿君召诸亡在外者可得数百人。"因劫众，众不敢不听，乃令樊哙召刘季。时刘季之众已数千百人矣。父老乃率子弟共杀沛令，开门迎刘季，立为沛公。曹参、萧何等为收沛中子弟，得三千人，以应沛公。

外有项梁者，楚将项燕子也。常杀人，与兄子项籍避仇吴中。籍少时，学书不成，去学剑，又不成。项梁怒之。籍曰："书足以记名姓，剑一人敌不足学。学万人敌。"于是项梁乃教籍兵法。籍长八尺余，力能扛鼎，才力过人。会稽太守殷通闻陈胜起，欲发兵以应胜，使项梁及桓楚将。

是时，桓楚亡在泽中。梁曰："桓，楚亡人，莫知其处，独有项籍知之耳。"项梁乃出诫侄子项籍提刃居外，梁复入与太守坐曰："请召项籍，令使命去召桓楚。"太子许诺，召籍入。

须臾，梁瞬视籍曰："可行矣。"于是，籍遂拔刃，斩太守头。项梁持太守头，佩其印绶。门下大惊，扰乱。籍所击杀数十百人。一府皆惧，人莫敢起。

项梁乃召故所知豪吏，谕以所为起大事。遂举吴中兵，使人收下县，得精兵八千人。项梁为会稽太守，项籍为裨将，巡下县。籍是时年方二十四，力敌万夫，有拔山举鼎之威。

话说田儋者，故齐王族也。儋从弟田荣，荣弟田横，皆豪杰人。陈王令周布徇②地至狄，狄城太守田儋，佯缚其奴，于庭欲谒见狄令，因击杀狄令，而召豪吏子弟曰："诸侯皆反秦自立，齐古之建国也。"田儋遂自立为齐王，发兵以击周布。周布军还去。田儋率兵东略齐地。

二年冬十月，泗川监平将兵围沛公于丰。沛公出与战，破之，令雍齿守丰。

十一月，沛公引兵之薛。二世数诮让李斯居三公位，如何令盗如此。李斯恐惧，乃阿二世意，以书对曰："明主能行督责之术，以独断于上；群臣百姓救过不给，何变之敢图？"二世悦。于是，行督责益严。税民深者为明吏，杀人众者为忠臣。刑者相伴于道，而死人日成积于市。秦民益骇惧，思乱。

---

① 掾(yuàn)——古代官署的官员。
② 徇(xùn)——依从。

剿①人范增，年七十，素居家，好奇计，往说项梁曰："陈胜首事，不立楚后而自立，其势不长。今君起江东，楚蜂起之将，皆争附君者，以君世世楚将，为能复立楚之后也。"于是项梁然其言，乃求得楚怀王孙心。夏六月，立以为楚怀王，从民望也。

　　郎中赵高恃恩专恣，以私怨诛杀人众多，恐大臣入朝奏事言之，乃说二世曰："天子所以贵者，但以闻声，群臣莫得见其面也。陛下富于春秋，未必尽通诸事。今坐朝廷，遣举有不当者，则见短于大臣，非所以示神明于天下也。陛下不如深拱宫中，与臣及。侍中习法者待事，事来，有以揆②之，如此，则大臣不敢奏疑事，天下称圣主矣。"

　　二世用其计，乃不坐朝廷见大臣，常居禁中，事皆决于赵高。高闻李斯以为言，乃见丞相曰："关东群盗多，今治阿房宫，聚狗马无用之物，臣欲谏之，为位卑贱，不敢言。此真君侯之事，君何不谏？"李斯曰："我欲言之久矣，今时上居深宫，欲见无阶。"赵高曰："请为君侯上闻语君。"于是，赵高待二世方宴乐，妇人居前，令人告丞相曰："可奏事。"丞相至宫门，二世怒曰："我尝多闲日，丞相不奏事；我方私燕乐，丞相辄来奏事！"

　　赵高因曰："丞相长男李由为三川太守，与寇盗通同。且丞相外权重于陛下。"二世大怒，遣使按验三川守监与盗通，同状，下斯就狱，根勘招伏。二世大怒，令赵高治之，责李斯与子李由反谋状。

　　李斯、李由虽无罪犯，枉受其罪，只得枉招。款状奏上二世，二世喜曰："微赵高，几为丞相所卖！"遂具五刑，论腰斩咸阳市。

　　李斯出狱，与其中子俱执手，顾谓其中子曰："我欲与若复牵黄犬，俱出上蔡东门逐狗兔，岂可得乎？"遂父子相哭，而灭三族。有胡曾咏史诗为证。诗曰：

　　　　上蔡东门狡兔肥，李斯何事望南归；
　　　　功臣不解谋身退，直待云阳血染衣。

　　二世乃以赵高为丞相，事无大小，皆就赵高决之。

　　话说项梁兴兵已破章邯。章邯引兵至定陶。再破秦军，有骄色。宋义谏曰："战胜而将骄卒惰者败。臣为君畏之。"梁弗听，乃令宋义使于

---

① 剿（chāo）——地名，今安徽桐城南。
② 揆（kuí）——掌管。

齐,中道遇齐使者高陵君显曰:"臣论武信君项梁军必败。"既而章邯已破项梁,乃渡河北击赵。赵数请救于楚。

高陵君显见楚王曰:"宋义论武信君之军必败,居数日,兵果败,兵未战而先见败。"楚王召宋义以为上将军,项羽为次将,以救赵。诸别将皆属。

宋义号为卿子冠军。初楚怀王与诸将约,先入关者为王。当是时,秦兵强,常乘胜逐北,诸将莫利先入关。独项羽怨秦之杀项梁,愿与沛公西入关。怀王诸老将皆曰:"项羽为人剽悍猾贼,不可遣。独沛公素宽大长者,可遣。"怀王乃不许项羽,而遣沛公。西略地,收陈王。项梁散兵卒以伐秦。

三年冬十月,宋义行兵至安阳不进。项羽曰:"秦围赵急,宜疾引兵渡河,楚击其外,赵应其内,破秦军必矣。"宋义曰:"夫搏牛之虻,不可以破虮虱①。今秦攻赵,战胜则兵罢,我承其敝。不胜,则我引兵鼓行而西,必举秦矣。被坚执锐,义不如公;坐运筹策,公不如义。"项羽曰:"将戮力而攻秦,久留不行。今岁饥民贫,士卒食芋菽豆,军无见粮。乃饮酒高会,不引兵渡河。夫以秦之强,攻新造之赵,其势必举赵。赵弱秦强,国家安危,在此一举。今不恤士卒,而徇其私,非社稷之臣也。"

十一月,项羽即其帐中斩宋义,乃悉引兵渡河,皆沉船破釜甑②,焚庐舍,持三日粮,以示士卒必死。于是,与秦兵遇,九战,大破之。

高阳人郦食其③,为里监门。沛公麾下骑士适食其里中人。食其见谓曰:"我闻沛公慢而易人,多大略,此真我之所愿从游。"骑士曰:"沛公不好儒,诸客冠儒冠来者,辄解其冠,溲溺其中,未可以儒生说也。"沛公至高阳传舍,使人召郦生。郦生至,入谒沛公,方踞床,令二女子洗足。有胡曾咏史诗为证。诗曰:

路入高阳感郦生,逢时长揖便论兵。

最怜伏轼东游日,下尽齐王七十城。

---

① 虮虱——虱及其卵。这里牛虻比喻强大的敌人,虮虱比喻弱小的敌人。
② 釜甑(zèng)——古代蒸饭用的一种瓦器。
③ 郦(lì)食(yì)其(jī)。

沛公召见郦生。郦生长揖不拜曰:"足下必欲诛无道秦,不宜倨①见长者。"于是,沛公辍洗,起摄衣,延生上坐,谢之。郦生因言六国纵横时事。

沛公大喜,赐郦生食。问曰:"计将安出?"郦生曰:"夫陈留天下之冲,四通五达之郊也。今其城中,又多积粟;臣善其令,请得使之,令下足下。即不听,足下举兵攻之,臣为内应。"于是遣郦生行,沛公引兵随之,遂下陈留。号郦食其为广野君。郦生常为说客,奉使诸侯。

初,丞相赵高,欲专秦权,恐臣不听,乃先设验。持鹿献于二世曰:"马也。"二世笑曰:"丞相误耶?谓鹿为马。"问左右,或默或言。赵高阴中谓诸臣曰:"有人言鹿者,以法治之。"后群臣皆畏赵高,莫敢言其过。鹿之与马,非有疑似相类之形,指鹿为马,人莫敢言,则瞽其君之目矣。以忠言为欺,以谀言为信,而人莫敢议,则聋其君之耳矣。二世不知验焉。固不待陈胜、吴广、刘季、项羽之入关,而望夷之贼已迫,至被杀,而终不悟也。

赵高前数言关东盗,毋能为也。及项羽虏秦将王离等,章邯等军数却,燕、赵、齐、楚、韩、魏皆立为王,率其众西响。沛公将数万人已图武关。

赵高恐二世怒,诛及其身,乃诈病不朝见。因与女婿咸阳令阎乐谋置易上,更立子婴,阎乐将吏卒千余人,入望夷宫,杀二世胡亥。胡亥曰:"告阎乐,我乞一郡为王。"阎乐弗许,又曰:"愿为万户侯。"阎乐又弗许。又曰:"愿与妻子为黔首,比诸公子。"阎乐曰:"臣受命于丞相,诛陛下。"道未毕,引兵进杀二世。有胡曾诗为证。诗曰:

  一朝阎乐统群凶,二世朝廷扫地空。
  唯有渭川流不尽,至今犹绕望夷宫。

阎乐报赵高。赵高将二世宝玺佩带,左右百客莫肯从之上殿。高自知天意,不敢篡夺,乃与群臣公子曰:"秦故国称王。只有始皇帝君天下,故称帝。今六国复自立,则秦地益小,不可以空名为帝,宜降为王,如故。"乃立子婴为秦王,授之玺。子婴即位。子婴曰:"丞相赵高杀二世,恐群臣诛之,乃佯以义立我,使我斋见庙,我称病不行,丞相必自来,来则杀之。"

高令人请子婴谒宗庙,已数人催促,子婴不行。丞相果自往向子婴曰:"宗庙重事,王奈何不行?"子婴暗藏伏武士数十人在帷幕后,则杀赵高于秦宫,夷其三族。有胡曾咏史诗为证。诗曰:

---

① 倨(jù)——傲慢。

汉祖西征秉白旄,子婴宗庙委波涛。
　　谁怜君有翻身术,解向秦宫杀赵高。
　子婴为秦王四十六日,沛公破秦军,至灞上,子婴系颈以组,白马素车,奉天子玺符,到轵道旁,归降沛公。
　当时,诸将请诛杀子婴。沛公道:"始怀王遣我,故以我为人宽容大度。且他人已降服,杀降不祥。我不为也。"乃以子婴属吏。
　沛公西入咸阳,还兵灞上,召父老豪杰,来与之约。问父老曰:"你等苦秦苛虐之法已久,诸侯当来约先入关者,得为王,今我先入关,当为关中王。今与你等约法令三章:有杀人者,教你者如杀;伤人的及做盗贼的,各以其罪治之。其余秦王严法,一回除去。凡我之兴师此来,为诛无道秦与你父老除害,非敢有所侵夺。你父老每休怕惧。"父老听得此言,喜欢之甚。各牵牛扛酒,来沛公军前犒军。只怕沛公不来关中为王也。
　项羽为见沛公已入关中,怏怏不悦。统率章邯兵攻新安田地,将秦降卒二十万人,一夜尽行坑杀,不留一人。沛公遣兵去函谷关隘处把守了。
　项羽长驱而来,攻破了关,把咸阳城内尽行戮诛,把咸阳宫室不问官民的,将一炬火烧荡一空。火至三月不灭。发兵将始皇冢掘了,取去殉葬金宝。把那秦皇的骸骨撒放荒郊。
　正月,项羽入关,尊怀王为义帝,自立为西楚霸王。立沛公为汉王。徙魏王豹为魏王。徙赵王歇为赵王。徙燕王广为辽东王。徙齐王市胶东王。立郑昌为韩王。分封六国后,各罢兵就国。
　当年十月,项羽令人促义帝就国,密地令将军吴芮、黔布等伏兵江中,将义帝杀了。诗曰:
　　义帝南迁路入郴,国亡身死乱山深。
　　不知埋骨穷泉后,几度西陵片月沉。
　沛公听得义帝被项羽谋杀了,统兵来至洛阳新城田地里下寨。有三老董公向马前拦住,进说沛公,上书一道。书曰:
　　我闻顺德者昌,逆德者亡。兵出无名,事故不成。必明其为贼,敌乃可服。项羽无道,放弑其主。天下之贼也。夫仁不以勇,义不以力。大王且率三军,为之素服,以□□□□□四海之内,莫不仰德,此三王之举也。臣愿王图之。
　沛公看了再三,称善。即日为义帝发丧,临□举哀三日。然后遣使告报诸侯。乃口檄①之道:"天下共立义帝,北面而事之为君;今项羽杀之,大逆不道。今寡人悉发关中兵作楚。如三河之士,有倡义愿从诸侯王击项羽者听。"自此檄文一到,如萧何便为沛公守着关中;韩信便登坛授大将印;张良便运筹帷幄,为沛公军师;陈平出奇计,以间楚君臣,故破赵军,捉赵王歇,虏魏王豹;北举赵代,虏齐王广。如破竹之势,迎刃而解。围楚王项羽于垓下。不五年而成帝业,皆自董公遮说仁义之言谏之。

夫以始皇,以诈力取天下,包举宇内,席卷天下,将谓从一世事至万世为皇帝。谁料闾左之戍卒,一呼而七庙②隳③,身死人手,为天下笑。中原失鹿,诸将逐之。神器有归,竟输于宽仁爱人沛公。则知秦尚诈力,三世而亡。三代仁义,享国长久。后之有天下者,尚鉴于兹。诗曰:

始皇诈力独称雄,六国皆归掌握中;
北塞长城泥未燥,咸阳宫殿火先红。
痴愚强作千年调,兴感还如一梦通;
断草荒芜斜照外,长江万古水流东。

---

① 檄(xí)——古代用于征召、通告或声讨的文书。
② 七庙——原指四辛庙(父、祖、曾祖、高祖)、二祧祖(远祖)和始祖庙。后以"七庙"泛指帝王供奉祖先的宗庙。
③ 隳(huī)——毁坏;废弃。

图书在版编目（CIP）数据

开辟演义：外三种／（明）周游等编撰．－－北京：华夏出版社，2017.10
（华夏古典小说分类阅读大系）
ISBN 978-7-5080-9285-0

Ⅰ．①开… Ⅱ．①周… Ⅲ．①章回小说－小说集－中国－明代 Ⅳ．①I242.4

中国版本图书馆 CIP 数据核字（2017）第 214448 号

开辟演义（外三种）

作　　者	［明］周游　等　编撰
责任编辑	韩　平
责任印制	顾瑞清
出版发行	华夏出版社
经　　销	新华书店
印　　刷	三河市万龙印装有限公司
装　　订	三河市万龙印装有限公司
版　　次	2017 年 10 月北京第 1 版 2017 年 10 月北京第 1 次印刷
开　　本	880×1230　1/32
印　　张	8.75
字　　数	280 千字
定　　价	28.00 元

华夏出版社　地址：北京市东直门外香河园北里 4 号　邮编：100028
　　　　　　网址：www.hxph.com.cn　电话：(010)64663331(转)
若发现本版图书有印装质量问题，请与我社营销中心联系调换。